AIQING YONGYUAN SHI
NIANQING

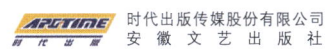

爱永是年
情远轻

石钟山 ◎ 著

时代出版传媒股份有限公司
安徽文艺出版社

石钟山，作家、编剧、影视制作人。代表作品《激情燃烧的岁月》《幸福像花儿一样》《石光荣和他的儿女们》等。著有各类文集一百余种，一千八百余万字；影视剧作品三十余部，一千多集。作品曾获中宣部精神文明建设"五个一工程"奖、中国电视剧飞天奖、百花文学奖等四十余次。

AIQING YONGYUAN SHI
NIANQING

爱永是年
情远 轻

石钟山 ◎ 著

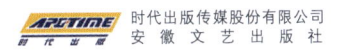

时代出版传媒股份有限公司
安徽文艺出版社

图书在版编目（CIP）数据

爱情永远是年轻 / 石钟山著. -- 合肥：安徽文艺出版社, 2024. 7. --（岁月镏金系列）. -- ISBN 978-7-5396-8149-8

Ⅰ. I247.5

中国国家版本馆 CIP 数据核字第 202478LZ85 号

出 版 人：姚 巍　　　　　　　　策　 划：朱寒冬
责任编辑：姚 巍　张妍妍　　　　装帧设计：张诚鑫

出版发行：安徽文艺出版社　www.awpub.com
地　　址：合肥市翡翠路 1118 号　邮政编码：230071
营 销 部：(0551)63533889
印　　制：安徽新华印刷股份有限公司 (0551)65859551

开本：700×1000　1/16　印张：23.5　字数：350 千字
版次：2024 年 7 月第 1 版
印次：2024 年 7 月第 1 次印刷
定价：68.00 元

（如发现印装质量问题，影响阅读，请与出版社联系调换）

版权所有，侵权必究

青年哪里去了，

他们追逐爱情去了；

爱情哪里去了，

她爬进了我们的心坎；

心哪里去了，

它被爱情偷走了。

当我们不再年轻，

可爱情仍长生不老。

———题记

目 录

第一章
爱情密码 /001

第二章
男儿本色 /061

第三章
开天辟地 /189

尾声 /369

第一章　爱情密码

1

那是一个盛产英雄的年代,那也是一个生长爱情的年代。

那一年,艾红莓已经二十一岁了。作为山水市专业技术学校即将毕业的一名学生,如果说在此之前的艾红莓,还是一个单纯得近乎有点儿幼稚的在校生的话,马上就要到来的这个秋天,一下子就让她变得成熟起来了。

这种微妙变化,艾红莓是能够感觉出来的。在渐渐凉爽下来的微风里,艾红莓有时候会感觉到自己就像是一粒被风吹落进了泥土里的种子,每时每刻都有一种膨胀的欲望。虽然已经错过了时令,但她还是那么固执而又坚决地期望着自己快一些生根发芽,并且迫不及待地希冀着自己结出一穗更为饱满的果实来。

于是就发生了后来的那些意想不到的事情。

事情的起因是毕业之前学校组织的一次为期一周的学军活动。为了搞好这次活动,教育局方面还特意请到了守备团的几名解放军战士进行现场示范,并把学生们拉到野外训练。

时间一天天地过去,该进行的项目都进行完了,就只剩下了最后一个项目——实弹投掷。

当为学生们做投弹示范的杨排长,一身戎装站在同学们面前时,说不清为什么,艾红莓望着他那魁梧的身材和端正的脸庞,以及那双炯炯有神的大眼睛,突然间就感到自己的眼眶热了。此时此刻,一股暖流开始在她的身体里涌动着、冲撞着,那样一种涌动与冲撞,令她有着一种莫名的兴奋与不安。

杨排长在讲解投弹时的动作要领。在艾红莓听来,杨排长的声音是充满了激情的。尽管他所讲解的内容,丁是丁卯是卯,是那么严肃和认真,可是,当他挥动着有力的臂膀,讲到关键的部分时,她还是忍不住为他鼓起了巴掌……

"投弹方法你们已经练习过了,现在我们就要进行一场实际演练。"杨排长说这话的时候,他的目光开始在面前站着的队列里巡睃起来。

"来,谁先来投第一弹?"他问道。

刚才还在小声议论着的队伍,一下子就变得鸦雀无声了。同学们你看看我,我看看你,可就是没有人主动站出来。但是这样的局面也就仅仅维持了五秒钟,吴桐就应声走出了队列。看上去,吴桐走向杨排长的步子是有些漫不经心的,就像是他现在要去替杨排长掸去落在肩膀上的一茎碎草一样。而此时此刻在他的嘴角挂着的,是一缕若有若无的嘲讽与轻蔑。

随后,按照杨排长设定的投掷方案,吴桐便跟着他走进了不远处的一个掩体里。

当杨排长从一旁的榴弹箱里取出一枚手榴弹,小心谨慎地把它交到吴桐的手里之后,为防万一,他再次向吴桐重复了一遍投弹的动作要领。

吴桐听了,笑了起来。他看了一眼杨排长,又看了一眼手里握着的那枚手榴弹,抬手比画了两下,十分自信地说道:"杨排长你放心,我这不是第一次了!"

杨排长朝他微笑了一下,点了点头。

可是,接下来发生的事情还是不可预料地发生了。当吴桐做好了投弹的姿势,正要仰手将那枚手榴弹投掷出去的一瞬间,他突然扭转头来,看到了队伍里的艾红莓。他看到艾红莓此时此刻正望着他,嘴角溢着一缕意味深长的笑意。看到那缕笑,吴桐一下子就感到幸福得不行了,那种突然降临的幸福,让他的心一瞬间又有了一种说不清的慌乱。

就在这节骨眼上,那枚咝咝冒烟的手榴弹,最终软弱无力地落在了咫尺之远的掩体旁。

见此情景,杨排长下意识地惊呼了一声:"卧倒!"

话音未落,他已经将一只呆鹅样立在那里的吴桐按倒在地上了。

眼前突然发生的这一幕,让站在不远处的同学们不禁大吃了一惊,再看他们时,一个个张大着嘴巴,就像是木雕石塑一般。

然而,恰恰就在这时,奇迹发生了。

事过之后,就连艾红莓自己都说不清楚,当时看到那枚咝咝冒烟的手榴弹时,她是怎样一边尖声大叫着,一边疯子一样地奔过去的。而当她几乎运足了全身的力气,飞起一脚将那枚手榴弹踢开,又眼见着那枚手榴弹就要在不远处的半空里爆炸时,眨眼之间,她又连锁反应般地做出了另一个更让人崇敬和感动的壮举——转身趴伏在了掩体中的吴桐和杨排长身上。

爆炸声传来的那一刻,艾红莓感觉到一些石子和土块噼里啪啦地落在了她的身上,如果从远处看去,它们就像是横空降临又瞬间结束的一场大雨。

少顷,艾红莓摇摇身子从掩体里站了起来。那个时候,几名解放军战士和老师同学们已经从不远的地方呼啦啦地冲过来了。看到他们惊诧不已的神色,艾红莓终于意识到了刚才发生的惊险一幕,不禁有些后怕起来。她想朝他们笑一笑,就像是战场上英雄的告慰一样,但是那笑刚刚从嘴角溢出来,她就感到有些力不从心了,一颗心哆嗦得就像是挂在树枝上被风吹着的一片颤抖的叶子一样。紧接着,头上的天和脚下的地就一起转动起来……

艾红莓再次醒过来的时候,发现自己已经被吴桐抱在怀里了。吴桐的眼睛红着,一副既后悔又难过的样子。

望着醒过来的艾红莓,吴桐惊喜地说道:"艾红莓,你总算醒过来了。"

艾红莓看清了眼前的吴桐,旋即,她的身子触电一般地颤抖了一下,紧接着,便从他的怀里挣脱出来,火烧火烫着一张脸站在那里,一时不知如何是好了。

吴桐对艾红莓进行人工呼吸的事儿,还是在回校的路上,王惠和季红告诉她的。无论在学习还是在生活上,王惠和季红都是艾红莓最好的朋友。虽然在性格和各自的家庭背景上,三个人存在着很大的差异,但是,在许多关于生活问题的看法上,她们总是能够达成一致,正因为这样,无论何时何地,人们也总是能够看到三个人在一起的影子。

回想着当时惊心动魄的一幕,季红禁不住还有些余悸未消,她一边搂着艾红莓往前走,一边说道:"艾红莓你不知道,当时你冲过去的时候,可把大伙儿吓死了。"

艾红莓扭头望着季红笑了笑。

王惠侧过头来问道:"艾红莓,手榴弹都要爆炸了,你真的不害怕?"

艾红莓又把头转向王惠,一时不知该怎么向她们解释了。

季红继续说道:"后来吴桐给你做人工呼吸时,我还为你捏着一把汗,担心你再也醒不过来了呢!"

人工呼吸?艾红莓这才反应过来,一下瞪大了眼睛,问道:"你是说吴桐给我做了人工呼吸?"

王惠瞥了艾红莓一眼,嘴角似有似无地露出一缕讥讽的笑来,接着,她叹了口气,接了话头说道:"是啊,叫我说,吴桐做的那个人工呼吸可是太不专业了。"

艾红莓听出来了,王惠的话有些酸,带着十足的醋意。她朝王惠笑了笑,心里边立时就不是个滋味了……

一周之后的那个上午,上课铃声响起之后,周老师满脸笑意地走上了讲台。像往常一样,她先是环视了一遍整个教室,这才在一片期待的目光中,兴奋地宣布道:"同学们,报告大家一个好消息,我们这次学军活动取得了伟大的胜利。在这次活动中,艾红莓同学的表现尤为突出,她在生死攸关的紧要关头勇救同学的事迹,已经受到了守备三团的嘉奖。学校领导也很重视艾红莓同学的事迹,并且书面上报给了市教育局,局里号召我们全体同学,要学习艾红莓同学这种不怕牺牲的精神。昨天,市教育局已经特批艾红莓同学为我们市今年的'五好学生',我们向艾红莓表示祝贺!"

周老师话音刚落,一阵热烈的掌声已经响了起来。

艾红莓一时有些不知所措。她看到众人的目光一下集中在了她的身上,一张脸立时便羞红着低了下来。

接着,周老师又清了清嗓子说道:"下面我们请艾红莓同学上台讲话,大家欢迎。"

鼓掌声又一次响了起来。

艾红莓最终还是站了起来,一步一步来到讲台前,绞着手指想了好大一会儿,这才说道:"同学们,我做的都是小事,真的没什么,和真正的战斗英雄比,我连片树叶都不如,我以后会真心地向英雄学习,做一个真正的英雄。"

说完这些,艾红莓再也不知该说些什么了,冲台下匆匆鞠了一躬,便又红着那张脸一步一步回到了自己的座位上。

鼓掌声渐渐平息下来之后,周老师又继续说道:"同学们,我还有一个喜讯要告诉大家。自从'无产阶级文化大革命'开始后,咱们技术学校毕业时间也相应推迟了几年。市教育局接到上级通知,你们这届学生马上就要毕业。为了配合毕业分配工作,我校革委会已经向部队方面申请,请战斗英雄任大友同志来我校做英模事迹报告!"

周老师的话,就像是一道滔天巨浪,把教室里的每一个学生都震撼到了。

那个英雄的名字,真真切切地传进了艾红莓的耳朵里。

任大友?!真的是任大友?那个轻伤不下火线的战斗英雄任大友?真的是那个家喻户晓被整个山水市乃至全国人民广为传颂的传奇般的战斗英雄任大友?

艾红莓无法掩饰内心的激动,还没在自己的座位上坐稳,猛然间就又站了起来,一边使劲地鼓着掌,一边不住地自言自语道:"太好了,真是太好了,我们就要见到英雄了!"

吴桐一直在望着艾红莓。自从艾红莓开始一步一步走向讲台的那一刻,他的眼睛就再也没有离开过她。就好像艾红莓本身就是一块磁铁一样,此时此刻,吴桐已经身不由己地被她吸走了。如果说在此之前,艾红莓一直在吴桐的心目中占据着至高无上的位置并深深让他欣赏的话,现在,他突然发现自己已经深深地爱上她了。

爱情,真的就这样到来了吗?

吴桐是说不出这种爱情的滋味的。但是,他已经切身体会到了它的美妙与美好。

如果这就是爱情的话,那么班里那个叫胡卫国的学生,对艾红莓的感情又算什么呢?

不但吴桐能够看出来,几乎班里的每一个人都能够看得出来,胡卫国也是像他一样喜欢着艾红莓的。有时候,吴桐在突然之间就会发现,胡卫国望向艾红莓的那一双目光,是和别人的不一样的。

胡卫国的眼睛里有一团火。

也许正是因为有了那一团火,吴桐再看胡卫国时,胡卫国就不是以前的胡卫国了。又不知从哪时起,两个人竟然毫无道理又自然而然地结下了冤仇,就像是天生水火不容一样,狭路相逢的时候,赶上他们心血来潮,还会以牙还牙、以血还血地出手相见……

奇怪的是,尽管吴桐和胡卫国因为都喜欢上了艾红莓,并且暗暗地在那里争来斗去,但是,两个人从来没敢当着艾红莓的面,向她发表过一次爱的宣言。他们不把心里的想法说出来,艾红莓也就依然像一块没有开化的石头,带着一种天然的谦逊与冷傲。

可是,天下的事情就是那么复杂。

因为爱上了艾红莓,吴桐却忽略了王惠对他的感情。

王惠的心里是装着吴桐的,就像吴桐的心里装着艾红莓一样。整个学校的人都知道她和吴桐是生活在同一个军分区大院里的,几乎整个学校里的人也都知道她和吴桐才是真正的青梅竹马门当户对:一个是军分区副司令的儿子,一个是军分区参谋长的千金,这样的家庭背景与成长环境,一个出身于小市民家的艾红莓又怎么能比得了呢?

艾红莓一直想不通,学校为什么会指定季红作为学生代表,去负责迎送和照顾任大友。在学校,谁都知道艾红莓和季红、王惠是最要好的朋友,可是,当学校把负责迎送和照顾战斗英雄任大友的任务交给季红的时候,艾红莓的心里还是感到不是滋味,就像是自己受了什么委屈似的。她觉得,这样一个艰巨而又光荣的任务,应该由她来亲自完成。自己在学军活动中的出色表现,老师和同学们都看在眼里了,那个奋不顾身舍生忘死的壮举,不是已经说明了自己和英雄之间的距离了吗?想到这些,艾红莓不禁感到有些失落,心里却又对季红暗暗妒忌起来。

也就是在周老师在教室里宣布了那个激动人心的消息之后,她的心再也没有平静下来。那些天里,她的心里眼里全是英雄任大友的影子。任大友,一个多么响亮的英雄的名字,他的英雄事迹不但被登在山水市的大报小报上,以他为主题的那张宣传画,几乎张贴在了山水市所有的宣传橱窗里。现在,她的床头就张贴着这样一张宣传画,画上的任大友已经负伤了,头上缠着厚厚的绷带,手里紧握着钢枪,一双坚毅的目光望向画面之外的远处,他一边挥动着那只没有拿枪的大手,一边高声呐喊着,做出冲锋陷阵的姿势。

艾红莓每每凝视着那张宣传画,总会禁不住一阵又一阵心潮激荡。

那就是任大友,她心中的英雄。现在,她多么渴望与他一起出生入死并肩战斗。

是的,那些天里,她躺在床上,就要进入梦乡的时候,最后一眼看到的是他;而当她从梦中醒来之后,睁开眼睛,第一眼看到的还是他。她愿意每天都能看到他,让那种莫名其妙的幸福的暖流,在身体里肆无忌惮地涌荡。

任大友来学校做报告的那天上午,天气出奇地好。阳光明亮而又温暖,照耀着世界上的每一个角落,也把艾红莓的心照亮了。

学校里的高音喇叭里,正反复播放着那一首欢快的《迎宾曲》。音乐声中,先是一辆部队的面包车开进了校园,接着,车门打开了,坐在操场露天看台上的老师和同学们一齐站了起来,"向英雄学习致敬"的口号声旋即响彻了整个校园。

由于在战斗中受了重伤,任大友不能像常人一样自如行走,于是,文体委员季红将他扶上一把轮椅,一步一步慢慢推向了早就布置好的主席台。

望见任大友的那一刻,艾红莓的那张脸又一次涨红了。她能感觉得到,那张脸是热烫着的,火炭一般地热烫,同时,她还听到了自己剧烈的心跳声。

她就那样一边使劲地鼓着掌,一边看着季红推着任大友一步一步走上台去,一双眼睛不由自主地潮湿起来。

季红把轮椅推到了合适的位置之后,把一双拐递给了任大友。在双拐的支撑下,任大友终于艰难地站了起来,向台上高挂着的毛主席像敬了一个标准的军礼,随后缓缓转过身来……

后来的许多个日子里,艾红莓曾不止一次地回想起任大友这天到学校来做报告的情景。她想把任大友的每一个举动、每一个表情,以及每一句话与每一个细节都记在心里,以便在后来的那些日子里一遍一遍去回味。可是,事后她才发现,由于自己当时的心情那样迫切和激动,竟然不可挽回地导致了记忆的错乱与失败。

坐在主席台上做报告的任大友起初的表情是十分平静的。他那刚毅的目光一直望向台下的观众,就像是一个早已熟稔于给自己的部下布置工作的老领导一样。他先是介绍了一下自己,接着又介绍了坐在他身边的两个人。那两个人,一个是和他一样穿着军装的战友辛明,一个是军分区医院负责为他做护理的护士长柳莎。后来,说着说着,他就说到了不久之前的那一场战争,说到了战争中的生和死,说到了那一场让他身负重伤的战斗,差一点要了他的命。当他被一发炮弹掀翻在战壕里,接着又昏倒过去之后,是他身边的战友辛明把他从一片血泊里抱了起来,而当他被赶上前来的担架队队员抬上担架,准备送往后方救护所的时候,他突然醒了过来,不顾战友的劝阻,坚持留下来与战友们一起同生共死打击敌人,直到身体多处中弹,再次倒在了冲锋的路上……

艾红莓哭了。

她就那样一刻不舍地望着台上的任大友,眼里的泪水不住地流了下来。

从小到大,她不记得还有谁能够像台上这个叫任大友的英雄一样感动过她,让她哭得这样淋漓,这样畅快,这样无所顾忌。

任大友的演讲结束了。

大喇叭里,《英雄赞歌》响了起来。

也许是一时的心血来潮,望着台上正在敬礼的任大友,艾红莓再也沉不住气了。

突然间,不知道又从哪里冒出来的一股勇气,让艾红莓起身冲出了人群,一阵风般地奔向了主席台。而当她终于气喘吁吁地站在任大友的面前时,她看到任大友下意识地愣怔了一下,显然,他还没有彻底反应过来。艾红莓这一出人意料的举动,立刻使得整个会场一片哗然,但那哗然之后,跟随而来的却是一片落潮般的静寂。

人们都在等待着。

艾红莓抑制住内心的激动,颤抖着目光,看着眼前的任大友,急促地说道:"任大友同志,请你……请你给我签个名好吗?"

她一边这样说着,一边把怀里抱着的那个红皮笔记本递了过去。

"嗯?"任大友抬头看着艾红莓,微笑着问道,"我该怎么写?"

那一眼,把艾红莓的心看化了。

"我叫艾红莓,苦艾的艾,红旗的红,草莓的莓……"艾红莓说。

还没等艾红莓把话说完,季红猝不及防地从一侧冲上前来,她一边生气地拉扯着艾红莓,一边催促道:"真是胡闹,你想要干什么?快下去!"

"没关系,我就给她写一个吧。"任大友看了一眼季红,又将目光落在艾红莓的脸上,亲切地说道,"艾红莓,多好听的名字,我就写'与艾红莓同志共勉'吧!"

任大友和艾红莓的话,通过台上的扩音器,被毫无保留地传到了台下。一石激起千层浪,顷刻之间,学生们如洪水一般涌动起来,蜂拥着朝台上冲过去,一时之间,局面混乱得难以控制,任凭学校领导喊破喉咙,也无济于事。

"给我签个名吧!"

"任大友同志也给我签一个吧!"

眨眼之间,台上台下乱成了一锅粥。

由艾红莓无意中引起的这场混乱,在校方领导和学生委员们共同努力,维持了很大一会儿纪律后,才总算平息下来。

那个时候,艾红莓决然不会想到,在校外不远处的一条胡同里,一场因为她而引起的另一场混乱,也已经进入剑拔弩张的地步。

事情是班里那个叫胡卫国的男生引起的。那些天里,胡卫国一直都在寻找一个合适的机会。他要当着很多人的面,向艾红莓表达自己的爱意。他希望在一个特殊的场合里,艾红莓能够接受他。但是,当他想到吴桐的时候,心里又总感到极大的不痛快。吴桐就像是一座山,每时每刻都会挡在他的面前。那座山让他觉得心烦。他曾不止一次地发誓,一定要搬掉它。

今天,他无法再忍下去了,等待许久的机会终于到来了。

在这个机会到来之前,胡卫国已经精心策划过了。就在任大友被季红推上主席台的那一会儿,胡卫国已经张罗了工人大院里的一帮小兄弟等在校门外的一条胡同口了。

工人大院和分区大院的那些子弟向来不合,这种积怨到底从什么时候开始的,胡卫国和吴桐两个人也说不上来,但是,水火不容的现实,却让他们无形中分成了两个势不两立的阵营。在他们每个人的眼里,有你没我,有我没你,由此也就注定了隔三岔五间的争吵与打斗。

胡卫国在等着吴桐。

他已经让人给吴桐捎去了口信。

时间一分一秒地过去了,按照约定好的时间,他在耐心地等待着。

吴桐不会不来的,他想。

整个等待的过程是难熬的。胡卫国一边焦灼不安地踱着步子,一边不时朝胡同口望去。看上去,就像一只热锅上的蚂蚁。

果然,就在胡卫国的耐心就要坚持到极限的时候,吴桐来了。

从胡同的另一头,吴桐骑着一辆自行车,嘴里吹着口哨,若无其事地靠了过来。

胡卫国望着吴桐,不无轻蔑地笑了笑,招呼道:"吴桐,算你有种!"

吴桐有所警觉地看了胡卫国一眼,一条腿搭在车上,冷冷地问道:"胡卫国,你想干什么?"

胡卫国斜睨着他,鼻子里哼了一声,说道:"吴桐,今天我招呼你来,是要特意告诉你,等报告会一结束,我就要向艾红莓表白了……"

"表白?"吴桐又是冷冷一笑,问道,"表白什么?"

胡卫国朝身后的一帮弟兄看了一眼,接着说道:"我要带着这些弟兄,郑重地向艾红莓表白,我喜欢她,爱她,我要让她嫁给我!"

吴桐不动声色地望着他。

胡卫国一双眼睛几乎要喷出血来,望着吴桐继续说道:"所以,从今往后,艾红莓就是我的人了,你给老子躲远点儿,不要再打她的歪主意了。"

吴桐听了,哈哈大笑起来,笑完了,却又咬着牙齿怒骂道:"胡卫国,你可真够无耻的!"

胡卫国瞪着眼睛看着他。

吴桐说:"你真是太自不量力了,你把艾红莓想成什么了?她能看得上你这小瘪三?!"

吴桐的话,立刻把胡卫国惹恼了。他的喘息声明显地粗重起来,听上去就像一头暴怒的老牛一样。但是,他在提醒自己,这个时候他是不能发作的,他必须忍,忍到报告会结束。不能不说,他之所以打算当众向艾红莓表白,也是为了做给吴桐看。

胡卫国忍着心里的一团火,朝吴桐看了一眼,又看了一眼,不住地向他点着头,末了,说道:"好,好戏就要开始了,那你就等着瞧吧!"

说罢,胡卫国朝身后的一帮弟兄挥了一下手,大摇大摆地就向着学校的方向走去。

吴桐不觉愣了一下。但他很快就反应过来,忙将一根手指含在嘴里,打了一声响亮的口哨。眨眼之间,就看到一帮年轻人一边呼叫着,一边向这边奔跑过来。胡卫国心里头不觉咯噔跳了一下,不由攥紧拳头立在了那里。

两伙人一时对峙起来。

吴桐笑了笑,盯着胡卫国,不屑地说道:"姓胡的,你不是想闹事吗?别说和我没关系,艾红莓是我喜欢的女孩,谁要打她的歪主意,门都没有!"

胡卫国迎着吴桐的目光,毫不示弱道:"那我也告诉你姓吴的,你拔刀相向,想当英雄,我也不拦你。既然你想坏我的好事,那我就让你看看,我们工人阶级的子弟也不是好欺负的。"

听了胡卫国的话,吴桐不由鄙视地笑了笑,一边绾着袖子,一边朝他示意道:"那好,姓胡的,来吧!"

胡卫国一下被激怒了,随即大吼一声:"弟兄们,上!"

说话间,两伙人纷纷亮出了挎包里藏着的板砖、棍棒和菜刀,不由分说就冲撞到了一起……

先是一个人流了血,接着又是一个人倒在了地上。

接二连三地,你一拳,我一脚,他一刀,一个一个都受了伤,一边痛苦地呻吟着,喊叫着,一边拼了命地抵挡着,厮打着,那情景既触目惊心,又惨不忍睹。

这场械斗持续了很大一会儿,才在一群荷枪实弹闻讯赶来的警察的制止中平息下来。

但是,这件事情很快就惊动了校方。

2

任大友在学校里做完了报告,在季红的护送下回到了军分区医院。两个人在病房里说了一阵子话,又一阵子话,看到任大友已有些疲劳了,考虑到他还要好好休息,季红便有些恋恋不舍地与他告别回到了学校。这期间,学校已经不再安排正课和作业,学生们早早地就离开了学校回家去了。

季红不想回家。一想起挤在筒子楼里的那个家,她就感到头痛。让她头痛的,不仅是那个鸽子笼一样狭小的房子,更让她头痛的,还有母亲没完没了的唠叨。

可是,那毕竟是她的家。直到偌大一个校园里连个人影都看不到了,整个校园渐渐变得空荡起来了,她才不得不打起精神一步一步往家的方向走去。

还没走进院子,季红就听到了一阵吵闹声从自家的房子里传了出来。

只听见一个声音嘶哑着说道:"我十一就要结婚了,你知不知道?"

声音里充满了怨气,气鼓鼓的。季红听出来了,那是大哥。

很快,便有一个声音接了他的话嚷道:"我这是回城治病,我又没拦着你结婚,你对我号啥?"

这是小弟的声音。去年的这个时候,他响应号召,到祖国最需要的地方,上山下乡去了,可是,那里的苦他实在又吃不了,便借故有病跑了回来。

显然,小弟的话把大哥给激怒了,那个嘶哑的声音便吼道:"你这一回来,我还结个屁,我可已经三十岁了!"

接下来,季红就听到了母亲的声音。

母亲的嗓门很大,但又显得无可奈何。

母亲说:"你们哥俩有话能不能好好说?没地方住,我就和你爸住到大街上去吧!"

能听出来,母亲也是带着一肚子的火气的。她这样一说,大哥和小弟两个人就不再吱声了。可是,两个人一下子哑了似的住了口,母亲却又没完没了地唠叨起来了:"老天爷呀,我这是前世造下的什么孽啊,怎么就生养了这么几个不争气的孩子。你们左邻右舍地看看,谁家的孩子像你们一样……"

母亲的话里有一种恨铁不成钢的意味。

季红有些听不下去了。她知道,只要她一脚跨进这个家门,本是狭小的房子,就更没有一个落脚的地方了。想到眼下的处境,季红的心里一下子难过起来,天下之大,却没有自己的容身之处,一个没有自己容身之处的家,还像一个家吗?想着想着,季红眼里的泪水就不知不觉地流了下来。

她已经没有勇气再走进去了。

转过身去的一刹那,她突然就有了一个想法,这个想法让她不由得一阵窃喜,心里面一霎时亮堂了许多。就像是阴云密布的夜空里,突然间闪过的一点星光一样,那光亮虽然微弱,但它毕竟给自己指引了方向,为她带来了一份意想不到的惊喜。

她想到了任大友。是的,她想,任大友一定会帮助她实现那个想法的。

一旦想到了任大友,季红突然就感到自己的身上有了力量,那种力量迫使着她再也顾不得许多了。她几乎没有片刻的犹豫,便坚定地走出了家门,向着军分区医院的方向走去了。

一路上,季红一直在思考着应该怎样把自己心里的想法说给任大友听。短短的几次见面之后,季红已经感觉到,她和任大友之间,已经建立起了一种深厚的革命友谊。只要和他在一起,她总有那么多的话说,每当这时,任大友也总是像一个认真的倾听者一样。显然,她的那些话,给他带来了快乐。而当他快乐起来的时候,他也愿意把自己的经历讲给她听。那个时候,她又突然之间变成了一个认真的倾听者。她能看得出来,他是喜欢她的,就像她喜欢他一样。

一辈子能有这样一个陪着自己说话的人该有多好!她想,她不把自己心里的想法如实说给他,又能说给谁呢?

他不会不管我的,她想。

就这样,季红一路走,一路想,来到军分区医院的时候,已是傍晚时分了,军分区医院里也已是一片灯火了。

尽管在此之前,因为到学校做报告的事情,打过几次交道,作为校方代表的季红,已经和任大友渐渐熟稔起来,但是,当她的身影出现在病房门前的时候,任大友还是不由得吃了一惊。

"你怎么又回来了?"任大友望着季红,下意识地问道。

季红走了过去。

"我还想再和你说说话儿,"季红说,"任排长,我总觉得和你有说不完的话儿。"

季红说这话时,是带着微笑的,是那种如春风一般温暖的微笑。

任大友从床上欠了欠身子,有些受宠若惊道:"让你这么牵挂着,太谢谢你了!"

季红在任大友的身边坐了下来,眼睛不舍地望着任大友说道:"任排长,你是英雄,我照顾你是应该的。"

坐在那里的季红是闲不下来的,她一边从一旁的床头柜里取了一只红苹果,左左右右端详了半天,一边自作主张地说道:"来,我给你削只苹果吃吧!"

任大友没有推辞。

季红便又把那只红苹果端详了半天,一边和任大友有一句无一句地说着话儿,一边十分小心地削起那只红苹果。

半晌过后,那只红苹果终于削好了,季红笑了笑,把它递过去,这才试探着问道:"大友同志,我有个请求,不知您能不能答应?"

任大友接过那只削好的苹果,朝她点点头,说道:"你说吧,只要我能办到的,我一定尽力。"

季红又笑了笑,久久地望着任大友的眼睛,终于鼓足了勇气,一脸渴望地问道:"我能到你们部队参军吗?"

任大友怔了一下。

季红的心跳加速了。她满眼迫切地望着任大友,等着他给她一个满意的答复。

这一下,任大友真的为难了。他一时不知应该怎样回答她的话。

季红很快便察觉到了什么,继而解释道:"英雄不是男人的专利,女孩子一样能当英雄。说句心里话,很小的时候,我就有当英雄的梦想,见到您之后,特别是听了您的报告,这个想法就更强烈了,所以……"

任大友一下也就明白了。但是听了季红的话,他还是不由得叹了口气,不无尴尬地说道:"季红同学,你看看,我现在正在养伤,以后还不知到底是个什么情况,能不能回部队还不好说。"

季红笑了笑,但她并没有就此停止自己迈向理想生活的步伐,激流勇进般地说道:"要是能参军该有多好,那样的话,我就能和你一起并肩战斗了,那才是我心中的梦想啊!"

任大友已是一脸的急切与无奈。想到自己受伤的身体,忍不住又气又恨道:"季红,我不是不想帮你实现这个梦想,你看我这头上、腰里,医生说还有弹片留在身体里,我这个样子,怕是再也回不到部队去了……"

说着说着,任大友的声音颤抖起来。

季红心里一动,忍不住眼睛湿润了。紧接着,她就把任大友的一只手握在了自己的手里。她一边闪着两点泪光,一边大胆地看着任大友,压低声音动情地说道:"那我就来照顾你,像你这样的英雄,应该有人照顾。"

任大友不敢相信地望着季红那双湿润的眼睛,片刻,试探地问道:"你是说,你肯照顾我一辈子?"

季红深深地点了点头。

任大友不由得舒了一口气,显然,他已经感到自己情感的堤坝就要塌陷了,于是,他一边微笑着,一边大胆地望着季红解释道:"我们这些伤员,受了轻伤的,等伤养好之后就会归队,那些恢复不好的重伤员,将来就要去荣军院,从政策上讲,这些人是被允许有人照顾的,到时候我可以向组织提出来……"

季红听了，眼里的泪水终于掉了下来。

那是一种幸福的泪水。季红知道，这种幸福的泪水，是她流给自己的，也是平生第一次流给一个男人的。

不论怎么讲，这都是一个美好的夜晚。这个美好的夜晚，不只是属于季红的，它还属于艾红莓。

自从听完了任大友的事迹报告会，从学校回到家来的那一刻起，艾红莓就有些魂不守舍了。她的心里全被那个叫任大友的英雄占满了。匆匆忙忙吃罢了晚饭，艾红莓就一直躲在自己的那间小房子里，再也没有走出去过。

对着那张贴在墙上的宣传画出神地望了好半晌之后，艾红莓忍不住又把那个红皮子的笔记本拿了起来。此时此刻，她一边轻轻地抚摸着任大友的笔迹，一边回想着白天里的一幕，渐渐地，她感到自己的身体里正有一股幸福的暖流在剧烈地翻滚着，她甚至听到了它的呼啸，看到了它猛烈地拍打和冲撞着自己感情的堤岸。她想让它平息下来，渐渐平息下来，可是，在她努力了一遍又一遍之后，她最终还是失败了。她已经变得不能自己，已经变得不能主宰自己了。她只有听任于它的安排，并且在它的引导下，一步一步心甘情愿又义无反顾地迈向情感的深渊。

夜，一点一点深了。

她终于打定了主意。

她决定要给他写一封信。

可是，当她把信纸铺在桌上时，一时间却又不知该写些什么了。

她的心有点乱，没有方寸的乱。于是，她索性把那支笔扔在那里，关了灯，躺在床上。一缕月光就在这时透过窗子挤了进来，又无声无息地爬到了墙上，爬到了那张宣传画上，爬到了那个战斗英雄果敢而又刚毅的脸上。

她朝那张宣传画怔怔地凝望了好大一会儿，突然又翻身起来，开了灯，重又坐在那张桌子前，咬着笔杆反复斟酌了好半天，这才满怀激动地写道：

敬爱的任大友排长：

　　今天我听了你给我们做的报告,我深深地为你们保卫祖国不怕流血牺牲的精神所感动。你那生命不息、冲锋不止的革命精神就像号角一样使我久久不能平静。我是一个极其平凡的技校女学生,但在您的感召下,我真心希望自己也能像您一样为祖国贡献出我的一切。当然,我知道对于我这样的女孩子来说,这种机会可能是根本没有的,但是我可以做我能做的一切。如果你同意的话,我愿意做你不穿军装的战友,为你这样的英雄服务,即使服务一辈子我也心甘情愿。

　　此致
革命敬礼！

艾红莓

　　艾红莓的这封信写得很短,看上去就像一张便条一样,简单而又明了。写完了,艾红莓觉得还算满意,这才不无轻松地吁了一口气,紧接着,她又把那封信认真看了一遍,之后,犹豫了片刻,便从自己的影集里,挑选了一张自己满意的照片,小心翼翼地放进了那张信纸里……

　　一夜无眠,就到了第二天上午。

　　当艾红莓惴惴不安地把那封信投进邮箱,满怀希冀地往回走的时候,正看到弟弟艾军匆匆忙忙地朝这边跑过来。

　　"姐,出大事了！"艾军气喘吁吁地说,"你快去看看吧！"

　　艾红莓看到他一脸的紧张,不知道出了啥要紧的事情,正要问他,艾军喘了口气说道:"我碰到吴桐哥带了一帮人到东郊去了！"

　　艾红莓不觉皱了下眉头,问道:"他带人到那里干什么？"

　　艾军接着说道:"是胡卫国那小子约了吴桐哥去的。"

　　艾红莓又问道:"他约吴桐干什么？"

艾军说:"还不是因为你?"

艾红莓听了,心里便明白了什么,不由得又气又恨道:"怎么又是因为我?"

艾军不知该怎么解释,忙拉起艾红莓说道:"姐,你就别啰唆了,你再不去,他们可就真打起来了,要出人命了!"

艾红莓意识到了问题的严重性,一颗心缩成了一团,一边跟着艾军急急慌慌地往前走,一边不住地骂着:"这两个人怎么像疯狗似的谁也见不得谁呀?"

骂完了那两个人,艾红莓再瞅一眼艾军,看到他已是满头满脸的汗水了,不由得又怜又气地埋怨道:"你也是老大不小的人了,怎么天天屁颠颠地跟着那个吴桐? 他一点正事儿不干,你跟着他还能学出什么好来?"

艾军听了,心里头很大的不乐意,辩解道:"姐,你不识好人心呢! 人家吴桐哥心里可是有你的,因为你,他和那个胡卫国都敢玩命。再说了,他都答应给我帮忙,让我去当兵呢!"

艾红莓撇了一下嘴,说:"就他? 他的话你也信?! 你快打住吧!"

尽管心里头一直气愤和埋怨着,可是艾红莓到底还是跟着艾军一起赶到东郊去了……

两个人来到东郊那座废弃的厂房门前时,吴桐和胡卫国的两帮人已经把血拼的阵势拉开了。艾红莓见他们的手里都拿了东西,一个个横眉立目地站在那里,全然一副你死我活的样子,不觉大吃了一惊,下意识地大喝道:"你们住手!"

吴桐和胡卫国两个人转头见了艾红莓,不觉也吃了一惊。

艾红莓一步一步走了过去,在两个人的中间停了下来。那一刻,就连艾红莓自己都感到惊讶,在那样一种十分紧张的气氛中,她竟然还能够保持如此镇定的神情。

艾红莓看看这个,又扭过头去看看那个,不屑地问道:"你们想干什么?"

吴桐上前一步,劝道:"艾红莓,这里没你的事,你躲远一点!"

艾红莓哼了一声。

"你们想打架是吗？"艾红莓追问道。

她的声音很轻，却起到了立竿见影的效果。

吴桐没有回答，把头耷拉了一下。

艾红莓转过身去，朝一侧的胡卫国靠近了一步，而后，用咄咄逼人的目光望着他的眼睛说道："胡卫国，你先用你手里的那把刀把我放倒了，然后踩着我的身体走过去再打吧！"

胡卫国没想到艾红莓会说出这样一番话来。他看了一眼艾红莓，又看了一眼吴桐，犹豫了一下，就像是中了魔法一样，那只持刀的手马上软了下来。

艾红莓接着又转过身来，用同样咄咄逼人的目光望着吴桐，问道："吴桐，你这辈子就想破罐子破摔了吗？"

吴桐不说话了。他看了艾红莓一眼，又看了她一眼，想了想，握着三节棍的那只手也跟着软了下来。

艾红莓见自己的话起了作用，心里也便有了底数，继而大声呵斥道："你俩还不快让你们的那些弟兄散了？"

两个人眨巴了一下眼睛，一齐望着艾红莓。

不知怎么，他们的心里一时就没有主意了。

正在犹豫不决时，蓦地，艾红莓皱了一下眉头，瞪起眼睛追问道："怎么着，我的话你们都不听是吗？那好吧，你们都来，一齐来，先把我剁了！"

两个人听了，这才突然间反应过来似的，鬼使神差般地朝自己的那帮弟兄挥了下手。很快，久久对峙在一旁等着一声令下上前血拼的两帮人也就陆续散去了。

艾红莓终于长长地呼出一口气来，接着，她微笑了一下，说道："来，咱们都坐下来，好好说会儿话吧！"

不管怎么说，那个骚动不安的上午，对于艾红莓来说都是有意义的。那个上午，艾红莓说了很多的话，事后想来，艾红莓感到自己对吴桐和胡卫国说过的那些话，就像是一个老师对学生说的一样，或者像一个领导对自己的下属说的一样。她的口气是那样温和,循循善诱,充满了苦口婆心的味道。她向他们说到了人生,说到了理想,说到了未来的生活和英雄主义。而当她向他们说到这些的时候,他们很快就安静下来,转眼间,一个一个都变成了懂事的好孩子一样。艾红莓对自己做的思想工作是满意的。最后,艾红莓快要把自己说得口干舌燥了,这才起身拍了拍两个人的肩膀,问道:"你们都记住了?"

两个人都朝她点了点头。艾红莓便笑了起来,说道:"好了,没事了,各回各家吧,你们都记着我的话,有本事的话你们就上战场,做真正的英雄!"

一场干戈就这样简单地被艾红莓给化解了,这让艾红莓深深意识到自己在他们心中的位置,与此同时,也深深认识到了自身的价值。

那些日子里,季红几乎变成了一个公众人物。每日里,她一刻不离地守在任大友身边,除了给他读报读信和协助他进行恢复训练,就是陪同他一起外出做报告。

在病房,任大友几乎每天都会收到一批热心人给他寄来的信件。那些给他寄信的人,除了他往日的战友,还有分布在全国各地的工人、农民和在校的师生,当然,其中不乏崇拜英雄的女孩子。他们的每一封信里,无一例外地都充满了溢美之词和仰慕之情。任大友不能怀疑这些写信人的真情,当他读这些信件时,也常常被这些寄信人感动着。开始他还会亲自动手,给他们写一封信寄过去。一方面出于感情方面的考虑,一方面还是出于礼貌。可是,这样的时间长了,他的耐心便有些坚持不下去了。那么多的来信,如果每封必回的话,会占用他很多宝贵的时间。人的精力是有限的,更何况他还是一个带病休养的人。

自从季红来了之后,这件事情也就好办得多了。季红是一个心细的人,每次来了信件之后,她总会帮着他把信拆开,然后,捡出那些看上去有些意义的信件读给他听。如果遇上了必回不可的,她还会按照任大友的意思,帮着他写一封信寄回去。这样一来,每天收发信件,不但不会让任大友觉得是累赘,还变成了一件饶有兴趣的事情。

这天上午,收发员又一次把一摞信件送到了病房里,季红接了,一边拆看着,一边有一句无一句地和任大友说着话。说着说着,突然间她就笑了起来。

"你笑什么呢?"任大友侧过头来问道。

"真逗!哎,我读给你听听……"季红一边忍着笑,一边学着有些蹩脚的方言念道,"任排长啊!俺是个农村女青年,听了收音机里你的报告,俺的心里就一直在流泪呀!俺在想,你是个大英雄,那么年轻,伤得这么重,俺的心里别提多难过了。俺整整想了一宿啊,俺下决心啦,你为国家流血牺牲,俺也不能闲着,俺要嫁给你,做伺候你一辈子的女人……"

季红的话,一下把任大友也逗笑了。

季红边笑边望着任大友,打趣道:"你说,这么多女孩子要嫁给你,你挑得过来吗?"

任大友听了,把眼泪都笑出来了。他一边抹着眼角,一边有些尴尬地说道:"这些女孩子崇拜的是英雄,也许见了我本人就没有那种感觉了。"

"任排长,可别这么说,"季红说,"没见你时,我是崇拜你,见了你,你就变成亲人了。"

任大友仍坐在病床上不停地笑着,等他渐渐止了笑,平静下来时,一双眼睛便望定了季红,认真地问道:"季红,那你说实话,像你们城里女孩子,又漂亮又有文化,能爱上我这样的人吗?"

季红一下就变得有些羞涩起来。任大友从她那张羞涩的脸上,似乎读懂了一切,突然又觉得自己的问话实在有些唐突,便有些不好意思地把头转向了窗外。窗外的那棵白杨树上,一只不知从哪里飞来的花尾巴喜鹊,正在那里欢快地鸣叫着。

接着,季红又顺手拈起一封信。当她在匆忙之间看清了信封上熟悉的字迹和寄信人的地址时,一双手不觉抖了一下,脸上的笑容立刻凝固了。她还没将那封信撕开封口,就慌乱地塞进自己的衣兜里了。

窗外的那只花喜鹊仍在欢快地鸣叫着,任大友几乎要看得出神了,他从内心里觉得,那只花喜鹊就像季红一样,给他带来了无与伦比的安慰与快乐……

在医院,季红是少不了要与辛明碰面的。每次见了季红,无论她在做什么,辛明总要和她说说话儿。

"季红,你是有眼光的。"辛明半开玩笑半认真地说,"我是多么希望早日吃到你和任排长的喜糖啊!"

季红听了,不说什么,一脸幸福的样子。

辛明望着季红一脸的幸福,由不住喃喃自语道:"真是个好姑娘!"

日子就这样风平浪静地过着。

季红和任大友的事情,还是后来王惠告诉艾红莓的。

那一天,艾红莓正心烦意乱地坐在家里想心事,王惠兴冲冲地来找她了。这一次,王惠给她带来了几个人的消息。王惠不无兴奋地告诉她,现在她爸爸正在给自己办理入伍手续,入伍的单位就在军分区医院。王惠还告诉她,吴桐也要准备参军入伍,不过,那家伙就像中了邪一样,发誓要到有战争的地方去当兵,还信誓旦旦地要成为一个英雄凯旋呢!但是,说到季红的时候,王惠竟难以理喻地惊讶道:"她和任大友好上了!"

艾红莓心里一怔,定定地望着王惠问道:"你怎么知道的?"

王惠说:"这事儿整个军分区医院里的人都知道了,我怎么就不知道?"

艾红莓的心一下就乱了,没着没落地乱了。

见艾红莓痴呆呆地坐在那里,整个人就像失了魂儿一样,王惠小心地问道:"艾红莓,你怎么了?"

艾红莓有些凄楚地朝王惠笑了笑,淡淡地说道:"没什么。"

王惠叹了口气,触景生情一般地说道:"你看,咱们几个,说话的工夫就毕业了。大家一毕业,就要各奔东西了……"

王惠再说些什么,艾红莓已经听不进去了。那一刻,艾红莓突然觉得自己的心里就像是打翻了一只五味瓶一样。王惠给她带来的消息,让她一下子有了某种预感。也许,她再也不会收到任大友的回信了。

然而,这天下的许多事情,每时每刻都充满了变数,谁又能一清二楚说得明白呢?

季红做梦都没想到,那件天大的事情竟然会降临到自己的头上。它来得那么快,那么迅捷,甚至没有一点儿铺垫,就突然一下子降临下来了,就像是万里无云、阳光灿烂的正午,横空劈下的一记响雷,让没有一点心理准备的季红,一时间惊呆了。

这天上午,季红为任大友洗完了衣服,在院子里晾晒完了,端着一只空脸盆从院子里回来,经过医生办公室时,透过虚掩的房门,正听到柳护士长和人说话。她一时间觉得有些好奇,便不由自主地把步子放慢了下来。

只听到柳护士长问道:"黄医生,任大友的伤情到底怎么样,听说民政局那边要把他转走,安排到伤残军人休养所去了。"

片刻,就听到一个中年男人的声音传了出来。那个声音显然就是黄医生的。黄医生说:"从检查报告上看,任大友头颅里有弹片,当然,最重要的是他的腰椎受伤了,也有弹片在里边。因为离神经太近,无法进行手术,现在看来,即使他能够走路,恐怕以后也是个废人了,神经已经伤了,照这样看,以后的生育都没办法完成的。"

说到这里,黄医生禁不住叹了一口气:"说起来,也真是可惜!他这么年轻,就是结了婚也没用了!"

季红听了,一颗心不由得缩紧了,手里端着的那只空脸盆,差点儿掉到地上。显然,黄医生的话,柳护士长也没有料想到,柳护士长紧接着又问道:"任大友的病情这么严重,他自己知道吗?"

少顷,黄医生说道:"现在任大友以养伤为主,我们可不能影响他配合治疗的积极性。"

"照这么说,任大友以后不应该结婚了?"柳护士长追问道。

黄医生接道:"他以后的生活需要有人照顾,对于这件事,院领导已经做了指示,他的伤情可是要严格保密的,就算他本人来,也不能说出实情……"

季红一下就蒙了,彻底蒙了。

她已经没有办法再听下去了。她突然感到自己的整个身子就像一摊烂泥一样瘫软得厉害。怕被人发现,她开始跟跟跄跄往病房走,可是走到一半,又恍然意识到了自己的错误,便又悄悄躲在一个不被人注意的拐角处,当她重新梳理了一番思路,认真回味了一遍柳护士长和黄医生的对话之后,仍是感到难以置信。好大一会儿,她才努力让自己的情绪渐渐平复下来,紧接着,一个念头就像雨后的野草一样从她的心里冒出来了。她再次来到医生办公室的门前,透过半掩着的房门,看到偌大个办公室里已经空无一人了。于是,她放下心来,推开房门,快速走了进去,反身又把房门掩上。之后,从一张办公桌上,她很快就找到了任大友的那一份病历。紧接着,她无比紧张地颤抖着一双手,开始在那份病历上慌乱地翻看起来,最终,从最后确诊一栏里,她看到了这样的几行字样:

1. 大脑内残存弹片两块:0.5×2,1×0.7。
2. 腰椎弹片一块:0.4×0.8。
3. 脊椎神经元受损,尚无法修复。

望着那几行字,季红彻底惊呆了。

季红终于意识到了问题的严重性和现实的残酷性,担心被人发现,她旋即离开了医生办公室。不料想,在走廊里,竟迎面遇到了辛明,她甚至没有想到和他打一声招呼,就六神无主地走了过去。就这样,直到走出了医院的大门,她的步子才渐渐加快起来。她想找一个地方坐下来,好好理一理,好好想一想自己的未来。最终,她竟然鬼使神差般地来到了医院附近的一片小树林里。树林子很静,几乎看不到一个人影。一旦坐下来之后,季红就再也无法控制自己的情绪。她就像一个受了天大的委屈的孩子一样,泪水顺着脸颊不住地滚了下来。一桩桩往事,电影一样在眼前晃动着,每一桩都与任大友有关。可是,他们的生活与梦想才刚刚开始,难道就要无情地结束了吗？这样不知过去了多久，季红眼里的泪水流干了，接下来，她却不知如何是好了。她已经迷失了。

夜幕那么快就降临了。天色暗下来的时候，季红终于想到了回家。夜色中的大街上，行人稀少，失去了白日的喧闹。望着那条空旷的街道，季红突然感到了孤单，从来没有过的孤单。那种孤单的感觉，让回家的路变得漫长起来。

回到家里时，夜已经很深了。母亲打开门，看了她一眼，有些惊诧地问道："你不是在医院照顾英雄吗，这么晚怎么又跑回来了？"

季红感到自己的心针锥一样地疼了一下。

她一边往屋里走，一边没好气地回道："又不能照顾英雄一辈子，我咋就不能回来了？"

一句话没有说完，季红的眼里又蓄满了泪水。

母亲追问道："你不是说和那个任大友确定恋爱关系了吗？"

"现在没了，"季红心烦气躁地望着母亲说道，"妈，有些事你不知道，这关系没法再保持下去了。"

母亲听了季红的话，显然已经觉察到了什么，她一边费解地望着季红，一边责怪道："你都二十一了，怎么还是今天风明天雨的？你想想，你和任大友的关系一确定，留城就是个板上钉钉的事儿。任大友是英雄，国家会管他一辈子的，这好的条件，你犯的哪门子傻？你说清楚，你和任大友怎么了？"

季红不知该怎样向母亲说明其中的原委，她的心里已经烦乱得一塌糊涂了。

"我的祖宗，你倒是说句话呀！"母亲还在追问着。看来不问出个实情来，她是不肯罢休的。

"妈！"季红望着灯光里的母亲，突然失声痛哭起来，她一边哭着，一边有些难堪地说道，"他的伤让他做不成男人了，你不能让我跟着这样的人过一辈子吧？！"

母亲一下子惊住了。

3

季红不告而别，一连三天没有在医院露面，这让任大友感到十分不解。

她为什么不辞而别？她到底去了哪里？任大友一遍一遍地追问着自己，这种追问带着一种莫名的自责与内心的痛苦。

她怎么说不回来就不回来了？

没有了季红，就像是突然间失去了一双臂膀一样，任大友感到自己的情感世界轰然一声就坍塌了。一个世界坍塌了，世界也就陷入了无边的黑暗里。任大友感到已没有力量能拯救自己了。

柳护士长到底是个聪明人，她看到任大友整日里愁眉不展的样子，与季红在的时候判若两人，心里一切便都明白了。没等任大友开口，便亲自找到了季红家。可是，她万万没想到的是，季红并不见她，而季红的母亲却言辞闪烁，推说季红只是一个到医院实习的学生，来和去都是她的自由。一句话就把柳护士长打发回去了。

回到医院的柳护士长，把情况如实告诉了任大友。任大友更加不解了。

难道季红当时对他说过的那些热心热肺的话都是假的？

这样想过了一遍又一遍，任大友一次又一次推翻了自己，不会的，季红不会是那种人。

可是，既然她不是那种人，那为什么无端地就不来了，一连几天再也见不到她的踪影了？

任大友就像一下子掉进了迷宫里一样，既找不到出口，也寻不到来路。他有些迷茫，还有些困惑。

如果她真的从此之后不再回到他的身边来，他想，他一定要寻找到一个合适的机会，当着她的面去问问她。他不想就这么糊里糊涂地一直被蒙在鼓里。他无法忍受这种情感的折磨。

艾红莓得知季红离开任大友的消息已经是一周后了。

那天上午,艾红莓刚从家里走出去,就遇到了吴桐。

吴桐在离大门口不远的地方已经等了很久了。

艾红莓看到吴桐一副心事重重的样子,感到有些诧异,不知发生了什么,便走过去小心地问他,他也便把自己报名参军的事情一五一十地对她说了。吴桐一脸失落地告诉她,因为他和胡卫国打架的事情,学校已经把记过处分塞进了他的档案,所以,在入伍政审那一关没有通过,便被招兵单位的人刷了下来。他本想让父亲替他走走后门说说情的,可是谁想到,却被身为副司令的父亲臭骂了一顿。

吴桐满脸沮丧地说:"看来,入伍这条道我是走不通了。"

艾红莓听了,禁不住也责怪起他来,说道:"当初你如果不这么胡闹,怎么会挨了处分呢?现在知道后悔了吧!"

吴桐叹了口气,突然抬起头来,望着艾红莓问道:"说说看,你是怎么打算的?"

我?艾红莓一下子被吴桐的话问住了。至于毕业后的分配问题,她还真的没有认真考虑过。现在,当吴桐郑重其事地向她问起这件事来的时候,她突然之间就意识到了毕业已经迫在眉睫了。人生最为紧要的时刻很快就要到来了!

艾红莓想了又想,终于说道:"可能得下乡吧,留城根本没指标。"

艾红莓没有想到,她的话刚一出口,吴桐马上就接道:"那我也下乡!"

吴桐的话是认真的,他的口气也是坚决的,充满了毫不动摇的意味。这一点,艾红莓是看得出来的。

艾红莓一下子就慌了。她突然意识到了某种潜在的危险,连忙说道:"不,吴桐,你和我们不一样,王惠又对你那么好……"

艾红莓的话刚说到了一半,就被吴桐堵住了。

"别提她,"吴桐大胆地望着艾红莓,终于敞开心扉表白道,"我喜欢的是你,难道你不知道?"

艾红莓有些不知所措了。

她把头低了下来。

"谢谢你,可是,我不能……"

艾红莓欲言又止。她不知道应该再对吴桐说些什么,便急急地迈开步子向前走了。

"艾红莓,艾红莓……"

身后传来吴桐的急切的呼喊声。

艾红莓感到一颗心一下子软了下来。她想了想,终于还是停下了步子,回过头来,认真地看了吴桐一眼,似乎自言自语般地说道:"吴桐,你要是英雄,那该有多好!"

吴桐显然已经听到了她的话。

她看到吴桐的眼睛里有两粒闪光的东西滚动了一下,接着,她听到他发誓一般地大声说道:"艾红莓,你要记着,我吴桐会成为英雄的!"

艾红莓朝他笑了笑。她自己能够感觉出来,她的笑,有些酸涩。

艾红莓更没有想到,当她在街道上百无聊赖地转了一大圈儿,终于又回到家来的时候,在家门口,竟又迎头看到了王惠。

王惠一眼见了她,立刻奔跑过来,急三火四地说道:"艾红莓,你跑哪里去了?我等你好久了!"

还没等艾红莓说什么,王惠一把拉起她便走,边走边道:"走,快跟我去看看季红。"

"季红怎么了?"艾红莓问道。

王惠一时不知该怎么向她解释,不耐烦地说道:"你就别问了,见了季红就知道了。"

就这样,艾红莓被王惠不明就里地带到了季红家。

季红听到王惠的喊声,打开院门走了出来。不等季红说话,王惠便一脸严肃地劈头问道:"季红,听柳护士长说,你都好几天没去陪英雄了,到底咋回事?"

季红不觉怔了一下,她看了王惠一眼,又把目光落在艾红莓的身上,神情突然就变得有些紧张起来。支支吾吾了半响,季红终于吞吞吐吐地说道:"是这样,我二哥从农村回来,家里一大堆事,走不开呢!"

王惠认真地看着季红,她的目光里充满了怀疑。

"季红,咱们是好朋友,做人要诚实,"王惠接着埋怨道,"你离开英雄这么多天,总该打个招呼的,应该把话说明白才是。"

艾红莓发现在王惠说这话的时候,季红的脸上红一阵白一阵的,意识到季红的家里可能真的有什么脱不开身的事情,正要帮着季红说句话儿,猛然间看到她的目光已经闪电一样地落在了自己的身上,与此同时,她的嘴角旋即绽出一缕笑来,只听她说道:"实在不好意思,这都怪我,你们看这样好不好,艾红莓,你不是特想和英雄任大友在一起吗,你能不能替代我去照顾他?"

艾红莓一时没有反应过来。

王惠听了,望望季红,又望望艾红莓,却一下子激动起来,转头对艾红莓说道:"如果这样的话,那是太好了!"

艾红莓终于明白过来,望着季红小心地问道:"季红你没开玩笑吧?"

季红笑着摇摇头,爽快地说道:"去找柳护士长吧!"

艾红莓还是有些不肯相信,又把目光落在季红脸上,再次问道:"季红,任排长那里你真的不去了?"

季红认真地点点头:"肯定不去了,你和任排长咋地都行!"

说到这里,季红突然间想起什么似的补充道:"我可是和他啥关系都没有的,你们可别听一些人瞎嚼舌头。"

王惠笑了笑,艾红莓也跟着笑了笑。

事不宜迟,两个人离开了季红,便有说有笑地径直朝军分区医院走去了。

从季红家去军分区医院的路上,艾红莓的心一直是激动着的。当一种梦想即将成为现实的时候,艾红莓被莫可名状的幸福包围了。幸福来得如此突然,这使得她感到了一种晕眩。她想,她应该感谢季红给了她这样一个面见英雄、照顾英雄,并且与英雄一起生活的机会。她一边快速地迈动着脚步,一边想象着和英雄在一起的生活,心里头就像抹上了蜜一般。

可是,艾红莓还是高兴得有些太早了。半个小时之后,当王惠带着她找到了柳护士长,将事情的来龙去脉细说了一遍,两个人又在柳护士长的带领下找到了任大友病房时,艾红莓没有想到,迎接她的竟是兜头泼来的一瓢凉水。

任大友得知来意,朝她们匆匆看了一眼,便有些厌恶地把头别到一边去了。

"走吧,你们都走吧,我谁也不想见了!"任大友决绝地说道。

任大友的表情冷得就像一块冰。

几个人一时觉得有些难堪,不尴不尬地愣在那里,再不知应该说些什么了。

随后,柳护士长只好带着王惠和艾红莓从任大友的病房里走出来。

"今天你们也看到了,艾红莓同学,我代表分区医院外科护士们谢谢你了。"柳护士长有些无奈地叹了一口气,十分抱歉地望着王惠和艾红莓说道,"你们还是请回吧!"

艾红莓的眼睛一下就湿了。

她觉得自己受了委屈,一种不被人理解的委屈。她想,如果一个人能把自己的心扒出来的话,她一定会毫不犹豫地扒给他看。她要让英雄看一眼,她的心是红的,是热的。

艾红莓犹豫了一下,最终还是极不情愿地和王惠一起走出了病房的走廊。

可是,当她走到医院大门口时,她的步子不由得又停了下来。

她不甘心。她想,她不能就这样走了,就像一个败兵一样走了。她要向他讨个说法。他不是一个铁石心肠的人,他一定有自己的难言之隐。

她想和他聊一聊,好好地聊一聊。她是那么迫切地想接近他,想走进他的心里。她相信自己,不会让他失望。

想到这里,艾红莓便打定了主意,咬着嘴唇说道:"王惠,我要单独见见他。"

她的声音很轻,但她的口气听上去竟是那么执拗。

说完这话,艾红莓再也顾不得许多,反身便向病房走去了。

王惠没再说什么,望着艾红莓的背影,她有些不解地摇了摇头。

片刻之后,当艾红莓再次站到了任大友病床前时,任大友深感意外地看了她一眼。就是这一眼,让艾红莓十分敏感地捕捉到了他眼角的那抹泪痕。

她的心动了一下,一双手绞在一起,立时显得局促不安起来。

"艾红莓同学,你回吧,我真的不需要。"任大友又朝她看了一眼,喃喃说道。

艾红莓感到一阵难过,眼里的泪水不知不觉又一次涌了出来。

她听到任大友叹了一口气,问道:"你想说什么?"

显然,他的态度已经缓和了许多。

"我,"艾红莓大胆地望着任大友,终于鼓足了勇气说道,"任排长,我替季红向你道歉,她家里虽然有事,但她不该不辞而别……"

她突然觉得自己有些语无伦次。她的内心毫无来由地慌乱起来。

任大友表情痛苦地向她摆了摆手,有些费解地看着她,问道:"你为什么要这样?"

"我什么也不为,因为你是英雄!"艾红莓说道。

英雄?任大友有些凄苦地笑了笑,问道:"英雄就需要你来照顾吗?"

"我是真心的,"艾红莓说,"我崇拜英雄,从小就崇拜英雄,我只是想为你做点什么,发自心底地想为你做点什么……"

任大友听了,又有些凄苦地朝她笑了笑,说道:"你看,我这不是很好吗?我没说需要你来照顾,也不需要你来照顾。"

"不,你需要,你的病情还没有完全康复……"

任大友认真地望着艾红莓,眼眶里突然间蓄满了泪水,说道:"那个季红当初也是这么说的,你们说的竟然这么一模一样,可是结果呢?"

"我和她不一样,她是她,我是我。"艾红莓说,"任排长,我即将毕业了,在毕业前,我想尽我的努力,照顾好你,为了英雄早日康复尽我一点力量,如果你同意,我一定努力做得比季红好,绝不会不辞而别……"

任大友怔怔地望着她,似乎在认真思考着什么。

"任排长,你为保卫国家光荣负伤,血流在你的身上,疼在我们的心里。"艾红莓继续说道,"你要知道,你不仅仅属于你自己,你还属于大家,属于整个社会。请给我一次向英雄学习的机会吧!"

说到这里,艾红莓再也无法遏制自己夺眶而出的泪水。

她的话很动情,她几乎在向他恳求了。

艾红莓一边流着泪水一边又说道:"任排长,你的签名我留着呢,这些日子里,我每天都会看到它,每次看到它,我总会不由自主地想到你,它会永远伴随着我,激励我的一生……"

说着说着,艾红莓的声音就有些哽咽了。

"如果你还不相信,请给我几天的时间好吗?不,一天,就一天……"

任大友听艾红莓这样一字一句说着,终于有些心动了。这样执着的女孩子,他还是第一次见到呢!

任大友不觉长长地叹了一口气,缓缓把头转向窗外。此刻,他正看到两朵白云,在大海一样蔚蓝的天空里无声无息地飘动着……

艾红莓总算被留了下来。

可是,接下来的事情并不像艾红莓所想象的那样顺利。艾红莓发现,每当她和任大友在一起的时候,任大友的话总是很少,无事可做时,他的目光就会出神地望向窗外,一望就是大半晌,好像满腹心事的样子。艾红莓是不愿意打扰他的,然而这样的时候长了,艾红莓就又觉得也许是因为自己不好,才把任大友惹得不高兴的,但是想来想去,又实在想不出自己到底不好在哪里。一天,她见了辛明班长,就把这件事儿对他说了。辛明班长望着她,想了想,终于说道:"我能理解任排长,我想,他的心里还是一时忘不了一个人呢!"

艾红莓似乎明白了什么:"你是说,季红?"

辛明点点头,心思很重地说道:"你去找找季红吧!"

辛明又说:"是这样的,艾红莓同学,我们任排长爱上季红了。可现在季红不辞而别,任排长受刺激了,这样对他恢复很不好,求求你,一定劝季红回来,我代表我们全排的战友求你了!"

辛明的话让艾红莓感到意外,忙问道:"辛班长,季红和任排长恋爱了?"

辛明又点点头,说道:"季红怎么想的我不知道,反正任排长动真心了,否则,他不会这么伤心的。"

艾红莓低下头来思忖道:"我明白了。"

这话说过的第二天,艾红莓没顾上细想,当真就找到了季红。看上去,季红一副欢天喜地的样子,还没等艾红莓说什么,她就把学校准备推荐她参军入伍的事情说了。不过,因为目前正在搞上山下乡动员,征兵工作恐怕要往后推一推。校方的意思是,让她带个头,先报名下乡再说。

"这不,我正在写请战书呢!"季红兴奋地说道。

艾红莓一直等她把话说完了,这才定定地望着她说道:"季红,我问你,你和任排长到底咋回事?"

季红被艾红莓的话问住了,但是很快她就变了脸色,正色道:"艾红莓你在说什么呢,我和任排长还能咋回事?"

艾红莓说:"我听辛班长说了,你和任排长是恋爱关系。"

季红听了,表情变得严肃起来:"艾红莓,我怎么会和他谈恋爱呢?这种事可不能乱说的。"

艾红莓认真地望着季红,继续问道:"你真的没有?"

季红突然不自然地大笑起来,笑完了,这才说道:"艾红莓你真逗,实习才几天的工夫,我怎么就和他恋爱了?真是听风就是雨,我已经对你说过了,你可别听那些人胡说八道。"

艾红莓吃惊地望着她,说道:"即便不是谈恋爱,你也该去看看任排长呀!"

季红显得有些不耐烦起来,摇摇头说道:"我跟你说过了我没空,技校的赵主任找我去搞分配动员,我不是和你说过了吗?你别逼我。"

说着,季红把头扭到一边去了。

"季红,我真的不是想逼你。"艾红莓继续说道,"可是你总不能说不理就不理任排长了啊!他是英雄,他为国家流血牺牲,我们怎么能这样对待他呢?你知道你这样做他会多寒心吗?"

季红听了,一下又变得激愤起来,盯着艾红莓说道:"艾红莓,我崇敬英雄、爱戴英雄不假,但我总不能因为他是英雄我就嫁给他啊!如果明天再出现一个李排长、王排长,难道我都要嫁给他们才行吗?求求你艾红莓,你帮帮我,让他忘了我吧!"

艾红莓听了,情绪一下子失控了,大声说道:"季红,你让任排长爱上了你,你却撒手不管了,这叫背叛。"

季红无法接受艾红莓的话,禁不住怒喊道:"艾红莓你疯啦?你凭什么说我是背叛?难道我不嫁给他我就成了反革命不成?你那么爱英雄,那你为什么不嫁给他?"

艾红莓难以理解地摇着头,激动地说道:"季红,你怎么能这么不负责任?如果他愿意,我可以照顾他一辈子,可他喜欢的是你。如果不是辛明班长让我来找你,你以为我会到这里来求你吗?你不配!"

说完,艾红莓转头走开了。

走出好远,艾红莓听到季红在她身后愤愤地喊道:"站着说话不腰疼,我就不信你能嫁给一个残废!"

季红的声音她听到了,真真切切地听到了。她没再回头。她担心自己一回头,就不再是她自己了。她会变得暴怒起来,就像一头嗅到了血腥的母狮一样。她怕她一回头,多少年的同学感情就戛然结束了。

她的眼里流出了痛惜的泪水。

艾红莓回到病房,再次面对任大友的时候,一张脸上就有了难色。她一边小心地为任大友削着苹果,一边想着该怎样向他解释所发生的这一切。

任大友见她有些不快,突然就想和她说说话了。

任大友说:"小艾,我娘信上说,过一阵她要来看我。"

任大友说:"其实,我知道,她是想来看看季红的,季红的事我写信都告诉她了,就连整个村里的人都知道了。我们老家地方小,这么多年也没出息个什么人,我当兵在村里是个大事,都盼着我能出息,为村里人增光呢!"

艾红莓点点头,又点点头,把要说的话憋在心里,眼圈儿却不知怎么红了起来。

任大友犹豫了一下,小心地问道:"小艾,我问你件事儿,这些天,你见到季红没有?"

艾红莓感到一颗心咯噔跳了一下,手里削着的那只苹果差点儿掉到地上。

抬起头来的时候,艾红莓朝任大友笑了笑,那笑却有着一种难言的苦涩。艾红莓一边这样笑着,一边说道:"我昨晚上还见着她来着。"

她尽量让自己变得自然一些,她不想让任大友从她的脸上看出什么破绽来。

任大友接口问道:"她怎么样?"

艾红莓把那只削好的苹果递到任大友的手里,说:"任排长,你不用挂念她,这些日子她很忙,学校要毕业分配了,她实在抽不出时间来看你。"

任大友听了,点点头,接着又摇了摇头,问道:"她没说什么时候来吗?"

艾红莓不禁有些慌乱起来,想了想,便把话岔开了,搪塞道:"可能忙完这阵子就会来了吧,来,你快把苹果吃了,吃完了咱好锻炼。"

任大友就不再说什么了。

可是几天过后,任大友仍然没有等到季红的消息,更看不到她的人影。这个曾经让他心存爱恋的女孩子,似乎一下子就消失得无影无踪了。

任大友突然间就有了一种不祥的预感,他一把拉过艾红莓问道:"小艾,你对我说句实话,季红她到底因为什么不来看我?"

艾红莓看到任大友那双眼睛里布满了难以言说的忧愁、苦痛和莫名的愤懑。

她不敢正视那双眼睛。

她更不知该如何回答他。

任大友急了,继续追问道:"你说话呀,你看着我,回答我!"

艾红莓一下子慌了,她胆怯地躲过了任大友复杂的目光,一颗心缩紧了说道:"任排长,你不要生气,我想,你还是把她忘了吧。季红做得不对,我替她向你赔礼了!"

任大友慢慢把手松开了。

直到今天,他终于明白了一个事实,一个残酷的事实。季红,那个曾经对他发誓会好好照顾他一辈子,让他深怀爱恋的女孩子,再也不会回到他的身边来了。

任大友的眼里含满了泪水。

他立时变得暴怒起来。

"她就是一个骗子,骗子!可她亲口对我说要照顾我一辈子的!"

艾红莓不知道该如何安慰他,忙又说道:"对不起,任排长,求求你不要生气,我虽不是季红,但我可以保证,我比她对你更好!"

任大友气鼓鼓地坐在那里,努力平静自己的情绪。好大一会儿,他才算缓和了一些,望着一旁的艾红莓说道:"好吧,小艾,你不是说过几天你们学校要举行毕业典礼吗?我想,那时季红一定会去的,我也要去!"

艾红莓听了,不禁惊诧地张大了嘴巴。

任大友如此决绝的口气,让她突然间预感到了什么,那种预感,让她一下子变得不安起来。

尽管艾红莓怀有种种担心,但是,说话的工夫,还是到了毕业典礼那一天。

虽然为了季红,更为了任大友,艾红莓想尽了一切办法,十分委婉地再三劝说他,由于身体上的原因,最好还是不要去参加毕业典礼为好,可是,任大友压根就听不进那一套。面对艾红莓的百般劝说,他再没多说一句话,看上去,他就像一个突然失聪的哑巴,表情坚硬得如同一块石头。

她知道,她是拗不过他的。

她不得不尊重他的本意,让他坐在轮椅上,把他推到学校去。

毕业典礼现场就布置在上次任大友做报告的那个地方。怕引起别人的注意,任大友特意在典礼开始之后,让艾红莓把他推到了一个并不显眼的地方,在那个地方,他可以很清楚地看到主席台上的一切。

毕业典礼仪式很快就开始了。

按照程序安排,先是学校的校长讲了话,接着又是班级的负责人讲了话,随后,就轮到了学生代表季红出场。

季红的出场不能不说是带着一种悲壮的色彩的。她昂首挺胸走上台的步伐就像是早就被她设计好了一样,刚毅、坚定,却又稍稍带着些微不易察觉的幼稚,看上去,就像是一个将要出征的革命者。

自然,她的荣耀登场,赢得了台上台下一片潮水般的掌声。她就在那潮水一般的掌声里,站定在主席台上,环视了一遍整个现场,忐忑不安地等待着大潮退去的那一刻,紧接着,她落落大方地展开一页稿纸,铿锵诵念道:"决心书——东风浩荡红旗飘,革命形势无限好!毛主席教导我们说:世界是你们的,也是我们的,但是归根结底是你们的。你们青年人朝气蓬勃,正在兴旺时期,好像早晨八九点钟的太阳,希望寄托在你们身上!毛主席的话是对我们的鞭策,为此,我在这里代表全体革命小将向毛主席他老人家表示我们的决心:到农村去,到边疆去,到祖国最需要的地方去!同时,我个人为了表达我响应毛主席号召的决心,从现在起我将我的名字改为季红阳,意思就是我要像毛主席他老人家说的那样,做早上八九点钟的太阳,响应伟大领袖的号召到农村去,广阔天地,大有作为……"

任大友一直望着台上的季红。从此以后,她成为既陌生又熟悉的季红阳。与此同时,坐在台下的吴桐和王惠在不经意间也发现了任大友和艾红莓。

季红阳说到这里,停了下来,朝一侧的"光荣榜"走过去,而后,拈起一支笔来,毫不犹豫地在那块光荣榜上写下了"季红阳"三个大字。转过身时,季红阳已经激动得热血偾张了。如同脱胎换骨一般,她那张青春焕发的脸上现出了健康的红晕。

"同学们,来吧!"季红阳望着台下黑压压的人群,突然振臂高呼道,"让我们一起投身到广袤的内蒙古大草原,投身到美丽的天山山脉,投身到三大革命的运动中去!如果你是个热血青年,如果你是毛主席的红卫兵,那还在犹豫什么?"

说到这里,季红阳停顿下来,一双眼睛缓缓环视着偌大的典礼现场。

整个现场一下子静了下来。

就在这片难熬的寂静里,吴桐忽然从自己的座位上站了起来。之后,旁若无人地向台上走去。

季红阳满腹狐疑地看着他,她不知道接下来将会发生什么。这个家伙是什么样的事情都能干得出来的,她很担心在今天这样一个隆重的场合里,他会做出什么令人匪夷所思的事情来。如果那样的话,她会感到十分难堪。就这样,她的目光一直追随着他,并且一刻也没有放松对他的警惕。

可是,当吴桐走到了她的身边,接着又目不斜视地从她的身边经过时,她看到他并没有像她想象的那样,他走起路来的样子,仍是那样漫不经心。他并没有搭理她,就好像她根本不存在一样。之后,他终于站定在主席台的正中位置,意味深长地朝远处瞥了一眼。他看到艾红莓正扶着那把轮椅朝这里眺望着。

吴桐笑了笑,那笑里有着明显的嘲讽意味。

接着,吴桐说话了。

吴桐说:"下乡怎么了?下乡也照样当英雄!"

他的话是说给艾红莓听的,这句话,也只有他和艾红莓明白。

吴桐没有再说更多的话,便蓦然转过身去,赌气一样地在那个光荣榜上草草地签下了自己的名字,而后,把笔一扔,朝台下走去了。

片刻之后,台上台下的人才终于反应过来,随后,一阵掌声响了起来。

季红阳见状,一下子激动起来,她的鼓动工作收到了成效,她不能不为此感到高兴。

"好,同学们快看,吴桐可是部队高干子弟,他都放弃参军了,我们要向吴桐学习,向吴桐致敬!"

一石激起千层浪,几乎在刹那间,台下的人们如起起落落的大潮一般骚动起来。

随后,胡卫国也大摇大摆地走了上去,在光荣榜上歪歪扭扭地写上自己的名字,走了。

众多的学生不甘落伍,一个跟着一个地都走上台去,陆续签下了自己的名字。

任大友见时机已到,回头看了一眼艾红莓,说道:"推我过去!"

他的口气是命令式的,是不容有片刻的犹豫的。

然而,正当艾红莓推着轮椅向主席台方向走去的时候,台上的季红阳透过人群,突然间发现了那张熟悉的面孔。季红阳很快便反应过来,于是,再也顾不得许多,迈开步子急急匆匆便朝台下走去……

艾红莓是在学校门口追到季红阳的。

艾红莓气喘吁吁地站在那里,拦住了她的去路。

艾红莓死死地盯着季红阳,说道:"季红阳你太不够意思了,任排长都来了,你却连声招呼都不打。"

季红阳为难地望着艾红莓,说道:"我该说的都说了,你还想让我怎么样?"

艾红莓说:"做人不能这么无情,你知道,任排长是专门来看你的。"

季红阳见走不脱,立时被激怒了:"艾红莓,你有情,你有义,那你嫁给他好了,请你不要再这么纠缠我了!"

说着,季红阳推开面前的艾红莓,一口气朝远处跑去了。

就在这时,任大友已经悄悄滚着轮椅过来了。显然,艾红莓和季红阳两个人的争吵,任大友都听到了。望着远去的季红阳的背影渐渐从小街上消失了,任大友终于明白,有些东西逝去了,就再也追不回来了。

任大友感到了悲伤,从来没有过的悲伤。那种悲伤的感觉就好像是被谁捅了一刀,狠狠地捅在心脏那个地方,流着血,很痛,痛不欲生……

艾红莓推着他一步一步回医院的途中,经过一段新修的路基。

他感到自己的心里很乱,便让她停了下来。

他说:"我想安静一会儿,小艾,你在这里等我一会儿……"

艾红莓能够感觉到,任大友在说这话时,带着无限的疲惫。

艾红莓顺从地站在那里,望着任大友艰难地滚动着轮椅,走到路基旁的一座土坡上。可是,当艾红莓很快便意识到了某种潜在的危险时,一切都来不及了。任大友猛地扳动了车轮,朝土坡下冲了过去……

接下来发生的事情已经可想而知了。

满面带血的任大友很快被送到了医院。

好在任大友的伤势并不严重,除了面部受了些皮外擦伤,其他并无大碍,但这足以让柳护士长捏了一把汗,朝艾红莓大发了一通脾气。尽管艾红莓一边流着眼泪,一边向她百般解释,但是,正在气头上的柳护士长,还是毫不留情地把她赶出了病房。

"你就是这样照顾英雄的吗?"柳护士长望着站在那里悔恨难当的艾红莓,责怪道,"求求你不要再给我们添麻烦了,我们不希望看到任排长再出现这样的问题了。"

"任排长需要休养,"柳护士长最后看了她一眼,有些厌恶地朝她挥挥手,说道,"你快走吧,快走吧!"

柳护士长在下逐客令了。

艾红莓感到了极大的委屈。眼前的现实已经让她没有办法为自己找到一个合适的借口。无奈之下,她只好一步一步走出了病房。

就这样走了吗?

就这样不明不白地离开了吗?

艾红莓毕竟又是不甘的。

此时,夜幕已经降临了。艾红莓站在医院外面的一棵树下,长长久久地痴望着从任大友病房里散发出来的灯光,又一次流下了悔痛的泪水……

她的大脑里已是一片空白了。

吴桐到底什么时候来到她身边的,艾红莓已经浑然不知了。

吴桐在她身边站了好大会儿,这才说道:"别看了,回去吧!"

艾红莓没动,自语道:"都怪我,是我没照顾好任排长。"

"艾红莓你也太糊涂了,这浑水你也蹚。"吴桐望着艾红莓的那双泪眼,愤愤地说道,"你也不想一想,她季红阳把这个烂摊子扔给你,说走就拍屁股走了,这里边肯定有猫腻,叫我说,她就是个阴谋家!"

艾红莓还是没动。

吴桐又朝艾红莓看了一眼,牵了牵她的袖口,劝道:"好了,别看了,走吧!"

艾红莓甩开了吴桐的那只手,仍在朝着那片灯光张望着。

艾红莓喃喃道:"我真希望照顾他一辈子。"

吴桐的心疼了一下,不解地问道:"艾红莓,你爱上他了?"

艾红莓喃喃说道:"他是英雄,应该得到爱。"

吴桐斟酌着字句,问道:"是崇拜,还是爱?"

艾红莓说:"都一样。"

正这样说着,不远处的那片灯光消失了,随之而来的一片黑暗把那间病房淹没了。

望着那片黑暗,吴桐握紧了拳头,一字一顿说道:"告诉你艾红莓,我吴桐也会成为英雄的!"

艾红莓凄然一笑,终于回过头来,认真地看了他一眼,缓缓地摇着头,说道:"可是,你不是。"

说完这话,就像在突然间想到了什么要紧的事情似的,艾红莓转过身去,快速向前跑去了。

"不!"吴桐望着她的背影,大声喊道,"你记住,为了你,我会的!"

可是,艾红莓已经听不到了。

一直望着艾红莓的背影消失在那片苍茫的夜色里,吴桐这才转过身来,不料想,当他抬起头来时,竟吃惊地发现,在离他不远处的灯光下,站着一个人。

那个人是胡卫国。

胡卫国在朝他张望着。

吴桐没有躲开,他狠狠地盯着胡卫国,一步一步走过去。

胡卫国嘲讽般地朝他笑了笑,说道:"吴桐,咱们都下乡了,这一回,命运把我们扯平了!"

吴桐鼻子里哼了一声,冷冷地问道:"你想干什么?"

胡卫国朝远处看了看,说道:"我知道我得不到艾红莓,因为我不配,但我要告诉你,艾红莓也不属于你。"

吴桐有些轻蔑地笑了笑,说道:"那我也告诉你,这辈子我非艾红莓不娶。"

说这话时,吴桐几乎把牙齿都咬碎了。

艾红莓在家里好不容易熬到了第三天上午,就再也熬不下去了。她的心里眼里满是任大友的影子。无论走着还是坐着,眼前总是晃动着任大友的面影。那面影很憔悴,写满了无助和抑郁,让她感到心疼。她不能再坐视不管地坚持下去了。她要找到他,看着他,向他吐露自己的心声,表达最真实的思念与牵挂,以及深深的爱。她的心情是那么迫切。直到这时,她才突然发现,她已经离不开他了。艾红莓一边这样想着,一边脚步匆匆地离开了家门。

就要跨进医院大门时,没料想,正看到王惠神色慌张地从病房楼里跑了出来。

艾红莓望着远远跑来的王惠,心里不觉一紧,猛然间便有了一种不祥的预感。她几乎没有顾得上细想,便快步迎了上去。

王惠慌慌张张地告诉她,任大友不见了,一大早就不见了。

任大友的突然失踪,惊动了医院领导,现在,差不多整个医院的人都在到处寻找他,可是,寻找了大半个上午,还是不见他的影子。

这个消息,不啻为一记惊雷,让艾红莓一下子蒙住了。

艾红莓木桩一样站在那里,望着王惠又慌慌张张地朝着医院大门外的方向跑去，一时间不知如何是好。半晌之后，她终于一激灵醒过来，意识到了问题的严重性，撒腿便朝病房跑去，可是刚跑了几步，想想不对，又停了下来，猛然间记起前不久在和辛明说话时，他曾经向她提过烈士陵园的事情，说那里埋着他的好多战友，任大友一直对那些死去的战友念念不忘……

那座烈士陵园并不算远，艾红莓以前是去过的。每年的清明节，学校里的老师们总要带着学生们到那里去为烈士扫墓，每次扫墓，艾红莓的心情又总是那么沉重，那种沉重的心情，会让她一连几天缓不过劲来。

冥冥之中，艾红莓有一种感觉，任大友一定是到那里去了。

想到这里，艾红莓再没有片刻的犹豫，便疯了一般地朝着陵园的方向跑去了。

此时，阴沉了几天的天空，已经开始飘落起雨丝来了。蒙蒙的雨丝打湿了艾红莓的头发，打湿了她的脸颊，艾红莓已经浑然不觉了……

尽管艾红莓有所预感，但是，当她终于一脚泥一脚水迈进陵园的大门时，她还是不由自主地呆立在了那里。

任大友果然就在那里。他就站在那一片被雨水打湿的碑群里。那是一个背影，一个被雨水打湿的背影。

艾红莓远远地望着那个湿漉漉的背影，突然间鼻子酸了。

隐约之间，她听到一阵撕心裂肺的哭声从不远处的碑群里传了过来。那是一个男人的哭声。艾红莓听得出来，那哭声里带着难抑的悲伤。

艾红莓步履沉重地走了过去。

任大友拄着木拐站在一块墓碑前，此时已是泪流满面了。他一边流着泪水，一边喃喃自语道："你们牺牲了，可我还活着，我成了英雄，你们却被埋在这里，排长想你们呢！"

顿了顿，任大友又继续说道："小王，你看看现在的排长吧，你看看我现在是个什么样子啦！我残废了，从现在起我上不能为国尽忠，下不能为母尽孝，将来还要成为别人的累赘，你说我还活着干什么？"

说到这里，他有些苦涩地笑了笑，禁不住悲痛欲绝，猛地扔掉木拐，跟趴着身子搂住面前的那块墓碑,痛不欲生地用头颅撞击着。

呆立在他身后不远处的艾红莓,见此情景,连忙上前拉住了他,扯着嗓子喊道:"任排长,你这是干什么呀,你为什么要这么折磨自己?!你是英雄,你不应该这样!"

任大友的眼睛里布满了血丝,他就用那双布满血丝的眼睛匆匆看了她一眼,大声呵斥道:"我不要你来可怜我,我现在是个废物了,走!"

任大友一把甩开她的胳膊。艾红莓一个踉跄倒在了地上。可是,当艾红莓挣扎着从泥水里爬起来时,她再一次扑了上去,紧紧攥住了他的手腕,哽咽道:"你不是废物,在我心里,你是永远的英雄!"

任大友转过头来,有些陌生地望着她,绝望一般地缓缓说道:"你别安慰我了,我知道,在你们正常人的眼里,我什么都不是。"

听了任大友的话,艾红莓不禁心如刀绞,她一边哭泣着一边负疚地说道:"任排长,是季红阳做得不对,伤害了你,我替她向你道歉!"

任大友摇摇头,又有些陌生地望着她,说道:"可你不是季红阳。"

艾红莓扶住任大友,已经哭得一塌糊涂了。雨水打在脸上,和眼里流出的泪水混在一起,流进了嘴里,是苦是咸,她已经分不清楚了。

"任排长,你说得对,季红阳是季红阳,我是我,我是代替不了季红阳;可是,如果你愿意,我情愿照顾你一辈子。你在我心里,就是永远的英雄。"

艾红莓说出来的这番话,让任大友感到有些意外。任大友望着她,使劲地摇着头。

"我说的是真心话,"艾红莓紧紧抱住任大友的胳膊,继续说道,"我早就爱上你了,我给你写过信,还寄过照片……"

任大友愣了一下。他的目光怔怔地落在了艾红莓的脸上,他看到了从那张美丽的脸庞上流下来的雨水和泪水。

突然之间,任大友似乎明白了一切,紧接着,他仰起头来,任凭雨水不停地打在脸上,不知是痛苦还是幸福地闭上了眼睛。

此刻,任大友的心情已经平静了许多,他突然问道:"你为什么要这样做?"

"因为你是英雄,是我最喜欢的人和崇敬的人。"艾红莓大胆地望着任大友,把他从潮湿的泥地上扶起来,急切地说道,"任排长,如果你不相信我,我可以写保证书,保证不离开你。"

任大友久久地凝视着艾红莓,一时语塞了。

4

这天早晨刚吃了早饭,季红阳就听到了敲门声。敲门声让她不觉愣了一下,想着这个时候应该不会有什么意外的事情发生,便慢慢把门打开了。抬眼间,她看清了面前站着的一男一女两个人,觉得有些眼生,心里正纳罕时,那个女的开口了。

女的问道:"季红阳在家吗?"

季红阳望望这个又望望那个,不知道发生了什么,小心地应道:"我是季红阳。"

女的便朝季红阳笑了笑,说:"我们是街道派来进行入户登记的,你不是马上就要从技校毕业了吗?"

季红阳妈从里屋里听到声音,忙迎了过来,赔着一张笑脸,接了她的话儿,一迭声地问道:"我家季红阳是要毕业了,今年分配是不是你们街道管?像季红阳这样的,应该怎么分配?如果不分配工作,直接参军也行啊!"

一旁的那个男的,手里拿着一个登记本,听季红阳妈这样问,顺口说道:"你们家有三个孩子,已经有一个留城工作了,按政策,季红阳应该去下乡插队的。"

季红阳妈一听这话就急了:"你这是怎么说话呢,我们季红阳可是学校的积极分子,学校都答应推荐她参军的。"

那个女的抬眼看了看季红阳妈,不满地说道:"实话跟你们说吧,参军名额咱们街道今年有没有还不一定呢,都想参军,谁下乡啊?"

季红阳妈张大嘴巴,半天没说出话来。

那个女的还想再说下去,季红阳妈突然又想起什么,赶忙说道:"我们家已经有人下乡了,不信你们看……"

说到这里,季红阳妈扯着嗓子朝屋里喊道:"老二,你出来一下。"

里屋的门接着便打开了,季红阳二哥蓬头垢面地走了出来,见几个人站在那里,一时间丈二和尚摸不着头脑,望望这个又望望那个,却不知道到底应该说些什么。

季红阳妈一把将他拉住,扭头望着那个女的,可怜巴巴地说道:"看见了吧,这就是季红阳二哥,插队三年了,弄一身病回来。医生说,我们家老二得的是肺水肿。他可是为下乡做了贡献的,季红阳说啥也得留在城里,我们不下乡。"

那个女的看了季红阳二哥一眼,转头就把目光落在季红阳妈脸上,一副公事公办的样子,说道:"下乡不下乡的也不是我们说了算,有政策有领导呢!今天我们就是入户调查,不打扰了。"

女的说了这话,便和那男的一起走出门去了。

季红阳还在梦里一样,半天没有反应过来。母亲却一下子哭起来了。

母亲的哭声,让她猛然间就预感到了什么,那种预感很重要,关系到她的未来。

想到眨眼就要到来的未来,季红阳有些担心害怕了。

那种担心和害怕,使得她迷茫了。她知道,在此以前,甚至几天之前,还不是这个样子的,那个时候,在她的心里,她对未来是充满了信心的,豪情满怀的,她那个未来的世界到处阳光明媚。可是,现在,说不对劲就不对劲了,就好像刚才还是一片阳光万丈的样子,蓦地一下子就乌云密布了。

那两个人的到来,是一个信号。就像广播里的天气预报一样。

母亲还在哭着,没完没了地哭着,哭得季红阳一片心烦,哭得她的鼻子也有些酸了。呆呆地坐在那里,她任凭母亲就那样没完没了地哭下去,再也没有一点主意。

难道就只有这样听之任之了?她想,命运总不该对她这样残酷吧!

冥冥之中,她又觉得生活本不该这个样子的。命运虽然无法被操纵,但是它总会在最关键的时候眷顾于她,让她在一片渺茫中看到希望。

这样想着,慢慢地,她的心也就静下来了,就像是潮涨潮落一样的。

最先想出主意的是季红阳妈。哭着哭着,季红阳妈突然就不哭了,她看了季红阳一眼,抬手抹了一把眼泪,禁不住眼前一亮,问道:"我记得你对我说起过一个人呢!"

季红阳问道:"谁?"

季红阳妈眨巴着眼睛,说:"你说到过的,任大友那个亲密的战友叫什么来着?"

"你是说辛明吗?"

"对,就是辛明。"季红阳妈一拍大腿说,"你快去求求他,让他替你想想办法。"

季红阳愣住了,问:"我求他做什么?"

季红阳妈看到季红阳仍是一副懵懵懂懂的样子,一下子急了,点着她的脑袋骂道:"都什么时候了,你怎么还不开窍呀!还不快去!"

经过母亲的这一点拨,季红阳立刻灵醒过来了。

事不宜迟,季红阳甚至没有想到打扮一下自己,更没有顾虑到自己会不会在那里遇到任大友,如果在那样一种场合与任大友不期而遇,她不知要尴尬成什么样子。

说来也巧,当季红阳急三火四地正准备向医院跑去时,伤势痊愈的辛明,已经打好了背包,正准备和另外的几个战友一起归队。

临行前,辛明紧紧地和任大友抱在一起,两个人的眼圈一下红了。作为一起出生入死的战友,而今就要各奔东西了,再次见面不知又是什么时候,那种难舍难分的心情,自是无法用语言表达的。但是,人在旅途,终要离去。现在,终于到了就要分手的那一刻,两个人除了一遍又一遍地相互叮嘱珍重,其他的话都哽在喉咙里,再也说不出来……

任大友没有去送辛明,他甚至没有走出自己的病房。

他和辛明同是经历过生死的人,可是,他却无法禁得住这样的离别。

和任大友告别之后,辛明背起背包走出了病房,头也不回地一直走到了分区医院的大门前。现在,他终于可以好好地看一眼这座为他精心疗伤的医院了,想到自己在这座医院里度过的那些难以忘怀的日日夜夜,一时间禁不住百感交集,眼睛刹那间潮湿起来。

恰恰在这个时候,辛明听到了有人喊他。辛明回头看到了满头大汗的季红阳。

季红阳气喘吁吁地站在那里,望着他问道:"辛班长,你们这是……"

"我们正要归队。"辛明不认识似的上上下下打量着季红阳,问道,"你是来看艾红莓的吧?"

季红阳抚着胸口,避重就轻地说道:"真是老天有眼,晚来一步就见不到你了。"

辛明不觉问道:"你找我?"

季红阳一把拉住辛明的胳膊,说道:"辛明班长,你带我走吧,求求你了。"

说着说着,她的眼里已经布满泪花了。

"我带你走?"辛明有些不解地望着她,问道,"你要去哪呀?"

季红阳说:"我要当兵,辛明班长,现在只有你能救我了,我求求你了。"

辛明不觉皱了下眉头,但是,还不等他说什么,季红阳已经跪在那里了。

"季红阳,你这是干什么呀?快起来!"

辛明一下慌了,想要把她从地上拉起来,可是季红阳一下又把他的大腿抱住了,她抱得是那么紧,让他动都动不得一下。她一边那样死死地抱着他的那条大腿,一边抬起头来,泪水汪汪地乞求道:"我不起来,除非你答应我。"

辛明四处看看,忙说道:"季红阳你快起来说,你看,这么多人在看着呢!"

季红阳扭过头去,果然看到一些路人已经站在了不远的地方,正朝这边指指点点着看她呢。她一时觉得有些尴尬,只好站起身,望着辛明,恳求道:"辛班长,我真的想要参军,到部队让我干什么都行,洗衣服,做饭,喂猪,我什么都不挑……"

季红阳就像是受到了精神刺激的病人一样,还在不停地恳求着。

辛明一时不知如何摆脱她的纠缠,只好无奈地摇摇头,耐心地向她解释道:"季红阳,我都超期服役了,要不是因为受伤早就复员了,况且,我也就是一个战士,你参军不参军的,我说了也不算。要想参军还有好多手续呢,不是想参军就能参军的。"

季红阳的目光慢慢黯淡下去了,但是,她还是有些半信半疑地望了他片刻,问道:"辛明班长,你负了伤,听说也立了功,我当兵你真的帮不上忙?"

辛明点点头,接着他又回头指着站在一旁的另一名战士,说道:"不信你问小陈,我们现在就归队了,归队后,马上也就要复员了。"

季红阳听了,把目光一下子转到了小陈的脸上。

她看到小陈面带微笑朝她点了一下头。

她感到一颗心立时就沉下去了,就像一块石头沉在了大海深处一样,一种巨大的失落感,让她立时就感到有些无地自容了。

唰地一下,她眼里的泪水就流下来了。

她有些悔恨,她悔恨自己为什么就听了母亲的话,急急火火、没羞没臊地来求这个叫辛明的人。平时不烧香,临时抱佛脚,这是多么大的一个讽刺啊!

辛明什么时候从她的身边走开的,她已经不知道了。

军分区医院大门口外的人越来越多起来,突然间一种巨大的孤独感袭来,那种孤独感让她实在有些忍受不住,不由得捂住脸失声痛哭起来。

山水市民政局周汉民处长亲自来到了医院是有目的的。

他是来找任大友谈话的。

尽管已经对自己的归宿有了一些心理上的准备,但是当柳护士长带着周汉民走进病房时,任大友还是不由得吃了一惊。还没等周汉民开口,任大友便说道:"我没想到,你们这么快就来了!"

周汉民笑了笑,坐了下来,说道:"我今天来,不是和你谈去休养所的事情的。"

任大友抬起头来,不解地望着他。

周汉民思忖片刻,认真地说道:"安置你们这些伤残军人是我们的责任,可是,你想想,日后你去了休养所,是需要有人照顾的,这是一辈子的事。"

任大友说道:"我现在身体恢复得不错,周处长你放心,我能照顾得了自己。"

周汉民又笑了笑,说道:"你身体恢复得好,我们当然高兴,但是你的年龄也不小了,自己的终身大事总要考虑吧!"

任大友不说话了。

周汉民朝身边的柳护士长看了一眼,便直截了当地说道:"你在医院里的情况我都听柳护士长说了,我也不跟你绕弯子了。小任,艾红莓这孩子不错,我已经私下里跟她谈过了,人家下定了决心要照顾你一辈子。她对我说,在她上小学的时候,有一天在河里玩水,不小心被水淹了,正巧被一个过路的解放军救了上来。为了救她,那个解放军却牺牲了。也就是从那时候起,她就特别崇拜英雄,她说她的命是解放军给的。我想,这个情结和这份情感,你应该能够理解……"

任大友静静地望着周汉民,点点头,发自肺腑地说道:"我相信她是真诚的。她很优秀,积极上进,年轻可爱,正因为这样,我才不能连累她呀!"

周汉民朝任大友靠近了一步,耐心地说道:"小任,艾红莓的档案我们也查过了,她可不是一般的姑娘,她一直是学校里的三好学生,写过入党申请书,在军训投弹时还舍身救过同学,受到了部队的嘉奖,教育局号召全市的学生向她学习。这么高的思想觉悟,和你很般配,你就不要再犹豫了!"

任大友听了,沉默下来。

好大一会儿,任大友才把头抬起来,有些为难地摇摇头说道:"你们都为我好,这些我心里都知道。艾红莓好是好,可我,可我不爱她!"

一句话,立时把周汉民和柳护士长说得无语了。

任大友望着周汉民,无比自信地说道:"周处长,你们不要再说什么了,我能照顾好自己的,绝不给组织添麻烦!"

见任大友这样说,周汉民也不好再强求他什么了。但是在离开病房前,他还是再三叮嘱任大友,一定要静下来再好好考虑考虑,认真想一想,免得日后遭受许多麻烦。任大友嘴上答应着,心里头已经乱成一团了。

可是,连任大友自己都想不到,就在周处长找他谈话后的第二天夜里,他还是出事了。

那天夜里,当那个查房的小护士走进了任大友的病房,按照惯例对任大友进行询问检查时,突然发现任大友出现了昏迷现象。她立时觉察到了某种危险,当即就报告给了当班的柳护士长。柳护士长听了,脸色一下就变了。她立刻又让人叫来了值班的医生,经过值班医生的一番检查,最后断定,任大友出现昏迷,是由颅内出血引起。

很快,任大友被抬进了手术室……

经过一夜的紧张抢救,第二天早晨,当艾红莓得到消息跑进医院病房时,虽然任大友的病情已经稍稍有些好转了,但是仍然不能彻底摆脱危险,一直陷在昏迷状态中。此刻,任大友插着氧气管,输着液体,正静静地躺在病床上,看上去,他的脸色蜡黄得有些可怕,他的双眼微阖着,就像是已经进入了悠长的梦乡一般。

看到病床的上任大友,艾红莓禁不住心里一阵发酸,上前一把抓住任大友的手,眼泪扑扑簌簌流了下来。艾红莓一边流着眼泪,一边哽咽道:"任排长,任排长,我是艾红莓……"

一声一声的呼唤声中,任大友的眼皮似乎动了动。

一旁的小护士见了,忙把柳护士长叫过来,轻轻说道:"护士长你快看,任排长的眼睛动了。"

柳护士长听了,有些激动地上前一步,也轻轻呼唤道:"小任,小任,任排长……"

可是,任大友却再没有任何反应了。

柳护士长直起身子,忍不住叹了一口气,看了一眼艾红莓,摇了摇头,说道:"小艾,你看到了吧,任排长就是这个样子,医生说,他什么时候能醒过来还不好说。"

艾红莓抹了一把脸上的泪水,望着柳护士长,恳求般地说道:"护士长,让我护理任排长吧,任排长这样,我的工作还没有完成,我不能离开他。"

柳护士长有些无奈地摇了摇头,说道:"小艾,你是我们请来的志愿护工,况且任排长说了,他不需要你,咱们别再刺激他了。"

"护士长,你要让我走?"艾红莓万般尴尬地望着柳护士长,又看了一眼处于昏迷状态中的任大友,一时不知如何是好。

柳护士长不觉又叹了口气,劝道:"你的事等任排长醒了再说,听话,离开这里吧!"

艾红莓恋恋不舍地把手松开了,一步一回头地向着病房外走去。

可就在这时,两颗硕大的泪滴从任大友的眼角溢了出来。

"护士长,你看,任排长哭了……"那个小护士突然惊呼道。

柳护士长忙又走上前去,伏在任大友的耳边轻轻唤道:"小任,小任……"

可是,就和刚才一样,任大友又没了半点反应。

艾红莓回身来到病床前,急切地呼唤道:"任排长,我是艾红莓,你睁开眼看我一眼,就一眼……"艾红莓不停地呼唤着,流也流不完的泪水又一次从她的眼里涌了出来。

说来也怪,在艾红莓的呼唤声里,任大友的眼睛又一次动了起来。

柳护士长看了眼任大友,又看了眼艾红莓,思忖了片刻,终于说道:"看来,小任不希望你离开,既然这样,你就留下来吧。有什么事等小任醒来再说。"

艾红莓感激地谢过了柳护士长,目送她和那个小护士走出了病房,又坐到了病床边。她一边拉过任大友的那只大手,一边轻轻地抚摸着,喃喃说道:"任排长,我知道你不希望我走,你想让我留下来,对吗?"

艾红莓说:"任排长,我崇敬你,喜欢你,心甘情愿要照顾你一辈子,我是真心的,如果你不答应我,我会遗憾一辈子的。任排长,你就答应我吧,我会好好照顾你,不管以后发生什么,都不会离开你,任排长,你听到我说话了吗?我已经向民政局领导保证过了,我可以写保证书,任排长,你为祖国流了那么多血,又受了这么重的伤,你不是在拖累我,是在给我学习英雄的机会,我真心崇敬英雄,你需要人照顾,干吗要赶我走哇……"

说着说着,艾红莓已经有些泣不成声了,忍不住又把任大友的那只手贴在自己的一张泪脸上,继续说道:"我知道你听到我的话了,那好,我告诉你,我这命是英雄给的,我打小就发誓要嫁给英雄,我艾红莓喜欢你,爱你,我会一辈子不离开你。"

任大友的泪水再一次从眼角淌了出来,艾红莓见了,忙抬起手来给他拭干了,说道:"任排长,以后不论你说什么,我都不会离开你,你需要照顾,我要是离开你,我干什么都不会快乐,真的,任排长,你别再折磨我了。我知道你也是喜欢我的,等你醒过来,你就告诉组织,他们就再也不会从你身边把我赶走了。任排长,你醒醒啊……"

任大友的眼皮又动了起来。

就这样,一天过去了。在度过了那个漫漫长夜之后,新的一天就来临了。

当任大友的眼皮缓缓跳动了几下,慢慢睁开眼睛时,他第一眼就看到了艾红莓。此时,艾红莓已经伏在床边睡着了,而他的手还在她的手里,被她轻轻握着。

任大友的那只手下意识地轻轻动了一下,他想把它从她的手里慢慢抽出来。可是就这一下,却把艾红莓惊醒了。她抬起头来,望了一眼床上的任大友,不由一阵惊喜道:"任排长,你醒过来了?我这不是在做梦吧?"

她一边这样说着,一边揉了揉自己的眼睛。

"小艾,我渴。"任大友轻轻说道。

艾红莓听到了他的声音,声音很轻,很微弱,可是她终于听清了。紧接着,她连忙站起身来,给他倒了水,又把他从病床上慢慢扶起来一些,一边给他喂水,一边微笑着说道:"任排长,你终于醒了,我还以为你再也醒不过来了呢!"说着说着,又忍不住心酸地抽泣起来。

"别哭,别哭。"任大友望着艾红莓,一边安慰着,一边有些疲惫地和她说着话儿,"我好像做了一个梦,梦见你在我耳边说话,说了好多话啊!"

艾红莓使劲地点点头,说道:"任排长,那不是梦。"

任大友眼睛湿了,说道:"我知道,我什么都明白,可我就是醒不过来。"

正聊到这里,柳护士长闻讯推开了房门走了进来。

任大友感激地朝她点点头,说道:"护士长,我要见民政局的领导。"

艾红莓警觉地望着任大友,慌忙问道:"任排长,你不会又让组织赶我走吧?"

任大友幸福地望着艾红莓,突然笑了起来,一边笑着,一边说道:"以后,谁也不会赶你走了!"

艾红莓猛地一下又抓住了任大友的那只大手,霎时间,眼里的泪水就像决堤的河水一样了。

不管怎么说,那都应该是一个值得纪念的日子。幸福就像一个姗姗来迟的天使,终于降临到艾红莓的身边了。虽然追求幸福的道路充满了曲折和坎坷、委屈和不解,但今天,它毕竟还是到来了。幸福来临的那一刻,艾红莓几乎有些不知所措了。她感到,自己的心颤抖得不像个样子,就像风中的叶子一样。她想让自己无法抑制的激动平息下来,就像什么事情都没有发生一样,但是,她的努力最终还是失败了。就这样,她带着那种激动不安的心情回到了家里,一脚跨进屋门后,她开始手忙脚乱地翻找起来。

艾红莓母亲不知什么时候已经站到她的身后了。她有些吃惊地望着被艾红莓翻弄得一片凌乱的房间,疑惑地问道:"你在找什么?"

艾红莓猛地转过身来,急切地问道:"妈,户口本呢?"艾红莓的脸上布满了抑制不住的兴奋与激动。

母亲更加疑惑起来,反问道:"你要户口本干什么?"

艾红莓郑重地说道:"我要结婚了!"

母亲吃惊地睁大了眼睛。

艾红莓看了她一眼,说道:"组织已经找我谈过话了,任大友也已经同意了。"

这一下,母亲终于明白了。明白过来的母亲,一张脸霎时由红变白,嘴唇不由自主地抖动起来,问道:"你,你的人生大事就这么决定了?艾红莓,我们以为你是一时头脑发热,你要是不想下乡,让你弟弟替你行吗?"

艾红莓不解地望着母亲,说道:"妈,你怎么这么说我?嫁给任排长和下乡有什么关系?今天我嫁给他,明天让我下乡,我立马走人。我嫁给他什么都不为,只因为我崇拜他,爱他!"

艾红莓的口气坚决得令人难以置信。

母亲听了艾红莓的话,有些伤心了,她眼里的泪水不知不觉就流了出来。她一边流着泪水一边劝道:"你想过没有,以后的日子你怎么过,实实在在的日子要一天天过的,可那个任大友会拖累你一辈子。你学雷锋我们谁也不拦着你,可你总不能学一辈子。走哪条路不好,你偏要走这条死胡同。爹娘养你这么大不容易……"

艾红莓不想再听下去了,急切地说道:"妈,你也不需要说那么多,我不是三岁的小孩子,这些道理我都懂。既然这样,我今天就给你表个态吧,我非他不嫁!"

母亲气得浑身发抖,突然点着艾红莓的脑门子说道:"好,算你艾红莓有主意!"

她一边这样说着,一边从枕头下摸出户口本来,朝艾红莓抖了抖,气愤地说道:"我和你爸早防着你这招呢,告诉你,户口本在这,你要拿,除非把我的命也一起拿走！"

说着，她竟又把那户口本塞到枕头下，躺在了床上。

"妈，你这是干什么？"艾红莓见状，急得直跺脚，"现在是新社会了，我有权决定我的婚姻大事，你这么做是违法的。"

母亲鼻子里哼了一声，说道："我违法？那你就叫警察把我抓走！"

"妈——"艾红莓眼里含着泪水，无奈之下，扑通一声跪在了地上。

父亲听到母女俩的争吵声跑了过来，见艾红莓跪在那里，想把她拉起来，却被母亲拦住了。

跪在地上的艾红莓还在央求着，可是任凭她说什么，母亲已经一言不发了，眼里的泪水却不住地流淌着。

"我知道你和爸都为我好，可是你们怎么不能理解女儿的心思呢？"艾红莓泪眼婆娑地望着母亲说道，"你还记得我小时候溺水被解放军战士救起的事吗？那个时候，你不是也教我长大了一定要报答恩人吗？可是，现在为什么又要阻拦我？这是我的选择，我爱他，我不后悔，一辈子都不后悔！"

母亲还是不说话，躺在床上，泪水仍在流淌着。

艾红莓没有力气说下去了。一个念头突然就在这个时候冒了出来——绝食！艾红莓真的就绝食了。一天，两天，三天。几天里，她的脑子里一直想着任大友，牵挂着任大友，但是为了达到目的，她不能不坚持到底……

第四天早上，母亲终于走到她房间里来了。母亲望着三天粒米未进的女儿，又看看床头柜上的那碗冷饭，试探地问道："你还真绝食呀？"

艾红莓闭着眼睛，没有说话。

母亲带着哭腔说道："我养了你二十多年，你就这么对你妈？"

艾红莓的泪水无声无息地流了出来。

母亲狠狠心还是把头别过去了："上辈子我不知造的什么孽啊，好吧，你绝食吧，你要死，我也不活了！"说着，转身走了出去。

这天晚上，弟弟艾军见艾红莓这样，实在看不下去了，望着愁眉苦脸的父亲,又望着心事重重的母亲,突然问道:"爸,妈,我姐是不是你们亲生的?我姐可是四天水米未进了,这样下去,可真要被饿死了。我从书上看过,人五天不吃东西就会昏迷,六天就会休克,能挺到七天就是个奇迹。明天,可就是第五天了……"

母亲听了,立时就紧张起来,片刻,竟又忍不住失声痛哭起来。一直把眼泪哭干了,她才毫不情愿地把那个户口本拿出来,来到艾红莓房间里,愤愤地朝枕边一扔,说道:"艾红莓,这是户口本,你可看好了,路是你自己选的,以后是好是坏,你可别怪妈没提醒你!"

吴桐是从山水市报上知道艾红莓和任大友领取了结婚证的消息的。那张报纸被贴在了街边的阅报橱窗里。为了配合宣传,当地报社的记者,特地为他们撰写了一篇专访并配发了一张照片。那篇专访的题目叫《患难真情,幸福英雄》,它几乎占去了报纸大半个版面。

报纸上,艾红莓紧紧依偎在任大友身边,一张脸笑得就像绽开的花团。

吴桐站在橱窗前,久久地望着报纸上的艾红莓,心情一下子变得复杂起来。此时此刻,他感到自己很乱,不但脑子乱了,心乱了,生活也跟着乱了。

在那面橱窗前伫立了好大一会儿,吴桐才算渐渐明白了一点儿什么,紧接着,他便又一次鼓起了勇气,迈开双腿,无比坚定地朝军分区医院走去了。

那个时候太阳已经落山了。夜幕渐渐低垂下来。他知道,再过一会儿,艾红莓就该从医院病房里走出来。他要当着她的面最后问她一些什么。他要做最后一次努力,把想对她说的那些话都说给她听。尽管有些时候这种努力显得那样卑微,充满了自作多情的滋味,但是,他必须这样。

他不情愿就这样放弃。

吴桐看见艾红莓的时候,医院里的灯光已经亮起来了。在吴桐的眼里,艾红莓是带着那一片晕黄的光影走过来的。她竟然走得那么匆忙,每一步都带着无法掩饰的兴奋与冲动。

吴桐迫不及待地迎了上去,喊住了她。吴桐正色道:"艾红莓,我有话要对你说。"没容艾红莓说一句话,吴桐猛地拉起她,就像抢劫一般地把她带到了就近的一座花坛旁。艾红莓挣了一下,把那只手挣脱了,低头问道:"吴桐,你要干什么?"

可是,当他的目光与艾红莓的目光碰在一起的时候,就像一只卷刃的利剑一样,他立时就委顿下来了。

艾红莓生气了,问道:"你不是有话说吗?说呀!"

吴桐的一颗心又疼起来了。是那种疼痛彻底激怒了他。接着,他用那双布满了血丝的眼睛望着艾红莓,几乎歇斯底里地问道:"艾红莓,我最后再问你一次,你为什么要嫁给任大友?"

艾红莓有些不屑地望着他,片刻后说道:"很简单,他是英雄,我崇敬英雄!"

"只要你答应和我在一起,我也会成为英雄的!"吴桐大胆地望着她的眼睛,说道。

艾红莓苦笑一声,摇摇头:"英雄不是谁想当就能当的,吴桐,你知道吗?任排长流过血,到现在他的身体里还有两块没有取出的弹片。这些,你有吗?"

"难道英雄这个名头对你来讲就那么重要吗?"吴桐几乎要崩溃了。

艾红莓又苦笑了一下,一字一顿地说道:"你又错了,英雄不是名头,它代表一种精神!"

吴桐无限痛苦地摇着头,不解地问道:"他任大友再过几年,就什么都不是了,和我们院里的那些复转伤残军人没什么两样,靠别人帮助,吃国家救济,这些你真的没有想过?"

艾红莓气愤了。如果站在她面前的不是吴桐,她相信自己一定会狠狠地抽他一个耳光的。可是,吴桐总是让她既恨又爱,她对他的感情总是那么复杂。

艾红莓压制着自己心里的怒气,一字一顿地说道:"任大友是英雄,一辈子都是英雄,就是别人都不认他了,我认!"

"艾红莓,你真是疯了,"吴桐几乎乞求一般地望着艾红莓,发自内心地说道,"我喜欢你,这你知道,我哪一点比不上任大友?算我最后求你一次,你千万不要再执迷不悟了,不要再犯傻了,跟我一起下乡吧!"

听了吴桐的话,艾红莓的眼睛里突然就布满了泪光。她认真地看了他一眼,而后又认真地想了想,坦诚地说道:"吴桐,你根本不了解我。你什么都很优秀,说心里话,如果没有英雄的出现,也许我真的会爱上你,但是,晚了,一切都晚了,你没法和英雄比。"

吴桐愣愣地站在那里。艾红莓的一席话,让他不知再说些什么了。他的大脑里刹那间已经变成了一片空白。

"难道你不知道王惠喜欢你?你们是发小,一个大院里长大的,门当户对,你去找她吧,求求你,别再来纠缠我了!"

说完这话,艾红莓缓缓转过身去。她往前走了几步,紧接着,又不管不顾地跑进了那片苍茫的夜色里。

吴桐木桩一样站在那里,望着她远去的背影,彻底绝望了。

第二章　男儿本色

5 那个让人盼望已久又顾虑重重的毕业分配的日子终于到来了。

命运在眨眼之间立见分晓。素日里同窗共读朝夕相伴的同学,今天就要各奔东西,被分配到祖国的四面八方:一些人穿上了军装,一些人换上了工服,而更多的一些人,无可选择地将要走进偏远而又广阔的农村,接受贫下中农再教育,到那里去大有作为。

吴桐属于后者。

这是命运的安排。当我们对这个现实的世界,难以做出更加合理的解释的时候,我们往往就会把所有的一切,都归结于命运的安排。

吴桐是不相信命运的,但是,有些时候,他也会产生动摇,觉得这个世界上的每个人,都是被冥冥之中的某种东西操纵着的。但那到底是种什么样的东西,他又实在说不清楚。

虽然心情沮丧,但是,这天上午吴桐还是来到了军分区大院的大门口。

他是来欢送他的那些好哥们的。那些好哥们都是军分区的干部子弟,是和他在一个大院里一起长大的发小。他们就要参军走了,他没有理由不去送一送,和他们告别一下。

很多要说的话早已经说过了。现在,除了握手和拥抱,吴桐想不起自己还应该再对他们说些什么。在这样的场合,过多的关切和不舍,都会显得十分虚假。吴桐不想那样。

吴桐一出现在军分区大院的大门口,王惠就发现他了。

那身新军装穿在王惠身上十分合体,让她整个人看上去有一种说不出的飒爽。

见到吴桐,王惠的眼里立时就有了光彩,一直看着吴桐和他的那些哥们儿道完了别,她才迫不及待地走了上去。

王惠含情脉脉地望着吴桐,热切地说道:"我还以为你不来送我了呢!"

吴桐朝四下里看了看,回过头来,淡淡地朝她笑笑,漫不经心地说道:"咱们都是一个大院的哥们儿,我能不来吗?"

王惠的心里感动,眼圈突然一热,想到他很快也就要离开这座城市,到偏远而又艰苦的农村去了,就有了许多的牵挂和不舍,不无忧虑道:"我走了,你以后怎么办,一个人下乡受得了吗?"

吴桐自嘲地笑笑。在王惠面前,他的话总是那么少。他想不起应该说什么。在他看来,王惠是个话痨,两个人只要在一起,话都让她说了。他不喜欢那样。

"可我就是不放心,"王惠噘起一张嘴来,恋恋不舍地望着吴桐,叮嘱道,"我可告诉你,到了知青点,你离那些女生可远点儿!"她又在提醒他了。她常常这样提醒他,这让他觉得有点儿厌烦。

吴桐又有些自嘲地朝她笑笑,心不在焉地点了点头。

"记住,可别忘了给我写信!"王惠说,"遇到什么难处别一个人顶着,要对我讲。"

吴桐有些无奈地点了点头。

王惠又说:"农村不同于城市,你需要什么就写信告诉我,我给你寄。"吴桐还是点了点头。

"你别光点头,"王惠嗔怪道,"你倒是说句话呀!"吴桐不知道说什么,他觉得自己的脑子里很空。

就在这时,一声刺耳的集合哨吹响了。

吴桐终于松了一口气,忙说道:"王惠,你抓紧去集合吧!"一句话刚说完,他已经转过身去,朝着大院的方向走去了。

吴桐的背影很快就消失在杂乱的人群里了,就像是一滴水落进了大河里一样。不知怎么了,那一刻,王惠突然觉得自己有些失落,一双眼睛也渐渐模糊起来了。

如果不是那只口琴——那只红色的口琴,也许就不会发生接下来的事情了。

送走了军分区大院里的那些哥们儿,吴桐回到家里,开始收拾起自己的行李来。他已经接到了下乡通知书。那一份通知书他只看了一眼,就被他随手扔进了那只行李箱里。

他希望自己快一些离开这座城市,离开这座生了他养了他而今却又让他感到心痛的城市。可是,那只口琴偏偏就在他为自己整理随身携带的衣装的时候,从一件上衣的口袋里滑了出来。

那是在他二十岁生日的时候,艾红莓送给他的。

望着那只红色的口琴,吴桐不觉愣了一下,紧接着,他一把将它抓在手里,死死地抓在了手里。

生日那天的情景,现在想来如同昨天刚刚发生的一样。在那个小小的生日聚会上,几个素日要好的朋友都赠送了他小小的礼物。王惠送了他一支蓝色钢笔,季红阳送了他一个棕色笔记本,而艾红莓送给他的却是一只口琴。

"来,打开看看。"艾红莓一边微笑着,一边把那只包装精美的礼物盒塞进了他的怀里。

吴桐小心地把那只礼物盒拆开来。

那只口琴就像是一团火焰,一瞬间在他的眼前跳动起来。

他不由得惊喜地望着艾红莓,问道:你怎么知道我爱吹口琴?

艾红莓笑了起来,反问道:你那点爱好谁不知道?

吴桐连声感谢着,心里头已经温暖得就像是融化了一般了……

吴桐已经不能再回想下去了。此刻,他感到正有一只困兽,在自己的心里噬咬着,挣扎着,让他坐卧不宁。

片刻后,吴桐顺手便把那只口琴装进了衣兜里,又把眼角溢出的两滴泪水抹碎了,脚步匆匆地走了出去。

他心里明白,属于他的时间已经不多了。他必须抓住在这个城市最后的一分一秒的时间,完成自己想要做的事情。

很快,吴桐来到军分区医院的大门口。

有些话在病房里说出来显然是不合适的,于是,他让一个过路的护士给任大友捎去了口信。他希望任大友接到那个护士的口信之后,能够走出来,一个人走出来见他。

时间一分一秒地过去了。

就这样,吴桐在医院门口徘徊良久之后,终于等到了他要见的那个人。任大友正朝这边走过来,一跛一跛地走过来。他已经扔掉了拐杖。他那么快就扔掉拐杖了,这让吴桐深深感到了意外。

吴桐迎了上去。

两个人面无表情地对视了片刻,任大友说话了:"你是来找我的?"

吴桐的目光里一下子就有了敌意,就像是两把锐利的刀子。

任大友继续说道:"有些话,艾红莓都告诉过我了,你想干什么?"

他并没有回答任大友的话。他正在寻找合适的回答。

不见吴桐回话,任大友笑了笑。在吴桐看来,任大友的那声笑有点冷,就像是莫大的讽刺与嘲弄。笑完,任大友转过身去。

就是那声笑,极大地刺激了吴桐。吴桐如同受到了奇耻大辱一般,望着任大友就要离去,突然大喝道:"你站住!"

任大友真的站住了,回过头来。

吴桐怒视着任大友,认真地说道:"任大友,你给我发誓,这辈子一定要对艾红莓好!"

任大友又是轻蔑地一笑。吴桐的话,让他有些不解。接着,他盯着与自己对视着的那双眼睛,狠狠地说道:"你以为你是谁?我对艾红莓好不好,与你有什么关系?凭什么要对你发誓?!"

吴桐咬着牙齿,冷冷地说道:"你不敢发誓就不是一个男人。"

任大友拧紧了眉头,说道:"艾红莓是我爱人,我知道怎么对她。你还是给我滚远点!"

吴桐一下被激怒了,一把抓过任大友的衣领,喝问道:"你为什么不敢发誓?"

任大友毫不示弱,猛地一下扳开吴桐的那只手,吼道:"我给你发不着!"

说完这话,任大友暗暗一个用力,扭住吴桐的胳膊,一下将他钳制了。

在任大友面前,吴桐那么不堪一击,这让他突然间感到了自卑,使劲扭动着身子挣扎着,那只口琴就在这时从衣兜里掉了出来。与此同时,任大友就势一把将他推开了,吴桐踉跄了一下,一只脚正踩在那只口琴上。

啪的一声,口琴碎了。

当吴桐再次反扑过去时,艾红莓已经闻讯从病房里跑了过来。

艾红莓奋力推开两个人,站在他们中间,看看这个又看看那个,有些恐慌地问道:"你们这是干什么?"

吴桐急促地喘息着,大胆地望着艾红莓,愤愤地说道:"艾红莓,你找了一个伪男人。什么英雄?连男人都不是!"

艾红莓望着吴桐,急切地说道:"吴桐,你胡说什么,你快走吧,别再添乱了!"

吴桐的心疼了一下。他突然明白,这世上的有些东西,一旦失去了,就再也无法挽回了。接着,他深深地望了艾红莓一眼,默默地转过身去,大步向门外走去……

吴桐没想到艾红莓会自己找上门来。天快黑下来的时候,吴桐坐在床沿上,正呆呆地望着自己已经收拾好的行李出神儿,这时间,冷不防就传来了一阵敲门声。门开了,艾红莓就站在那里。

艾红莓微笑了一下,说:"我知道你就要下乡了,我来和你道个别。"

吴桐一下子就显得手足无措了。

第二章　男儿本色　｜　065

接着,艾红莓就把那只口琴,从衣兜里掏了出来。她说:"我把它粘好了。"

吴桐接过那只口琴,轻轻抚摸着,眼睛一下就湿了。他的嘴唇动了动,又动了动,低头说道:"这是你送给我的生日礼物,我不会让它离开我的。"

吴桐说:"我就是用它,学会了吹《红莓花儿开》的。"

吴桐说:"我会把它一直带在身边的,一辈子!"

吴桐说:"……"

说着说着,吴桐就说不下去了,他抬起头来,目光灼灼地望着艾红莓。

艾红莓躲开那双热烈的目光,扭头望着别处,轻轻说道:"我知道你是喜欢我的,但是,你知道,现在我已经结婚了。"

"忘了我吧!"艾红莓说,"以后你会遇到更好的女孩,我会祝福你的。"

吴桐怔怔地望着艾红莓,好大一会儿,突然问道:"能回答我一个问题吗?"

艾红莓点了点头。

吴桐继续问道:"你为什么要嫁给任大友?"

艾红莓站了起来。她想了想,又想了想,长长地喘了口气,说道:"我知道你会这样问我,许多人都想这么问我。那我就告诉你吧!"

于是,艾红莓又把自己七岁那年发生的事情说给了吴桐听:那还是在她七岁那年夏天发生的事情。有一天,她吃过了午饭,大人们都午休了,她没事做,就鬼使神差地来到离家门前不远处的一个水塘边。那个水塘很大,在她的眼里,大得就像是一片海一样。正午时分,太阳像一个大火球,烤得人皮肉都疼。不知怎么,那一天,水塘上飞舞着那么多的红蜻蜓。她站在塘边,出神地朝那些飞舞着的红蜻蜓看了好大一会儿,在她就要转身离开的时候,突然看到有一只红蜻蜓慢慢落在了离塘边不远的一根芦苇上。那只红蜻蜓很美,她好像从来没看到过那么美的红蜻蜓。看着那只红蜻蜓落在那里,她的心里痒了一下又一下,于是就想着一定要把它捉了带回家去。可是,就在她伸着手臂朝那根芦苇靠近时,冷不防,脚下一滑,扑通一声,整个人就掉下去了。她没想到塘里的水那么深,那么深的水,一眨眼就把她整个儿淹没了,连呼喊一声都来不及了。她使了全身的力气在水里挣扎着,想自己爬到塘边去,可是,她的努力最终还是白费了。后来,慢慢地,她就失去了知觉,什么都不知道了。她没想到她最终能够活下来,当她终于被人救了上来,又慢慢苏醒了之后,她才知道,是一个恰好路过塘边的解放军战士最先发现了她。那个最先发现了她的解放军也是一个旱鸭子,但是为了救她,他完全忘记了自己,一次又一次潜到水底,当他终于在水下那么深的地方找到了她,又把她托举到塘边时,他的身上已经没有一点力气了。就那样,为了救她,他却把自己的生命搭了进去。人们都说他是英雄,是真正的英雄。也就是从那时起,她就开始崇敬英雄,发誓长大了一定要嫁给英雄。可说来也巧,后来,她的生活里就出现了一个任大友,从此,她无条件地爱上了他,由此也了结了她的一大夙愿……

艾红莓一口气说完这些,一下就沉默下来。

吴桐久久地望着她,搜肠刮肚地寻找着能说服她的理由。

他说:"可是,难道你不知道,救你的英雄和这个英雄不一样?"

"不,英雄都一样,"艾红莓坚决地说,"任排长为了保卫国家流了那么多血,身上至今还有弹片,他值得我去爱。"

不是这样的,吴桐使劲地摇着脑袋,痛苦地说道:"不是这样的!"

艾红莓不由得叹了口气,拍了拍吴桐的肩膀,说道:"吴桐,你很聪明,也很爷们,爱憎分明,这都是你的优点,如果没有任大友的出现,也许我会喜欢你。可你和任大友比,你不如他成熟,也不是英雄,至少,在我眼里是这样的。"

吴桐望着艾红莓,仍不甘心地说道:"我会成熟起来的,我也会成为英雄的!"

艾红莓有些苦涩地微笑着,摇了摇头,说道:"别说孩子气的话了,这样的话,你已经说过不止一遍了。我现在已经和任大友结婚了,而且我发过誓,我要照顾他一辈子。"

吴桐琢磨着艾红莓的话,终于接受了这个残酷的现实。

他朝艾红莓点了点头,说道:"那我们还是朋友,最好的朋友,对吗?"

艾红莓深深地点了点头。

"我下乡了,可以给你写信。"吴桐红着眼睛,喃喃地说,"你发誓,别从我的生活里消失。"

艾红莓又深深地点了点头。

任大友的母亲是在任大友搬进休养所一个星期后来到山水市的。之前,任大友给她写了一封信。在那封信上,任大友告诉她,他要结婚了。接到那封信,老太太自然高兴得不得了,收拾好随身携带的一些东西,踮着一双小脚,心急火燎地赶了两天两夜的火车,就赶到儿子的身边来了。

除了随身携带的一些必备的零碎,老太太还带来了一尊佛像。那是她多年以来一直供奉着的宝贝。

一见到任大友,老太太的眼圈一下子就红了。她一边抖着两只手抱着儿子的脑袋,一边禁不住老泪纵横,儿长儿短地诉说了几年来的离别之苦。任大友的眼圈也跟着红了,泪水在眼里一圈一圈地打着转。除了一遍一遍地安慰她,他不知道该说些什么。

母子俩抱在一起好大一会儿,激动着的心情才算平静下来。老太太这才突然想起什么似的,里里外外地把整个房子看了看,又在安排自己住下的房间里寻了个合适的位置,把那尊佛像端端正正摆放好了,而后盘腿坐在床上,喘了一口气说道:"我要见见她。"

任大友知道她说的是谁,看了下表,笑着说道:"过一会儿,她就该来了。"

中午时分,艾红莓果然来了。进得屋来,一眼见了大友娘,不知怎么了,艾红莓却一下子紧张起来。话还没说一句,一张脸竟红了起来。

大友娘正拿着烟袋盘腿坐在床上吧唧吧唧地抽着烟。艾红莓张口喊道:"大娘……"

老太太却像没有听到一样。

一旁的任大友察觉到了什么,捅了捅艾红莓小声说道:"叫娘!"

艾红莓这才反应过来,朝床上的大友娘喊了声:"娘!"

老太太绷着的一张脸,这才算缓和下来,磕了磕烟锅让道:"闺女呀,坐下说,都是自家人,别见外。"

艾红莓坐了下来。

老太太看了艾红莓一眼,又看了一眼,接着又把艾红莓的一双手拉过去,仔仔细细看了看,说道:"多俊的姑娘啊,这细皮嫩肉的,可不知道能不能吃苦?"

任大友听了,忙接过话来说道:"娘,艾红莓会照顾人,我住院恢复多亏她了。"

"那就好,照顾人得有长性,不能风一阵雨一阵的。"老太太一边这样说,一边给任大友使了个眼色,说,"大友,你出去一会,我们娘俩说几句话。"

任大友一瘸一拐地出了屋,老太太这才亲亲热热地又把艾红莓的手拉住了,望着她的眼睛说道:"姑娘,你进了任家门了,就是任家人了,那娘就给你说道说道任家的规矩。任家男人已经几辈单传了,大友爹牺牲在了朝鲜战场,我想再给任家添丁添人都没有机会了。大友还有个姐,嫁人了,咱就不说她了。大友爹牺牲后,是俺一手把大友和他姐拉扯大,后来大友参了军,又负伤了,任家的男人命薄,你以后可得好生对俺大友。小时候俺就把大友当成命根子,含在嘴里怕化了,捧在手里怕摔了,大友可是任家的希望,你和大友结婚了,得多生才对,让任家的香火旺旺的……"

艾红莓一句一句听着,不住地点着头,说:"娘,以后我会对大友好的。"

老太太对艾红莓的回答还是觉得不满意,便又认真说道:"光好可不行,要加倍地好,他负伤了,身子骨不好,你以后要把他当孩子照顾,当老爷子伺候才行的。"

艾红莓又点了点头,说:"娘,他的伤我知道。"

老太太就不再说别的了，从怀里摸索了半天，摸索出一个布包来，当着艾红莓的面一层层打开了，原来是一枚银戒指。

"这是老任家传了三代的物件，"老太太说，"你就要成老任家的媳妇了，现在，我把我婆婆传给我的这件宝贝再传给你！等以后你再传给你的媳妇。你可别小瞧了它，这可是咱们任家传续香火的戒指。"

说着，就像举行一项十分庄重的仪式一般，她就把那枚银戒指戴在了艾红莓的手上。

看着那枚银戒指，艾红莓心里感到有些高兴，但又觉得十分别扭。

艾红莓满以为和任大友的婚姻，一切已经顺理成章了，可是，眼看就要到了举行婚礼的日子了，事情又发生了意想不到的转变。

一切都是因为艾军。

父亲母亲就这么一个宝贝儿子，这么一个传宗接代延续香火的人，他们不能不管他。但是，想到艾红莓眼看着就成了别人家的人，老两口一没能力，二没靠山的，这往后的日子怎么去管他，怎么去为他创造一个光明的前程？于是，他们就想到了艾红莓，想让她在结婚之前帮衬他一下，替他想想办法，让他留在城里，为他安排个工作。母亲说，如果艾军的工作安排不了，他就得下乡，他如果下了乡，天高地远的，往后他们的身边没个人照顾，老两口的日子也就没法儿过了。她说：任大友是英雄，你又是拥军模范，你们说句话比我们谁都好用，他们不会不给你们这个面子，这件事，就算我求你了。

母亲求艾红莓，艾军也求她。

艾军倒是不挑拣，他说只要给他安排个工作，让他干什么都行。

艾红莓一下为难了。尽管她反反复复向他们解释，可是他们根本就不听她的。

软的不成，就来硬的。母亲见没办法说服自己的女儿，就给她下了最后通牒，说："你弟弟一天不把工作的问题解决了，你就一天也别想过那个门。不信你就试试，我会死给你看的。"

艾红莓看出来了,为了弟弟,母亲铁了心了。想到年迈的父母,想到唯一的弟弟,想到这个家,艾红莓的心一点一点就软了。

她只能去找周汉民,他是民政局的处长,也许只有他能帮这个忙。她想到了他,也真的找到了他,她这才知道,这件事情做起来是有些麻烦的,下乡的事并不归民政局管,她必须要去市里的知青办公室申请。

这样一来,艾红莓更加为难了。

周汉民见她这样,答应跟知青办沟通一下。他说,按理说,像你们家的这种情况,是应该得到照顾的。他这么一说,她就放心了一些。

可是几天过去了,还是没有从周汉民那里得到一点儿消息。艾红莓的心里就有点儿着急了,而更着急的是她的母亲。母亲紧催慢撵地又让艾红莓找了一回周汉民,可是这一回,周汉民不得不如实告诉她,关于这件事情,民政局已经尽力了,就连局长都和市知青办的人沟通了,但是知青办的领导说,这件事情确实不太好办,这不是一个照顾的问题,都知道任大友是英雄,如果大家说英雄也在搞特殊的话,那以后下乡的工作可就没法做了。"上山下乡是毛主席他老人家提出来的,知青办的人说得也在理,你和任大友一个是英雄,一个是拥军典型,你们不带这个头,如果在社会上传出去,影响就很不好了。"

艾红莓琢磨着周汉民说的这些话很在理儿,就回到家里,把这些话学给了母亲听。可是,不承想,还没等她把话说完,母亲就气呼呼地沉不住气了。

"怎么,嫁给一个英雄嫁出罪来了?别人通过关系就可以让子女留城,英雄典型就不行?这不明摆着欺负我们吗?!"

母亲没有文化,艾红莓没办法向她解释政策方面的问题,想了想,也便说道:"叫我说,艾军也该去锻炼锻炼,见识见识,他成天在家里蹲着,啥事儿也不干,往后怎么能有出息?"

母亲一听这话又火了,埋怨道:"你就那么忍心让你弟弟去乡下受苦遭罪?艾军和别的男孩子不一样,他从小到大像个姑娘似的,可没离开过家门一天。"

"正因为这样才需要走出去锻炼锻炼呀!"艾红莓说。

一句话,把母亲气得手指头都哆嗦起来了。母亲眼泪汪汪地看着艾红莓说:"我好不容易把你拉扯大了,你就要成别人家的人,我今天才知道,你的心这样狠啊!"

艾红莓突然感到十分愧疚,她望了一眼在一旁抽泣的母亲,又望了一眼坐在一侧的弟弟,自语般地说道:"真的对不起,我弟的事我真的没有办法帮他。"

就在这时候,艾军忽地一下站了起来,对母亲说:"妈,我想好了,什么英雄、典型的,咱们不求他们了,下乡就下乡,没啥大不了的!"

艾军的心里是带着气的,艾红莓能够听得出来。

母亲吃了一惊,她没想到艾军会突然说出这话来。她望了一眼艾军,好像他马上就要离开她一样,一下抓过他的手,恋恋不舍地说道:"妈是舍不得你呀,这下乡本来该你姐去下的,她现在留城了,却把你挤走了……"

听了母亲的话,艾红莓心里边突然有了一种莫名的悲伤。

日子就这样打着滚儿似的过了一天又一天,艾红莓终于迎来了新婚这一天。

这天上午,久已沉寂的休养所一下子热闹起来。整个小食堂充满了欢声笑语。艾红莓和任大友的婚礼正在这里进行。

新郎官任大友在新娘子艾红莓的陪伴下,满面春风地和前来祝贺的来宾们一一打着招呼。为了表达自己的感激之情,任大友和艾红莓特意请到了军分区医院里的柳护士长和王惠。王惠这个时候已经结束了新训生活,如愿以偿地来到了军分区医院做实习护士。看上去,她的精神状态空前的良好,一见艾红莓的面,两个人便亲亲热热地搂抱在了一起,言语间少不了打上几句趣儿。自然,王惠向这对新人送上了自己最真诚的祝福。

任大友的母亲和艾红莓的父母,第一次坐在了一起。虽然是自家儿女大喜的日子,但是他们的表情看上去却多了几分庄重与严肃。在含糊其词地打过了招呼点过头之后,他们一下子就变得没有话说了,全然一副心事重重的样子。

作为证婚人,周汉民主持了这场婚礼。

就像大多的婚礼程序一样,周汉民让两位新人各自作了介绍,并让他们重述了他们的恋爱经过。接近尾声时,周汉民看了一眼两位新人的长辈,便把任大友的母亲请到了台上。

老太太一副经风雨见世面的样子,见周汉民喊她讲话,并没客套,抬手拢了拢花白的头发,便踮着一双小脚走上台去了。

接着,她微笑着将台下的来宾看了一遍,清了一下喉咙,异常镇定地说道:"各位领导,俺是个乡下婆子,不会讲话。今天大家抬举,那俺就说两句。大友的爹牺牲在了朝鲜战场,我们是烈属,今天大友也成了英雄,这也算子承父业。大友他爸牺牲那会,大友还小,我拉扯他姐和他,苦累的不说了,现在大友结婚了,艾红莓成了媳妇,俺把接力棒交给艾红莓了,以后她能不能照顾好大友,能不能对得起英雄,那就看她的了。还有,既然嫁进我们任家门,就要按我们任家规矩来,凡事都要依着男人,要照顾好大友……"

任老太太的这番话,让台上的周汉民不觉吃了一惊,担心这些话到了艾红莓父母的耳朵里会惹起很大的不愉快,他忙接过话来说道:"好好好,下面,我们请艾红莓同志的父亲给大家讲两句。大家欢迎!"

生性木讷的艾红莓父亲看了眼一旁的老伴,本想着征求一下她的意见,让她上去讲一讲的,可是,这时的她已经被刚才任老太太的那番话气得牙根子发疼了。

周汉民见状,只得硬生生地把艾红莓父亲拉上台去。

上得台来的艾红莓父亲一下子显得窘迫起来,他站在那里,望望这个望望那个,就是想不起要说点儿什么。周汉民见他一副为难的样子,上前提醒道:"老人家,您就随便说两句吧!"

艾红莓的父亲这才说道:"那,那什么,嫁鸡随鸡,嫁狗随狗。既然成了亲,好好过吧!"

这句话一出口，立时引起了台下的一阵笑声。

婚礼仍在按部就班地进行着……

任大友和艾红莓的这场婚礼进行了很长一段时间才告结束。来宾们陆陆续续从休养所的食堂里走了出来。任大友和艾红莓两个人站在食堂门口，带着一脸的笑意，一一与来宾们握手告别，嘴里边连连说着感谢的话。

王惠从食堂里走出来，一眼看到艾红莓正和任大友站在那里与来宾说着话儿，犹豫了片刻，还是走了过去，悄悄扯了一下艾红莓的衣角，把她拉到了一旁。

艾红莓一脸幸福地望着王惠，说道："王惠，谢谢你，你代表咱们同学见证了我的幸福。"

王惠想了想，朝她微笑了一下，终于开口说道："艾红莓，咱们是好朋友，我今天要和你说个实话。"

艾红莓心里一怔，脸上却仍是含着笑意问道："王惠，你要说什么？"

王惠一下子严肃起来，问道："艾红莓，你知道当初季红阳为什么离开任大友吗？"

艾红莓思忖片刻，淡淡说道："王惠，我和你说过，她是她，我是我。"

"我听柳护士长和医生说过，任大友的伤很重。"王惠继续说道，"他的腰脊里现在还留着弹片，恐怕……"

艾红莓并没有等王惠把话说完，便把话接了过来，微笑着说道："王惠，这个我知道，既然我嫁给了他，我就会全心全意地照顾好他。"

王惠望着艾红莓，点点头，欲言又止道："你知道就好，那我再次祝福你！"

王惠突然意识到，事已至此，自己再说什么，都已经没有意义了。说完这话，她匆忙上前，象征性地抱了抱艾红莓，转身便朝休养所外走去了。

望着王惠的背影，琢磨着她说的那番话，艾红莓一时没有回过神来。

夜，就这样到来了。

这个夜晚的到来，与其他的一些夜晚的到来是没有什么不一样的。

但是,这个夜晚的到来,却是艾红莓向往了已久,渴盼了已久的。为了这个夜晚的到来,她踏着泥泞一路奔波着,几乎拼尽了全身的力气。然而,现在,当它终于来到自己的眼前时,不知为什么,她却不由自主地紧张起来,担心害怕起来了。

紧张什么呢？她对自己说。她一边这样对自己说着,一边鼓励着自己,让自己变得勇敢起来,就像一个战士一样勇敢起来。

任大友已经躺下了。这个大喜的日子,他喝了些酒。她能看得出来,他从来没有像今天这样高兴过。

犹豫了一下,她还是把灯关了。无边无际的黑暗,就在这时,像汹涌的潮水一样,一下子把她淹没了。

就在她躺下去的一瞬间,她感到有一只手把她的手捉住了。那只手是她熟悉的,在此之前,她曾不止一次地握过它,紧紧地握过它。

就像猛然间触电一般,她的身子没有来由地抖了一下,又抖了一下。接着,她听到了一声轻唤,可那声轻唤还没落到实处,他已经翻身把她抱住了。他抱得那么紧,那么有力量,那么迫不及待,几乎要让她窒息了。随即,她的耳边传来了粗重的呼吸声,那一声接着一声粗重的呼吸,很快就把她的身体唤醒了。

她感到自己的身子一点一点地骚动起来,燥热得让人无法忍耐。就像有一团火在她的身边烤着一样。如果这时候有一场铺天盖地的大雨浇下来就好了,那样就能够让她的身子慢慢冷却下来了。可是,那种妄想只在她的脑子里闪了一下,就像竹篮打水一样落空了。

任大友在扭动着自己。

在她的身上扭动着自己。

就像一座山的扭动一样,她觉得他实在笨重得有些可怜。

她不觉在心里哑然一笑。她想帮一帮他,帮他找到一个合适的位置,让他傲然耸立在那里,让满怀的希冀成为现实。可是,当她接触到问题的实质时,她才突然发现,她所有的努力与支持都是徒劳的。渐渐地,她就有些迷茫了。就像一个胆小如鼠的没有经历过战争考验的战士一样,还没有进入到真正的战场,甚至还没有听到一声枪响,他就已经丢盔卸甲了。

还没等她做好准备,她就看到那座扭动着的大山,轰的一声在她的身边倒下了,无可拯救地倒下了。

6

知青们最终在一个叫赵家峪的村子落下了脚。

赵家峪距山水市到底有多远,那个为表决心由季红改名为季红阳的女生是说不清的,恐怕知青点的任何一个人都是说不清的。季红阳只记得从山水市开出的那列火车,走走停停,在经过了十几个小时漫长的煎熬之后,终于在一个无名小站上停了下来。之后,他们坐上了一驾乡村马车,被人送到了一个叫红旗公社的地方,在那里,他们重新进行了编组,又坐上另一驾马车,被分配在红旗公社所属的各个知青点上。

就像许多毕业生一样,季红阳对自己的未来是做过种种假想的。

起初,在接到下乡通知书那会儿,季红阳真的蒙了。当她终于领悟到了命运的残酷之后,她有了一种被捉弄的感觉。一气之下,她奔到了学校,找到了教务处主任。

季红阳破门而入,望着呆怔在那里的赵主任,眼里含着悲愤的泪水,说道:"你们是骗子!"

赵主任坐在那里,一下子就有些不知所措了。

她质问道:"我想知道这到底是怎么回事,你们说好要推荐我去当兵的,可我怎么接到了下乡通知书?"

赵主任有些慌乱。他望了一眼季红阳,想了想,起身说道:"季红阳同学,你怎么这样说呢?这完全是一场误会啊!今年咱们学校一共只有两个招兵名额,全都是戴帽下来的,你说说我们能怎么办?"

季红阳愤愤地说:"你们这是卸磨杀驴!"

赵主任从内心里也觉得有些愧对季红阳,想了想说:"你为学校做的贡献,我们都记着,不信你可以去问啊!你们班的王惠,人家父亲是军分区的参谋长,没经过学校,直接找个名额参军去了。"

季红阳继续说:"你们彻头彻尾地从一开始就利用我。我知道,我没有背景,更没有靠山,我季红阳就是一名普通女学生,你们利用我,欺负我,卸磨杀驴。"

季红阳心里知道,现在说什么都是无济于事的。她只不过是想出一出心里的那股子恶气罢了。现在,这股恶气终于发泄出来了,她的心里头也就不感觉堵得慌了……

她只能顺其自然,听从命运的安排。但是,她没有想到最终会来到这么一个穷山恶水的地方。

赵家峪,想想这名字,就会让人不寒而栗。

令季红阳更没想到的是,就是在这样一个地方,她竟然能够和辛明不期而遇。

那驾马车从车站出发,翻过了两道山梁,走了整整一夜,最后来到红旗公社时,已经是第二天早晨了,一轮鲜红的太阳正从对面的山梁上升起来。

在公社大院里下了马车,季红阳正和几个人说着话儿,抬头看到一个年轻人从一间房子里走了出来。看到那个人,她的心里咯噔了一下。赶车人见了那个年轻人,忙走上去汇报道:"辛副主任,人接来了,你抓紧分配吧,各村接人的可都来了。"

季红阳先是吃了一惊,接着,她还是很快反应过来,当最终确认了那个从房子里走出来的年轻人就是她所认识的辛明班长时,她连忙奔了过去,热切地望着他,一脸兴奋地说道:"辛班长,还认识我吗? 我是季红阳。"

她把手伸了过去。她想和他握一握手。

可是,辛明只是淡淡地看了她一眼,便把目光移到了别处,背着一双手朝院子里的那些知青喊道:"列队!"

看着面前歪歪扭扭的队伍,辛明皱了下眉头,接着便向他们介绍了自己,说自己就是红旗公社革委会副主任,从部队复员回来的,以后少不了和大家伙打交道。随后,他就从自己的裤兜里掏出一张纸来,照着上面的名字,宣布了各个知青点的人员名单……

季红阳看到,他在讲话的时候,一手卡在腰里,很有一些领导派头。

季红阳最终被分在了赵家峪。和她一起被分在赵家峪的,还有另外的八个知青。赵家峪的谭支书,亲自赶着马车把他们从公社大院接到了赵家峪的知青点。知青点是一个简陋的农村院子,清一色的土坯房。可以看出来,在他们到来之前,已经有人把这座院子收拾过了,因为没有窗玻璃,窗棂上也已经贴上了一层新窗纸。

知青们分成了两拨,分别住进了西屋和东屋。

自从离开公社大院,一直到落脚在这个知青点上,季红阳心里一直在想着那个叫辛明的人。想着不过是短短几天的工夫,他居然真的复员回到他的家乡来了;想着这世上的事情怎么就这么蹊跷,山不转水转地一夜之间她和他又转到了一起;想着他转眼之间,从部队的一个小班长,一下子变成了红旗公社的革委会副主任;想着当他从公社大院的那间房子里走到院子里来的时候,一定也认出她来了,可是为什么当着那么多人的面,在她向他热情招呼时,他竟然不认识似的顾左右而言他,正眼都没瞧她一下,把她弄得那么尴尬和难堪。继而又想到了自己的过往和眼下的处境,季红阳突然感觉心里繁乱,就像那地方长了一蓬野草一样……

奇怪的事情从那之后,就一件一件地发生了。当天晚上就出了事儿。

这天晚上,一轮很大很圆的月亮从知青点对面的山梁上缓缓升了上来。这是来到赵家峪的第一个晚上,为了给家里报个平安,知青们一个一个都伏在那盏煤油灯下给家里写信。季红阳也想给家里写一封信,可是,写着写着她就有些心烦了,接着,她就把那支笔扔在那里,斜倚在炕墙上默默想起自己的心事来。

起初,她是听到了一点儿动静的。轻轻地,就像是一缕似有似无的风,在窗外刮动着凌乱的树叶一样。可是她并没在意。又过了一会儿,她突然就觉得有些异样了,当她抬起眼睛在不经意间朝窗户那边看过去时,一下子就冒出一股冷汗来。

就像是一只又一只破了茧的蛹一般,她看到新贴的那一层窗户纸上,先是一支指头冒了出来,接着三三两两的指头都一齐冒了出来。眨眼间,指头不见了,可是,那些指头却留下了一个一个眼睛样的小洞。

望着那些眼睛,季红阳禁不住寒毛倒竖,失声尖叫起来。

季红阳的尖叫声,立时引起了屋子里另外几个知青的回应。那个叫王小兵的女孩儿,突然看到了眼前的一幕,一时间吓得浑身哆嗦着,扑到季红阳的怀里就哭了起来。另一名知青李红卫,在一片慌乱中,连忙大喊道:"快来人啊……"

女知青的尖叫声在夜空中回荡着。对面男知青宿舍里的吴桐和胡卫国几个人听到了喊声,不觉吃了一惊,意识到大事不好,立时从宿舍里冲了出来,却看到几个慌慌张张的黑影已经逃远了。

吴桐和胡卫国几个人追了半天也没追到,便把老支书找过来。老支书看了现场,一边摇着头,一边连连叹着气,半天没说一句话。

一股无名火在心里憋着,吴桐便拉着老支书说道:"谭支书,你得把那几个小流氓抓出来,非得法办了。"

老支书看了一眼吴桐,又看了看季红阳几个人,见她们仍是余悸未消,便安慰道:"没事了孩子们。不怕啊!我猜想,他们就是咱村的那几个光棍。咱这穷,那些孩子有的三十多了也娶不上个媳妇,见村里来了漂亮学生,稀罕!没大事,等明天我好好训训他们,都歇着吧!"

老支书说完这话就要往外走,胡卫国也一把拉住了他说道:"谭支书,这事可不能只训一训,今天偷看女生,明天还不知干出什么事来呢!"

老支书忙又保证道:"这个你们放心,咱们村子里的这些人,都是三代贫农,根红苗正,出不了大格。"

吴桐听了,瞪着一双眼睛,脖子一拧问道:"贫农还干这事?我看比地主还坏。"

谭支书连连说道:"我向你们保证,下次他们再也不敢了,都回去歇着吧!"

谭支书摇摇头走了。可是那几个女知青,却几乎再没敢合一下眼。

艾军是自己找到知青点来的。

那是一周之后了,知青点上的几个人正在吃午饭,艾军背着行李卷来了。

那个时候,吴桐端着一只饭碗刚坐在大门口,就看到一个人摇摇晃晃从远远的地方走了过来,他眯着眼睛朝那个人打望了半响,终于认出了艾军,不觉有些疑惑,忙起身问道:"艾军,你怎么也来了?"

艾军见了吴桐,一副欢天喜地的样子,一边朝这边奔过来,一边气喘吁吁地说道:"你们前脚刚走,我们那一届后脚就宣布毕业了,偏巧我就被分在了这个公社,听说你在这个知青点,我就奔着你来的。"

吴桐忙把他的行李接过来,带着他进了屋。

等一切安顿妥当了,艾军突然想起了什么,悄悄拉过吴桐,把艾红莓和任大友结婚的事情一五一十说了。吴桐听了,却自始至终没说一句话。

艾军望着吴桐,有些决绝地说道:"哥,我和他们没有关系了,任何关系都没有了!"

吴桐咬着嘴唇,拍了拍他的肩膀,一边叮嘱他好好休息,一边默默转过身子,头也不回地向院外走去了。

艾军怔怔地望着吴桐远去的背影,突然觉得心里极不是滋味。半响,他突然就听到一阵口琴声。它就从不远处的那一面山坡上传过来,口琴声有些婉转,带着难以诉说的忧伤。他记得那是姐姐最爱唱的一首歌,那首歌叫《红莓花儿开》。

一夜无话。

赵家峪是在一片鸡鸣声中醒来的。

赵家峪醒过来的时候,天色还没有完全放亮,太阳还没从对面的大山上升起来,整个村庄正笼罩在一片浓重的雾霭里。

在那一片鸡鸣声中,季红阳睁开了眼睛,一骨碌从炕上爬了起来,喊道:"李红卫、王小兵,快起来,大家都起来!"

王小兵从被窝里探出身子,睡眼惺忪地看了一眼季红阳,咕哝道:"这么早就上工吗?"

季红阳不满地催促道:"忘了咱们是来干什么的了吗?人家贫下中农们哪有这么懒的?快起来!"

季红阳这样说着,又走出屋去,敲开了男知青的房门,大呼小叫地催促道:"都快起来了,到村东头的大树下集合!"

知青们懒洋洋地来到村东大树下时,季红阳正等在那里,早就有些不耐烦了。

见知青们到得差不多了,季红阳站到树下的一块大石头上,挥了挥手臂说道:"同学们,都打起精神来。以后我们就是赵家峪的社员了,我们要做出和一般贫下中农不一样的成绩来。"

吴桐心里不快,嚷道:"谭支书昨天可说了,现在是农闲时间,没什么可做的。你看村里有人起来了吗?"

季红阳一下子就不高兴了。她冷冷地望了吴桐一眼,说道:"你怎么老是这么怪腔怪调地捣乱啊,没一点革命小将的样子!"

季红阳扫视了一遍知青们,接着鼓动道:"你们都看到了吗?整个赵家峪居然连一条标语都没有。现在,祖国山河一片红,革命形势无限好,我们赵家峪不能落到后面啊!昨晚上我连夜赶写出来这些标语,咱们要马上动手张贴起来,让赵家峪跟上全国革命的发展形势!好,现在两人一组分头出发!"

人们这才注意到大树下面的那些花花绿绿的彩纸标语。

说到这里,季红阳突然又想起什么,顺手拿起一个铁锤,便敲响了挂在树上的那一截钢轨。

钟声响亮,在赵家峪的上空四散开来。

不一会儿,听到了钟声的社员们,陆陆续续走出了自家的大门,朝大树下面聚集过来。

没有见到老支书,一个社员不满地问道:"这钟是谁敲的?"

季红阳仍站在那块大石头上,趾高气扬地说道:"是我敲的!"

那个社员一下就不高兴了,靠前一步,盯着季红阳责问道:"这钟只有支书老谭才能敲,你算老几?"

另一个社员见了,也靠上前来,愤愤地说道:"这么好的觉都叫你给搅了,你们这些知青,真是吃饱了撑的!"

季红阳张口结舌,一时不知该怎么回答了。

就在这时,季红阳突然看见谭支书披着一件大衣从村子里匆匆忙忙赶了过来。就像是见到了救星一样,季红阳忙迎了上去。

谭支书顾不上理她,站到树下的那块大石头上,看了乡亲们一眼,摆摆手说道:"知青们刚来,不懂规矩。没事了,没事了,都散了吧!"

众人听了老支书的话,就像得了指令一样,陆陆续续也便散去了。谭支书叹了口气,也正准备往回走,忽然看到不远处吴桐和艾军两个人正在一面墙上张贴着标语,便径直走了过去。来到跟前,他疑疑惑惑地看了一眼地上的那只糨糊盆子,不禁心疼地咂了咂嘴巴,扭头朝季红阳喊道:"红阳姑娘,你来一下!"

季红阳懵懵懂懂地走了过去。

谭支书无可奈何地连连叹着气,望着季红阳说道:"你们搞革命咱得支持。不过姑娘,咱这里比不上城里,咱这穷啊!你就看看你用的那些个彩纸,那都是咱攒了多少年没舍得用的啊!还有那糨子,我是说让你们使上点白面,可你们……嗐,那白面咱都是来了干部吃派饭才用上一点的。可你们……"

老支书抖着嘴唇,已经说不出话来了。

季红阳仍是弄不明白老支书话里的意思,便疑疑惑惑地问道:"写标语不用彩纸不行,不用糨糊也粘不上啊!"

谭支书摇摇头,只好说道:"你们是为了干革命,这个我懂。好了姑娘,咱不说了。往后有啥事都要和我商量一下,可不敢胡来!"

季红阳朝老支书点点头,心里觉得委屈,眼睛里便有了泪光。

季红阳望着老支书,诚恳地说道:"谭支书,现在你安排我们干些什么吧,我们有的是力气,我们是来革命的,不想闲着。"

说到这里,季红阳突然眼前一亮,说道:"要不我们现在就开始施工修路吧,这样等到了明年春天,咱赵家峪就能通上拖拉机了。"

谭支书望着季红阳,一时不知说什么才好。思忖半晌,他还是摇了摇头说道:"姑娘,你说的是共产主义,现在的赵家峪还不敢想那么远。"

季红阳有些茫然了。可是,季红阳是不甘心的。

这天晚上,季红阳躺在炕上翻来覆去睡不着,脑子里满是赵家峪的事儿,想来想去,想得脑仁儿都疼了,终于想到了一个主意。

第二天刚刚吃罢早饭,她又把知青们召集起来了。

季红阳像一只傲慢的公鸡一样,在宿舍里来来回回踱着步子,末了,她站在那里,有些兴奋地说道:"昨天晚上我想了整整一夜,终于想好了。赵家峪为什么这么穷,就是因为这里没有路啊,没有路,人们就走不出去,外面的人又进不来。就拿村头的那条河来讲吧,每次进村出村都得蹚水过河。我想,咱们的工作就要从这条河开始……"

吴桐一下子就明白了她心里的想法,插嘴说道:"你那意思就是一桥飞架南北呗!可是咱们什么都没有,拿什么架桥?"

季红阳眨眨眼睛,有些神秘地笑了笑,循循善诱道:"吴桐,你怎么不动动脑子,你想想,山上是什么?"

艾军懵懵懂懂地张口接道:"石头、树。"

"这不就齐了?"季红阳说,"有树还怕没东西架桥?"

一听这话,胡卫国坐不住了,忽地一下从炕上跳下来,瞪着眼睛说道:"季红阳,你红嘴白牙的说这些,我们凭什么听你的?"

季红阳看了胡卫国一眼,郑重其事地说道:"我是知青办任命的咱知青点的负责人,你们可以不听我的,但你们的一举一动我都会记录在册的,我会定期给知青办写信汇报。你们不为自己的政治命运负责,那就请便吧!"

胡卫国一下没话说了。

艾军见机忙打着哈哈朝季红阳说道:"红阳姐,你是我们的点长,我们都听你的,反正对了错了,有你扛着。"

这话季红阳更不爱听了,她狠狠地瞪了艾军一眼,理直气壮地说道:

"什么话？在我这里，只有对，没有错！"

一屋子人就都不敢再说什么了。

说干就干。季红阳很快便带着知青点上的知青们，带着斧头、锯子和绳子，来到了村外的那座山上。接着，他们在那座山上寻到了合适的木材，把它们一一砍伐下来，又抬到了村边的那条小河边上……

半下午的时候，知青们一个个已经累得筋疲力尽了，正坐在河边休息，不料，抬头看到谭支书和两名警察从村子里急急慌慌地朝这边走过来。

季红阳见了，忙迎了上去，一边抹着脸上的汗水，一边望着谭支书，邀功般地说道："老支书，你来看，这都是我们的成绩，用不了两天，这河上就有一座桥诞生了。"

谭支书皱着眉头看着河边的那一堆木头，一张脸立时就绿了，他一边盯着季红阳，一边大声呵斥道："谁让你们伐树了？"

季红阳吓了一跳，愣愣地望着谭支书，怯怯地解释道："没人让，是我组织知青干的，我们要为赵家峪修桥，造福子孙。"

谭支书鼻子里哼了一声，心疼地说道："后山那片林子，是咱们县林业局的样板树林，封山育林，都提了好几年了，没有林业局的批示，谁也不能动的。"

季红阳小心地问道："支书，怎么，我们又做错了？"

谭支书跺着脚严厉地说道："不是对，也不是错，是犯法了！"

季红阳脸上的汗水一下子淌下来了："犯法了？"

谭支书跺了一下脚，说道："已经有群众把你们举报到公安局了，这不，人家来处理这事了！"

说到这里，那两个警察走上前来，定定地望着季红阳，一个人冷冷地问道："你就是偷伐林木的指挥者？"

季红阳害怕了，她做梦都没想到，自己好心好意为村里着想，却落得这样的下场，忙转过头去，求救般地望着谭支书说道："支书，我可是为赵家峪在做好事呀！"

另一个警察上前一步,一副公事公办的样子,拉着季红阳说道:"你现在说什么都没有用,你已经违反了封山育林的政策,跟我们走一趟吧!"

季红阳还想再解释什么,可是,那两个警察已经一左一右地准备把她带走了。

眼见着大事不好,吴桐一步冲上来,突然说道:"等一等!"

那两个警察怔了一下。

吴桐凛然说道:"砍伐树木不是季红阳一个人干的,要走我们和她一起走。"

一个警察听了吴桐的话,斜了他一眼,不耐烦地说道:"我们现在只调查指挥者,至于你们如何处理,回知青点等着去。"

说完,那两个警察便将季红阳押走了。

知青们怔怔地站在那里,望着他们的背影越走越远,吴桐突然想到了什么,忙向艾军交代了一番,艾军便静悄悄地尾随着他们去了。

季红阳最终被带到了公社大院里,这是后来艾军回来告诉吴桐的。

当辛明得知季红阳因为带头私自砍伐山林树木被押到了公社大院的消息时,不觉大吃了一惊。他知道,如果按照规定,这样的行为,已经触犯了法律,轻则至少要拘留半月,重则判刑也在情理之中。

关于其中的细节,那两个警察已经向他一五一十说明了,并且他们也已经向公安局的马局长进行了汇报。不过,马局长在得到这个消息之后,经过反复考虑,还是让那两个警察带话给辛明:事情发生在红旗公社,而且当事人又是刚刚下乡的知青。对这个名叫季红阳的女知青该如何处理,还想听听他的意见。

辛明一下左右为难了。

他觉得自己还应该进一步向当事人了解一下情况,于是便让那两个警察和他一起,来到了另一间权作临时关押室的房间。

见辛明推开房门走进来,季红阳忙站起身来,一双眼睛怯怯地望着他。看上去,她显得十分狼狈。

辛明向她看了一眼,接着朝身边的那两个警察使了个眼色,那两个人便走出去了。

想了想,辛明问道:"你为什么要做这样的事?"

听见辛明这样问她,季红阳忙又抬起头来,她似乎认真地想了一想,接着,一双眼睛里旋即有了神采,激动地说道:"为了改变赵家峪的落后面貌,进村出村连条路都没有,我想带领知青修座桥,让全村人不再为出村发愁……"

她还想再说下去,却被辛明不耐烦地摆摆手制止了:"你知道不知道破坏山林是要坐牢的?"

季红阳摇摇头,接着又把头低下去,喃喃说道:"我就是想做好事,好好表现自己。"

辛明不觉叹了一口气。

季红阳抬起头来时,已经满脸是泪了。她一边拿那双泪眼望着辛明,一边颤抖着声音乞求道:"辛主任,求求你,看在任排长份上,你救救我。"

"你还有勇气提任排长?"辛明轻蔑地望着她,面无表情地问道,"你不是把他抛弃了吗?"

季红阳连忙辩解道:"不,是我把艾红莓介绍给了他,他们现在已经结婚了!"

辛明听了,有些揪心地摇了摇头。

"辛主任,看在过去我们认识的分上,你帮帮我。"季红阳接着又乞求道,"我下乡是想好好表现自己,想出人头地,没想到犯了错误,辛主任,你一定帮帮我。"

辛明听不下去了,他甚至不想再看她一眼了。

季红阳突然就感到自己双腿发软了,紧接着,她扑通一声就跪了下去,一双手抱住了辛明的大腿,止不住泪水翻滚道:"辛主任,你大人不记小人过,求你一定帮帮我,我知道,在这里只有你能帮我了。"

辛明有些厌恶地把那双手挣开了。之后,起身走了出去。

回到办公室,辛明犹豫了半天,一种莫名的痛苦涌上心来,想着那个名叫季红阳的知青,想着她曾经做过的那些不可理喻的事情,他的心里久久不能平静。但是,她还很年轻,还有很远的路要走,更何况她还是一个刚刚离开学校的女学生……

在纠结了许久之后,辛明最终还是把办公桌上的那部电话拿了起来。他要亲自给县公安局的马局长打一个电话,好好和他说一说。

电话接通了,传来了马局长的声音。

辛明犹豫了一下。他知道,马局长是一个痛快人,不喜欢拐弯抹角地说话儿,于是,便开门见山地把那个知青季红阳的事情说了。他把这件事情引起的严重后果,归结于自己对知青们的教育不够,使得他们在不知情的情况下触犯了法律,但是,念在知青们的革命热情的分上,还是希望能够以教育为主,令其本人写一份检讨,从轻处理为好。

马局长听辛明说完,认真想了想,于是便说道:"事情出在你们公社,我看还是交给你们公社来处理吧,我们公安局就不插手这件事了。"

辛明不禁长长地呼了一口气。

事情这才算平息下来。

当谭支书把季红阳从公社里领回来时,已经是第二天的傍晚时分了。如果谭支书和季红阳晚回来一步,事情也许又会变得复杂起来了。

季红阳被那两名警察押去了那么久还没有回来,这不能不让知青点上的知青们感到着急了。天眼看就要黑下来了,一种不祥的预感也渐渐在知青点上弥漫开来。吴桐突然感到一阵心烦意乱,就再也坐不住了,站在院子里朝几个一直等待消息的知青们说道:"季红阳到现在还没回来,公社那些人说不定打什么主意呢,法不责众,要坐牢大家一起去坐,不怕事的跟我要人去!"

吴桐一边这样说着,一边自顾自朝门外走去。

胡卫国和艾军紧紧跟了上去。

一呼百应,剩下的那些知青也一起跟了上去。

王小兵有些惊慌地望望这个又望望那个,怯怯地说道:"你们都去了,我们也去。"

吴桐回头看了一眼王小兵，又看了一眼站在她身边的李红卫，想了想，说道："你们女知青就算了。"

就在这个节骨眼上，谭支书打着手电一晃一晃地走过来了。见这么多人门里门外地站着，他不由得吃了一惊，说道："看，我把季红阳领回来了，没事了，没事了！"

见知青们一个个还不说不动地站在那里，谭支书又说："辛主任说了，季红阳有革命热情，就是不懂农村政策，回来继续接受贫下中农再教育，这次的事不算犯法。反正季红阳也回来了，你们歇着吧，我也该回去了。"

说完，谭支书就又打着手电，一晃一晃地在一片浓浓的夜色里消失了。

可是，谁也没想到，季红阳从公社回来的当天夜里，知青点又出事了。

像往常一样，临睡之前，王小兵披着衣服哆哆嗦嗦去解手，可是当她绕过房间，正向一个角落里的厕所走去的时候，猛然间一个黑影扑了上来，那黑影紧紧抱住了王小兵，还没待王小兵惊叫出来，已经一把将她的嘴巴捂住了。

那个黑影一直将王小兵挟持到了一个距知青点外不远处的较为隐秘的地方……

当季红阳和吴桐几个人发现情况异常，寻到那里的时候，那个黑影慌慌乱乱地放下王小兵，已经一溜烟似的逃走了。

此时，王小兵惊恐不安地坐了起来，她的头发散乱着，衣服已经被人撕破了。

吴桐愤愤地问道："谁干的？"

王小兵摇了摇头。

季红阳上前把她抱在怀里，担心地问道："小兵，你被坏人怎么了？"

王小兵这才反应过来，紧紧抱住季红阳，止不住放声大哭起来。

几个人很快找到了谭支书，把这情况一五一十说了。谭支书有些愧疚地望着王小兵，安慰道："姑娘，是我没保护好你们，孩子，真的对不住了！"

谭支书膝头一软,便朝王小兵跪下了。吴桐见状,忙把他从地上拉起来说:"支书,你千万别这样,咱们的任务是要把那个流氓抓起来。"

谭支书长长地叹了口气,望着吴桐说道:"咱们村光棍多,从村头数,王老六四十五了,还有苏二狗也三十六七了,还有那个三胖子也三十出头了,这数来数去的,三十以上的光棍就有十几个……"

"这个坏人难道就查不出来了?"季红阳忍不住问道。

谭支书突然想到什么,朝余悸未消的王小兵问道:"孩子,那人长得啥样,你一点也没看见?"

王小兵摇摇头,眼里的泪水又涌了出来。

谭支书无力地叹息了一声,央求道:"孩子们,你们回去吧,看来只能请公社派出所的人来了,在没查清之前,你们都不要声张。"

吴桐和季红阳点了点头。

回到知青点,胡卫国还是咽不下这口气,他一边挥动着手里攥着的那根木棍子,一边咬牙切齿地问道:"这到底是谁干的?这他妈到底是谁干的?"

他的眼里几乎要喷出血来。

胡卫国越想越气愤,转身就要往外走,嘴里不住地念叨着:"我挖地三尺也要把这个王八蛋找出来,找不出来,我就把整个村子一把火烧了!"

季红阳见情况不妙,一把拉住了他,大声喝问道:"胡卫国,你还嫌不够乱吗?!"

胡卫国一把挣开季红阳,咆哮道:"这事和你们没关系,杀人放火的罪,我胡卫国一个人扛了!"

说完,胡卫国不管不顾地冲了出去。

吴桐三脚两步追上了胡卫国,一把将他抓住了,一个耳光抽了上去。

胡卫国怔住了。

"胡卫国,你知道那个流氓是谁吗?"吴桐盯着胡卫国,不无气愤地警告道,"整个村子就这么一个坏人,你这么做会连累无辜的!"

胡卫国眼睛红红的,蓄满了愤怒的泪水。

这时候,王小兵惊魂未定地走了过来,她一边拉着胡卫国的胳膊,一边担心地说道:"卫国哥,你不能去,求你了……"

胡卫国不忍再看王小兵,一把将手里的那根棍子狠狠地掼在地上,双手紧紧地抱住自己的脑袋,一下蹲在地上,无限压抑地哭了起来。

经历了挫折之后的季红阳很快又如沐春风般地抖擞起了精神。

从公社回来后,季红阳思来想去,最终还是忍耐不住,又一次找到了谭支书。就像要进行一场艰苦卓绝的谈判一样,季红阳端坐在谭支书的面前,脸上的表情异常严肃。她说:"谭支书,我还要和你商量商量。"

谭支书皱了下眉头。

季红阳说:"你说得对,现在是农闲季节,村子里没有活干。可是,要想改变赵家峪一穷二白的面貌,咱等不起,也靠不起,农闲人不能闲啊!"

谭支书望着季红阳,等着她把话说下去。

季红阳便又继续说道:"村头的那座桥咱还得修。树既然伐了,也不能栽回去了。咱为啥就不能把那座桥修起来呢?那座桥修起来,会为咱村里的人带来很多方便的。"

季红阳又说:"身为支书,您要为村里人着想;身为知青,我们也要为村里人着想,扎根农村闹革命,不是一句空话、大话。"

季红阳说了好一会儿。她是在一步一步地引导他呢!

季红阳的执着,终于把谭支书感动了。思忖良久,谭支书终于点了一下头,说:"红阳姑娘,你的话也在理儿,既然这样,让我再与村里的其他领导合计合计,那座桥的确也是有必要去修建的。不过,有了前边的教训,遇到什么事情,咱还是要小心一些为好。"

季红阳的目的终于达到了,她一下子就变得眉开眼笑了。

心满意足地回到了知青点,季红阳便立刻趁热打铁地把知青们召集到了一起。经过一番简单的动员之后,知青们很快又向着村头的那条小河进发了……

吴桐就是在这个时候接到了艾红莓和王惠的来信的。那两封信同时到达了他的手里,这让他一时有些激动不安了。

知青们都去小河边上的工地上建桥去了。吴桐也准备着和他们一起去工地的,可是,心里挂念着那两封信,走着走着,他就不想走了,乘人不备,便反身从半路上不管不顾地跑了回来。他希望为自己寻得一份清静,在一个人的世界里,独享这些家信为他带来的精神快慰。

回到知青点,几乎没有半点犹豫,他就迫不及待地把艾红莓寄来的那封信打开了。

那封信很短,短得甚至让人怀疑它到底是一封家信还是一张字条,可是这已经足以让他感到欣慰了。

吴桐:你的来信我收到了,别惦记我,我这里的一切都很好,我已经在休养所开展工作了,你们在农村生活得好吗?艾军第一次离开家门,你要多照顾他……

那一刻,吴桐感到了自己的幸福。他一边抚摸着那些熟悉的字迹,一边沉浸在无边无际的回忆里。

相比较而言,王惠的那封信就写得有些冗长了。甚至冗长得让吴桐感到有些啰唆,但是,王惠的那封信,却给他带来了外面世界的种种消息。

吴桐:你都下乡这么久了,也不来个信,该死的吴桐,看样子你是不想好了。吴桐,我知道你现在的生活很苦,不要假装轻松了,也别再玩世不恭,现在后悔还来得及,我可以帮你,我爸说了,从农村参军也可以,艾红莓结婚了,可任大友伤了神经,做不了男人……

吴桐正这样漫不经心地看着王惠的来信,哐的一声,门被推开了。

季红阳走了进来。

吴桐正要把信藏起来,但是已经被她发现了。

季红阳望着躺在炕上的吴桐,轻蔑地笑了笑,一边像个领导似的在炕

第二章　男儿本色　｜　091

前踱着步子,一边说道:"别人都在修桥铺路,你自己倒在这里躲起清静来了。"

吴桐没有动,也没有说话。

她的目光落在了吴桐的脸上,说:"不就是那个王惠给你来封信吗?"

她说:"也就是那个傻丫头对你不离不弃的,人家艾红莓结婚当干部了。"

季红阳不提艾红莓则罢,一提艾红莓,吴桐禁不住勃然大怒,忽地一下起身站在地上,指着季红阳呵斥道:"季红阳你没资格提艾红莓,艾红莓这样还不是你害的?到今天你还人五人六的,你虚伪!"

季红阳觑视着吴桐,反问道:"吴桐,我怎么虚伪了,又怎么害艾红莓了?"

吴桐说道:"你自己发现任大友是个残废,你走了,怕留下个烂摊子不好收拾,把艾红莓往火坑里推,你说你季红阳仗义吗?!"

"嫁给任大友是艾红莓自愿的,"季红阳说,"人家是想留城当干部,这和我有什么关系?"

"你别侮辱艾红莓,"吴桐说,"艾红莓不是那种人。"

"吴桐,我知道你放不了艾红莓,"季红阳说,"人家结婚了,你还惦记人家,我看你脑子才有病。"

吴桐愤愤地说道:"我是忘不了艾红莓,那也比你强,季红阳,你想的只是你自己,你想的就是要用大家的血汗为你铺路,好让你一个人往上爬!找机会早日回城。"

"混蛋!不许你这么诬蔑我!"季红阳突然间气得手指发抖,指着门外怒喝道,"我命令你现在马上给我去上工,否则的话,我马上到老支书那里报告,不行我就去公社找辛主任告你!"

吴桐向来吃软不吃硬,她这样一来,却让他更加恼怒了,瞪起一双眼睛呵斥道:"你去吧,你现在就去,随你怎么去说!你当你是什么人物啊,告诉你,王小兵的事你脱不了干系,她要有个好歹,你季红阳是有责任的。你是知青点负责人,又和她同一个宿舍,发生了这件事,你能一推六二五?"

吴桐的这番话,一下把季红阳噎住了。

"吴桐,你不要转移视线。"说这话时,季红阳已经明显地感到底气不足了。

可是,偏偏那个吴桐又是个得理不饶人的主,他见季红阳很快就要败下阵来了,便又乘虚而入道:"季红阳,说你虚伪你还不服,你是世界上最虚伪的女人,一定不会有好下场的!"

季红阳突然感到自己的鼻子酸酸的,眼泪都要流出来了。

"吴桐,我不和你吵,你等着!"说完,她一甩头,走了出去。

季红阳果然去公社找了辛明,一五一十向他汇报了这些日子知青点上发生的事情。自然,她说到了王小兵,又说到了吴桐。辛明认认真真听着,不时地向她点着头,一直等着她把要说的事情说完了,这才说道:"好吧,我都知道了。"

季红阳觉得他还应该向她说点什么,最起码,他应该向她提一提过去的那些事情,提一提艾红莓和任大友。但是,没有。辛明什么也没有说,在她汇报完之后,他甚至连一句挽留的客套话也没有,这让她多多少少感到了一种失落。

季红阳就是带着这样一种失落的情绪,回到赵家峪知青点的。一进知青点,李红卫就抱住她哭了起来,一边哭一边说道:"季红阳,王小兵不见了!"

季红阳一下蒙了。她怔怔地站在那里,半响没有反应过来。好大一会儿,她才突然意识到了问题的严重性,一把推开李红卫,惊诧地问道:"王小兵怎么不见了?你们是怎么照看她的?!"

吴桐听不下去了,走过来盯着她反问道:"我们照看王小兵,你干什么去了?去找领导讨好,去打小报告去了吧!"

季红阳一下意识到了自己的心情太过急躁了一些,看了吴桐一眼,却再也无心与他争辩什么,便努力使自己的口气变得平和下来,向一旁的李红卫问道:"红卫,你快说说,你是怎么发现王小兵不见了的?"

"下午的时候,我看她清醒了,梳了头,还唱着歌,说是要出去走一走。"李红卫望着季红阳慢慢回忆道,"可是,这大半天都过去了,天都黑下来了,还没见她回来,所以我猜想,她一定是丢了!"说着说着,李红卫忍不住又抹开了眼泪。

季红阳听了,一下又着急起来,忙朝几个人喊道:"快别说了,咱们快去找吧!"

紧接着,她便规划好了几条寻找路线,分头向着村子和后山几个地方,一边呼喊着,一边奔跑着去了……

王小兵的尸体最终是在后山的山坡上被村里的几个民兵发现的。

王小兵倒在一棵大树下边,看上去,她的表情十分平静。几个人还发现,在那棵大树下,有一只空了的"敌敌畏"农药瓶子。

一眼见到王小兵,胡卫国立时就忍不住了,一下扑过去紧紧把她抱在怀里,撕心裂肺一样地呼喊着:"小兵,你这是怎么了,告诉我,你醒醒……"

夜深了。

无根无底地深了。

7

任大友又一次从艾红莓的身上翻了下来。

不行,还是不行。

两个人齐心协力,谁也记不清到底努力了多少次了,可每次的努力最终还是以失败告终了。

任大友是不甘失败的,战场上,他曾经表现得那般勇猛和顽强,凭着这种勇猛和顽强,他带着一个排的战士,一次一次打退了敌人的据守与进攻,取得了一次又一次的胜利,可是,现在,他却一次又一次败下阵来,气喘吁吁大汗淋漓地败下阵来。

他气馁了。

他说:"我不行了!"

他的话里带着无法言说的沮丧。

艾红莓耐心地安慰着他。她的手指在他的胸脯上慢慢抚慰着。

"大友,我知道你身子里有弹片,"艾红莓说,"没事的,你看,你都能走路了,其他的病也能养好的。"

任大友眼里的泪水悄悄滑落下来。

好大一会儿,任大友才渐渐平静下来,他让艾红莓躺在他的臂弯里,长长地叹了一口气,无奈地说道:"睡吧!"

艾红莓跟着说道:睡吧!

夜便黑透了。

艾红莓有了自己的工作,也有了自己的职务。作为休养所的主要负责人,她觉得自己是幸运的,这当然要感谢上级领导对她的爱护和重视,与此同时,她也深深感到了肩头责任的重大。走马上任后的第一件事情,就是让任大友带着她,一家一户地进行了走访,就像每一个关爱百姓的领导一样,她给他们送去了温暖,但是,从他们反映的诸多问题上,她看到了自己需要努力的方向。如果要把这些工作做好,她还需要付出更多的精力和辛苦。她是不怕吃苦的,更何况,她的身后有任大友。有他的理解和支持,再多的苦,也就不算苦了。

可是,也就在她刚刚接手这份工作,准备紧锣密鼓做一番事情的节骨眼上,民政局方面把她树为了拥军典型。并且,根据当前的形势需要,局里决定借她和任大友新婚的这股东风,集中几天的时间,在全市搞一个拥军活动。这个拥军活动,自然是由她来唱主角的,那就是让她深入全市各大单位,现身说法,做一做报告,给大家讲讲她与英雄坚贞不移的爱情经历。

艾红莓收到这个通知,不禁捏了一把汗。她有些紧张,任大友及时鼓励了她。他说:"没事的,我会陪着你,一直在你身边。"

讲话稿自然是民政局的笔杆子早就写好了的,这样一来,就省去了很多麻烦,把那份写好的稿子三遍两遍地熟悉了,她就完全可以登台演讲了。

艾红莓的第一场报告,是在国棉厂的大礼堂进行的。

这天上午,在一片热烈的掌声中,艾红莓神情紧张地第一次站在了麦克风前。在周汉民和任大友鼓励的目光下,艾红莓拿着周汉民早就为她准备好,并且在任大友的帮助下不知熟悉了多少遍的讲话稿,用微微颤抖的声音,开始说道:"我是一名普通技校学生,因为英雄的事迹感动了我,让我有机会走近了英雄……"

艾红莓听到自己的声音在大礼堂里回荡着。几百上千双的目光一齐向她投射过来。

此时此刻,她的手心里已经沁出了汗水。

她在努力平静着自己的心情,并试图调整着自己的声音和语速,让人听上去,不至于那样飘忽不定。就这样,时间不知过去了多久,而当她真正适应了面前的环境,在一次又一次的掌声中,把自己的感觉调整到最佳状态时,她才发现,她的讲话已经接近尾声了。

当她再次回到主席台上挨着任大友和周汉民坐下来时,艾红莓有了一种如释重负的感觉。

报告会就这样结束了。一眨眼就结束了。人们开始陆陆续续地朝礼堂外边走去。

当艾红莓和任大友正朝着大门口走去时,不料却被几个记者堵住了去路。艾红莓有些紧张地望着他们手里的摄像机,求救般地拉着任大友,一时不知如何是好。任大友无比沉稳地朝她笑笑,又朝她点点头,她立时也便理解了他的意思,一颗心很快平静下来,接着,她应对自如地回答了他们问到的每一个问题。

就在艾红莓和记者们周旋的时候,任大友已经有些落寞地朝外面走去了。

好不容易摆脱了那些记者的纠缠之后,艾红莓追上了任大友,一边亲热地挽着他的胳膊往前走,一边向他问到自己在这场报告中的表现。

任大友很少说话。即便回答她的问题,也是蜻蜓点水一般。他只是朝她笑,但是从他的笑里,艾红莓敏感地捕捉到了某种牵强的东西。

报告会继续进行着。

接下来的那些天里,艾红莓以拥军模范的身份,如鱼得水地走进了机床厂、锅炉厂等好几个地方,每到一处,都无一例外地赢得了一次又一次雷鸣般的掌声。而每一次,任大友总会不离不弃地陪坐在那里。

英雄角色的互换,就这样在不知不觉中完成了。

事情出在那张报纸上。

这天上午,任大友的母亲正准备生炉子,顺手拿过一张报纸,就要划火柴点着,突然就看到了报纸上的艾红莓。艾红莓在微笑,在望着她微笑。老太太立时便把火柴扔了,旋即打开了那张报纸。"时代女性、拥军典型"。当那几个大字刺入眼帘时,她的脸色变得越发难看起来。接着,她便把任大友唤了过来,抖着那张报纸问道:"娘不识字,我听休养所的人都说,艾红莓现在是典型了,没你啥事了?"

任大友扫了一眼报纸,笑了笑,点点头说:"娘,民政局是在树她为典型。"

"那你呢?"老太太听了,差一点儿跳起来,一惊一乍地问道,"你可是英雄,没有你就没有她,她现在上报纸了,就把你晾一边了?"

任大友不得不耐心向她解释。可是,不管他说什么,老太太就认准了一个理儿,没有她的儿子任大友,艾红莓啥也不是。

老太太越说越有气,好不容易等艾红莓下班回到家,立时要让艾红莓带着自己,去见她的父母不可。任大友一再劝阻她,年龄那么大,路远不好走,还是不要去了,可她根本不听那一套,无奈,艾红莓只得带着她来到了父母家里。父母亲见老太太阴着一张脸,先是吃了一惊,接着又饭前饭后地好生照应着,唯恐哪里怠慢了她。可是谁料想,老太太还是不知足,看看这里望望那里,横挑鼻子竖挑眼,好像原本这一家老老少少都欠着她啥似的。

饭吃完了,天也就黑起来了。老太太觉得一家人对她照应得还算周到,起身要走时,不由得咕哝了一句:"嗯,看来这家人还算懂规矩。"

就是这句话,让红莓妈一下不高兴了。一肚子气早就窝在心里,正要找个发泄的地方,总算找到了突破口,便冲口而出,她问道:"亲家,那你说什么叫不懂规矩?"

话赶着话地赶到了这里,大友娘也便不再客气,从兜里掏出那张早就准备好的报纸,一边拍在面前的桌子上,一边说道:"这就叫不懂规矩。"

红莓妈好奇地拿过那张报纸看了看,又把它递给红莓爸,问道:"这我又不懂了,艾红莓上了报纸成了拥军典型,怎么就不懂规矩了?"

"艾红莓她为啥成了典型,还不是因为她嫁给了俺家大友?可现在你们家闺女出风头了,我儿子呢?哪有一个女人家把自己的男人踩在脚下,自己往上爬的?"说到这里,老太太一下子又盘腿坐在了那里,摆出了一副不依不饶的样子。

红莓妈心里不服,抢白道:"这是组织要树艾红莓这个典型,又不是我们送礼送的,你该对我们说这些吗?"

"看看,说着说着就又不懂规矩了,"老太太接着数落道,"俺明白了,这大人都不懂事,难怪孩子做错事,得,今天我这门也串了,饭也吃了,我也该回去了。"说着,气鼓鼓地拉开屋门,自顾自倒腾着一双小脚,走在前头去了。

回到家,老太太肚子里的气还没有消下去,便又把大友叫过来,责问道:"大友,你是一家之主,你说说吧,做男人要有个做男人的样呢!"

艾红莓和任大友对视了一眼,见任大友一副为难的样子,转头望着大友娘,含着无限歉意地说道:"娘,你不要生气了,我明白了,我不该上报纸的,当初嫁给大友,我说过要全心全意照顾他,当好一个家庭妇女……"

说着说着,艾红莓竟动了感情,眼睛里汪满了泪水。

任大友坐在那里,很是不自在。

听了艾红莓的话,老太太虽然心里还在埋怨着,口气却和缓了许多:"大友是英雄,是男人,他怎么上报纸、做报告,那是他的光荣。艾红莓,咱们女人家可不能去抢男人的风头,女人就要守妇道,别人前人后叽叽喳喳的,这叫不懂规矩。"

艾红莓低头站在那里,看着她的脸色,解释道:"娘,这是组织安排的,稿子也是组织写好的……"

没容艾红莓把话说完,老太太一下又抬高了嗓门,打断了,说道:"那你可以不去!"

坐在一旁的任大友,看看娘,又看看艾红莓,欲言又止。

沉默了好大会儿,艾红莓终于忍气吞声地说道:"娘,我记下了,下次我不去了!"

大友娘叹了口气,望着艾红莓,继续说道:"你要记住,今天你有的这一切,都是俺们大友给你的。没有大友,你就没这份工作,你就得下乡,你要明白你现在几斤几两。"

艾红莓再也忍不住了,泪水止不住夺眶而出。突然她就打定了一个主意,望着大友娘说道:"娘,我想好了,为了照顾好大友,我现在就去找领导把工作辞了。"

老太太眨巴了一下眼睛,望着艾红莓,顿了顿,站起身来,决绝地说道:"艾红莓,你要辞工作,我支持!你的工作就是照顾好你男人,家里有大友一个人挣工资也够了!"

艾红莓感觉到心里一阵悲凉……

思来想去,艾红莓真的就找到了民政局的周汉民处长。

她把这件事情,详详细细向周处长叙述了一遍,带着泪光说:"周处长,我不能干了。"

周汉民听她把话说完,沉默了良久,宽慰道:"你也别怪这个老人,农村出来的,男尊女卑的,老理讲究得多,你可不要因为这个就影响工作积极性啊!"说着,周汉民从兜里掏出一块手绢,递给了艾红莓。

艾红莓把那块手绢接了,擦拭了脸上的泪水,又把它还给周汉民,心里还是一阵一阵地难过,喃喃重复道:"真的,我真的不能干了。"

周汉民笑了笑,耐心地说道:"你是咱们民政局树立的拥军典型,组织上现在正在培养你,你不要因为家庭这点小矛盾影响了工作。你刚参加工作,经验都是实战中来的,怎么能一有困难就想到退缩呢?你这个典型是市里树立起来的,你可不能说撤就撤,组织可不是儿戏啊!"

提到组织,艾红莓一下为难了,抬起头说道:"那就让组织把我撤下来吧!"

周汉民摇了摇头,接着说道:"我苦口婆心地和你说了半天,你怎么就是不明白?你还年轻,以后有很长的路要走,现在不工作了,那将来呢?脱离社会就等于落伍。你嫁给任大友,照顾他没有错,可你还有自己的人生,现在你要把自己的工作当成一件政治任务来完成,这是组织的需要。"

政治任务?艾红莓一下被吓着了。

周汉民的表情是严肃的。

周汉民又点点头,说:"你是拥军典型,你不能倒,全市人民都在看着你呢!"

艾红莓听了,一时间左右为难起来,说:"这样不行,那样不行,我该怎么办呢?"刚止了的泪水,又从眼睛里流了出来。

周汉民望着艾红莓,想了想,又把那只手绢从兜里掏出来,一边递给她,一边循循善诱道:"家庭的小矛盾你要放在一边,只有放下包袱,才能轻装上阵。你要记着,遇到困难不怕,你身后还有组织,组织不会不管你的。"

这样说着,周汉民下意识地把一只手搭在了她肩上。恰恰就在这时,周汉民的妻子突然闯了进来。

周汉民一怔。眼前的这一幕,让肖英一下也惊呆了。她有些尴尬地看了一眼艾红莓,又看了一眼周汉民,有些失措地说道:"我把钥匙锁屋里了。你们有事,我一会再来!"说着,肖英竟自退了出去……

两个人又说了些工作上的事情,艾红莓这才离开了周汉民的办公室。等在门外的肖英,早已迫不及待了,艾红莓前脚刚走,她后脚就又气咻咻地闯了进去,纠缠着周汉民,一定要向她解释清楚,他那只手为什么会落到那个拥军模范的肩膀上。

周汉民对肖英是解释不清的,下意识的一个动作,他怎么能够解释得清呢?

然而,他越是解释不清,她越是要让他解释。你一言我一语,肖英的嗓门既高又尖,不一会儿,就引得楼道里各个办公室的房门接二连三地打开了。

周汉民感到十分难堪,一拍桌子说道:"肖英,你别在这里胡搅蛮缠,我和她就是工作关系,想吵架回家去吵,这里是办公室。"

他在提醒她。可是,肖英哪里听得下这些。

"我知道是你办公室,"肖英不依不饶地嚷道,"办公室又怎么了?打着谈工作的旗号,你却干见不得人的勾当。"

周汉民已经气得浑身发抖了,指着门外吼道:"你,你给我滚回去!"

这一说不要紧,肖英听了,却越发地撒起泼来,猛地一下拉开了办公室的房门,大声嚷道:"我偏不走,也让大家都看看,你周汉民到底是个什么样的人!"

周汉民见事情闹得越来越大,一下急了,一把抓过桌上的那只茶杯,啪的一声摔在地上,怒喝道:"够了,你住口!"

茶杯碎了。肖英不觉吓了一跳。她不由怔了一下,旋即,眼里蓄满了泪水。她就那样站在那里,狠狠地盯着周汉民,片刻,咬牙切齿地说道:"好你个周汉民,你不讲理,有讲理的地方。"说完,昂头大步跑了出去。

周汉民没有去看她,他一边摇着头,一边连连叹息着,一张脸上写满了无奈。

艾红莓在小街上踌躇了好久,最终还是回到了家里。任大友母子两个正等着她。老太太脸色阴郁地端坐在床上,看了她一眼,就把头别到一旁去了。

艾红莓说:"娘、大友,我回来了。"

任大友担心地问道:"你真去找领导了?"

艾红莓点点头。

老太太回过头来,望着艾红莓问道:"你都说了?"

艾红莓还是点了点头。

老太太说:"领导同意了?"

艾红莓就把去找周汉民的事情一五一十说了。

艾红莓说:"周处长把我批了。"

老太太张大了嘴巴,怔怔地望着艾红莓。

艾红莓说:"周处长说这是政治任务。"

任大友一下就蒙了,老太太也跟着蒙了。几个人就都沉默在了那里。就在这时,老太太突然间就发病了。

她说:"大友,我的眼前一阵黑一阵白的,头疼头晕得厉害。我这是怎么了?"说着,她便倒在了床上。

任大友紧张了,艾红莓也跟着紧张了。任大友手足无措地站在那里,一时不知如何是好了。

艾红莓忙把老太太的一只手握住了,说道:"娘,你别着急,我现在就送你去医院。"老太太没说什么。

艾红莓连忙推了一辆三轮车,又把她扶上车去,急三火四地就带着她朝医院去了。到了医院观察室,一个医生过来问了半天,老太太都含含糊糊地答了。那个医生接着又检查了半天,便摘下听诊器,向一旁的艾红莓说道:"血压正常,体温也没问题。现在没查出什么问题。"

可是,老太太一直皱着眉头在那里呻吟着,一副痛苦的样子。

艾红莓便又靠前一步,俯下身去心疼地问道:"娘,你到底哪不舒服?"

老太太把眉头拧得更紧了,说:"头疼,就是头疼,疼死我了。"

医生看了一眼老太太,又看了一眼艾红莓,想了想说:"要不这样吧,一时半会检查不出来,只能留院观察了,你先去把押金交了吧!"

说着,那个医生转身就走了。

老太太看着那个医生离开了,忽地一下就从病床上坐了起来,说道:"艾红莓,咱走。俺不住院,回家歇着去,你照顾我就行,凭啥糟蹋钱!"

艾红莓心里着急,还在不停地劝着,可是,老太太已经踮着一双小脚向门外走去了。事情就是这么巧,老太太和艾红莓前脚刚走,任大友就又来到了医院。

他是为自己的病来的。他的腰又疼了起来,就像是一把锯子在那里生拉硬扯地锯着他一样地疼,实在忍不住了,等不到艾红莓回去,他就一个人咬着牙硬撑着到医院来了。

一个医生带着柳护士长和王惠给任大友检查完腰伤,断定还是腰伤复发引起的,是那枚留在身体里的弹片压迫到了神经造成的,即使住院也不能解决根本问题,便给他开了些止疼的药物。

王惠拿着医生给任大友开具的处方,帮他取了药,又把他送到了医院门口,这才站住了脚,犹豫了一下,说道:"任排长,我想问你点事。"

任大友望着王惠,说:"你说吧!"

王惠便问道:"现在我想问问你,你对艾红莓怎么样?"

任大友怔了一下,随口说道:"挺好的!"

任大友朝她笑了笑,说道:"你和艾红莓是同学,又是好朋友,有空时常去我们家里坐坐吧!"

王惠低了一下头,接着又把头抬起来,认真地望着他,说道:"任排长,正因为我是艾红莓的朋友,所以我得对你说句实话,你的腰伤其实是不适合结婚的。"

任大友不觉皱了一下眉头。他一时觉得自己并没有听清王惠的话。

王惠接着说道:"你腰里的弹片已经伤到神经了,以现在的医疗水平,是不可能让你的神经恢复的。"

任大友有些疑惑地望着王惠。王惠的话,他已经听得很清楚了。

他一下子就变得有些紧张起来,说道:"可是,医生说我这伤可以恢复的!"

王惠苦笑了一下,说:"那是医生安慰你的。"

任大友不禁张大了嘴巴,惊诧道:"这么说,我这伤永远好不了了?"

王惠看到,他的额头上已经沁出了汗水。望着他脸上的汗水,她突然觉得站在她面前的这个英雄,有点儿可怜。接着,她真诚地望着任大友,发自内心地说道:"任排长,你是英雄,我敬重你,你是战争的受害者,但最

第二章　男儿本色　| 103

大的受害者是艾红莓。作为艾红莓的朋友,我只想对你说,你以后要对艾红莓好点,艾红莓嫁给你太委屈了。"

王惠把几盒药递给任大友,转身走了。

任大友手里拿着那几盒药,回味着王惠刚才说的话,半天没有反应过来。他有些僵硬地站在那里,此时此刻,突然感觉到自己的脑子里一下就变得一片空白了……

任大友回到家才知道,娘的病是装出来的。

趁艾红莓到厨房做饭的工夫,老太太一把将那块毛巾从头上扯下来,朝任大友使了个眼色说道:"大友,你别担心,娘啥事没有。我这是在考验她呢,看看咱娘俩在她心里到底有几斤几两!"

任大友坐在床头望着母亲,一副心不在焉的样子。

老太太有些狡黠地说:"大友,以后家里的事你什么都不要干,有活就找她,拖住她,让她上不成班……"

娘又说了些啥,他已经听不进去了。

8

自打王小兵的事情发生之后,吴桐的心里一直不快。

这天中午时分,吴桐吃罢了午饭,一个人神情忧郁地来到村头的那座小桥边。他想找个地方坐下来,一个人静静地想一想心事。

就在这时,艾军追过来了。

艾军说:"哥,我妈来信了。"

吴桐看了他一眼,示意他一起坐下来说会话。

"这次我妈提到我姐了。"艾军说。

吴桐没有说话,他的目光望向了远处的那一座大山。

艾军说:"我妈说,我姐过得很不好,任大友的伤让他连个男人都做不了,还有任大友的娘总想有事没事找我姐的碴儿……"

吴桐听着听着就听不下去了,回过头来,一把把那封信从艾军的手里夺过来。

艾军说："哥，他们娘俩这是在合着伙儿欺负我姐呢！"

吴桐的脸色一阵一阵地难看起来，拿着信的那双手已经抖得不像个样子。此时此刻，说不清为什么，他突然感到一股血从脚底板涌了上来，一直涌到了脑门子上。显然，他已经愤怒了。他的眼睛里已经布满了血丝，就像是有一团火在那里燃烧一样。沉默了好一会儿，他突然想到了什么，忽地直起身将那封信塞给艾军，接着，发疯似的向知青点跑去……

随即，吴桐就从赵家峪消失了。

他跑了，跑到城里去了。从知青点到山水市，那么远的路，一山又一山，一程又一程的，可他还是跑回去了。

几天后，吴桐疲惫不堪地来到了休养所的大门口。

那个时候，天已经亮了起来，山水市依旧是往日的样子，市民们依然是繁忙而又有序地生活着。

那块写着"休养所"几个大字的牌子十分扎眼，吴桐向它匆匆瞥了一眼，就走了进去。

在一栋家属房前，吴桐停了下来。

那个时候，任大友已经起来了。多年以来养成的有规律的生活习惯，让他在早起洗漱之后一颠一簸地走出了房门。就像每一个早晨一样，他要在自己生活的那个院子里走一走，锻炼一下自己的行走，让自己尽早地恢复到常人状态。但是，他做梦都没有想到，刚刚迈出自家的大门，他就一眼看见了吴桐。

任大友吃了一惊，机械地走了过去。刹那间，两束目光撞在了一起。吴桐没有说话，但他已经冲上去了，并且一把抓住了任大友的衣领。

"你想干什么？"任大友低声问道，却并没有还手。

吴桐慢慢地把手松开了，一双眼睛里却充满了鄙视。片刻，他望着任大友，愤愤地说道："我特意从知青点回来，就是想对你说几句话，作为男人，作为丈夫，你不应该这么对待艾红莓，你连个男人都做不了，还什么事都等艾红莓伺候你。艾红莓成什么了？她成了你家保姆了，伺候小的还伺候老的，你们一老一小刁难她，艾红莓是个女人，是个像花一样的女人，你们这么对她,她欠你们什么了?"

任大友冷冷地看着他,一言不发。

吴桐继续说道:"任大友,咱们都是男人,就该做点男人该干的事,你做不了男人,还霸占着艾红莓,让她给你家当牛做马,你和你妈还合伙欺负她,任大友,这是男人该做的吗?你们结婚了,艾红莓爱英雄、崇拜英雄也就算了,我作为艾红莓的同学、好朋友,就算我求你了,你以后要善待艾红莓,她是个年轻女人……"

吴桐一口气说了那么多的话。说到这里,他已满脸是泪,不知怎么了,膝下一软,跪在了那里。任大友一脸茫然地望着他。看着跪在他面前的这个人,他一时不知应该如何收场。

眼前的这一幕,恰恰就被艾红莓看到了。站在自家门前,艾红莓不由得愣了一下。她朝那个跪下去的男人看了一眼,又看了一眼,当她终于确信,跪在任大友面前的那个男人正是吴桐时,她奔了过来。

"吴桐,你怎么回城了?"艾红莓一边这样问着,一边把他扶起来,眼里不知不觉闪出了泪光。

吴桐朝她笑了笑,喃喃说道:"红莓,你干吗骗我?你信里还说你过得很好,你看看,你过的到底是什么日子?红莓,你这样让我的心里难受。"

任大友望着吴桐和艾红莓,默默地转过身去,跟跟跄跄地向前走去了……

直到坐在办公室里,艾红莓脑子里还在想着刚才发生的那一幕。生活突然之间就变得像一团乱麻一样,任她怎么捋也捋不清了。

吴桐就像是一阵风,说来就来,说走就走了。她是能够理解他的心情的,并且她从内心里感谢他对自己的那份真爱与真诚。可是,他这样无所顾忌地找上门来,是否设身处地考虑过她的感受?特别是任大友,他又会怎样去看,怎样去想?

正这样想着时,门外传来了几个人粗门大嗓的说话声。艾红莓抬起头来,看到几个休养员已经走进屋里来了。

艾红莓连忙起身给几个人让了座,可是,还没等她开口问什么,几个人已经七嘴八舌地说开了。

老程说:"有些话好说不好听,今天我们几个就是来向你反映情况的。自从咱那个兼任书记的老所长生病住院,这个疗养所就没人管了,现在,大家好不容易把你盼来了,可你都干了些什么?你开过一次会吗?解决过一家人的困难吗?你进进出出的,除了上报纸做报告,就是结婚过自己家的小日子,你到我们这到底是来干什么的?"

显然,老程对她这个代所长是有着一肚子的意见的。

艾红莓听了,脸上一下就有些挂不住了,忙赔着笑说道:"老前辈,我刚上任,一直在到处做报告,这段时间工作做得不好,还请前辈们多多批评和指导,我小艾一定改正。"

老程接着又说道:"小艾呀,不是我说你,你是我们的父母官,是为我们服务的,你端架子就是你工作态度问题。"

艾红莓连连说:"我一定改!"

一旁的老赵这时接过话来,望着艾红莓,着急地说道:"别的都好说,关键是我们的房子,一下雨就漏,再不管会出人命的。"

艾红莓回道:"这件事情我已经向上级部门申请了,等经费一到我马上和房管所联系,进行维修。"

另一旁的老刘还没开口,就有些激动地站起来了,看着艾红莓说:"还有,我可是参加过解放战争的,我这肝不好,医生说得多吃鸡蛋白糖,我家的蛋票和糖票,半个月前就用完了……"

艾红莓一边听着,一边在一个小本子上记着,一直等几个人把要说的话说完了,她这才抬起头来,赔着笑脸说:"前辈们,你们的问题我都记录下来了。"

艾红莓又望着老刘说:"刘叔,鸡蛋和白糖我家还有点,抽空我给你拿过去。"

艾红莓的话里满是真诚。老刘听了,一时有些感动了。

艾红莓又朝几人望了一遍,想了想,继续说道:"老前辈,你们都是老英雄、老党员,为国家流过血,做过贡献,这一切人民记得,我小艾也记着呢,不过有个想法我不知当说不当说。"

几个人一下睁大了眼睛。

老程说:"我们都是当过兵的人,枪林弹雨什么没见过,小艾,有话你就直说。"

艾红莓笑一笑,这才说道:"正因为你们是老同志,和别人经历的不一样,才应该更有觉悟。现在国家有困难,老前辈更应该带头为国家扛一扛,社会上许多人都在看着我们这个休养所呢!"

"小艾同志,你这话说的是什么意思?"老赵忽地一下又站起来,说道,"是我们做得不好?"

艾红莓摇了摇头,笑着说:"老前辈,不是你们没做好,组织上是有些工作做得不到位,我是希望咱们老前辈拧成一股绳,告诉更多的人,我们和一般群众不一样。"

"你别站着说话不腰疼了,"老程说,"你的意思,是我们的觉悟还不如一般群众?"

老赵接过来说:"是啊,当年我们打仗,死都不怕,谁说我们觉悟差过?"

老刘的情绪仍然是那样激动,望着艾红莓说:"小艾,任大友现在是英雄,你又是典型,到处风光,那我们呢,我们算啥,血就白流了?"

几个人七嘴八舌地说了好大一通,把艾红莓的思绪说乱了。

艾红莓上班走了之后,任大友的心里一直不痛快,想到那个突然到访的吴桐,又想到里里外外操心操劳的艾红莓,再想想自己这个不争气的身体,便有了一种愧疚。

大友娘见他坐在床下的那个小凳子上,半晌不说一句话,勾着一颗脑袋在那里默默地想心事,忍不住问道:"怎么了大友?是身体不舒服还是和艾红莓吵架了?"

任大友抬起头来,眼睛红红的,突然说道:"娘,我要和艾红莓离婚。"

老太太愣住了。

片刻,她终于弄明白了任大友话里的意思,不由得紧张地问道:"大友,你咋有这想法?是不是娘做得不好,拖你们后腿了?"

任大友摇摇头,说:"娘,这事和你没关系,是我配不上艾红莓。"

"儿呀,你傻了?"老太太说,"你是英雄,为保卫祖国伤也负了,血也流了,当初是艾红莓主动要嫁给你的,咱也没抢没夺,咱咋就配不上人家了?"

任大友不说话了。

老太太思忖了片刻,才又揣测道:"这么说,真是娘做得不好,这阵子娘对艾红莓态度是差了点,可俺也是为你们过日子好呀!"

任大友有口难言。

"你说句话,那到底是怎么了?"老太太着急地追问道。

任大友猛地抓住了母亲的一只手,眼泪止不住就流了出来。

见任大友这样,老太太竟也跟着抽抽咽咽地哭起来了,一边哭着,一边说道:"儿啊,你对艾红莓不薄,有了你她才留城,又当了干部,你哪不配她了啊?娘不许你离婚。我是来看你结婚的,任家传宗接代的任务你还没完成呢!"

任大友不知该怎样向母亲解释这一切。

老太太想了想,就像是下了很大的决心一样说道:"这日子,你得好好过。娘这两天也在心里合计了,我不能在这里待了,娘也该回老家了。这次来,娘本来也没想长住,就是看看你和儿媳妇,你姐的孩子俺还得带,家里还有猪和鸡,娘也放心不下。对,明天就走。"

"娘,你听我说……"

"娘不听你说,"老太太的表情很坚定,望着任大友说,"娘不许你和艾红莓离婚,你是任家的独苗,得有人照顾你。周处长说了,要是艾红莓和你离,组织会管的,要是组织管不了,娘就是拼了这条老命也要把道理讲清楚。"

任大友沉默下来。

艾红莓下班一回到家里,他就把老母亲要回老家的事告诉了她,尽管艾红莓一再挽留,对老太太好言相劝,可是老太太主意已定,第二天上午,便让艾红莓把她送到了车站。

临上火车前,老太太泪眼婆娑地拉着艾红莓的手,叮嘱道:"娘走了,娘就求你一件事,好好照顾大友!只要你们好好的,早日给俺生个大孙子,娘就放心了。"

艾红莓点点头,望着年迈的大友娘,突然眼睛湿了……

送走了母亲,任大友的心里舒了一口气。

这天晚上,任大友躺在床上,终于把积存在心里的那些话说了出来。

任大友说:"艾红莓,咱们离婚吧。"

艾红莓受了惊吓一样,一下坐了起来,怔怔地望了他半晌,问道:"大友,你说什么?"

任大友的心里反而一下子变得平静起来了,说:"我听王惠说了,我腰上的伤好不了了。吴桐骂我,他骂的有些话是对的,我不能再连累你了。"

艾红莓心里惊了一下,说道:"大友,你别听他们胡说,你的伤会好起来的。"

任大友苦笑了一声,说道:"看来吴桐是真的喜欢你,我也是个男人,这种感情我懂。"

"大友,咱们结婚了,以后咱们不要提别人了,我只爱你一个人。"

说完这话,艾红莓一把抱住了任大友。

"艾红莓,你冷静点。"任大友一动不动地躺在那里,自顾自说道,"我喜欢你,是你对我的真心打动了我,可我不能拖累你一辈子呀,我这么做是害了你。"

艾红莓慢慢把任大友放开了,含着泪说道:"大友,我嫁给你,你知道别人说什么吗?说我为了留城,为了当干部,我现在离开你,我还不得被唾沫淹死?"

"不要听别人怎么说,我会向组织和这些人解释的,这不是你的错。"任大友坚持道。

艾红莓使劲地摇了摇头,口气变得十分坚决,说道:"大友,什么都不要说了,我不会答应你的。我爱你是真心的,你别胡思乱想,就是你天天躺在床上,我也要照顾你一辈子。你的血不能白流。"

艾红莓又一次紧紧抱住了任大友,不住地抽泣起来。

与任大友和艾红莓匆匆见过了一面,再次回到了知青点的吴桐,情绪坏到了极点。自然,他不请假私自外出回到山水市的行为,受到了季红阳的无情批判。

季红阳声色俱厉地命令道:"吴桐,你必须把检讨写了,我要把你的检讨报到公社知青办去。"

吴桐看了一眼季红阳,鼻子里轻轻哼了一声,一副满不在乎的样子。这让季红阳的自尊心受到了极大的刺激和伤害。

望着不卑不亢的吴桐,季红阳一时间没有了主张。

一波未平一波又起。对于吴桐不请假私自外出回城的问题还没有一个处理结果,另一件更让季红阳感到棘手的事情就发生了。

这天上午,季红阳正带着知青点上的知青们在村外的那座小桥边修路,不料想,竟迎头看到谭支书和几个警察从村子里走了出来。

那几个警察径直来到小桥边,在岔路口停了下来,正准备和谭支书握手道别时,却被吴桐发现了。

吴桐不觉皱了一下眉头,便把手里的那把铁锹扔了,向他们走了过去。

"警察同志,你们这是要去哪?"吴桐拦住了去路,全然一副一夫当关的样子。

为首的那个个子稍高也魁梧许多的派出所所长愣了一下,他看了一眼吴桐,又看了一眼一旁的谭支书,漫不经心地说道:"我们要回所里。"

吴桐不动声色地问道:"流氓抓到了?"

那个所长想了想,便说道:"我们和你们谭支书说过了,这个案子,暂时不破了,先挂起来。"

那个所长一边这样说着,一边旁若无人地从吴桐身边走了过去。

吴桐猛地转过身来,大喊道:"站住!"

那个所长不觉也皱了下眉头,回头问道:"这位知青,你有事?"

吴桐反问道:"你们就这样收兵了?"

另一名警察一听这话就不高兴了,说道:"不是说现在情况有变化吗?是先把案子挂起来,又不是不破。"

"挂起来就等于破不了案子了,"吴桐步步紧逼地责问道,"人命关天的案子你们不破,你们还配当警察吗?"

"这位知青同志,请你说话客气点,我们这个案子什么时候破、怎么破和你没关系,你管不着。"

显然,那个所长在说这话的时候,已经有些愠怒了。

"走,别理他!"

那个所长朝几个警察摆了摆头,几个人继续向前走去。

吴桐是不甘心的。当他紧追几步,再一次拦在几个人面前时,他的目光里已经有了刀子一样的锋芒。

"你们这是什么态度,有你们这样的警察吗?"吴桐说,"案子不破,你们不能离开赵家峪,人不能白死。"

一旁修路的知青们见状,呼呼啦啦一下子围了过来。

季红阳双手叉腰,站在吴桐面前,喝问道:"吴桐,你要干什么?"

吴桐生气了,他瞪了季红阳一眼,一把把她推开了。紧接着,再次拦住了那几个警察的去路,几乎有些蛮横地说道:"你们今天不把话说清楚,谁也别想走!"

那个所长听了这话,望着吴桐轻蔑地笑了一声,接着,脸色铁青地说道:"你这是妨碍公务,我们走是另有任务,让开!"

"别找借口了,"吴桐毫不相让道,"你们案子破不了,就想溜?没门!"

话音刚落,胡卫国和艾军几个人一使眼色,呼啦一下子和吴桐站在了一起。

季红阳着急了,怕矛盾激化,她像一只老鹰似的一边张开双臂,拦挡着胡卫国和艾军,一边惊恐地喊道:"你们不能胡来,千万不能胡来!"

就连那个所长也没有想到,事态会急转直下发展到这个样子,不禁也有些紧张地提醒道:"你们这么做是犯法的,快让开!"

吴桐冷笑一声,说道:"你们要走可以,但要告诉我们知青点的知青,这案子什么时候才能破。"

就是吴桐的这句话,把那个所长一下激怒了。一气之下,他朝身边的那两个警察命令道:"反了,把他铐上,带走!"

那两个警察闻声上来,不由分说就给吴桐戴上了手铐。他们的动作竟然那么迅速,这是吴桐没有想到的。

胡卫国一见,立时火了,一边上前和一名警察撕扯着,一边责问道:"你们凭什么抓人,抓不到坏人就抓我们知青,你们是什么警察?"

那个所长听了,狠狠地盯着胡卫国,严厉地警告道:"你要干预公务,那我们连你一起抓起来。"

一向吃软不吃硬的胡卫国,哪里又咽得下这口气,他一边和一个警察推搡着,一边厉声喝问道:"你们不给个说法,谁也别想走出这赵家峪!"

"我还真不信这个邪了,"那个所长冷冷地看了胡卫国一眼,说道,"那我就让你看看,我们是怎么走出赵家峪的。"

话音未落,那个所长已经手疾眼快地把胡卫国双臂反拧,咔嚓一声铐住了。

尽管谭支书不停地为吴桐和胡卫国的冒失百般求情,但是,那几个警察还是非常坚决地把他们带走了。

艾军见情况已经不可逆转,一股热血冲撞到了脑门上,转身操起一把铁锹就要追赶上去,却被谭支书拦腰死死地抱住了。

谭支书一边拼命地抱住艾军,一边喊道:"孩子,不能胡来,可不能胡来!"

艾军眼里含满了悲愤的泪水。他扭动着身子挣扎着,立刻要上前去把吴桐和胡卫国抢回来,不料,季红阳抽手一个耳光打在了他的脸上。

耳光响亮。

艾军愣住了。

艾军怔怔地望着季红阳,问道:"季红阳,你凭什么打人?"

季红阳咬着牙说道:"这一巴掌我是替你姐打的。"回过头来,季红阳朝一旁的两个男知青喊道:"你们还不帮下谭支书,闹下去对你们有什么好处?"

那两个知青立时明白过来,一把就夺下了艾军手里的那把铁锹。

谭支书这才松了一口气,望着几个知青解释道:"孩子们,你们听我说,警察不是不破案,是一时半会破不了,先挂起来,有了线索,他们还会回来的。你们千万别激动,人,我会去公社要的。你们放心,我一定把他们两个领回来。"

季红阳用手指理了理有些散乱的头发,朝知青们说道:"大家都看到了,这就是对抗的下场,你们抓紧修路,我和谭支书去公社领人。"

说话间,当两个人来到公社时,已经是掌灯时分了。在一片寒冷的暮色中,两个人很快找到了辛明。待谭支书一五一十将这件事情的前因后果细说了一遍,辛明也感到为难了。

辛明眉头蹙成了一个疙瘩,严肃地说:"这件事所长已经对我说了,他们这是干预办案,围堵公检法的人,这是犯法啊!"

谭支书便又赔了笑脸,说道:"这也太严重了吧,孩子们没坏心,他们是为王小兵的案子着急,出发点是好的,都是年轻人,可能性子急了点。"

辛明看了一眼一旁站着的季红阳,想起什么,便又问道:"季红阳,你是知青点的负责人,你说一说。"

季红阳上前一步,便又说道:"吴桐自从下乡就骄傲自满,从骨子里对下乡有抵触情绪,私自回城这事还没处理,今天他又和胡卫国两个人出了这件事,叫我说,这不是偶然的,他是在发泄自己的不满情绪。"

说到这里,季红阳望着辛明,口气竟又缓和下来,说道:"不过,他还是可以教育的,回去后我一定会让他做深刻检查。"

谭支书听了,忙附和道:"季红阳说得对,要教育,写检查就行了,千万别关人。"

辛明头疼似的扶住脑袋,想了半晌,终于起身说道:"那好吧,我现在就和所长说一说,可是,放不放人我可不敢保证。"

谭支书和季红阳见辛明改变了态度,终于松了一口气。

辛明接着就亲自找到了那个所长,在他面前不知又说了多少好话,这件事情好不容易才算平息下来。

人终于从派出所被放出来了,可是,吴桐和胡卫国两个人的肚子里仍然窝着一团无名火。

吴桐一边跟着谭支书和季红阳往知青点走,一边有些失望地叹息了一声,对胡卫国说:"看来,那几个警察我们是指望不上了。"

胡卫国哼了一声,发着狠地说道:"他们破不了案,我胡卫国破!"

那些天里,艾红莓有些焦头烂额。

她突然感到自己肩上的担子那么重,休养所上上下下几十口子人,吃喝拉撒,那么多琐碎的事情都需要由她过问,需要由她想办法,需要由她处理和解决。工作一下子显得有些忙乱起来。

当务之急,还是那些房子的问题。为了那些房子,她已经不止一次向上级有关部门反映过了,可是,这个问题一直拖着,一直也没有从根本上得到解决。眼看就到雨季了,迫不得已,艾红莓再次找到民政局的有关领导。

这一次接待她的是民政局的陈科长。陈科长看上去很年轻,很精干,也很有一副领导的架势。艾红莓刚把话题引到了休养所的房子的问题上,他就已经猜出了几分。还没等艾红莓接着把话说下去,他就把她打断了。

陈科长说:"我怎么跟你说的?要统一他们的思想,提高这些老同志的觉悟,只要有觉悟就能克服困难,你说你都干什么了?"

艾红莓苦笑了一声,眼巴巴地望着陈科长,充满期待地说道:"陈科长,其实我觉得他们提的要求也不过分啊!住房年久失修,这雨季马上就要来了,万一出问题,人心就更散了。"

陈科长往前探了探身子说道:"问题的关键不在这,知道吗?困难哪没有啊?就拿咱们这个机关来说吧,没房子住的人还不是到处都是?要都伸手向组织要,那还不乱套了。干革命工作,就是要知难而上。有问题就向上面反映,这样的干部谁不能当,休养所要你还有什么意义?"

艾红莓有些迷茫了。

艾红莓说:"可是我们所里的条件你也是知道的,都是老同志,许多人都负过伤……"

陈科长朝艾红莓摆了摆手,继续说道:"咱们局申领款项的报告我已经送到财政局去了,人家说经费紧张,让我们等一等,人家不给钱,我们有什么办法?你回去要把政治学习抓紧,先把他们的思想觉悟提上来,一切困难都会迎刃而解了,这叫政治压倒一切。"

艾红莓有些无奈地望着陈科长,张着嘴巴,不说话了。回休养所的路上,艾红莓一直在回想着陈科长说过的那番话。后来,她把陈科长的这番话说给了任大友。

她说:"大友,我觉得陈科长的话也不是一点道理都没有。人心齐,泰山移,我们当前所面临的困难只是暂时的,首要的问题,还是要把人心凝聚起来,咱休养所不能成为一盘散沙。如果不把政治学习搞上去,休养员们的思想觉悟就提高不了。"

任大友体会到了她的难处,热切地望着她,说:"只要我们做的工作对休养所的建设有好处,你干什么,我都支持你,你就放心大胆干吧!"

说着说着就到了第二天上午,任大友和艾红莓两个人把一块准备好的小黑板摆到了办公室外比较显眼的一个地方。黑板上写着这样一行大字:"通知,下午两点休养所全体人员开会。"

果然,有几个休养员在路过办公室时,看到了写在黑板上的那几个大字,可是,他们只是朝那块小黑板瞄了一眼,便一边嘀咕着什么,一边摇着脑袋离开了。

说话的工夫,就到了开会的时间。艾红莓站在办公室门外,竟看不到一个人影。

时间一分一秒地过去了。按照预定的时间已经超过了半个小时,还是不见一个人来,艾红莓的心里就打起鼓来。

任大友望着艾红莓,心里更是着急,不禁脱口说道:"我就真的不信了,他们竟然连这点觉悟都没有。"

艾红莓思忖片刻,拉了任大友一把,说道:"要不,咱们分头到各家动员一下吧!"

任大友点了点头。

紧接着,两个人分头走进了休养员们的家里,可是,两个人谁也没有预料到,迎接他们的,不是"铁将军把门",就是一张冷脸子,更多的休养员以身体不适的理由,婉拒了他们的邀请。

任大友十分沮丧地摇着脑袋回到了办公室,气鼓鼓地坐在那里半天不说一句话,正绞尽脑汁冥思苦想着怎么样才能把这些休养员集中在一起时,猛然间抬起头来,恰恰就看到了挂在了墙上的那只口哨。望见那只口哨,任大友的眼前顿时一亮。

嘟嘟嘟……

那一阵急促的紧急集合哨,尖锐而刺耳,顿然间打破了休养所午后的平静,在休养所的上空久久回响着。

片刻工夫,一颗颗花白的脑袋便从各自的家门口探了出来。

就听到一个人说:"大英雄,你还有完没完了?大下午的你不睡觉还瞎折腾别人。你当英雄的热乎劲过不去,非要把大家都弄得跟着你发烧你才高兴是吗?你知道这是什么地方吗?"

那一边,另一个人接了话,说:"毛主席说过'为人民服务'。今天我问问你,你们家做领导的这一条学好了没有?艾红莓来到休养所好几个月了,她给大家服什么务了,别站着说话不腰疼……"

说着说着,人们聚到了一起,七嘴八舌地乱成了一锅粥。

一个人说:"学什么学,我们要的是解决实际问题。"

一个人应和道:"就是,我们家的房子都要倒了,谁管过?"

紧接着,一帮人群起而攻之,一下子把任大友弄得招架不住了。任大友一脸难堪地正要说什么,艾红莓匆匆赶了过来。

老程一眼瞧见了她,不由讥讽道:"哟,艾领导来了,正好,今天借着这个机会,你对大家说说,你打算怎么领导这个所的工作?"

一帮人一下又把矛头转到了艾红莓身上。

局面一时难以控制下来,艾红莓内心里十分着急,一遍一遍劝说道:"对不起,大家听我慢慢解释……"

任大友越想越气愤,扯开嗓子喊道:"艾红莓你告诉他们,他们这么做是给军人丢脸,给部队抹黑!"

老程见任大友这么说话,也毫不示弱,指着任大友呵斥道:"姓任的,你别上纲上线的,怎么就丢脸抹黑了?在我们面前,你也就是个新兵蛋子!轮不上你在这里吆五喝六的!"

任大友立时反驳道:"资格老怎么了?资格老就可以躺在功劳簿上睡大觉,向组织伸手要这要那吗?就你们这觉悟,根本就不配住在休养所。"

说完,任大友又气又恨地转过身去,一跛一颠地走了。

艾红莓还想再说什么,竟被老程一句话封死了。老程说:"好了,好了,别再说了,我们不配住这里,听那意思,明天我们都得从这搬走了!"说完,讥讽地笑笑,背起手走了。

望着老程的背影,艾红莓不由得一阵怅然……

雨季说来就来了。艾红莓最担心的事情,果然发生了。说来也怪,那场豪雨一连下了三天三夜。那一场事故就出在第三天的夜里。艾红莓似乎有一种预感。从开始下雨的那天起,她的心就拎着。为了防止意外发生,她一脚泥一脚水,探访了一家又一家,一遍又一遍地向他们解释财政经费的问题。眼见着各家各户存在的实际困难,她感到十分内疚。

艾红莓眼睛里含着泪水说:"陈科长说财政局经费紧张,还让咱们等一等。你们不要着急,都是我工作没做好,请再给我一点时间,我一定想办法。"

后来,她一身疲惫地来到了老赵家里。

老赵正和他的妻子一起在房间里忙碌着。两个人在屋里穿着水鞋,打着雨伞,屋地上摆放着好几只接雨的盆盆罐罐。一见艾红莓的面,老赵就忍不住叹了口气,十分伤心地说道:"小艾呀,你可都看到了,这日子可不是有了觉悟,喊两句口号就能过下去的……"

赵妻把满满一盆雨水泼到门外,不由埋怨道:"还休养所呢,名字好听,我看还比不上收容所呢!"

老赵见妻子这样说话,制止道:"你就少说两句吧,小艾她一个普通干部,要权没权,要钱一分没有,你让她怎么办?"

艾红莓抬起头来看了看还在不停漏雨的房顶,又看了看老赵和他的妻子,说道:"老赵,要不你们先去我家躲躲吧,虽说地方不大,好歹不漏雨呀!"

老赵听了,心里头十分感激,嘴上却推托道:"算了小艾,躲过初一,能躲过十五吗?你忙去吧,对了,你快去老刘家看看,他家比我们家漏得还严重。"

艾红莓想了想,正转身要走,突然就听到外面传来了一个女人凄厉的呼救声:"救命啊,快来人啊……"

老赵听了,不由得惊呼道:"出事了!"

几个人二话未说,慌慌张张就向外跑去了。出事的正是老刘家。老刘家的房顶塌了。

老刘被一齐赶过来的众人好不容易从倒塌的房子里扒出来时,已经奄奄一息了。他的头上流着血,血水与雨水混在了一起,模糊成了一片。

艾红莓几乎要急疯了,一颗心突突跳着,很快又找来了救护车。当那辆载着老刘的救护车一路呼啸着离开休养所,直奔医院而去时,艾红莓有些悲伤地站在雨水里,一直望着它从自己的视野里渐渐消失,再也无法控制自己的情绪,眼里的泪水顷刻间便汹涌而出……

艾红莓是带着一种愤懑的情绪走进民政局的。任大友一跛一颠地紧紧跟在她的身后。看上去,他的火气比艾红莓还要大。

任大友就是带着那么一股火气,哐的一声推开民政局陈科长办公室的房门的。

那声门响,把陈长科吓了一跳。他猛地抬起头来,看到了走进门来的艾红莓和任大友,立时就不高兴了。

任大友没有心思和他纠缠,压着胸中的一团怒火,紧前一步,盯着他问道:"休养所都快出人命了,你知道不知道?"

艾红莓站在一旁,见任大友情绪这样激动,连连劝道:"大友,你慢慢说,慢慢说。"

陈科长看了一眼艾红莓,又看了一眼任大友,说道:"任大友,我和你说不着话,你现在只是个休养员,什么话我都说给艾红莓了,她是休养所的负责人。"说完,陈科长顺手拿过一张报纸,若无其事地看了起来。

任大友见状,一把夺过那张报纸,咬着牙齿地说道:"我是个休养员不假,可我也有资格反映所里的情况。"

陈科长坐在那里没动,盯着任大友,有些厌恶地说道:"任大友,我知道你是英雄,可那是过去的事了,组织上该给你的都给你了;现在,你要找好你自己的位置,别再把自己当英雄了。你就是个普通的休养员,说话办事你得给我注意点。"

陈科长的话,一下把任大友激怒了。他猛地一把揪住了陈科长的衣领,一拳挥了过去,嘴里骂道:"你这个官僚!"

陈科长连人带椅一下倒在了地上。

艾红莓见了,慌忙上前拉住任大友的胳膊,埋怨道:"大友,你怎么动起手来了!"

陈科长从地上爬了起来。他一边狠狠地盯着任大友,一边大声叫嚷道:"好你个任大友,算你有种,你记住,我要让你付出代价!"

任大友听了,不屑地哼了一声,看了一眼鼻口流血的陈科长,转身走了出去。

艾红莓留了下来。她还想和陈科长好好谈谈。她一边不停地替任大友向他赔不是,一边说道:"陈科长,请你一定要理解,他这也是为休养所的事情着急成这样的。"

"你什么也不要说了,"陈科长把头别向一边,挥手制止道,"那好吧,既然你们休养所出事了,那我现在就先派人调查一下再说吧!你也不要着急回去了,等事情有了结果再说!"说着,陈科长起身走出了办公室。

艾红莓怔怔地看着陈科长走出门去。

这话说过没一会儿,果然,一辆吉普车驶进了休养所的院子,最后在老刘家门前停了下来。车上下来一胖一瘦两个人,他们左右右右地查看了一番,又拍下了一些照片,在一个小本子上记录下了一些什么。这时,老程和老赵几个人围了过来,问道:"同志,你们是哪的?"

胖子回答道:"民政局保卫科的。"

老程不解地问道:"你们来干什么?"

那个瘦子却反问道:"老同志,这房子是怎么倒塌的?"

老程说:"漏雨漏塌的呀!"

瘦子说:"别人家没塌,怎么唯独老刘家的塌了?"

一旁的老赵感觉到口气反常,问道:"同志,那你这话是什么意思呀?"

那个胖子突然提高了嗓门,严肃地说道:"什么意思?这是有人搞破坏!这是阶级斗争新动向。"

老程和老赵两个人听了,一时糊涂了。

那两个保卫科的人离开了老刘家,又找到了任大友家。

那个胖子端着个膀子站在那里,盯着任大友,开门见山问道:"任大友,陈科长是你打的吧?"

任大友说:"对,他欠揍。"

瘦子接了话茬说道:"打个陈科长是小事,你们休养所塌了房子伤了人,弄得人心惶惶,这可是大事。"

任大友鼻子里又哼了一声,气愤地说道:"就你们官僚作风,能不出事吗?"

"这是有人故意搞破坏,是阶级斗争。"胖子耸耸肩膀冷冷地望着任大友说道,"在事情没有查清楚前,你们休养所每个人都有嫌疑,当然,也包括你任大友。"

任大友听了,笑了笑,起身在屋里踱着步子,说道:"真是荒唐,休养所出了这样的事,没有人负责,居然把责任推给了阶级斗争,这他妈是什么理论!"

任大友一股火气又冒了上来,说完这话,从桌上抓过一只茶杯,猛地一下摔在了地上。

杯子啪的一声碎了。

那两个人一个哆嗦,再也不敢说什么,使了一个眼色,便悄悄退了出去。

两个人回到了民政局,把事情向陈科长汇报了,又把艾红莓叫到了保卫科办公室,面对着艾红莓坐了下来。

自然,两个人又无中生有地把事情的来龙去脉询问了一遍。艾红莓不耐烦地说道:"我都跟你们说了,什么坏人破坏啊?根本就是那房子年久失修,那房子是五十年代建的,多少年了!我不想再跟你们说了,我还得去找陈科长,商量修房子的事情,再说,老刘还在医院里抢救,也不知怎么样了,我要走了!"

艾红莓起身就要离开,却被那个胖子喝住了。

那个胖子拍了一下桌子,厉声说道:"艾红莓你太不老实了,你知道为什么把你叫到这来吗?实话跟你说吧,说是问话,实际上就是调查。如果你老老实实地说出来,这也许是个人民内部矛盾。可要是顽抗到底,那性质可就变了!"

艾红莓眨着眼睛,不解地问道:"我爱人打人不对,我已经向陈科长赔礼道歉了,你们还要调查什么?"

一旁的那个瘦子说道:"我们要你交代那房子到底是怎么塌的?谁干的?谁是幕后主使?是不是任大友?还有那个老程,他们把事情搞大,就是为了给局里施加压力是不是?!"

艾红莓一下子哭笑不得,再次耐住性子,望着两个人说道:"房子塌了是因为年久失修,我反映过多次了,告诉你们,没有人搞破坏……"

胖子扬了扬下巴说道:"你也别喊,今天不交代清楚,你就是不能走。"

艾红莓听了,一时间被气得七窍生烟,一脚踢翻了身边的那把椅子,冲两个人怒喝道:"你们这是无理取闹!"

两个人怔怔地看了一眼艾红莓。片刻,胖子不卑不亢地说道:"不配合是吧,那你就在这里好好待着吧!"说着,两个人相互看了一眼,便转身走了出去。

夜黑了下来。

艾红莓心急如焚,可是,实在又想不出更好的办法,只好听之任之,等待着事情的结果。整整一个晚上,艾红莓于半梦半醒之间,深深感到痛苦不堪。

终于熬到了第二天的早晨,艾红莓伏在那张桌子上睁开了眼睛,猛然间醒悟到自己此刻身在何处,起身就往屋外走,可是,门已被人上锁了。见此情景,艾红莓不禁大喊起来:"你们到底想干什么?放我出去!"

那两个人把门打开了,问道:你要去哪?

艾红莓急了,拼命地想摆脱他们,大喊道:"让我走,我没空听你们胡说八道!"

就在几个人撕扯在一起的时候,周汉民突然在门口出现了。周汉民愣了一下,看了一眼胖子,又看了一眼瘦子,低声怒吼道:"简直是胡闹!"

几个人都怔住了。

周汉民接着便把艾红莓叫到了自己的办公室里。他一边给艾红莓倒了杯开水,一边深表歉意地说道:"真是对不起你了小艾,让你受委屈了。我刚出差回来,这里的情况我刚刚知道,弄成现在这种局面,我有责任。"

周汉民望了一眼艾红莓,忙又解释道:"出差前,维修休养所的报告局里已经批了,让陈科长转到财政局,他没和人家交代清楚这是急用,报告就给压了下来,现在,我代表组织给你赔礼道歉了!"

艾红莓鼻子一酸,突然就哭了起来。她哭得很悲伤。

第二章 男儿本色 | 123

周汉民下意识地从自己的口袋里掏出一块手绢,他想把它递给她,可是,转念一想,便又把它塞了回去。

9

这天早晨吃罢了早饭,季红阳十分精心地为自己梳洗打扮了一番,又对着一面小镜子照了好大会儿。在那面小镜子里,她看到了一双湖泊一样水光明亮的大眼睛和一张青春勃发的脸庞。显然,对镜子里的那双眼睛和那张脸庞她是满意的。最后,她朝那面小镜子笑了笑,便走出门来,看了一眼正坐在男知青宿舍的门槛上抽烟的吴桐,犹豫了一下,说道:"吴桐,我去公社办点事儿,今天知青点上的工作就由你来主持一下吧!"

吴桐没说什么。季红阳便又朝他笑了笑,迈开步子走出了知青点的院子。

季红阳来到红旗公社大院时,已经是下午时分了。公社大院不大,几乎没有费多少周折,她就找到了革委会副主任辛明。

辛明正坐在自己的办公室里看一张报纸,抬头见了她,不觉怔了一下,放下报纸问道:"季红阳,你怎么来了?"

季红阳一下显得紧张起来。她望了一眼辛明,便有些羞怯地把头低了下来,轻轻说道:"辛主任,我是特意来向您汇报些事情的。"

辛明皱了皱眉头,让她坐了下来,给她倒了一杯水,便拿出一个小本子,问道:"说吧,你要汇报什么事情?"

季红阳忸怩起来。

她朝辛明望了一眼,又望了一眼,欠欠身子,半响说道:"辛主任,我知道回城还轮不到我们,我想向您问一问,现在公社有没有什么事可干?我季红阳从初中起就是学校的文艺骨干,唱歌跳舞什么的,可是我的长项。"

辛明终于明白了什么,放下那个小本子,若有所思地看了她好大一会儿,说道:"想找工作,当初你就该留在城里。"

季红阳有些难堪地笑了笑,说:"你知道,我们工人家庭,没门路,又没靠山。"

辛明想了想，端起面前的茶杯，呷了一口茶，随意地说道："我的老排长给我来信，提到过你……"

季红阳愣了一下："任排长？"

辛明点点头，望着季红阳说道："他说，他现在生活得很幸福。"

季红阳低下头来。片刻，才又慢慢把头抬起来，说道："主任，任排长结婚的对象艾红莓是我的同学，当初还是我介绍给他的呢！"

辛明坐在那里，面无表情地打量着季红阳。

他好像从来没有这样打量过她，那眼神，很犀利，仿佛要把她的心底看穿一样。

季红阳坐在那里，一时局促不安起来，从辛明的眼睛里，她看到了某种不可理喻的东西，那东西令她浑身感到了不自在。她看了辛明一眼，不自然地笑了笑，突然想到了这次找他的目的，终于还是试探着问道："辛主任，你是任大友的战友，我又是他爱人的同学，咱们这么有缘分，你能不能帮帮我啊？"

"帮你？怎么帮？"辛明有些疑惑地问道。

"招工、考学、参军入伍都行，"季红阳的口气一下子变得急迫起来，说，"只要离开农村就行。"

辛明笑了起来。是的，这的确有些可笑。

"你这么着急回城，当初为什么不嫁给任排长？"顿了顿，辛明说，"刚开始，他喜欢的可是你。"

季红阳被辛明的一句话问得张口结舌了，她的脸上跟着红一阵白一阵的，变得十分难看。突然之间，她意识到自己跑那么远的山路到公社来找辛明，竟然是那么冲动，又那么唐突，不禁有些后悔起来。

季红阳不再说话了。她就像一个哑巴一样局促不安地坐在那里。

辛明也没再说话。他就那样不动声色地望着季红阳。他在等着她的回答。

季红阳终于坐不住了。她的目光已经不敢再与辛明对视了。她的眼里快要流出泪来了，可是，她忍着，使劲忍着，终于没有让它流出来。就在那种艰难的忍耐之下,她缓缓慢慢地站起身来,又转过身去,一步一步走出了辛明的办公室……

季红阳回到赵家峪时,已经是傍晚了。一轮夕阳很快就要从西山上沉没下去了。当季红阳迈着疲惫的步子来到村旁的那座小桥边时,她感觉到自己再也走不下去了。于是,她坐了下来,把痴痴呆呆的目光投向了遥远的地方。此时此刻,她已经说不清自己内心的真实感受了。她觉得那地方就像被谁塞了一团乱麻一样,从公社到赵家峪整整一个下午的行程,她的心里一直就这样烦乱着,理不出个头绪。

不知在那座小桥旁坐了多久,吴桐走过来了。他是来找她来的。

知青点那地方离这座小桥并不算远,站在院门口,就能很清楚地看到小桥上的一切。吴桐走过那座小木桥,绕到了她的面前。

猛然间,他发现了她脸上的泪痕。他感觉到他的心跳了一下,顷刻间,恻隐之心油然而生,顿了顿,他说:"季红阳,你坐在这里有意思吗?"

季红阳不说话,她的目光仍投向空茫的远处,一张脸上却写满了无言以表的悲伤。

吴桐靠前一步,挡住了她的视线。季红阳这才抬起头来。

吴桐说:"怎么,去趟公社你就变成这样了,受到什么打击了?"

季红阳眼里的泪水突然就流了下来。一阵巨大的悲伤,就像是破闸而出的洪水一样,一瞬之间就将她淹没了。

季红阳喃喃说道:"吴桐,咱们被骗了,回不去城了!"

吴桐愣了一下,他不知道季红阳为什么这个时候要对他说这些。他看了季红阳一眼,在她身边不远的地方坐了下来。

季红阳一边流着泪水一边说:"当兵没我们的份,招工也没我们的份,我们只能在赵家峪待上一辈子了。"

吴桐突然感到一阵心烦,忽地一下又站了起来,望着季红阳勃然大怒道:"那你当初为什么不嫁给那个任大友,为什么要把艾红莓拉出来当垫背的?!"

季红阳抹了一下脸上的泪水,哽咽着说道:"我要早知道下乡是这个样子,当初,也许……"

季红阳不知如何才能向吴桐说清这一切。

吴桐看了她一眼,半晌说道:"多亏了任大友没娶你。"

季红阳一时没有弄懂他话里的意思,怔怔地望着他。

吴桐一针见血地说道:"你是把任大友当留城跳板,我要是任大友,我也不会娶你。"

吴桐的一句话,说到了季红阳的痛处。她望着吴桐,慢慢站了起来,说道:"吴桐,你别站着说话不腰疼,艾红莓就不是把任大友当跳板了? 不信你走着瞧,艾红莓迟早也会和任大友离婚的。"

"艾红莓不是你季红阳,"吴桐说,"她不可能把任大友当跳板。"

吴桐扔下这句话,转身就走。季红阳追了上去,一把将他拉住了。

季红阳说:"吴桐,你好好看着我,我心里有句话想要对你说。"

"想说什么,你就说!"显然,吴桐已经有些不耐烦了。

季红阳望着吴桐,顿了顿,问道:"吴桐,如果我决定嫁给你,你会要我吗?"

吴桐惊诧地瞪大了眼睛,上上下下打量了一遍季红阳,说道:"季红阳,你在说什么胡话?"

"我说的一切都是真的,"季红阳情急之中接着说道,"你要和我结婚,你爸就不能不管你,只要你回城,我也会跟着沾光的。"

吴桐鄙夷地看着季红阳,突然觉得站在面前的这个女人,竟是如此卑鄙,让他感到有些厌恶。

季红阳继续说道:"你看我季红阳哪点比艾红莓差,爹妈养了我二十多年,唯一让人满意的就是我还不难看,艾红莓能做到的,我也能做到……"

吴桐有些哭笑不得,他一边匪夷所思地摇着头,一边一字一顿说道:"季红阳,那我就告诉你,就是世界上的女人都死光了,我也不会娶你。和艾红莓比,你什么都不是。"

"话别说得那么难听,我知道你心里还有艾红莓,但你别忘了,人家是任大友老婆了。就算她的身子任大友没能力弄破,她也是人家的人……"

吴桐听不下去了。季红阳一句话没有说完,吴桐便伸手打在了她的脸上。

季红阳没有防备,那一记耳光,让她猛然间一个哆嗦,下意识地把那张脸捂住了。

季红阳一边噙着泪水,一边恼怒地说道:"吴桐,你打我算什么本事?有本事你从任大友手里把艾红莓夺回来。"

吴桐手指抖动着,指着季红阳,气愤地说道:"季红阳你说我什么都可以,但是不许你带上艾红莓,她现在的一切,都是拜你所赐。"说完,转身走了。

望着吴桐远去的背影,季红阳再也忍不住内心的哀伤,一下瘫坐在地上,失声痛哭起来……

红旗公社要招收广播员的消息,是在一周之后传到赵家峪的。公社的刘文书把电话打给了谭支书。谭支书接完电话,琢磨来琢磨去,最后琢磨到了季红阳,于是便急匆匆找到了她。

得到这个消息,季红阳的眼睛里立时放出了异样的神采,她一边激动地握着谭支书的手,一边又向他打听了一些什么,得知她是全公社被推荐的人选之一,心里头也就有了一个定数。

机会终于来到了。

那个晚上,季红阳久久没有入睡。她一直在想着自己的前程,盘算着未来的那些幸福的日子。广播员,那是一个多么美好的职业,坐在广播室里,雨不打头风不吹脸,多少人都羡慕呀!只要一打开广播按钮,整个红旗公社都能听得到自己的声音,那该是多么自豪多么荣耀的一件事情呀!

但是,在没有真正成为公社的一名广播员之前,怎样才能在十几个被推荐者中脱颖而出,还必须要经过一场考试。她想,那必定是一场艰苦的考验。但是,从现在开始,她已经做好了一切准备,这是一次千载难逢的机会,她不想放弃,她要紧紧地抓住它,不会输给任何一个对手。

决定命运的时刻到来了。她想好了,明天她就去找一下辛明。她要用自己的实际行动感动他、感化他。

季红阳是带着一种必胜的决心和信心踏上了去往红旗公社的山路的。就像上一次一样,在离开知青点之前,她又一次认认真真地打扮了一下自己。她要把自己打扮得光彩照人,在没有接受正式考验之前,就要先声夺人、胜人一筹……

晌午时分,季红阳来到了公社大院。站在了辛明办公室的门口,不知怎么了,季红阳竟然变得胆怯了许多,一颗心忍不住怦怦跳得厉害起来。犹豫了一下,她终于还是鼓起了勇气,敲响了那扇关闭着的房门。

就在这时,旁边一间办公室的门打开了。门里走出一个年轻人,那人正是刘文书。

刘文书说:"你是找辛主任吗?"

季红阳点点头,接着,便向他介绍了自己。刘文书也点了点头,又看了她一眼,便把辛主任这两天生病没来上班的事告诉了她。季红阳下意识地皱了下眉头。

刘文书说:"你来一趟不容易,有要紧的事,你就去家里找他吧!"

季红阳从刘文书那里问到了辛明的住处,又连声谢过了刘文书,便按着他指的路线,径直朝辛明家走去。可是走到辛明家门口,突然又觉得这样空着手去很不合适,又踅身找到了公社门市部,买了两瓶水果罐头。

辛明真的病了。

季红阳推开虚掩着的房门走进去的时候,辛明头上搭了条毛巾,正有气无力地躺在床上。见走进来的是季红阳,辛明挣扎着身子倚在床头,脸上的表情仍然是冷漠的。

季红阳努力地笑了笑,靠近一步,说道:"是谭支书让我来的,他推荐我报考公社的广播员。"

季红阳又说:"听文书说你病了,我特意来看看你。"说完,季红阳从背后拿出了那两瓶水果罐头,放在床头柜上。

季红阳不等辛明让座,就轻轻坐在了床沿上,紧接着,她下意识地抬起一只手,向辛明的额头上摸去。辛明意识到了什么,忙把头别向了一处,一边咳着一边说道:"我没事,就是感冒引起的。"

季红阳坐了下来,一时却又不知说什么好。她仔仔细细地环视了一遍整间屋子,突然发现了放在床边的几件衣服,想了想,便走过去,将它们放进脸盆里,说道:"主任,我替你洗洗衣服吧!"辛明忙向她摆摆手,可是季红阳已经端着那只脸盆走出去了……

不一会儿,季红阳洗完了衣服回来,又亲手为辛明做了一碗粥。季红阳坐在床头,一边给辛明一勺一勺地喂粥,一边和他说着话。

季红阳说:"辛主任,照顾人我有经验,当时我照顾任排长时就是这个样子。"辛明并不接她的话。

季红阳看他一眼,把一勺粥又喂进嘴里,接着说道:"我可会照顾人了,主任,我要是能到公社来工作,我天天照顾你,你想吃什么我给你做,不用吃食堂……"

几乎是在她的胁迫之下,辛明十分无奈地终于咽下了那碗粥,这时间,天已经黑下来了。

辛明抬手看了一眼表,不耐烦地说道:"季红阳,时候不早了。"显然,辛明在下逐客令了。

季红阳这才意识到了什么,恋恋不舍地起身说道:"主任,那我不打扰你了……"

季红阳从辛明家里走出来,可是,这个晚上她并没有回到赵家峪。

天黑了,红旗公社的小街上已经见不到一个人影了。季红阳在公社大院门前的那条小街上踌躇了好久,又徘徊了好久,突然就有了一种无依无靠的苍凉的感觉。这种感觉让她的鼻腔禁不住一阵酸楚,一双眼睛不自觉地潮湿起来。

季红阳最后在街边的一道台阶旁停了下来。

她看了看那道台阶,又看了看那条没有人影的小街,便从衣服口袋里掏出一张报纸,铺在了那里。接着,她坐了下去,整个身子顺势倚在了门框上。她这才感觉到自己真的有些疲乏了……

不知不觉,就到了第二天早晨。

季红阳睁开眼睛,看到有些炫目的阳光已经洒在小街上了。这时间,正有几个路人经过她身前的那条小街,当看到她一副落魄的样子时,不由得停下了步子,有些好奇地朝她打量起来。季红阳恍然间意识到了什么,忙站起身来,有些尴尬地朝那几个人笑笑,便离开了那道台阶,匆匆忙忙向前走去了。

当季红阳再次走进辛明家,推开房门时,辛明不禁惊诧地张大了嘴巴。

辛明看着她坐在了床沿上,不由得问道:"你怎么又来了?"

季红阳把头低了下来。

辛明接着问道:"季红阳,这一夜你去哪了?"

季红阳笑笑,说:"我就在外面坐了一宿。"

"你这是胡闹,"辛明一听这话,立时坐起身子,又怨又怜道,"你是个女孩子,这样多危险,遇到坏人怎么办?"

"公社门口不会有坏人的,"季红阳说,"主任你病成这样,我也不放心走啊!"

辛明摇了摇头,长长地叹出一口气来。

想了想,季红阳望着辛明说道:"主任,让我以后就这么照顾你吧!"

说完,季红阳伸手要取辛明头上的那块毛巾,却被辛明挡住了。

可就在这时,一件意想不到的事情发生了。

吴桐突然推门闯了进来。三个人同时怔在了那里。季红阳有些慌乱地站起身来。

吴桐看了她一眼,生硬地问道:"季红阳,你昨天在哪过的夜?"

季红阳一时不知该怎么回答。吴桐接着又气又怜地说道:"你一夜没回赵家峪,你知道整个知青点的人都在为你捏着一把汗、担着一份心吗?因为大家都不放心你,所以才让我起大早到公社来找你,你想想你这样做,对得起谁?!"

季红阳有些冷漠地笑了笑,扭头望着床上的辛明,说道:"是辛主任病了,我来照顾他,这里没你的事,你回去吧!"

听季红阳这么一说,吴桐心里头立时便升起了一股怒气,一步上前,指着床上的辛明咬牙切齿地说道:"姓辛的,你打着英雄的幌子,嘴上比谁都革命,暗地里却在勾引女知青……"一句话没有说完,一拳已经打在了辛明的脸上。

眨眼间,辛明的鼻子里流出血来。

季红阳见状,忙扑上去拉开吴桐,失声尖叫道:"吴桐,你住手!"

就像一头暴怒的狮子一样,吴桐已经无法控制自己内心的愤怒,用力甩开季红阳,紧接着又是一拳打在了辛明的头上,怒气冲冲地喊道:"告诉你姓辛的,别以为你立过功,当上革委会主任就能为所欲为,你和那个任大友没什么两样!"

辛明一面竭力抵挡着,一面大声呼喊道:"吴桐,你太过分了,来人,来人!"

吴桐望一眼口鼻流血的辛明,又望一眼不知所措的季红阳,轻蔑地哼了一声,便转身走出屋去。这时间,吴桐听到了背后传来的辛明的声音:"季红阳,你快通知民兵拦住他!"

吴桐突然意识到自己真的闯下了一场大祸,不由得加快了步子向前跑去。

这一回,辛明绝不会饶过他的。吴桐一面向前跑着,一面在想,他会很快通知民兵和派出所的人将自己抓起来的。那个辛明,是什么事都能做出来的!

回到赵家峪,自然是凶多吉少。既然这样,不如借机躲上一躲,回山水市去待上一些日子再说。这个念头一旦在脑子里浮现出来,吴桐便有了主意。

10

吴桐最终是偷偷爬上一辆运煤的大卡车回到山水市的。

吴桐灰头土脸地从那辆大卡车上纵身跳了下来,之后,他若无其事地走出了车站。正向着家的方向走着时,他突然留意到,有那么几个行人,正在用十分好奇的目光向他打量着,有那么几个人已经与他擦肩而过了,却还忍不住回过头来,把疑惑的目光集中在他的身上。猛然间他意识到了什么,朝自己的身上看了一眼,接着便苦笑了一声。他想,这样一身脏污地回到家,一定会把老父亲吓坏的。

他突然就想起了离家不远的那家澡堂子。他想起很久以前,父亲常常带着他到那里去泡澡的。他还想起来,父亲带他去那里,总是选择周六的下午,那时,天色就要暗下来了。而每次在热气腾腾的澡堂里泡澡的时候,父亲总是一副很享受的样子。他一边这样想着,一边不由自主地来到了那家临街的澡堂跟前,他打算着先把自己洗干净了再回家,那样看上去,起码不至于显得十分狼狈。

就像一个担心被人盯梢的地下党一样,吴桐正要勾头走进去时,下意识地朝门口两侧看了一眼。就是那一眼,让他突然间感到了意外:他看到艾红莓正心事重重地从不远的地方朝这边走过来。她的手里拿着一把菜。显然,她并没有发现他。

他就那样站在那里,目不转睛地看着她走过来,一种复杂的情感蓦然之间涌了上来,让他的眼睛立时潮湿了。直到艾红莓走近身边了,吴桐才轻轻朝她喊了一声。

艾红莓吓了一跳,抬头仔细地看了他一眼,又看了他一眼,不禁吃了一惊,问道:"怎么是你?"

吴桐抬起袖子抹了一把满脸的煤灰,说道:"辛明欺负季红阳,让我给打了,他们正抓我……"

艾红莓又吓了一跳,一时搞不明白到底发生了什么,四下里看了看,犹豫了一下,便脱口说道:"走,回家再说!"说完这话艾红莓就后悔了。有了上次的教训,这一次又会发生什么,她又怎么能够预料得到呢。

吴桐也犹豫了一下。可是,懵懵懂懂之间,自己的那双脚竟然那么顺从地就听从了艾红莓的召唤。

就这样,艾红莓把吴桐带回了家,这才听他把事情的来龙去脉详详细细叙说了一遍,竟有些吃惊地半晌说不出话来。

打发他洗净了脸上的脏污,看到他已是一脸的疲惫了,想到他也必定饿了,艾红莓一边安排了吴桐在大友娘住过的那间屋子里休息,一边又忙不迭地走进了厨房,想给他做一碗面吃,就在这时,任大友打外面回来了。

艾红莓于是便把吴桐来家的事情,一五一十地学给了任大友听。任大友听了,皱了下眉头,不觉有些半信半疑。

任大友接着便进了吴桐休息着的那间房子,两个人见了,一下不知说什么,两双眼睛竟对峙了半晌。

任大友这才问道:"你把辛明打了?"

吴桐咬着牙说道:"他欺负季红阳,该打!"

任大友说:"他怎么欺负季红阳了?"

吴桐就把季红阳那天一晚上没回知青点,听公社里的文书说,她是在辛明那里过了一夜的事情又向任大友说了一遍。任大友听吴桐说完,不禁痛苦地闭上了眼睛。

这时,就听吴桐鼻子里哼了一声,不屑地自语了一句:"什么狗屁英雄,欺男霸女!"

吴桐的话里是有着另一层意思的,这不禁引起了任大友的反感,他便冷冷地问道:"我在你眼里是不是也是这种人?"

吴桐没有说话,把头别向了一边。

"吴桐,我欣赏你是条汉子,要在战场上,你一定是个好兵",任大友望着吴桐,认真地说道,"但我告诉你,我任大友不是你想象的那种人。"

任大友一瘸一拐地走了出去。

显然,对于任大友和吴桐来说,两个人的眼里是谁也容不下谁的。如果没有艾红莓,也许他们会成为朋友,成为很好的朋友。但是,有了艾红莓,两个人的关系几乎在一瞬间就变成了互不相容的水与火。他们一直都在试图努力地改变着这一残酷的现实,然而,在那样残酷的现实面前,他们却又显得那样力不从心,从而一次又一次地陷入难以自拔的纠结的心境中。

在一阵痛苦的挣扎中,吴桐决定离开。

他不想再惹出新的是非来。在这个家里,任大友是主人,可是,任大友是不欢迎他的。

仅仅过去了两天,吴桐就被人追来了。追他的那个人不是别人,正是季红阳。

在没有见到吴桐之前,季红阳先回到了家里。这个家尽管她不喜欢,甚至充满了厌恶,但它毕竟是自己的家,是生她养她的地方。她不能不回到这里来。

站在自己家门前时,天已经黑下来了,望着这个生活了二十多年的家,季红阳突然间就有了一种陌生的感觉。

现在,她是有着两个名字的人。季红或者季红阳,她说不清哪个才是真正的她。她更说不清楚,到底从什么时候起,她已经把真正的自己迷失了。

回到山水市寻找吴桐,是谭支书让她来的。

临行前,谭支书把她叫到了大队办公室里,一脸忧虑地望着她说道:"吴桐没打招呼就走了,知青办要查起来,事可就大了。"

谭支书对她说这话的时候,她还在气头上。

她说:"他不分青红皂白地打人,他这是活该!"

谭支书使劲抽了一口烟,想了想,说:"吴桐这小伙子本质不错,但毕竟把辛主任给打了,要是辛主任追究起来,这可就麻烦了。我想,你还是抓紧回一趟城,把他找回来吧!"

"他要是不听我的话呢?"季红阳望着谭支书,思忖道。

谭支书一边踱着步子,一边说道:"吴桐这小伙子不是混人,我想,你把利害关系给他讲清楚,他一定能回来的……"

季红阳鼓起很大的勇气才推开了自家的房门。见她突然间站到了那里,一家人禁不住都大吃了一惊。

季红阳妈正拿一块毛巾给躺在床上的季红阳爸擦脸,看到季红阳,季红阳妈不禁惊诧地睁大了眼睛,定住了一样地问道:"小三,你怎么回来了?"

"我回来看一眼。"季红阳看了母亲一眼,落寞地说道。

二哥接过话来,问道:"你不是也要回城看病吧?"

季红阳妈看了季红阳一眼,又看了季红阳二哥一眼,说道:"你妹会有啥病,她不是说就回来看一眼吗?再说了,你看看,她回来咱家也没地方住呀!"

季红阳心里一下子就受不了了。她感到自己的鼻子莫名其妙地酸了一下,忍了好大一会儿,才把眼里的泪水忍回去。

屋子很小,季红阳站也不是,坐也不是。今晚,她不知道自己应该睡在哪个地方。

屋子里的几个人一下子沉默下来。

过了很大一会儿,季红阳突然意识到这个家已经没有了自己的容身之处,禁不住内心一阵酸楚,终于说道:"妈,你们休息吧!"

一听这话,季红阳妈一下又显得焦急起来,忙问道:"你要去哪?"

季红阳十分勉强地让自己笑了笑,说道:"你们不要管了。"

季红阳妈和季红阳爸都没有说话,二哥也没有说话。就这样,季红阳一口水都没喝到,就有些失落地走出了自家的家门。

一旦走到大街上,季红阳再也无法控制自己的情绪,突然之间,她眼里的泪水就像决堤的洪水一般奔涌而出。望着这个灯火阑珊的城市,她禁不住内心的悲伤,不由得号啕大哭起来。

一直哭到眼里没有了泪水,季红阳这才想到了艾红莓……

第二天早晨,艾红莓在走廊里远远地就看到了蜷缩在自己办公室门口的那个人。待她走近了,发现那人竟是季红阳时,不觉感到十分诧异。

季红阳疲惫不堪地抬起头,挂着泪痕肮脏的脸上充满了委屈,还没等艾红莓开口问她,她就捂住一张脸大哭起来。

艾红莓把她让进办公室里,又给她倒了杯水端在跟前,问道:"季红阳,到底发生什么事了?"

这一问,竟把季红阳问得不知如何回答了。

季红阳可怜巴巴地坐在那里,半晌,突然想起什么似的,泪眼婆婆地望着艾红莓,说道:"艾红莓,你给我找份工作吧!"

艾红莓愣怔怔地望着她,想了想,说道:"季红阳,我怎么给你找工作呀?你也知道,知青回城必须要有指标,没有指标,任何单位都不能接收。"

"我现在真的是走投无路了,求求你把我留下吧!实在找不到工作,我就给你们家当保姆还不行吗?"说着说着,季红阳眼里的泪水又止不住地流了出来。

艾红莓觉得坐在她眼前的这个人,越来越不被她所理解了。这才毕业多长时间,季红阳就变成了这样一个样子,变得这样叫人可怜起来了。毕业典礼上的那个狂傲自负的季红阳哪里去了?

季红阳抹了一下脸上的泪水,见艾红莓没有表态,又一次乞求道:"你要是念在我和你还是好朋友的分上,你就帮我一次吧!"

季红阳家里的情况,艾红莓是知道的。想到季红阳那个鸽子笼样的家,她都替季红阳感到难过。于是,她便让季红阳暂且住在她这里,有什么事情慢慢再说。季红阳自然乐得这样,但她又担心会惹得任大友不高兴。艾红莓看出了她这份担心,便先回到了家里,把季红阳的事说给了任大友。任大友听了,倍感蹊跷,那个吴桐前脚刚走,这个季红阳后脚就跟着来了,他实在搞不明白他们到底唱的是哪出戏。转念一想,也正要知道些辛明和季红阳的事情,不如直接问问她的好,便一口答应了让她到家里住下再说。

就这样,季红阳胆怯地迈进了任大友的家门。

快到吃午饭的时候,季红阳在大友娘的房间里已经换好了衣服,正在一面镜子前上上下下地打量着自己,任大友敲了一下门,走了进来。

一眼见了任大友,季红阳的一张脸唰地就红了。她只怯怯地看了一眼任大友,便把头低了下来,说道:"任大哥,对不起,你是大英雄,不看我的情面,看在我和艾红莓是同学的面子上,让我在这儿待几天成吗?"

任大友却把话题挪开了,直视着季红阳问道:"我问你,辛明怎么你了?"

季红阳猜想,她与辛明的事情一定是吴桐说出来的,便如实把这件事枝枝节节地说了一遍。任大友觉得季红阳的话与吴桐的虽然有一些出入,但是大致的情况他已经了解了,想了想,便盯着季红阳问道:"你很看重那个广播员的位置吧!"

季红阳听得出来,任大友在说这句话的时候,他的语气明显地加重了。

"任排长,你不知道农村到底有多苦,招工没我们的份,回城又没有我们的份,能有到公社工作的机会,大家都想争取到那个名额,"可怜兮兮地说到这里,季红阳的脸上一下又现出了尴尬的笑意,她就那样一边尴尬地笑着,一边讨好般地望着任大友问道,"任排长,辛主任是你战友,你能帮我打个招呼吗?"

任大友有些鄙夷地轻轻哼了一声,脸上现出了讥笑的表情,矛头直向季红阳说道:"当初你照顾我,不也是为了留城吗?现在又故技重演,你演过的故事是不是还想在辛明身上重演一次?"

任大友一语说到了要害处,季红阳一时难以承受,眼里的泪水不自觉地又流了出来。她一边流着泪水一边抬起头来望着任大友问道:"任排长,我在你心里就是那种人?"

任大友把头别向一处,断然说道:"哪种人你自己心里清楚,就凭这个,我也不会替你去说。"

任大友不愿意再见到季红阳了。一个女孩子家的,竟然活得那么没有尊严,这是让他都感到难为情的一件事。

季红阳自然察觉到了任大友情绪和态度上的变化,第二天上午吃过了午饭,推说要去找吴桐,便借故走出了家门。

季红阳果真去找吴桐了。

一路上,季红阳不紧不慢地向前走着,心里边盘算着的还是自己最后的归宿。事到如今,她不知道该怎样才能改变自己如此残酷的命运。只要一想到那个贫苦的农村,想到赵家峪,想到自己遥不可知的未来,她的心里就像猫抓一样难受。

走到军分区大院门口时,季红阳停下了脚步。

她朝这个整洁而又宽敞的大院认真打量了半晌,想着居住在这里的人们,应该是有着另外一种生活的,那种生活陌生而又体面,充满了诱惑,令人向往。毫无疑问,她是羡慕这种生活的。相比之下,命运却把她推向了社会的最底层。她是不甘心接受这种命运的,但是要想彻底地改变它,却不知要付出多少的努力与艰辛。

到现在为止,她感到自己已经没有力量再挣扎下去了。她有一种身心俱疲的感觉。那种感觉,让她意识到了自己的悲哀。半晌之后,季红阳还是走了进去。

事情就那么凑巧,刚刚拐过一排红砖红瓦的房子,抬头就见吴桐耷拉着一颗脑袋从远处走了过来。看上去,吴桐的步子急匆匆的,就像要去完成一件要紧的事情。

季红阳一个激灵,不假思索地迎了上去。吴桐吃了一惊。

两个人同时站在了那里。

吴桐皱了下眉头,问道:"怎么是你?"

季红阳呼出一口气来,说:"我是专门回来找你的。"

"找我,还是来抓我?"吴桐冷漠地问道。

季红阳平静地说道:"你把辛主任打了,人家可没追究你,是谭支书特意让我回来找你,让你早点回去的。"

吴桐琢磨着季红阳的话,睨了她一眼,说道:"怎么丢下辛主任不管了?你是自己想回城了吧!"

季红阳盯着自己的脚尖说道:"这你就不用管了。"

季红阳接着又抬起头问道:"你这是要去哪?"

吴桐淡淡地笑了笑,说:"还能去哪?"

"回赵家峪?"季红阳跟着笑笑,说,"算你还有觉悟。"吴桐哼了一声。

季红阳说:"通知我是传达到了,你自己看着办吧!"吴桐望了一眼季红阳,含义复杂地笑了笑,便头也不回地继续向前走去了。

季红阳有些尴尬又有些释然地站在那里望着,直到吴桐的背影在眼前消失了,这才长长地吁了一口气。

季红阳当时并不知道,吴桐是被他军分区副司令的父亲撵回赵家峪的。为了把他赶回赵家峪,他的父亲大发了一回脾气。

这天晚上,季红阳回到任大友家,把见到吴桐的事情说给了艾红莓,艾红莓竟然怔怔地望着季红阳出了半天的神。

夜深了。

季红阳躺在床上,想着这些天发生的事情,翻来覆去睡不着。不知过了多久,隔墙传来了说话声。她知道说话的那两个人是任大友和艾红莓,一开始并没在意。尽管两个人都在竭力压低着声音,怕墙壁这边的季红阳听到了,但是,说着说着,两个人的情绪便有些控制不住了,声音就大了起来。就听艾红莓说道:"季红阳说吴桐已经回农村了,他打了辛明,辛明能饶过他吗?要不,你抽空去找下辛明,帮忙说说吧!"

沉默了好大一会儿,任大友才接了话,冷冷地回道:"他的事和我有什么关系?"

艾红莓说:"吴桐是我和季红阳的同学,我们不希望吴桐这样。"

任大友说:"路是他自己走的,他好坏自知,他又不是个孩子。"

艾红莓不说话了。

又过了一会儿,任大友突然问道:"艾红莓,我问你,我离开你,你要是嫁给吴桐,你会幸福吗?"

半响,艾红莓说道:"大友,你怎么这么说?我可从来没想过离开你。"

任大友说:"我说的是假设!"

艾红莓说:"大友,咱们别做这种假设。"

任大友接着说:"他要是能给你幸福,我立马就去和你离婚。"

艾红莓急了,抬高了嗓门说道:"大友,你胡说什么?"

隔壁那边一下子又沉默下来。又过了半响,才听到任大友赌气般地说道:"睡觉!"

接着,季红阳就听到了关灯的声音。季红阳长长地叹了一口气。

第二天早晨,艾红莓做好了早饭,把季红阳叫到了饭桌上。为了躲开季红阳,任大友一大早就到外面去了。两个人一边吃着早饭,一边说着话儿。

季红阳突然说道:"艾红莓,昨晚你们拌嘴,我都听到了。"

艾红莓怔了一下。

"我看出来了,你和任大友不幸福,要是和吴桐,也好不到哪里去。"季红阳想了想,接着说道,"不管你当初怎样,你现在留城有工作了,这总比我们强,以后你可得为自己打算了,该做的你已经做了。"

艾红莓吃惊地望着季红阳,说道:"季红阳,你不要胡说!"

季红阳一把拉过艾红莓,小声说道:"那个任大友连个男人都做不了,这就算了,但我听说,你那个婆婆更不是省油的灯,所以我劝你,还是见好就收吧,在城里凭你的条件,什么样的人找不到?"

艾红莓一下不高兴了,生气地说道:"季红阳你不要乱说,你回城要住几天你就老实住着,我的事可不用你管!"

艾红莓说完这话,放下碗筷,上班去了。

季红阳坐在屋子里愣了半天神儿,突然感觉到很是无趣,便一个人来到了大街上。看着匆匆忙忙的人群从身边经过,她不禁又迷茫起来。她想不到一个合适的去处,便又一个人在大街上漫无目的地行走起来。

这工夫,无端端地就又发生了一件事情。

任大友的母亲来了。

大友娘大包小包地带着随身的包裹,踮着一双小脚,径直找到了休养所艾红莓的办公室,让艾红莓不觉大吃了一惊。艾红莓忙把她送回家里,安顿了她好好休息,就又回到单位去了。

任大友不在家,老太太一个人在这个家里,里里外外看过了一遍,突然就发现了放在自己房间角落里的那只背包。她觉得那只背包看着眼生,站在那里琢磨了半天,终于好奇地将它打开了。

第二章 男儿本色 | 141

就在这时,季红阳推开房门走了进来。

老太太听到门响,回身看着季红阳,不禁吃了一惊,下意识地问道:"你是谁?"

季红阳一眼发现自己的背包被大友娘打开了,立时不高兴了,快步上前,把那只背包夺了过来。

老太太眨巴着眼睛,一脸的疑惑。

季红阳突然意识到了什么,问道:"你是任大友的妈吧?"

老太太不无提防地望着季红阳说:"我是任大友的娘,你是谁?干吗把你的东西放在这?"

季红阳不满地说:"我是艾红莓的同学,叫季红阳,我借住几天同学家不犯法吧,你不要用那种眼光看我。"

一听说站在自己跟前的这个人就是季红阳,老太太的表情一下子就冷了下来,说道:"原来你就是那个把我们大友甩了的季红阳?"

季红阳笑了笑,有些讥讽地说道:"多亏了我没嫁给你家任大友。"

老太太也跟着笑了笑,以牙还牙地说道:"谢天谢地,俺家大友没娶到你这样的。"

季红阳望着大友娘,一股无名火一下子便烧了起来,手指大友娘,嗓门也跟着抬高了,说道:"别高估了你们自己,就是农村出来的土包子,看你们老少合伙把艾红莓欺负成什么样了,跟个小狗小猫似的,要是我,非反了你们不可。"

季红阳的话,字字句句充满了挑衅的意味。

老太太听了,气得嘴唇都抖了起来,指着季红阳的鼻子骂道:"妖精,气死俺了,你滚,你给我滚出这个屋子!"

季红阳冷笑了一声,把背包一下背起来,她觉得,已经把心里的怒气出完了。

老太太一边骂着,一边推搡着季红阳,向外轰赶道:"你滚,快给我滚!"

季红阳哪里又吃得了这一套,见大友娘这样对自己,猛地一个回身,反推了她一把,扑通一声,老太太冷不防就跌坐在了地上。见季红阳仍站在那里一副气势汹汹的样子,她一边从地上爬起来,一边大喊道:"来人呀,打这个不要脸的小妖精!"

说着说着,两个人立时撕扯到了一起。就在这时,屋门突然被撞开了。任大友气喘吁吁地冲了进来。

任大友一时气得七窍生烟,一把将季红阳的胳膊拉开了,大声喊道:"好你个季红阳,我们好心好意地收留了你,你居然敢对我娘动手,你赶紧给我滚蛋,滚!"

季红阳冷冷地望着任大友,突然间变得嚣张起来,一边讥笑着,一边说道:"任大友,别冲我喊,我不是艾红莓,不是你家的小狗小猫。"

任大友直气得嘴唇哆嗦着,盯着季红阳说道:"艾红莓怎么有你这么个同学,丢人现眼……"

季红阳不无愤慨地说道:"任大友,我是丢人,我是现眼,可那也比你强。你连个男人都不是!窝囊废一个!"

一听这话,任大友一时间火冒三丈,一把抓起桌上的杯子,啪的一声砸在了地上。

杯子碎了,季红阳不觉怔了一下,等她很快反应过来之后,转身冲出屋去,嘴里边却咕哝道:"你断子绝孙去吧!"

11

如果不发生那一场闹剧的话,任大友就不会去找辛明了。至少,他不会那么快就去找辛明的。那场闹剧,让任大友看透了季红阳的本质,认识到了一个真正的季红阳。

从山水市到红旗公社,任大友一路颠簸寻到辛明的住处时,已经是第二天的掌灯时分了。

辛明拉开屋门,一眼见了任大友,吃了很大的一惊。当在昏暗的灯影里终于认出了站在他眼前的这个人正是他的任排长时,两个人紧紧地拥抱在了一起。

辛明一边激动地抱着任大友,一边满眼湿润地问道:"排长,你怎么来了,你怎么说来就来了?"

任大友望着辛明,久久没有说出话来。

半晌,两个人坐了下来,心情也渐渐平静了许多,辛明这才突然想到什么,问道:"排长,你有什么要紧的事吧?"

任大友望着他,点点头,开门见山地问道:"辛明,我来找你,只想问你一件事。你实话告诉我,你是不是对季红阳有意思?!"

辛明听了,一下子便明白了什么,他一边惊愕地望着任大友,一边解释道:"你是说那个季红阳吧,老排长,我想,你一定是误会了,吴桐为了季红阳的事打了我,跑回城里是不是对你胡说了什么?"

"我问你到底有没有?"任大友的表情严厉起来。

辛明摇了摇头,起身说道:"没有,那是个误会。"

任大友望着辛明的眼睛。从他的眼神里,任大友看出来了,辛明没有说谎。

他点了点头,吁了一口气,终于说道:"我只告诉你一句话,世上的女人多的是,但是,以后你离那个季红阳远点儿。"

辛明认真地说道:"排长,你放心吧,我知道季红阳心眼多,我不会找她的。"

接着,任大友不自觉地叹了口气,继续说道:"就因为这件事,吴桐很瞧不起我们。"

辛明怔怔地望着任大友,片刻,问道:"排长,你不会是为了季红阳和吴桐才来找我的吧!"

见辛明这样问他,任大友有些沮丧地叹了口气,犹豫了一下,这才说道:"实话对你说,我的婚姻可能要走到头了。"

辛明吃了一惊,望着任大友的脸色,不解地问道:"怎么,艾红莓她对你不好?"

任大友摇了摇头,说道:"是我拖累了她。"

辛明一下子又有些不解了,说道:"排长,你身体恢复到这样,已经是个奇迹了,什么都能自理,你怎么说拖累艾红莓了?"

任大友低下头来,不无愧疚地说道:"你不知道,我脑子里和腰上还有弹片没取出来,为这,我连个男人都做不成了。"

望着任大友一脸的悲伤,辛明忙安慰道:"排长,伤只是暂时的,以后你一定会好起来的。"

任大友苦笑了一声,脸上的泪水已经默默地淌下来了。

辛明望着他,突然想起了什么,忙说道:"我们公社有个老中医,传说可神了,什么病都能治,明天我就带着你去找他看看。"

任大友摇了摇头。思忖片刻,抬起头来,接着又把头点了一下。

那个晚上,任大友和辛明两个人躺在床上,说了很多的话儿。他们说到了以往的部队生活,说到了那一场战争,说到了那些死去的和活着的英雄,还说到了艾红莓、季红阳和吴桐,说到了各自未来的生活……

说着说着,天就亮了。

第二天上午,辛明带着任大友看了那名老中医,抓了几服中药,一再挽留任大友多住些日子。可是,任大友说什么也要赶回去,辛明便把他送到了公社附近的一个路口。

临别前,任大友还是有些不放心,一再叮嘱道:"辛明,你记住,那个季红阳,以后你可要离她远点!"

辛明笑了笑,点点头,说道:"排长,我记住了。"

任大友离开红旗公社三天后,招收广播员的考试就开始了。

那一天,公社大院里来了好多人,他们都是来报名参加广播员考试的。

季红阳也来了。可是,当她一脚迈进公社大院,抬头看到了眼前的情景时,她不觉愣了一下。这会儿,院子里正摆着一张桌子,她看到有十几个女知青正排成一行,向桌子后面坐着的刘文书登记报名。

季红阳见状,犹豫一下,接着,她便向辛明的办公室走了过去。

站在辛明办公室门口,正要抬手敲门,忽然从门里走出个女知青模样的人来。那女知青看了季红阳一眼,便毫不在意地和她擦肩走了过去。季红阳思忖片刻,这才小心地把门敲开了。

辛明坐在办公桌后面,抬眼见了季红阳,不觉怔了一下。

季红阳说:"辛主任,我要竞争这个广播员。"季红阳在说这话的时候,是带着必胜的信心的。

辛主任淡淡地笑了笑,把头朝门外一摆,说道:"报考广播员的人,都在外面。"

季红阳下意识地理了理鬓角的一缕散发,说道:"考试我不怕,我来到你这,我是想告诉你,这个广播员我当定了!"

辛明说道:"能不能考上,可不是我一个人说了算。"

季红阳突然走上前去,伏在桌旁,自作妩媚地望着辛明,十分温柔地说道:"辛主任,你看我季红阳漂不漂亮?"

辛明瞪了她一眼。

"辛主任,在我眼里你才是真正的英雄和男人,"季红阳接着说,"你和任大友不一样,你是个正常的男人,我季红阳根红苗正,自以为长得还算有几分姿色,又是从城里来的知青,主任,你觉得我配不上你吗?"

辛明想起了几天前任大友叮嘱他的话,望着季红阳,一下子生起气来,起身说道:"季红阳,你不要为这个广播员作践了自己。"

"辛主任,我已经下定决心了,"季红阳继续说道,"我要在农村干上一辈子了,以后还要在这里结婚生孩子。"

季红阳像一块狗皮膏药,粘在了辛明身上。说到这里,季红阳朝辛明笑了笑,转身走出了他的办公室。

考试开始了。作为其中的一名考官,辛明和另外的几名干部一起坐在了桌子后面。十几个等待考试的女知青站在一边,按照报名的先后顺序,一一走上前去进行自己的表演。

季红阳是最后一个上场的。

此时,走上前来的季红阳是面带着笑容的。看上去,浮现在她脸上的笑容,是那么自然而又生动。就像此前的那些参加考试的女知青一样,她向在座的考官们深深地鞠了一躬,接着,她又把自己的参赛节目报给了大家。

她表演的节目是女声独唱《英雄赞歌》。

只是简单地酝酿了一下情绪,季红阳就进入了角色:"风烟滚滚唱英雄……"

辛明已经不是第一次听她唱这首歌了。他记得在军分区医院,他和任排长进行疗养的时候,她就开始唱这首歌了。她不但唱给任排长听,她还唱给其他的一些战友听。有那么一次,她唱着唱着就唱不下去了,她的脸上布满了泪水。他并不怀疑,她的歌声,曾经感动过许多人,让许多人热泪盈眶。她的歌声充满着磁性,是那么甜美动听,过去是,现在仍然是。

"英雄的生命开鲜花……"季红阳在唱最后那一个字的时候,把尾音拉得很长,长得像没有尽头一样,一直抵达到了每个人的心里才肯作罢。

众人一起鼓起掌来。就连季红阳自己都听出来了,他们响亮的掌声是发自内心的。

随后,辛明和那几个干部模样的考官们,压低着声音进行了一番交流。辛明起身看了一遍众人,说道:"今天的广播员试考就算结束了,我们还要集体评议研究,有什么消息,文书会通知你们的。"

那些参加考试的十几个女知青开始陆续向公社大院外走去。

季红阳没有动。她还站在那里。一直看到辛明走进了他自己的办公室,季红阳这才追了上去。

辛明问道:"你还有事?"

季红阳却反问道:"辛主任,你是不是觉得我没嫁给任大友,就是个坏女人了?"

辛明没说话。他不知道她要对他说什么。

季红阳说:"辛主任,我只想告诉你,我没嫁给他,是因为任大友的伤让他做不了男人,如果我是你的妹妹,你会同意让我嫁给他吗?"

辛明不说了。

季红阳继续说道:"如果我利用任大友,我完全可以和他结婚,像艾红莓一样,留在城里,当干部。辛主任,我不是你想象中的那种女人。"

辛明一下子就有点儿蒙。

他看了季红阳一眼,又看了她一眼,就像是一定要把她看清楚一样,而后说道:"老排长的伤,他自己说过。至于你是什么人,我不了解你。"

说到这里,辛明摇了摇头,淡淡地笑了笑。

季红阳十分自信地说道:"辛主任,艾红莓和任大友肯定过不长,不信你就记着我的话。"

辛明想了想,便把话题引开了,问道:"别说别人,说说你自己,你为什么要在农村干一辈子?"

听了辛明的话,季红阳开始踱起了步子,一边踱着,一边说道:"红旗公社有知青一百多人,每年回城的人也就那么一两名,要是轮到我,可能也是几十年之后的事情了,其实回不回城的,我真的没有兴趣了。在哪都可以干一番事业!"

"这是你的真实想法?"

"当然是真实的,"季红阳看了一眼辛明说,"如果你不相信,我可以写保证书。"

"季红阳,你要真扎根农村,红旗公社可以树立你为知青的扎根典型。"

辛明说这话时,脸上的表情是十分认真的。

季红阳听了,眼睛里立时有了神采,她几乎有些激动地上前一步,望着辛明,害怕他会要反悔一样地说道:"辛主任,请给我纸笔,我现在就写。"

辛明打开抽屉,把纸笔放到了桌上。担心季红阳说这话,是出于一时的心血来潮,辛明最后还是提醒道:"季红阳,你可要想好了!"

可是,他看到了一双坚定的目光。

季红阳说:"我早就想好了。"

那个傍晚,季红阳回到了赵家峪。她是带着无法说清的甜蜜与苦涩回到赵家峪的。

走到知青点大门口时,季红阳没想到第一眼看到的竟然是吴桐。此刻,吴桐正手握那把红口琴,呆呆地坐在知青点外的一块石头上。

季红阳能够猜得到他在想什么。在他的心里,除了那个艾红莓,是没有第二个女人的位置的。

有时候,她是很喜欢眼前的这个男人的。她想,如果把自己的一生托付给这样一个男人,毫无疑问,她就是这个世界上最幸福的人了。但是有时候,看着这样一个男人在她的眼前,她还会从内心深处生出一种悲悯来。他爱的人并不爱他,明明知道这种爱不会成为现实,他仍然在那里无望地坚持着自己,一次一次地饱受着精神与情感的折磨与蹂躏……

此刻,看到他一副萎靡受挫的样子坐在那里,季红阳莫名其妙地就生出一股无名火来。她紧走几步停下来,望着眼前的这个男人问道:"吴桐,你还是不是个男人?"

吴桐眯着眼睛看了她一眼,一时没有反应过来。他看到了一张愤慨的脸,还有含在眼里的泪光。他感到有些莫名其妙。

季红阳哼了一声,气鼓鼓地说道:"我要是你,就从任大友身边把艾红莓夺过来!"说着,季红阳朝知青点走去。

吴桐怅然地望着她。他看到那片暮色很快就将她吞没了。

几天后,季红阳果然就接到了录取通知。通知是谭支书口头传达给她的。谭支书让人把她叫到了大队办公室里,一张满是皱纹的脸上挂着一层掩饰不住的笑意。他把一份盖有公社大红印章的文件递给季红阳,让季红阳看了,这才说道:"红阳姑娘,你被树为扎根典型了,顺便通知你,公社招的广播员也是你了。"

季红阳眼里一下就有些湿润了。

这天早晨,知青们簇拥着季红阳,把她送到了大门外,一起停下了步子。

季红阳突然就有了许多的不舍。她回头看了一眼那间曾经住过的房子,望着与她曾经一起同甘共苦的兄弟姐妹,心里立时充满了复杂的滋味。一瞬间,她觉得是她抛弃了他们,当初,就是她带着他们一起到这个穷山沟里来的,而现在,她却要离开他们,过另一种生活去了,她为自己的这种行为感到羞惭。但是,这个念头只是在她的心里闪了一下,就寂然消失了。她知道,为了能够得到这个机会,她付出了自己的努力,那是怎样的一种努力啊!想到这里,她突然又觉得自己很不容易。今天这样的结果,是多少人梦寐以求的,她应该为这样的结果感到高兴。

季红阳很快就打起了精神。她一边与他们一一握别,一边叮嘱他们,广阔天地大有作为,一定要好好锻炼自己。当然,她会常回来看望他们,也希望他们能到公社广播站去看望她,不要断了彼此间的联系。

这样和他们说着话儿,季红阳突然发现,为她送行的人群里,并没有看到吴桐的影子。发现了这一点,她的心里不觉就犯起了嘀咕。

她一边背着自己的行李向前走着,一边还在心里念叨着吴桐。可是,就要跨上村头的那座小木桥时,猛抬头,正看到吴桐背对着她,站在前方不远的地方。

她不觉愣了一下:他一定是在那里等着她了,他必定是有些话要对她说的。

她能够猜想到他要对她说什么。季红阳犹豫了一下,她决定从他的身边越过去。她再也不想听他说什么了,现在,说什么都晚了。

可是,正当她就要走过他的身边时,吴桐却大声喊道:"站住!"

季红阳并没有停下自己的脚步,旁若无人地继续向前走去。

吴桐三步并作两步追了上来,挡住了她的去路。他的身子仍然背对着她。

他问道:"你扎根农村就是为了这个广播员?"

他的语气很生硬,带着质问和指责。

季红阳不得不停下了步子,站在那里。接着,她抬头望着远方的道路,不易察觉地叹了一口气,片刻,冷冷地回道:"吴桐,你没有权力这样对我说话。"

吴桐转过身来,盯着季红阳,有些激愤地说道:"不管以前你做过什么,我多么讨厌你,但我还是要提醒你,你这么做,有你后悔的那一天!"

说完这话,吴桐狠狠地瞪了她一眼,径直向知青点走去了。

他等她,就是为了给她说这些吗?

季红阳头也不回地站在那里,突然感到了孤单,一双眼睛旋即便湿了……

这一天,对于知青点上的知青们来说,是最漫长的一天,也是最短暂的一天。这一天,整个知青点都笼罩在一种沉闷的气氛里。

季红阳的突然离去,使得知青们的情绪立时低落下来。就在这一天,似乎每个人的心里都一下子明白了一件事情,有些东西失去了,就再也找不回来了。

沉重的暮色一点点地低垂下来,暮色提醒着又一个长夜的到来。

在那片苍茫的暮色中,吴桐又坐在了不远处的那面山坡上。他又在吹那把红口琴了,又在吹那首《红莓花儿开》了。那首歌他不知吹了多少遍了,到现在为止,每一个音符都已经深深地刻在他的心里了……

生活就这样继续着。

艾红莓与大友娘的矛盾起初是由来休养所串门的那个孕妇引起的。

那一天,大友娘正在水房里洗衣服,突然看到一个挺着大肚子的孕妇走了进来。老太太觉得眼前的这个孕妇有些眼生,便和她搭讪上了。这才知道,她是从乡下过来串门的,结婚两个月就怀上了孩子。

看着那个孕妇,老太太突然间就联想到了艾红莓,心里头就像堵了块很大的疙瘩一样。洗完了衣服回到家,老太太决定要当着艾红莓的面问个清楚,于是,便把她叫到了跟前,十分严肃地问道:"艾红莓,你跟娘说实话,你和大友结婚这么长时间了,为啥就怀不上?"

她想知道自家的那块地到底不好在了哪里。

艾红莓心里一紧,一时不知怎么开口。

"俺也问大友了,可是他支支吾吾地就是说不明白,问急了,他就说挺好的,所以,俺今天问问你,是你不配合呀,还是有病?"

大友娘说这话时,一张脸已经阴沉得厉害了。

艾红莓有口难言。

老太太一口咬定是艾红莓这块地不好,所以才长不好粮食结不出瓜来的,要让她立刻去医院里的妇科做一下检查,看一看问题到底出在了哪里。

艾红莓十分理解老太太的心情,便把这件事告诉了任大友,建议他去医院再看一看。可是,任大友一听这话就急了,碍于自己的面子,死活不答应去看医生。

不料想,这话竟又被老太太听到了,艾红莓无端地又惹得她老大的不高兴。老太太一双眼睛瞪得老大,指着艾红莓埋怨道:"地不好怪上种子了?艾红莓,俺可跟你说,你不去医院做检查,就是对俺任家有意见!"

艾红莓的心里就像打翻了五味瓶一样。

终于,艾红莓也就想到了一个办法。

第二天,艾红莓拿着任大友在医院拍过的几张X光片,来到医院找到了王惠,又让王惠带着她找到了一个医生。那个医生拿着一张腰部片子,认真看了看,便指给艾红莓说:"你看,任大友的腰伤在第三节,这个暗影就是没取出来的弹片,神经伤了。如果贸然做手术,伤了其他神经,也许任大友同志路都走不成了。"

艾红莓怔怔地望着医生,急切地问道:"这么说大友的神经没法恢复了?"

医生点点头,说道:"除非冒险重新做手术,可这样风险太大了。"

艾红莓失望了。

那一刻,艾红莓的脑子里一片空白。她愣愣地站在那里,瞬间丧失了记忆一般,半天没有回过神来。

一旁的王惠见状唤了她一声,催促道:"艾红莓,医生的话你还不信?走吧!"

艾红莓欲哭无泪,跟着王惠走出了医生那间办公室,思前想后,她感到自己的心里酸楚得厉害。一边往前走着,一边说道:"我不知该怎么办好了,别的都没啥,可是大友妈天天逼我们要孩子……"

王惠把艾红莓一直送到大门口,站了下来,望着她说道:"那你就照实告诉她,不是你的问题,是任大友有毛病。"

艾红莓摇了摇头,一副痛苦不堪的样子,有些为难地说道:"她都那么大岁数了,我真的怕她接受不了。"

"你这也怕那也怕的,那你就甘愿忍下去?"王惠愤愤地说道。

艾红莓无语了。她的心里从来没有这样矛盾过。

想了想,王惠看了她一眼,又看了她一眼,终于试探着问道:"艾红莓,你要是离婚了,会和吴桐好吗?"

艾红莓苦笑了一声,摇了摇头,说道:"我不会离婚的!"说完,艾红莓默默转过身去。

望着她远去的背影,王惠感到自己的心也跟着艾红莓一起乱了。

回到家,艾红莓思虑再三,最终还是把医生的话说给了大友娘。老太太听了艾红莓的叙述,不认识似的盯着她看了半晌,似乎要从她的脸上看出什么破绽一样说道:"艾红莓,你别自己有问题往大友身上赖,大友能走能动的,他会有什么问题?俺今天就问你一句实话,俺老任家哪点对不起你,你干吗要这么对俺们?"

老太太这么一说,艾红莓的心又乱了。

艾红莓叹了口气,小声嘀咕道:"我和你说不清。"

"有啥说不清的?俺还没老糊涂呢!"大友娘的口气生硬起来,说道,"俺可跟你说,大友是俺们任家单传,大友爸是朝鲜战场的烈士,现在大友也是英雄,任家不能断后。"

艾红莓又一次无语了。显然,大友娘已经把一切责任都推到了她的身上。

"要是你成心憋着坏,就不想给任家生孩子,俺可要找民政局领导说道说道去,到时候你可别怪俺不给你留脸面。"说到这里,大友娘横了艾红莓一眼。

艾红莓起身说道:"是大友有病,不信你就去问吧!"艾红莓说完这话,转过身气鼓鼓地走出门去。

艾红莓从来没有这样顶撞过大友娘,这让她一下难以接受了……

接下来发生的事情还是因为那个孕妇。

这天下午,艾红莓正在办公室里记录着什么,休养所的老程慌慌张张地跑了进来。

老程说:"艾红莓,你快去看看吧,老刘的侄媳妇要生了。"

艾红莓听了,一时有些哭笑不得,起身说道:"我又不能给她接生,还不抓紧送医院!"说着,艾红莓立刻便让老程找了辆三轮车,和老刘一家人一起,把那个孕妇送到医院去了。

安顿好那个孕妇,回到家,已经是这天的傍晚时分了。艾红莓正准备做饭,任大友和他娘从外边走了回来。

任大友见了她,下意识地问道:"老刘那个亲戚生了?"

艾红莓一边忙着手里的活,一边说道:"离预产期还有十来天,老刘的侄媳妇本来是想回老家生的,没想到生到这了。我在医院看了,生了个儿子,七斤八两,又白又胖的。"

老太太知道她去了医院的,一张脸立时又变得难看起来,说道:"人家生孩子你跟着高兴什么劲?"

艾红莓突然想起什么,转身拿出两颗染了红的鸡蛋,递给任大友一个,又递给大友娘一个,说道:"娘,我做饭晚了,你饿了就先垫补一下。"

老太太拿过那颗喜蛋,左看右看看了半晌,咂咂嘴说道:"看看,看看,人家这蛋又圆又大,还是红色的呢!"

不料想,老太太说完这话,啪的一下就把那颗喜蛋摔在了面板上,蛋碎了。艾红莓的心也跟着一起碎了。

任大友一下觉得很是难堪,一把挽过老太太劝道:"娘,咱回屋歇着去。"

老太太却更来劲了,挣了下身子,既不看艾红莓也不看任大友,顾自说道:"俺不累,今天你们无论如何也要把话给俺说清楚。"

任大友和艾红莓两个人你看我一眼,我看你一眼,一时怔在了那里,不知应该如何是好。

"艾红莓,俺以前就担心过,女人长得太好看,是中看不中用,结果真被俺说中了。"老太太瞥一眼低头站在那里的艾红莓,继续说道,"你不是说是大友有事吗,这地不产粮,下啥种都是白搭……"

说到这里,老太太又把目光落在了任大友的身上,追问道:"俺就不明白了,大友你好好的,咋就种不出个啥来,这不是她的原因是啥?"

老太太的话越说越难听。看来,今天不把话说清楚,以后的日子都是过不安生的。艾红莓真的生起气来,于是望着任大友,又急又气地问道:"大友,你当着娘的面,为啥连说句实话的勇气都没有了?!"

老太太看看这个,看看那个,在等待着。

任大友蹲在地上,痛苦地抱住了自己的脑袋。

"大友,你倒是说句话呀!"艾红莓看着蹲在地上的任大友,跺着脚说道。

任大友终于抬起头来,望着老太太喃喃说道:"娘,是我生不了!"

说这话时,任大友眼里竟淌下了两行长长的泪水。

老太太一下怔住了。她一边把任大友扶起来,一边不肯相信地问道:"你说的话是真的?"

任大友点点头,说道:"娘,是真的,以后你就不要为这事怪艾红莓了。"

老太太一下子就惊呆了。

任大友又说道:"娘,我伤到了神经,我现在吃的中药就是治那病的。"

艾红莓正要说什么,老太太突然又回转头来,望着她指责道:"艾红莓,大友都这样了,他不好张口,你为啥不早说,你是不是憋着坏,要离开大友哇?!我看出来了,你现在留城了,当了干部了,就反了天了是不?现在你把责任都推到了大友头上,是不想和他一起过了!我看你自从嫁给大友那天起,就没安什么好心!"

艾红莓感到自己受了天大的委屈,眼里的泪水一下子涌了出来,说道:"娘,我知道你是为大友好,可你不能把什么脏水都往我身上泼呀,你儿子是娘的儿子,我也是我妈的女儿啊!"

说完这话,艾红莓就再也忍受不住了,转身跑了出去。

天色一下子就暗了下来。

艾红莓一口气跑出了休养所的大门,正要向前走去,可是万万没有想到,抬头竟看到吴桐从远处走了过来。

一眼看到吴桐,艾红莓不觉大吃了一惊。

"你怎么又回来了?"艾红莓擦了一把脸上的泪水,又急又气地问道。

吴桐看一眼大门口,又看一眼艾红莓,突然意识到了什么,忙问道:"艾红莓,到底发生了什么?"

艾红莓眼里的泪水又涌了出来,她就那样一边流着泪水,一边望着吴桐恳求道:"吴桐,求求你,我家的事你再也不要跟着掺和了!"

吴桐一下就明白了什么,说道:"王惠信上说你为了要孩子都快急疯了,你婆婆也在逼你,我担心会出什么大事,就急着回来了。看来,真的是这个样子……"

艾红莓没有心情再听他说下去了。她一边用一双泪眼望着吴桐,一边有些气愤地喊道:"吴桐,我再说一遍,你不要再添乱了!"

说完,艾红莓头也不回地向前走去了。

吴桐茫然地站在那里,望着艾红莓单薄的背影越走越远,这才突然间想起什么,便朝近处的电话亭跑了过去……

从电话亭里走出来,艾红莓已经不见踪影了。吴桐心里头万分着急,便追赶而去。

当吴桐气喘吁吁地快要追赶到前方那个路口时,恰恰看到艾红莓站在那里,正木然地张望着从她面前疾驰而过的一台台车。某种不祥的预感,霎时间让吴桐忘却了自己,一个健步飞奔上前,一把将艾红莓抱住了。

艾红莓没有防备,一个趔趄和吴桐一起摔在了地上。

"红莓,你可不能干傻事呀!"吴桐惊呼道。

艾红莓推开吴桐,两人站了起来。

正值下班高峰,艾红莓望着眼前那条车水马龙的道路,木然说道:"我不会自杀的!"

"告诉我,到底发生了什么?"吴桐继续说道,"你说句实话,你挨欺负了,我一定要替你出这口气。"

艾红莓的泪水流了下来。

她一边望着吴桐,一边有气无力地乞求道:"吴桐,你别跟着掺和,快回你的乡下,我的事和你没关系。"

吴桐久久地望着她,不由得一阵一阵心疼起来。思忖片刻,他终于鼓足了勇气,一把抓住她的手腕喊道:"跟我走!"

艾红莓几乎是被吴桐挟持到了近处的那家招待所的。招待所很小,就建在路旁一个拐角的地方,如果不留意,是很不容易被人发现的。

艾红莓被吴桐拉着,有些机械地走进门去。

一个女服务员正在那里值班。

吴桐说:"给我开个房间。"

那个服务员看了他一眼,又看了看他身边的艾红莓,便问吴桐要起介绍信来。吴桐这才突然想到自己是没有什么介绍信的,不觉有些为难,如实说道:"我没有介绍信,我是赵家峪的知青,我可以多给你钱。"

那个服务员摇了摇头,说:"派出所有规定,没有介绍信一律不能开房。"

一旁的艾红莓这才意识到了什么,紧张地望着吴桐说:"吴桐,你开房干什么?我得回去……"

没等艾红莓说完,吴桐生气地嚷道:"那个破家你还回去干什么!"

艾红莓挣扎着,说:"吴桐,你不懂。"

那个服务员看到他们两个那个样子,似乎明白了什么,问道:"小两口吵架了?"

两个人都不说话了。

那个服务员一下就有了恻隐之心,又说道:"是和家里人闹别扭了吧,好吧,看你们也不像什么坏人,我就给你们开个房间吧!"说着,起身掂起一串钥匙,哗哗啦啦地抖着,"103房间,跟我来吧!"

艾红莓这一下更慌了,望着吴桐坚持道:"我不能住,吴桐,我有家!"

吴桐有些急切地望着艾红莓,强硬地说道:"我今天哪里也不让你去,就住这吧!"

话音刚落,艾红莓就看到王惠气喘吁吁地从门外闯了进来。她不禁吃了一惊,下意识地挣脱了吴桐拉着自己的那只手。

王惠怔在那里,一副手足无措的样子。

那个服务员这时已经把房间的门打开了,看到这几个人木头样地立在那里,望望这个,又望望那个,不禁疑惑地问道:"房间开好了,你们两口子还住不住了?"

王惠见服务员这样说,立时就接受不了了,她几乎有些气恼地望着吴桐和艾红莓,问道:"你们,你们怎么能这样?"

艾红莓很快反应过来,一把将吴桐推到了王惠的怀里,说道:"王惠,把吴桐交给你了,我得走了!"说着,一把拉开招待所的房门冲了出去。

吴桐正要追去,却被王惠一把拉住了,好不容易挣脱了王惠,待吴桐走出门时,艾红莓早已没影了。

王惠又气又恨地站在吴桐的面前,眼里闪着愤怒的泪光,气咻咻地问道:"吴桐,这叫破坏军婚,你懂不懂?"

吴桐知道王惠误会了,只好耐住性子向她解释,因为艾红莓受了欺负,从家里跑了出来,担心她会出事,所以才在电话亭里给王惠打了电话,想让她帮帮忙。后来想到天这样晚了,艾红莓没地方可去,便想给她开个房间,先住下来再说……

王惠将信将疑地看着吴桐,一直等他把话说完,仍是不放心地问道:"你和她真的没有什么意思?"

吴桐认真地向她点了点头。

王惠这才把心放下来,一下子又转怒为喜,挥拳打在吴桐的胸脯上,嗔怪道:"谅你也没那个胆!"

不等吴桐再说什么,王惠已经生拉硬扯地把他拽走了……

当晚,艾红莓回到了父母的家里。

母亲见艾红莓这么晚跑回来,又见她两只眼睛红肿得厉害,心里边就猜出了八九分,一把拉过她心疼地问道:"任大友和你吵架了?还是你婆婆欺负你了?"

艾红莓坐在那里只顾得抹眼泪,一时不知该怎么解释。

"一定是那个刁老婆子欺负你了,自己儿子不中用,还怪你,"母亲越说越觉得心里堵得慌,咽不下这口气,怒冲冲嚷道,"不行,我得找她说理去!"说完,抬脚就要往外走。

艾红莓见状,忙把她拉住了,抽泣着说道:"妈,这大晚上的你干什么呀!"

"你都被人欺负成这样了,还不让替你出头?咱们人好,可不能这么个好法!"说着说着,母亲也跟着一起掉下了眼泪。

"艾红莓你听好了,这次你回来,咱们就不回去了,"片刻,母亲望着艾红莓,赌气地说道,"我倒要看看那个刁老婆子怎么跟我解释!"

果然不出所料,第二天一大早,大友娘就踮着一双小脚找上门来了。她是来赔礼的。昨天晚上,艾红莓一气之下离开了家,在老太太的再三逼问下,任大友终于一五一十说出了实情。老太太听了,着实又吃了一惊,意识到自己不问青红皂白就把一切责任推到了艾红莓的身上,不禁为自己犯下的错误感到了后悔。

敲门声传来时,红莓妈正在院子里晾衣服。她不慌不忙把门打开了,一眼看到门口站着的大友娘,一张脸立时拉下来,故作惊讶地叫道:"哟,这太阳是从西边出来了,您老怎么有空来了?"

说这话时,红莓妈却把整个身子严严实实地堵在了大门口。

大友娘感到有些难堪,脸上虽然挂不住,嘴里却还说道:"妹子,俺是找俺媳妇来了,俺错怪红莓了,俺见到她呢,先赔个不是,有啥话呢,可以回去慢慢说。"

红莓妈听了,直想把肚里的一股气撒出来,便扭头看着别处,说道:"她艾红莓连个孩子都生不了,又不能给你们传宗接代,这么不孝顺,休了她也就是了,还让她回去干什么?"

大友娘有些愧疚地低了下头,说道:"俺不是说错怪她了吗,这事不怪艾红莓,不怪她。"

红莓妈得理不饶人,听了这话,便又不依不饶地问道:"那不怪她还能怪你家大友?他可是英雄,英雄想干啥就干啥,生个孩子又算得了什么呢!"

大友娘叹了口气,想了想,便抬头望着她说道:"妹子,杀人不过头点地,俺为了俺家大友,话可说到这份上了,麻烦你告诉艾红莓一声,俺求她回去。"

红莓妈瞪着眼睛问道:"就这么回去了?"

大友娘有些尴尬,朝她笑笑,便亮出了一张挡箭牌,说道:"当初艾红莓嫁给俺们家大友,她可说要照顾俺们大友一辈子的,这事民政局领导都知道,报纸上也这么说的,她要是不回去,俺可有去讲理的地方!"

说完这话,大友娘转过身去,连句告辞的话都没有,就匆匆踮着那双小脚回去了。

两个人的说话声,躲在屋里的艾红莓都听清楚了。知道大友娘这时间已经离开了,她便从屋子里走了出来。

红莓妈看了艾红莓一眼,警觉地问道:"你要干什么?"

艾红莓看着母亲的脸色,有些为难地说道:"娘都把话说到这份上了,我得回去了。"

红莓妈听了,立时就有了老大的不自在,抬手指着艾红莓的脑门嚷道:"别娘的娘的,你妈还没死呢!刚才你也听到了,她这是来赔礼的,还是来威胁咱的?"

艾红莓想了想,抬头看一眼天色,一下子着急得跟什么似的,说:"妈,我还要回去上班呢!"

红莓妈生气地说道:"那个破家咱不要了,工作也不要了,爱咋地咋地吧!"

艾红莓见母亲这样,直急得在院子里打转转。

红莓爸听不下去了,一边从屋子里走出来,一边说道:"红莓,上班去,别听你妈的!"

艾红莓听了,再也顾不得许多了,拉开大门便走了出去。

红莓妈又急又气地紧追了几步,在后面骂道:"你今天跨出这个门,就是让人欺负死,你也别再回来了!"

这天早晨,吴桐回到了家里。

一走进客厅,吴桐就看见了父亲。他正坐在沙发上,一脸怒气地面对着他。只看了父亲一眼,吴桐就把目光挪开了。他害怕看到那双眼睛。他知道,不高兴的时候,它会喷出火来。

望着那双眼睛,吴桐犹豫了一下,还是怯怯地走过去,叫了一声爸,说:"我回来了!"

他没想到父亲的坏脾气瞬间就爆发了。父亲忽地一下从沙发里站起来,啪的一记耳光抽在了他的脸上。

吴桐感到一张脸火辣辣地疼。他没有去捂它,可是他的眼里却有了泪光。

"知道为什么打你吗?"父亲说。

吴桐低头回道:"我不该回来……"

父亲心头的怒火还在燃烧着,他一边气咻咻地骂着这混账东西,一边呵斥道:"你在农村里的那些事,你们辛主任已经写信对我说了,现在,你又为一个结了婚的女人跑回来,跟着瞎起哄,你还有点出息没有!"

吴桐委屈地抬起头来,他想好好向父亲解释一下,让父亲理解自己,消一消心中的怒气,可是,还没等他开口,父亲接着说道:"你和那个艾红莓的事,在整个军分区大院都传开了,你以为这事光彩吗?先不说农村的事,就说那个艾红莓,人家都在说你是在破坏人家英雄的婚姻呢!"

吴桐把头低了下去,他不知道如何才能向父亲说明这一切。他知道,在父亲面前,他一向是没有说话的资格的。

父亲不容许他有说话的资格,更不容许他反驳。他只能服从,就像一个士兵服从于他的指挥官一样。

天下父子是仇家,他和父亲是说不到一起的。

在吴桐看来,父亲的脾气变得越来越坏了。尽管他也知道,父亲是关心着他,爱着他的,但是,父亲的爱,太严厉,太苛刻。

他记得父亲原来不是这个样子的,那个时候父亲是那么喜欢他,爱他,从单位回到家来的第一件事,就是要把他叫到身边来,逗着他玩一会儿,看着儿子开心了,当父亲的也就开心了。可是,后来,父亲的脾气说变就变了,遇到令他不快的事情,他就会暴跳如雷。也就是从那个时候开始,他几乎天天都会和母亲吵上一架,无缘无故地就会把一个好端端的家,弄成一片天翻地覆的样子。

再后来,母亲得了一场急病,说走就走了,离开这个活着的世界了。母亲走了,家里的日子也就更不像个日子了。母亲一走,就再没有人和父亲吵了,他的注意力就都用在了吴桐的身上……

说完了艾红莓,父亲又把话题转到了王惠的身上。关于王惠,父亲已经不知对他说过多少遍了,他的耳朵都快磨出茧子了。父亲说:"你是和王惠一起长大的,打小她爸就喜欢你,我也答应人家了,可是,你看看,你办的这是啥事!你好好想想,你这样做,对得起人家王惠吗?"

吴桐勾着头,一动不动地站在那里。

父亲说:"好吧,既然你回来了,那你就和王惠把婚订了。"

俨然,父亲的口气是命令式的。

一听这话,吴桐再也沉不住气了。他没敢抬头看父亲的眼睛,嘴里边却小声嘀咕道:"爸,反正我不同意包办婚姻。"

父亲的嘴唇抖动起来,他一边指着吴桐,一边气急败坏地骂道:"你要是不同意和王惠订婚,以后就别再登这个门,我没你这个儿子,你给我滚回农村去!"

吴桐的眼睛里蓄满了泪水。他用那双泪眼望着父亲，几乎把自己的嘴唇都咬破了。

父亲看不得他这个样子。他有些厌恶地怒吼道："滚，永远不要回来！"

蓄在眼里的泪水终于滚了出来。猛然间，吴桐转过身去，头也不回地离开了家门。

一旦走出了家门，他的步子立时又变得慢了下来。接下来，他该往哪里去呢？回赵家峪还是寻个地方继续逗留在山水市？一时之间，他感到十分纠结。大街上人来人往，他不敢抬起自己的眼睛。他害怕在这样一种心情的支配下会遇到自己往日里熟悉的同学和朋友。他是没有办法向他们解释这一切的。无意之中，他把自己的头低了下来。一边漫无目的地朝前走着，一边想着接下来的日子。此时此刻，他感到生活对他来讲，已经变成了一种煎熬。

突然一个人就挡住了去路。他抬起头来，却是王惠。

吴桐一下就生气了，责问道："王惠，我问你，你和我爸都胡说八道什么了？"

王惠眨着眼睛看着吴桐，反问道："你怎么不问问你自己做了什么？"

吴桐一时气愤得七窍生烟，却又找不到一个合适的发泄口，一把扒开挡在路上的王惠，气冲冲地继续向前走去。

王惠见他真的生气了，一边气喘吁吁地追上来，一边说道："你个没良心的，你怎么不听我把话说完？"

吴桐一边走着，一边没好气地问道："我还听你说什么？"

王惠说："艾红莓，艾红莓她……"

吴桐突然就站住了，回过头来问道："艾红莓她怎么了？"

"刚才艾红莓给我打电话，说她回休养所了，"王惠说，"人家和任大友和好了，你就不要再瞎掺和了。"

吴桐听了，再也没说什么，匆匆忙忙又继续向前走去。

她能猜得到他要去哪里。可是这一回，王惠没有去撵他。她的脸上

第二章　男儿本色 | 163

已经挂满了失望。此时此刻,她突然想到,这个世界上,有些东西是撵不回来的。

吴桐来到休养所的办公室时,艾红莓正在那里打电话。

一直等着艾红莓把那个电话打完了,吴桐这才从门口走进去。

艾红莓给他让了座,可是吴桐却一动不动地站在那里,两只眼睛一刻不停地望着艾红莓,认真地问道:"艾红莓,你说句实话,你和任大友两个人的日子过成了这样,还真想过下去?"

艾红莓轻轻地点了点头,又轻轻地叹了口气,低声说道:"我说过我要照顾他一辈子,我不能出尔反尔。"

"以前是你一时冲动,"吴桐说,"你不要为了当初的理想,毁了自己一辈子。"

"吴桐,我知道你是为了我好,这样的日子是我自己选择的,到现在我也没后悔过。既然你下乡了,就踏实插队吧。想找女朋友,王惠真的不错……"说着说着,艾红莓就把头转向了别处。

吴桐的眼里一下子有了泪光,他一边动情地望着艾红莓,一边说道:"艾红莓,我看不得你这样,你这样比捅我一刀还难受。"

艾红莓转过头来,故作轻松地笑了笑,说道:"吴桐,我真的挺好,你好好插队吧,争取早日回城,别再为我的事分神了。"她在努力克制着自己。

吴桐看着艾红莓,点点头,突然把她的手拉进自己的手里,十分有力地握了握,说道:"红莓,你保重,只要你需要我,哪怕是刀山火海我也会为你闯的。"

说到这里,吴桐轻轻把那只手放了下来,而后慢慢转过身去,走出了办公室的房门。

吴桐的话,让艾红莓感动了,望着他消失在办公室门口,她的眼睛不由自主地湿了起来。

可是,两个人哪里能想到,刚才匆匆道别的那一幕,正好被躲在一处的任大友从头到尾看到了眼里。

正要迈出休养所的大门,没料到,吴桐却被一个声音喊住了。任大友喊道:"吴桐,你停一下。"

回身看见任大友一跛一踬地走过来,吴桐有些不屑地笑了笑,没等任大友开口,便愤愤地说道:"姓任的,你没兑现承诺,算我白求你了!"

任大友凝视着吴桐,片刻说道:"吴桐,我知道你放不下艾红莓,我只问你一句,我可以放开艾红莓,可你拿什么让艾红莓幸福?"

吴桐没想到他会这样问自己。

他感到自己的眼睛里有一股愤怒的火焰燃烧起来,接着,他狠狠地盯着任大友,一字一顿地说道:"任大友,我知道我吴桐现在什么都没有,但我会用青春和生命让她快乐,不像你!"说完这话,吴桐转身向前,再没有回头。

望着吴桐渐渐走远的背影,任大友有些怅然地叹息了一声。就连他自己都听出来了,那声叹息,有些沉重。

12

自从当上了公社广播员,季红阳除了完成广播任务之外,剩下来的那些空闲时间里,她就成了辛明家的常客。

说是一个家,其实那家里也就辛明一个人。一个人的家,还算是一个家吗?有时候,季红阳一走进辛明家的大门,突然就会产生一种凄凉感,不禁打心里同情起辛明这个人来。

季红阳的到来,无疑让这个家变得有了那么一点儿温暖的意味。每次来了,季红阳总是闲不住的,忙里忙外,既洗衣服又做饭,收拾起家务来,就像是一个勤于持家的小媳妇。季红阳所做的这一切,作为革委会副主任的辛明都看在了眼里。有时候,辛明看着季红阳在那里忙碌着,从内心深处就会如波如浪一般地生出一种感动来。可是,那种感动也只不过是一瞬间的事情,很快,那一道如波如浪般起伏着的感动就平息下来了。

农村的夜晚来得早。赶上心情好的时候,季红阳吃罢了晚饭,就会约上辛明一起到公社外面的那条乡间小道上去散步。起初,辛明的心里是很不情愿的。和她在一起,他常常会觉得有些地方不适应,但是具体是哪个地方不适应,他实在又有些说不清楚。季红阳看出了他的犹豫,那张生气勃勃的脸上就挂上了生动可人的笑意,一边勾魂摄魄样地望着辛明,一边劝道:"走吧,在办公室里坐了一天,虽说风不吹头雨不打脸的,可时间长了也是吃不消的,活动活动筋骨,对身体有好处,对工作也是有帮助的。"辛明听了她的话,想了想,也便半推半就地和她一起,像城里人一样地去散步了。

那条乡间小道的两旁长满了应季的庄稼,绿油油的,被风一吹,波浪一样起起伏伏着,发出悦耳的喧响,让人听了心情舒畅。

农村人是没有散步的习惯的。暮色降临的时候,身边的田野和小道上,很难再看到一个人影了。走在没有人影的小道上,季红阳的心情放松了,胆子也就大了起来。情不自禁地,她的手便把辛明的手捏住了。

辛明感觉到自己被烫了一下,忙把自己的那只手从季红阳的手里抽出来,看看四周,有些紧张地说道:"别这样,不好!"

再向前走时,他的身子就变得僵硬起来。

季红阳有些失望地侧过头来,望一眼辛明,说道:"主任,是我配不上你。"

"没,没有,是你想多了。"辛明慌乱地说道。

季红阳笑了笑,便有些娇嗔地咕哝道:"瞅你那傻样!"

辛明也跟着不自然地笑了笑。

这样又过了一些日子,突然的一天,山重水复的事情就变得柳暗花明起来。同样是在一个傍晚,同样是在那条乡间小道上,两个人正默默无声往回走着的时候,季红阳突然就站住了。

"怎么了?"辛明回头问道。

季红阳与辛明面对面地站在那里,半晌,终于说道:"辛明,我们结婚吧!"

季红阳的声音不大,但是辛明听清了。一瞬间,辛明的脑子就乱了。在此之前,尽管他也曾不止一次地推想过这件事情,但是,毫无疑问,每一次都被他否决了,都被他以充足的理由消灭在了萌芽之中。

现在,这话终于就从一个女孩子的嘴里说了出来。

辛明有些惊呆地望着季红阳,嘴巴张开着,却没有说出话来。这让他突然间又想起任大友对他说过的那番话。

季红阳望着他的眼睛,坦诚地说道:"辛明,我知道你担心,可能任大友也没说我好话,因为我没嫁给他。那我今天告诉你,你是你,任大友是任大友,两码事,扎根农村的决心书我已经写了,现在我不仅是红旗公社的典型,还是全县的典型,我没有回头路了。"

辛明仍有些犹豫。他站在那里的样子,就像是一座没有表情的木雕。

季红阳接着说:"辛明,我可是冲着嫁给你才写的决心书,要是我不嫁给你,在这红旗公社,我还能嫁给谁?!"

辛明终于反应过来了。他的手心里捏着一把汗,低下头说道:"你这么说我的压力很大。"

"怎么,你还没想好?你说,我哪做的不好?还需要我改进的你提出来。"季红阳的声音变得急促起来。

辛明不敢看她的眼睛。接着,季红阳一把拉住辛明,着急地说道:"你倒是说话呀!我季红阳差哪了?任大友不是娶了艾红莓了吗,告诉你辛明,我季红阳从小到大,一点也不比艾红莓差。"

辛明扭头说道:"季红阳,你让我想想好吗?"

"辛明,我可是真心的,"季红阳跟上了辛明,一边和他肩并肩地往前走着,一边又捉了他的一只手说道,"嫁给你我这辈子不后悔,不信你摸摸我这颗滚烫的心。"

季红阳在说这话的时候,已经带着那只手往自己的胸前滑去了。

辛明又像被烫着了一样,把手缩了回去,紧接着,加快了步子向前走去。

就这样,两个人默默回到了各自的住处。

这是一个月光朦胧的夜晚。一弯上弦月挂在辽阔的夜幕上。因为有了那弯上弦月,这个世界忽然就变得美好起来。

一旦躺在床上,季红阳就再也睡不踏实了。难以自抑的孤寂就在这个时候悄悄爬到心上来了。她是不能忍受这种孤寂的。她想,时间长了,它会一点一点地将她的整个心脏掏空,让她悄无声息地死去的。

她不想就那样死去。

这样想着想着,季红阳突然就拿定了主意,忽地一下从床上坐了起来。害怕自己反悔,紧接着,她便披上外衣,向门外走去。

她把自己豁出去了。

很快,她便轻车熟路地来到了辛明的门前。她相信自己,哪怕是闭着眼睛,她也能找到这里来。

辛明正斜倚在床头看一本书,听到敲门声,不禁愣了一下。起初,他以为是自己的错觉,可是,敲门声那样耐心又那样任性,让他不得不放下书本,翻身起床把门打开了。

季红阳一下子扑了进来。

她一边紧紧地把他抱在怀里,一边急促而坚决地说道:"辛明,我要嫁给你!"

辛明惊住了。当他很快反应过来之后,一把将她推开了,低声呵斥道:"季红阳你胡闹,这要让同事看见,我就说不清了。"

季红阳再次抱住了辛明。她用那双饥渴的眼睛望着他,迫切地说道:"我不管,我早晚都是你的人,我不怕。"

说完,她十分潦草地就把自己的外衣脱了下来,紧接着,又三步两步爬到了辛明的床上。

辛明不知所措地站在床边,不知道接下来该做些什么。就在这时,季红阳噗的一声把灯吹熄了,一把将辛明拽了过去。

季红阳一边气喘着,一边乞求般地唤道:"辛明,你要了我吧!"

自从上次因为孩子的问题,艾红莓与婆婆闹过了那一场别扭之后,一连几天,红莓妈发誓再不让艾红莓回到任大友娘儿俩那里去了。休养所的工作艾红莓不能耽搁,可是,担心艾红莓心软,会改变主意跑回任大友娘儿俩那里去,每天还不到下班时间,她就早早地等在艾红莓办公室门口了。

　　这天下班之后,红莓妈拉着艾红莓的手离开了休养所,刚走出大门,艾红莓就站住了。

　　艾红莓说:"妈,今晚说好的,我要去王惠那里的,我们有事情商量。"

　　红莓妈认真地看了一眼艾红莓,不高兴地说道:"你别想给我耍滑头,走,跟我回家!"说着,又要去拉艾红莓。

　　艾红莓挣着身子说道:"是真的,妈,我不骗你!"

　　红莓妈望着她,想了想,说道:"那好吧,如果我知道你和我耍滑头,我饶不了你!"艾红莓果真去了王惠那里。

　　两个人见了面,先是说过了一阵子话。说着说着,就说到了前两天和婆婆闹过的那一场别扭,王惠听了,不禁也有些气愤,怂恿道:"艾红莓,你做得对! 就得给他们点颜色看看,要我说这也正好,借着这个机会干脆离了算了! 省得他们得了便宜还一天到晚像你的大恩人似的。"

　　艾红莓听了,不觉叹了口气。

　　王惠又把艾红莓的肩膀扳过来,不无同情地说道:"咱们也是好朋友,你日子过成这样,我看着也难受。"

　　艾红莓没有说话。

　　"你对大友这样的人还没有真正了解,"好一会儿,王惠才又看着艾红莓说道,"当初你被英雄的光环蒙蔽了双眼,可是你不知道,过日子光靠理想、崇拜是不够的,你是女人,应该有正常的生活。"

　　艾红莓低头听了王惠的话,心里头一下子又乱作了一团……

　　艾红莓和王惠两个人谁都没有想到,就是在这天晚上,任大友又出事了。

　　晚饭做好了,等了好大一会儿,仍是没有等到艾红莓回来,大友娘就真的有些着急了,她一边支使着任大友去艾红莓的办公室看看,一边像只热锅上的蚂蚁一样在屋子里打起了转转。桌上的饭菜凉了,任大友一动不动地坐在那里,看着娘在那里全然一副六神无主的样子,终于说道:"娘,别等了,她不会回来了。"

大友娘叹了口气,无望地说道:"看来,只能让组织出面了。"

"用不着组织了,"任大友说,"我决定了,离婚!"

大友娘吃了一惊,两只小脚就像是被钉子一下钉在了地上一样。她看了任大友一眼,突然感到一阵头晕,差点儿倒在那里。

任大友见了,忙把娘扶到床上。

半响,大友娘才算缓过劲儿来,躺在床上一边望着任大友,一边说道:"儿呀,这婚咱们不能离,你这婚离了,谁还嫁给你?娘老了,不能跟你一辈子,等你以后老了,连个端茶倒水的人都没有了。你们又没个孩子……"

任大友握着娘的手,说道:"娘,我跟艾红莓生活,憋屈、压抑、难受,她走了,我这心里反倒轻松了。"

"大友你憋屈啥,可以跟娘说,孩子,咱不离啊,娘一定把艾红莓找回来!"老太太说着说着,突然感觉到一阵心酸,禁不住呜咽起来。

"娘!你就听我一回吧!"任大友心里头替娘着急,说完这话,突然觉得天摇地转起来,眼前一阵发黑,便一头栽到了床上。

老太太立时吓慌了。

她一边这样惊慌失措地望着任大友,一边扯开嗓子朝门外喊道:"来人啊,快来人啊!"

任大友被人送到医院里的时候,艾红莓正坐在王惠的床上,两手抱着膝盖,呆呆地想心事。不知过了多久,门突然被打开了,王惠从外边冲了进来。

艾红莓吓了一跳,下意识地问道:"怎么了?"

王惠急急慌慌地就把任大友正在医院急诊室进行抢救的事情对她说了。艾红莓听王惠这么一说,一张脸立时就白了,一骨碌就床上跳下来,没等王惠再说什么,已经冲出门去了。

当艾红莓急匆匆地跑进急诊室,一眼看到了躺在急救床上的任大友时,突然感觉到自己对任大友充满了愧疚。她就像是一个犯下了错误的小学生,面对着老师的呵斥与体罚,不知如何应对一样,哇的一声哭了起来。

医生们正手忙脚乱地对任大友进行抢救。

艾红莓望着任大友失声唤道:"大友,大友,你到底怎么了?"

王惠连忙把她拉出急诊室,提醒道:"你不能这样影响医生的工作,大友还在抢救呢!"

两个人刚坐在急诊室外的那把长条椅上,大友娘就急急匆匆地找到这里来了。艾红莓见了,忙又起身迎了上去,一边搀着她坐下来,一边安慰道:"娘,您别着急,大友不会有事的。"

老太太看到了艾红莓,两行老泪立时流下来了,不无责怪地埋怨道:"艾红莓呀,你要是不走,大友就不会出这事了。"

一旁的王惠听了,觉得大友娘的话实在有些刻薄,便扭过头去,不高兴地问道:"你儿子这病是老伤造成的,和艾红莓有什么关系?"

老太太看了王惠一眼,似乎终于找到了一个说理的地方,就说道:"你是艾红莓的同学,那你评评理,她不离家出走,大友能么么着急吗?"

王惠正要说什么,却被艾红莓打岔道:"王惠,忙你的去吧!"

王惠盯着艾红莓看了一眼,便起身去了。

老太太泪眼婆婆地说道:"你以前也说过的,要照顾俺家大友一辈子,可这才几天呢?你就把说过的话给忘了。"

这时,一个医生从急诊室里走了出来。艾红莓见了,忙迎上去问道:"医生,任大友怎么样了?"

那个医生摘下口罩,说道:"危险期过去了,病情平稳了。"

老太太眨眨眼睛问道:"医生,俺家大友这是啥病呀?"

那个医生看了她一眼,说道:"任大友同志脑部留有的弹片,因外部情绪不稳定,引起血压升高,大脑局部出血造成了昏迷。以后最好别让病人有大的情绪波动。"

在医院里又观察了几天之后,任大友的病情终于稳定了下来。

但是,出院回到家里后,任大友的情绪却一直很低沉。看上去,就像是换了一个人似的。艾红莓问他什么,他总是含含糊糊地回答她。

终于，任大友也就拿定了主意。在一番激烈的思想斗争之后，他一跛一颠地来到了民政局，走进了周汉民的办公室。

他说："周处长，我要和艾红莓离婚。"

周汉民吃了一惊。他不知道到底发生了什么。他用一种疑惑的目光打量着任大友，正要开口问他，任大友已经把一份写好的离婚协议郑重其事地递给了他。

任大友表情是认真的。

"为什么？"周汉民仍是不解，问他。

任大友坐了下来。他不能向周汉民隐瞒什么，他是代表组织的，向他隐瞒了什么，也就是向组织隐瞒了什么，自己不能欺骗组织。

任大友努力让自己的心情平静下来，接着，便一五一十地把实情说了。

周汉民听了，觉得遇到了一个棘手的问题，想了好一会儿，说道："小任，虽然你和艾红莓的婚姻是组织帮助张罗的，但是艾红莓崇拜你，她热爱英雄，心甘情愿要照顾你一辈子，她的保证书还在我这里放着呢。你们的婚姻，是这个时代的楷模，可不是你们两个人的事情，怎么说离就离呢？"

任大友说："周处长，该说的我都说了。"

周汉民便又严肃地说道："你和小艾的婚姻虽然是组织操办的，但不是包办，小艾崇拜你，愿意照顾你一辈子，这是你们感情的基础。在艾红莓提出离婚前，组织上不能批准你们离婚。"

任大友坐在那里，一副痛苦的样子。

周汉民望着他，继续开导道："再说了，离婚是两个人的事，批准你们离婚，我没这个权力。你要调整好自己的心态，好好和艾红莓过日子，全国、全社会的人，都在看着你们呢！说句严重点的话，你们是在给全国人民过日子。"

任大友一字一句琢磨着周汉民的话，不禁犹豫起来。

那一刻，他感到自己的脑子一下子又乱了。

周汉民把那份离婚协议还给了他。任大友接了,抬起头来,良久,说道:"让我再好好想想吧!"

自从和季红阳摘了那枚禁果,辛明就像换了一个人似的。季红阳再来的时候,他不再拒绝她。一种无形的诱惑,轻而易举地就把他引领到一片温柔的忘川秘境中去了。当季红阳趁热打铁,再次向他提出结婚的要求时,他几乎没有太多地考虑,就答应了她。

紧接着,他们定下了结婚的日子;而在选定由谁来参加他们的婚礼时,辛明第一个想到了任大友。

季红阳是理解辛明的心情的。她一边偎在他的肩膀上,一边说道:"那你就选个好天气,去一趟市里吧,把这个消息告诉他和艾红莓,让他们一起来参加咱们的婚礼。"

转天,辛明便身穿那套旧军装,背着那只军用挎包,来到了山水市任大友所在的休养所。

找到任大友家门时,辛明正看到任大友坐在那里,一个人在下象棋。他走到跟前,唤了一声老排长,任大友抬起头来,眯着眼睛看到站在那里的竟是辛明,忙站起身来,一把将他抱住了,激动地说道:"辛明,你小子怎么来了?"

说着,便把辛明让进了屋里。

大友娘这会儿出去买菜了,艾红莓在单位上班,家里就剩下了任大友和辛明两个人。任大友一面给辛明让了座,一面又给他倒了杯茶端过来,笑着说道:"没事的话,你就在城里多住几天,好好陪陪我。"

辛明突然想到了什么,便从那只军用挎包里取出了一个中药方子,递给了任大友,说:"我又找了一个老中医给你开了方子,在我们红旗公社,他专治不孕不育的病,一治一个准,可灵了。"

任大友把那方子接了,不觉叹了口气,问道:"辛明,这次进城不是为我专门送偏方来的吧?"

辛明笑了起来,抬头说道:"老排长,我要和季红阳结婚了。"

任大友怔住了。

辛明从任大友的脸上看出了他的担心,忙又解释道:"季红阳已经决心一辈子扎根农村了,现在已经调到公社广播站了。"

任大友把目光从辛明的脸上移开了,半晌没说一句话。

辛明便又笑了笑,把季红阳在那里的表现说给他听了,但是,任大友还是一言不发地沉默在那里。

"老排长,你不同意?"辛明望着他,片刻问道。

任大友若有所思地沉吟着,好大一会儿,实话实说道:"辛明,按理说,你结婚是件好事,我应该祝贺你。可我总觉得季红阳这人不踏实,想要的,千方百计也要得到,不想要了,说扔就扔了。"

辛明能够感觉到他的忧虑和担心,一张脸跟着便红了起来,只好如实说道:"老排长,实不相瞒,季红阳已经是我的人了。"

任大友又一次怔住了,想了想,终于问道:"你们准备什么时候结婚?"

辛明说:"就这个周末!"

任大友点点头,一脸庄重地说道:"我只能祝贺你们了!"

那一天,任大友和辛明两个人说了很多的话。自然,很多的话题还是落在了艾红莓的身上。同时,从辛明的口里,任大友也了解到了季红阳在乡下生活的所有表现……

眨眼之间就到了辛明和季红阳结婚的日子。

由于休养所的工作脱不开身,又忙着照顾大友娘,艾红莓不能和任大友一起去参加辛明和季红阳的婚礼,她便亲自为他们准备了一床上好的被面,作为新婚礼物让任大友带了过去。

任大友本也不想去参加这个婚礼的,他能预想到他在这个婚礼上的别扭与尴尬。但是,既然辛明亲自跑了那么远的路来请他,如果不去参加,实在又有悖于情理。不看僧面看佛面,他只能照辛明说下的那个日子,硬着头皮赶往乡下凑这个热闹了……

辛明和季红阳的婚礼,可以称得上是一个典型意义的革命化的婚礼。

婚礼进行得很简单,但又显得十分热闹,充满了一片喜庆的气氛。

可是,令任大友感到遗憾的是,在他们的婚礼现场,他却没有见到一个赵家峪的知青。虽然任大友的心里很纳闷,却又不好问什么。酒席上,他很少说话,闷闷地喝了一些酒。除了向辛明和季红阳道喜祝贺,他又能说什么呢?

从婚礼现场走出来时,天色已经很晚了。

辛明和季红阳两个人双双送走了道贺的来宾,正要把任大友送到招待所的时候,不料想,节外生枝地竟又发生了一件不愉快的事情。

吴桐就在这时出现在了公社的大门口。

"站住!"吴桐喊道。

三个人认出是吴桐,下意识地交换了一下眼神,接着便走上前去。

"看来我来晚了,没给你们祝贺上新婚快乐呀!"吴桐用充满敌意的目光注视着几个人,说道。

季红阳感觉到气氛紧张,上前一步问道:"吴桐,你要干什么?"

吴桐却把头别向一侧的任大友和辛明,讥讽道:"两位英雄真行啊,骗了这个骗那个,前后脚的都把婚结了,你们人生挺成功啊!"

辛明不高兴了,想到今天是他与季红阳结婚的日子,还是竭力克制着自己的情绪,说道:"吴桐,你要是来道喜的,里面还有酒,我和季红阳陪你喝好,你要是来捣乱的,别怪我不客气。"

可是,吴桐并不领辛明的这份情。

吴桐接着回道:"不客气又怎么样?还让派出所把我抓起来?告诉你,我吴桐不怕。我只想借这个机会,告诉你们几句话。"

站在一旁的任大友终于看不下去了,打断了他的话,怒喝道:"吴桐,你别从城里闹到乡下,没完没了的,我和辛明不欠你什么。"

"是,你们都不欠我的,但你们欠艾红莓和季红阳的。"吴桐不依不饶地盯着任大友和辛明怒斥道,"你们利用自己英雄的身份欺骗无知少女,你们欠她们的!"

任大友感到一股血涌到了脑门子上,大声喝道:"不许你侮辱我们的人格。"

一句话,竟又把吴桐惹恼了,矛头立时对准任大友,质问道:"任大友,你还有人格吗,你霸占着艾红莓,你到底是什么人?!"

吴桐的话,像一把刀子戳进了任大友的心里,任大友立时气得浑身颤抖起来。

辛明上前拉了吴桐一把,想把事情平息下来,可是没想到,吴桐一下把他甩开了,矛头直接指向了他,无比蔑视地说道:"姓辛的,别以为你当了个公社革委会副主任就可以为所欲为了。"

吴桐转头望着季红阳,说道:"季红阳,你要是利用辛明,我为你拍手叫好,他们这种人就该被骗,但是,要是你被无知蒙住了双眼,我替你难过,瞧不起你!"说完,吴桐扬长而去。

吴桐那番话,有点儿意味深长,这让季红阳一时没有反应过来。

有了吴桐斜刺里横生的这出戏,几个人的心情一下子就郁闷起来。把任大友送到了招待所之后,辛明和季红阳回到了新房,想着刚才发生的那一幕,仍是一脸的不高兴。季红阳觉察到了,便上前安慰道:"吴桐就是一条疯狗,见谁咬谁。他说的话一阵风就吹走了。今天是我们大喜的日子,别不高兴了。"

季红阳的话听上去很使人宽心,辛明便朝她笑了笑。季红阳跟着也笑了笑,正要抬手给辛明脱衣服,却被辛明一把捉住了。

辛明望着季红阳,不无遗憾地说道:"要是你父母能来参加我们的婚礼就更圆满了。"

季红阳听了,失神地看着辛明,整个身子僵了样地立在那里,半晌,这才口气坚定地说道:"我不会告诉他们的,这辈子我就在农村待定了,再也不会回去了!"可是话刚说完,季红阳就哭了起来。

季红阳一边抽泣着,一边把辛明抱紧了,说:"如果以后你有本事,就把我带到城里安个家吧!"

自从任大友从医院回到家里,艾红莓自然而然地也跟着又回到了任大友身边,看着自己的女儿又和任大友娘儿俩一起过上了小日子,红莓妈心里很不痛快,几次找上门来要把艾红莓拉回娘家去。为了这件事情,两亲家之间的关系,一时间又变得紧张起来了。

毕竟还是一家人。为缓和矛盾,在任大友的耐心开导下,大友娘终于放下了架子,跟着任大友一起来到了艾红莓家,当着面向红莓妈认错赔了不是。

红莓妈见大友娘言语里也是出于真心的,一张脸上便带了笑容,说:"咱本就是一家人,一家人不说两家话,深深浅浅的,事过了也就过了,不必去计较那么多的,只要以后任大友和艾红莓两个人好好过日子也就行了。"

任大友当面又向红莓妈表了态,几个人心里的不解与埋怨也就烟消云散了。

临别时,大友娘思忖半晌,拉着红莓妈的手说:"大妹子,以后我再也不会逼着他们要孩子了,实在不行的话,俺也想好了,到时候遇到个合适的,咱抱养一个也就是了。"

红莓妈听了没说话,大友娘也就住了声,接着便倒腾着一双小脚,拉着一跛一颠的任大友回家去了……

任大友把这件事情说给了艾红莓,得知两个老人已经冰释前嫌,艾红莓终于把一颗心放了下来。

就在这天吃晚饭的时候,大友娘突然说道:"和你们商量个事儿。"

艾红莓抬头问道:"娘,啥事?你说吧。"

老太太便说道:"那个啥,就是抱养个孩子。这事俺也和你妈说过了,她没拦着,看样子,也算同意了。"

听了大友娘的话,任大友和艾红莓心里一惊,两个人不由得对望了一眼。

大友娘接着问道:"艾红莓,俺想听听你的意见。"

但是,没等艾红莓接话,任大友便面露难色地说道:"娘,我现在身体不好,艾红莓工作又那么忙,再多一个孩子,艾红莓可没那个精力。"

老太太一听这话,立时又不高兴了,望着任大友说道:"大友,你傻呀,人老了,身边就得有个孩子,没个孩子,以后谁管你们,趁娘身子骨还硬朗,娘帮你们带。"

艾红莓知道大友娘的脾气,一旦认准的事情是很难更改的,想了想,便说道:"大友不是在吃偏方嘛,就是想抱个孩子,这哪有那么合适的呀?"

大友娘倒是痛快,望着艾红莓说道:"两下里不耽误,你们要是能生更好,一个是养,两个也是放,娘是养过孩子的人,抱孩子的事你们就别操心了!"

艾红莓和任大友对视了一眼,一时不知如何是好了。

这话说过的第二天就出事了。

上午时候,大友娘坐在院子里的一棵树下,终于等到了休养所的老刘,赶忙踮着一双小脚迎上去问道:"大兄弟,问你个事,你家侄媳妇不是生了吗,孩子咋样啊?"

老刘脱口说道:"挺好的,她本来是串门的,没想到把孩子生在这了,他们急着回去给孩子上户口,这几天就要回老家了。"

大友娘察言观色地看了老刘一眼,说:"老家不是农村吗?回去可有罪受了。"

老刘感叹道:"农村人,生在城里也是个农村人。"

大友娘眼珠一转,问道:"想没想过,把孩子变成城里人?"

老刘说:"我们可没这个门路。"

大友娘四下里看看,向他使了个眼色,老刘便疑疑惑惑地和她一起回到了自己家里。

见了老刘侄媳妇怀里抱着的那个孩子,大友娘一眼就喜欢上了。听说能给孩子上城市户口,老刘的那个侄媳妇也高兴得什么似的。可是,转弯抹角地说了半天话,大友娘就把这事儿转到了任大友的身上,说:"只要他们肯把孩子送给他,一切事情都好办。"

老刘一家人听大友娘这么一说,这才突然间明白了她的用意,转眼再看老刘家的那个侄媳妇,已经抱着怀里的孩子,一阵风样地走到另一间房里去了。

老刘望着大友娘,生气地说:"这件事肯定不能答应你的,你快走吧!"

大友娘碰了一鼻子灰,很是郁闷地离开了老刘家,一路上还是琢磨不明白,凭着自己的儿子任大友这么好的条件,他们咋就不同意呢?

大友娘是不甘心的。但是,紧接着就又出了事。

这天上午,艾红莓刚走进办公室,周汉民就找上门来了。他告诉她,大友娘在到处要孩子,休养所已经有几个人去他那里反映情况了,依着她和任大友的身份,这样下去,影响可就太坏了。

艾红莓不觉愣住了。

周汉民说:"任大友有伤,你们生不了孩子,这事我们知道。想要个孩子也没错,但要通过正常领养手续,可不能到处张罗买孩子,办户口的,这样下去,让群众怎么看你和大友?"

她不敢相信,大友娘居然能做出这样的事儿来。

艾红莓十分抱歉地望着周汉民,说:"你不说这事,我还不知道呢,回家去我一定好好和婆婆谈谈,保证再不做这样的事儿了。"

正要走,周汉民突然又想起一件事来,问道:"小艾,前一阵子小任闹着要离婚,这事你知道吧?"

艾红莓点了点头,一颗心又咯噔跳了一下。

周汉民又把自己如何批评了任大友,又如何开导了他的事情,向艾红莓复述了一遍,直把艾红莓说得耳朵根子发起热来,这才罢了。

艾红莓忙不迭地点了头,又向他做了保证,说一定会好好处理这件事情的。

送走了周汉民,整整一个上午,艾红莓再没有心思做别的事情,好不容易挨到了下班,回到家里,便把婆婆到处在要孩子的事告诉了任大友。任大友听了,沉默半天,终于说道:"艾红莓,别笑话我娘,从我爷爷那代开始,我们老任家一直是单传,我娘是不想到我这儿断了后。"

艾红莓不觉叹了口气,望着任大友说道:"看来你娘对生孩子这件事,一时半会儿转不过弯来。"

任大友点点头,突然间想到了什么,便又望着艾红莓,下了很大的决心一样说道:"别让她再添乱了,明天你帮我把辛明带来的偏方找出来,我接着吃药。"

艾红莓笑了笑,说:"那我明天给你抓药去,你一定能行的。"

任大友听了,一张脸上却布满了无法释怀的忧虑。

想了想,艾红莓终于又把周汉民和她谈到的那件离婚的事说了。

艾红莓说:"以前我还真的没有意识到,咱们的婚姻会有这么大的政治意义,以为就是和别人一样,关起门来过自己的日子。"

任大友看她一眼,想了想,说:"咱们虽说是两个人过日子,可全国人民都看着咱们呢!"

生活就这样继续着。

对于赵家峪的知青们来讲,除了按照农时与农民们一起下地劳作之外,写信和盼信就成了他们生活中必不可少的一项重要内容。

这天收工之后,吴桐又收到了艾红莓的来信。

吴桐并没急于把那封信打开。每次接到家中的来信,他总是喜欢一个人躲在不远处的那道山坡上,他喜欢在那份难得的清静与孤寂里,享受来自远方的温情抚慰。

简单洗了一把脸,吴桐便揣着那封信走出了知青点。这个时候,一轮夕阳正在山头热烈地燃烧着,很快,在失去最后的热情之后,它就要无法挽留地隐没到山下去了。太阳从西方的山头落下去,明早它还会从东方的地平线上升起来。可是人呢?一旦将一段感情失去了,它会不会再次建立起来?吴桐说不清楚,他只知道,人与人一旦建立了感情,就再也难以割舍了。更何况,他还从来没有想到过割舍呢!

在一片夕阳的余晖里,吴桐很快走上了那道山坡,寻了个地方坐了下来。紧接着,他便迫不及待地把那封信从怀里掏了出来,朝信封上熟悉的字迹打量了片刻,这才小心翼翼地将信封拆开了。

霎时,艾红莓的气息扑面而来。

信上,艾红莓写道:季红阳结婚了,我听大友说,咱们这些同学都没人去祝贺,季红阳一定会很难过。你们在乡下,一定以团结为重,我这一切都好,大友和大友娘对我的态度都有改变,你不要惦记。有空时多给王惠写写信吧,王惠对你可从来没变过……

艾红莓的那封信不长,吴桐一字一句接连看了好几遍,这才重新把它揣进怀里。

如波如浪的暮色,从山脚下慢慢涌了上来。吴桐下意识地抬起头来,目光投向遥远的地方,想着艾红莓此时此刻不知在做些什么,心里边就像翻滚起了一股又一股的热浪一般。

就在这时,他看见胡卫国远远地朝他这边走了过来。

直到走近了,吴桐才发现胡卫国一脸的忧郁,问道:"怎么了?"

胡卫国挨着他坐了下来,喃喃说道:"我刚才去王小兵坟上看了看。"

吴桐看了胡卫国一眼,不觉叹了口气,就不再说什么了。胡卫国的心思,他是理解的。

生前,王小兵是喜欢着胡卫国的。在她的心里,胡卫国是一个有情有义的人,和这样的人在一起,她有一种安全感。王小兵的那种喜欢是默默的,放在心里的。就连吴桐都看出来了,她看胡卫国的眼神里,有一种期待。她在期待着他当面向她表白的那一天。胡卫国的心里自然也是知道她是喜欢着他的。可是,命运就这样残酷与无情,说出事就出事了,说分开就让他们阴阳两界地分开了。还没有来得及向她表达心中的爱慕,他就再也见不到她了。对于王小兵,他觉得他是亏欠着的,一辈子都亏欠着的。

沉默了好一会儿,胡卫国才望着不远处的赵家峪,狠狠地说道:"那个流氓就在村子里,可就是抓不到他,这仇不报,我一天也不会开心的。"

吴桐想了想,说:"咱们一直都在怀疑那个叫王三胖的人,可是,这么长时间了,我们还是抓不到真凭实据,也真够让人心焦的。"

胡卫国折了一根野草,在嘴里使劲地咀嚼着,说道:"可惜咱们不是警察,小兵不能这么白死。不抓到那个流氓,我胡卫国就在赵家峪待一辈子!"

吴桐看到,胡卫国在说这话的时候,眼睛里已经闪烁着泪光……

说话间,又到了农闲的日子。农田里的一切活儿都停了下来。没有事情可做,知青点上的知青们向谭支书请了假,就陆续回城探亲去了。

李红卫走了,艾军和其他的几个知青也走了。吴桐和胡卫国却没走。

吴桐没走的原因,是由于知青办那边已经把他几次私自回城的事情记录在案,要想回一次城,已经不再那么简单了。胡卫国起初不是没有回城的想法,可是转念一想,即使回了城,他又能到哪里去呢?他已经无家可回了。再说,知青们都回城探亲去了,知青点不能没有人看守,于是,两个人便不约而同地留了下来。

就在知青们走后的第二天,胡卫国突然来到了大队办公室里。

谭支书戴着老花镜在整理一本账目。胡卫国走进来的时候,他正一边打着个算盘,一边一五一十地计算着什么。见胡卫国来了,他抬了下头,却并没停下手里的活儿,下意识地问道:"胡卫国,人家知青都回城探亲了,你咋不回去?"

胡卫国笑了笑,说道:"支书,我这不是想积极嘛,这次我不回去了,明年再说。"

说着,胡卫国便找了个凳子坐了下来。

谭支书一边忙着手里的事儿,一边和他说着话儿。

胡卫国若有所思地望着谭支书,半晌,突然问道:"支书,派出所的人还来不来?"

谭支书停了下来,目光一下落在了胡卫国的脸上。

胡卫国迎着那目光,狠狠地说:"支书,那个流氓抓不住,我是一天也不会离开赵家峪的。"

谭支书怔住了,打着算盘的那只手一下僵在了那里。

从大队办公室里走出来,胡卫国又来到了那面山坡上。那里,有王小兵的坟茔。

他还想陪陪她。活着的时候没有好好陪陪她,现在,他要补给她,和她说说话儿。那些话自然是说了多少遍的。他说:"我一定要抓住那个混蛋,亲手宰了他,替你报仇……"

一阵山风不知从什么地方吹了过来,山风翻动着树上的叶子,哗哗地响。他相信,他对她说的这些话,她已经听到了……

胡卫国在王小兵的坟茔旁坐下来的时候,吴桐已经来到了公社广播站。昨天晚上睡觉之前,吴桐突然想到了季红阳,他想到广播站来看看她。毕竟是一起长大的同学,事到如今,命运已经把他们推向了同样的处境,在同样艰苦的环境之下,还有什么实质性的不可调和的矛盾吗?知青们都回城探亲去了,如果她知道了这件事情,不定她心里该有多么孤单,多么难过呢!

公社广播站其实就是一间不大的房子。吴桐走来时,门虚掩着,季红阳正伏在一张小木桌上写着什么。

吴桐敲了敲门,走进去。

"吴桐,又是你?!"季红阳的表情就像一块冰一样。显然,她是不欢迎他的,甚至,她对他充满了仇视与厌恶。

吴桐微笑了一下,没等季红阳让座,便坐在了她对面的那把椅子上,接着,认真地看着她,说:"今天我不是来和你吵架的。"

季红阳疑惑地望着他,问道:"你有事?"

吴桐摇了摇头,一反常态,关切地问道:"我就是想来问问你,知青点的人都回城探亲了,你怎么不回城?你应该也有探亲假的呀!"

季红阳的眼睛湿了一下,但紧接着,她就把头扬了起来,赌气样地说道:"我在城里没家,以后别跟我提城里。"

吴桐不可思议地摇了摇头,很不理解地望着她,就像是望着一个从没有见过面的陌生人一样。

季红阳一下转了话题,问道:"艾红莓最近有消息吗?"

吴桐点点头,说道:"红莓一直念着我们同学一场,她几次来信都提到了你,要不然我才不会来。"

季红阳笑了笑,说道:吴桐,"谢谢你来看我。"

吴桐看了她一眼,说道:"要谢,你就谢艾红莓吧!"

吴桐忽然觉得自己已经把要说的话都说完了,便站起身来准备离开。季红阳却说道:"艾红莓比我难,她再苦再难,也只能是打碎牙往自己肚子里咽,幸福不是装出来的。"

吴桐没有说话。

吴桐这一天回到赵家峪知青点时,已经是傍晚时分了。胡卫国正躺在炕上,呆呆地望着顶棚想着什么。听到开门声,胡卫国欠身坐了起来。

吴桐把随身的挎包扔在炕上,看了胡卫国一眼,问道:"别人都回城,你怎么不回去?"

胡卫国点了一支烟,狠吸了两口,眼睛红了。

吴桐走过去拍了拍胡卫国的肩膀。

胡卫国漠然地坐在那里,好大一会儿,说道:"两年前,单位把我父母定为右派,他们早就去了劳改农场,我因为满了十八岁,也被从家里赶了出来。从那时起,我就没有家了。"

吴桐心里一怔,问道:"那下乡以前你住在哪?"

胡卫国凄然一笑,说:"工地的水泥管子,那里就是我的家。"

吴桐挨着胡卫国坐了下来,又拍了拍他的肩膀说道:"别难过,下次我回城,我和你一起走。自从到了赵家峪,我才知道你很爷们!"

胡卫国望着吴桐,突然问道:"你知道我在学校时,为什么处处跟你作对吗?"

吴桐摇了摇头。

胡卫国说:"你家是高干,要什么有什么,可我什么都没有。我嫉妒你们,我得不到的,也不想让你们得到,只有这样心才能平衡一点。"

吴桐眼睛一热,一把将胡卫国的肩膀搂住了。

"吴桐,你恨我吗?"胡卫国问道。

吴桐认真地看了一眼胡卫国,说道:"在城里时恨,自从下乡,发现你这人仗义,够朋友,从那会就不恨了。"

沉默了片刻,胡卫国又说道:"吴桐,我在王小兵坟前发誓了,那个流氓抓不到,我就在这待一辈子。王小兵是第一个把我当人看的人,我心里也知道,她是喜欢我的。就凭这一点,我会记她一辈子的。"

吴桐突然便明白了什么,眼睛里一下有了泪光。

顿了顿,胡卫国望着吴桐,认真地说道:"我知道你对艾红莓好,我配不上她,但我还是给你添乱,为的就是你找我打架,打得越狠越好,哪怕进监狱,也比住水泥管子强。为了打架,你和我都受了处分,害得你兵都没当成,吴桐,我对不起你。"

胡卫国说着说着,心里难过起来。

吴桐被他的一番话说得心里也不是个滋味,他一边拍着胡卫国的肩膀,一边说道:"胡卫国,过去的事就不想了,从现在起,咱们就是哥们,以后回城没地方去,我带你去我家。"

"吴桐,在咱们知青点,除了王小兵,你是最看得起我的人,这个情我会记一辈子。"

说着说着,胡卫国控制不住自己的情绪,哽咽起来。

夜,一下就黑得死透了。

那天夜里,胡卫国做了一个梦。他又梦见了王小兵。自从王小兵死后,他经常会梦见她。每次梦见她的时候,她总是一脸忧愁的样子。她的眼睛里是含满了悲怨的。她就拿那双悲怨的眼睛站在不远的地方望着他,久久地望着他。那样子,让胡卫国感到心疼。他想走到她的身边去,好好地安慰一下她,可是,就像隔着千山万水一样,他虽然清清楚楚地看到她站在那里,却一直也走不到她的身边去。他心里着急,于是就哭了起来……

胡卫国在自己的哭声中醒了过来。睁开眼睛,他看到夜仍是那么黑着,如同这个世界被扣上了一口大锅一样的黑着。意识到刚才的那个梦只是一个梦,他便叹了口气,翻了个身,重新又合上眼睛睡去了。

就是在这个时候,他隐约听到了一片呼喊声。

呼喊声是从远处的村子里传来的。起初,他以为是自己的错觉,可是,随即他便又听到了一阵急促的敲钟声。霎时,钟声划破了寂静的夜空,传到了很远的地方,惊醒了赵家峪熟睡的人们……

突然间,胡卫国就有了一种不祥的预感,忙喊醒了吴桐。两个人翻身下床,隔着窗棂,一下就看到了那一片冲天的火光。意识到大事不好,两个人二话未说,穿好了衣服,便拼着命地向村子里奔去了。

远远地就听到有人在喊:"快救火呀,仓库失火了……"

当胡卫国和吴桐两个人终于跑到仓库时,眼前的景象已是一片混乱。在一阵慌乱的嘈杂声中,村民们有的泼水,有的扬土,有的抽打着,一个个在奋力扑救着。

谭支书正指挥着众人忙乱着,看到吴桐和胡卫国气喘吁吁地跑过来,突然间意识到什么,失声大喊道:"种子,快抢救种子!"

说罢,谭支书已经一头钻进了火海里。片刻之后,待他把一袋冒烟的粮食从仓库里背出来,刚把它放在那里,便忍不住剧烈地咳了起来。突然间他似乎又想起了什么,一边咳着,一边问道:"王三胖咋不见了?快,他在看仓库……"

一句话没说完,突然就晕倒在了地上。

胡卫国不觉愣了一下,随即便钻进了火海,吴桐紧紧地跟了上去。

在一片燎人的热浪里,胡卫国大声呼喊着王三胖,而当他终于发现正在烈火中挣扎的王三胖时,二话不说,哈腰将他背在身上,跟跟跄跄地冲了出去。众人见了,这才长长地吁了一口气。

紧接着,胡卫国放下王三胖,又和吴桐一起冲了进去。

就在两个人把最后一袋种子从仓库里抢到手,一脚前一脚后就要迈出门槛时,只听得哗啦一声,房顶塌了……

一根正在燃烧的房梁正巧砸在胡卫国的肩膀上。

胡卫国受伤了。

在一片惊呼声中,村民们很快把他送到了乡医院里。

整整一天的时间里,胡卫国一直处于昏迷状态。吴桐和谭支书也一直守着他,焦急地等着他醒过来的那一刻。

王三胖蓬头垢面地从门外闯进来时,吴桐和谭支书不禁吃了一惊。一进门,王三胖扑通一声就跪了下来,痛声大呼道:"胡卫国,我这命是你救的,胡卫国,我不是人,我对不起你……"

王三胖一边说着这话,一边拼命地抽打起自己的脸和头来。

谭支书见状,忙说道:"胡卫国是为了救你才受了这么重的伤,三胖,你这辈子也不能把他忘了。"

王三胖的眼里流下了泪水,可是他的嘴里边仍不住地喊道:"我不是人,胡卫国,我对不起你……"

一个耳光又抽在了自己的脸上。

吴桐有些吃惊,不觉皱了一下眉毛。

谭支书便又安慰道:"王三胖,关键时刻是胡卫国救了你,看来你和胡卫国有缘呢,别哭了,让胡卫国清静清静吧,也不知他啥时候能醒过来。咱们走吧!"

可是王三胖还是死死地跪在那里。

一记更响亮的耳光抽在了自己的脸上,王三胖的那张脸立时红肿起来了。接着,他看了一眼谭支书,又看了一眼吴桐,无限愧疚地说道:"支书,吴桐,我王三胖不是人,我对不起知青,我坦白,欺负王小兵的事是我干的!"

谭支书不禁大吃了一惊。

吴桐也惊在了那里,但是,紧接着,他的眼睛里就喷出火来了。他忽地一下站起身,一脚便将王三胖狠狠地踢在了地上,正要挥拳朝他打去时,却被谭支书一把抱住了,乞求道:"孩子,你冷静一下,听这畜生把话说完。"

谭支书气得浑身哆嗦着。

王三胖声泪俱下,说:"那件事发生后,我害怕,整宿整宿睡不着,怕公安,怕知青找我算账,支书,我有罪,我天天睡不着,我都快疯了。我不是人,我坦白……"

事情就这样水落石出了。

次日,两个穿制服的警察把王三胖从赵家峪带走了。

王三胖被戴上了手铐。

谭支书十分难堪地把那两个警察送到村头的小桥边,想对他们说点儿什么,嘴唇动了动,想想,终于还是摆了摆手,把话咽进了肚子里。

王三胖向前走了几步,突然回过头来,望着谭支书说道:"支书,我王三胖现在踏实了,能睡着觉了。支书,我给赵家峪村民丢脸了,你跟村民说,别学我王三胖。"

望着那两个警察押着王三胖向远处走去,谭支书长长地叹了一口气。

生活就这样继续着。

不久之后,谭支书兴冲冲地找到了胡卫国和吴桐两个人,向他们报告了一个好消息。基于两个人的表现,他们被县里树为见义勇为的典型,与此同时,县武装部特批了两个参军名额,经公社革委会研究,决定保送吴桐和胡卫国参军入伍。

那个时候,回城探亲的知青们已经回到赵家峪了。

去公社报到前,胡卫国和吴桐与知青们又一次来到了王小兵的坟前。

胡卫国站在坟前,禁不住百感交集。此时此刻,他的眼里含满了泪水,声音也嘶哑得不像个样子。他说:"王小兵,欺负你的那个流氓已经自首了,你该合眼了。赵家峪的知青都来看你来了,小兵,你冲我们大家伙笑一个吧!"

吴桐听了,不觉也动了感情,上前拍了拍胡卫国的肩膀,轻轻说道:"我们都会记住王小兵的。"

胡卫国抹了一把脸上的泪水,抬起头来,望着不远处的赵家峪,不禁喃喃自语道:"赵家峪,我胡卫国还会回来的。"

第三章　开天辟地

13 日子就像一挂牛车,不急不慢地向前走着。但在活生生的现实面前,有的时候,你会觉得它是那样匆忙,一阵风似的,你还没有看到它的影子,它就已经走远了;而有的时候,你又会觉得它是那样缓慢,一摇三晃着,煎熬得人心神烦乱,度日如年。

可走着走着,你就看到了一片新风景,走向了一片新天地。

整整四年的时间就这样过去了。在这年的春天就要到来的时候,赵家峪的知青们终于迎来了集体返城的日子。

如同一阵春风吹进了广袤的原野,刹那间,整个红旗公社都躁动起来了。

一段生活就这样宣告结束了,等待着他们的崭新的生活正在向他们招手。在踏上新的行程之前,知青们的心里是满怀着激情与憧憬的,就像是四年前刚刚来到赵家峪时的心情一样。在对未来美好生活的向往中,他们挂上了些许岁月风霜的青春面颊上,写满了春天一般的惬意。

在途经红旗公社时,赵家峪的知青们聚在公社大院里,短暂停留了一下。自然,他们想到了季红阳,并向她进行了告别。

当季红阳一一与他们拥抱时,她的感情是复杂的。她的脸上挂着笑,眼里淌着惜别的泪水,可是她的心却在默默地流血。在这样一个特别的时刻里,她不知道自己该向他们说些什么。好在他们很快就走了,只是那么站了一下,连口水都没喝就走了。她知道,很多人一旦离开了这个地方,或许这辈子再也不会回来了。但是她却扎下根来,就像一棵树或者一株庄稼一样地把自己的根扎在了这片贫瘠的泥土里。

那个时候,季红阳和辛明已经有了他们的孩子。他们给他取名叫小亮。小亮已经三岁了,长得乖巧可爱,很让人心疼。

季红阳牵着三岁的儿子小亮,把知青们一直送到了路口,望着他们有说有笑地坐在那驾马车上,渐渐地在她的眼前消失,突然间,她就感到了孤独,一种无依无靠的孤独。当这种无依无靠的孤独就像一只无形的大手一样一直伸向了她的内心深处时,她一下就凌乱了,继而变得惶恐不安起来。

小亮摇了摇她的手,懵懵懂懂地问道:"妈,这些叔叔阿姨去哪里呀?"

季红阳失神地答道:"他们都回城了。"她的目光还在望着远处。

小亮又问道:"城市在哪里?"季红阳弯腰把他抱在了怀里,眼睛里蓄满了泪水。

突然间,她就想念起那个城市来了,想念起那个城市的家来了。在她的记忆里,她还从来没有像现在这样想念过它……

接到王惠给她写来的那封信,已经是半个月以后的事情了。

那天晚上回到家,她又把那信看了一遍。在信里,王惠这样写道:季红阳,知青都回城了,吴桐也复员回来了,现在要复习考大学了,你是不是这辈子真不打算回来了?自从上次你离开,都四年多没见了,我们都很想你……

季红阳放下信,坐在那里发起呆来。对于季红阳来讲,那注定是一个不眠的夜晚。

夜很深了,她还没有一点睡意。辛明一直陪着她坐在床上。

沉默了很大一会儿,辛明看了她一眼,劝道:"睡吧!"

季红阳就像没有听到一样,一动不动地坐在那里,目光呆呆地望着一处。

辛明说:"公社的知青都走了,我知道你心里也长草了。"

半晌,季红阳终于失落地说道:"辛明,这几年你对我们娘俩很好,我心里一直感激着你。可是,当初嫁给你,没想到会有今天这种结局。"

说着说着,季红阳就又忍不住了,鼻子一下酸了起来。

辛明怔怔地望着她。他能猜得到她在想什么。

季红阳看了他一眼,又看了看一旁睡着的小亮,终于说道:"孩子还小,我不能带着孩子在这山沟里生活一辈子。"

好大一会儿,辛明才说道:"季红阳,早知这样,当初你就不该和我结婚。"

季红阳眼里的泪水终于掉了下来,扭头望着辛明说道:"政策不是在变吗?要早知道有回城这个政策,当初打死我我也不会结婚的。"

辛明听了,一下就变得气愤起来了,瞪起一双眼睛说道:"季红阳,你可是写了保证书要扎根农村一辈子,我才同意和你结婚的。"

季红阳辩解道:"当初是当初,现在是现在,社会在变,人也得变。"

辛明突然感到自己的感情被欺骗了。他立时变得愤怒起来,颤抖着手指着季红阳喊道:"季红阳,我看出来了,你一直在利用我,现在利用完了,想把我甩了。"

季红阳别过头去,嘴里边仍在不住地争辩着:"别把话说得这么难听,什么叫利用?你还利用我呢,陪你睡了四年,生了孩子,你别不知足!"

辛明的心疼了一下,就像不认识她似的。他盯了她好大一会儿,低声吼道:"早知你季红阳狗改不了吃屎,当初就不该娶你。"

说完,辛明披衣走下床去。他很后悔,为什么当初没有听老排长的话。

看着他就像一只热锅上的蚂蚁一样在地上打起了转转,季红阳又恨又气,一把拉过被子,把自己紧紧地包裹住了……

那注定是一段不愉快的日子。

不久之后,公社重新改换了领导,公社改成了乡,公社广播站被撤销了,革委会也被解散了。季红阳一下没有了工作,而身为革委会副主任的辛明也只有每天待在家里,等待着重新分配。

命运正一步一步地把他们推向生活的边沿。

当又一个夜晚到来的时候,季红阳一遍一遍地想着自己无望的前程,止不住又一次抽泣起来。

辛明坐在那里哀叹了半晌,突然觉得她也着实有些可怜,于是便忍着心里的不快,劝慰她:"按照政策,你们这些扎根的知青是可以在乡里分配工作的,还是再等一等吧!"

可是,季红阳不甘心。她不想再等下去了,这样没完没了地等下去,什么时候是个头?人这辈子说等没就等没了。她说她还年轻,她还有很多事情要做;她说她从小到大生活在城里,这里的生活她适应不了;她接着又说了些别的,她说即使在这里有工作,除了粮站、农机站和供销社,还能有什么好去处?退一步讲,你辛明的工作还没个着落呢,又怎么能轮到我季红阳呢?

季红阳一口气说了很多,辛明一下就哑口无言了。

屋子里终于静了下来,静得人彼此能听到对方的呼吸,难煎难熬的,让人不禁有些心慌意乱。

好大一会儿,季红阳突然又想起了什么,抬起头来,望着辛明说:"今天我看到红旗大队的扎根知青马小红了。"

季红阳说:"她是来找民政助理办离婚的。"

辛明突然预感到了什么,试探着问道:"季红阳,你是不是也想离婚?"

季红阳不说话了。

辛明看一眼床上已经睡熟的孩子,终于起身说道:"季红阳,我有话对你说。"

辛明一边这样说着,一边披上衣服走出了屋门。季红阳想了想,便也披上衣服跟着他走了出去。

苍茫夜色里的公社大院沉浸在一片死寂里。几盏寥落的灯光,从家属区的几扇窗户里透了出来,如同卷了刃的刀子一样,无力地掉在了地上。

辛明点了一支烟,狠狠地吸了两口,望着不远处的一线灯光说道:"你要离婚,我肯定不同意。"

辛明说:"我都三十多了,我可不是当年的辛明了。"

季红阳看不清辛明的表情。越是看不清,她越是想要看清他。

季红阳说:"辛明你说这话什么意思?你不是当年的辛明,我就是当年的季红阳吗?嫁给你四年多了,孩子也这么大了,我回城带个孩子,你以为我是当皇妃了还是当母后了?"

辛明痛苦地摇了摇头,手里的烟头一明一灭着。

忍了几忍,他终于还是无奈地说道:"乡下也没什么不好,我是说咱们都这样了,干吗非得回城不可?"

"我是从城里下乡的,和你不是一路人。辛明,你不为我考虑,总得为孩子想想吧,在这个破农村,有什么出路?"季红阳又气又急地说道,"这些话我不知说过多少遍了,怎么就给你说不明白呢?!"

又沉默了一会儿,辛明猛地把手里的烟头摔在地上,又抬起一只脚踩灭了,说道:"好吧,你执意要走,我也留不下你,要走你自己走,孩子我留下。"

季红阳愣了一下,但是紧接着,她就变得有些不可理喻了。

季红阳说:"辛明,别以为你拿个孩子就想把我捆住,告诉你,我季红阳什么都可以不要!"

辛明闭上了眼睛。他终于绝望了。

就在那些日子里,任大友也在为自己的工作问题烦恼着。

也许是那些中药真的起了作用,一剂一剂地吃了很长一段时间后,任大友渐渐地就感到自己的精力和体力也一点一点地跟着恢复起来了。精力充足,身上有了力气,就想到了要找一份工作去做。

他不想整天躺在功劳簿上睡大觉,更不想整天待在家里像个废人一样。他不想让人家用行尸走肉来形容他。

他还年轻。他还可以为社会做贡献。

他把这个想法说给了艾红莓。他没想到艾红莓会支持他,那么痛快地就支持了他。

艾红莓说:"你想去工作,这是一件好事,一个人天天闷在家里,对心情和身体也不好,这么着吧,改天我以休养所的名义往上打个报告,找找局领导,这事或许能成。"

于是,艾红莓就打了报告。可是,那报告打上去了很长时间,一直没有得到回复。

艾红莓又亲自找到了民政局相关领导。那些领导都以同样的口气回答了她。他们说:"这件事不是一个人两个人说了算的,我们会认真研究,等有了结果会给你消息的。"

艾红莓一连找了好几次,可这件事情一直也没有一个结果。

任大友就再也坐不住了。

任大友说:"那我自己去找民政局,我就不信我任大友连份工作都找不到。"

任大友就真的去了民政局。

周汉民这时候已经调任民政局副局长了,眼下正在党校学习。任大友想了想,觉得还是先不要惊动周汉民了,一级一级地往上反映了再说,于是,便找到了新上任不久的陈杰处长。

陈杰一言不发,一直等到任大友一五一十地把这件事情汇报完了,这才不耐烦地抬起头来。

陈杰说:"任大友,局里都答复你了,现在不可能,我的意思就是再等一等,看看上面的政策。"

陈杰又说:"你的心情是可以理解的,但是,你也要为组织考虑,组织有组织的原则,有组织的计划和安排,咱们不能乱了章法。"

陈杰对他说了半天的车轱辘话,任大友便听出来了,他是不想给自己解决问题的,便向他打听周副局长的情况,问他周副局长到底什么时候能从党校学习回来。这一问,竟又把陈杰问得不高兴了,他把面前的文件夹啪地合上了,阴着一张脸说:"半年后就回来了,你还是等他回来吧,我这个小处长,是解决不了你的大问题的。"

任大友终于意识到这个陈杰处长是指望不上的,就转身走出了那间办公室。离了民政局,任大友正勾着头一跛一跛地往家走,艾红莓迎了上来,小心地问道:"我来接一下你,工作的事,领导有答复吗?"

任大友摇了摇头,却没有说一句话。

艾红莓便明白了什么,看着一脸失望的任大友,自己的心情也跟着沉重起来。

两个人还没走进休养所的大门,就看到了王惠正站在不远的地方东瞅西看着。艾红莓便紧走了几步,迎上去和她打了招呼。

王惠看了一眼任大友,又看了一眼艾红莓,笑一笑说道:"今天原计划有个病人要做手术,又不做了,就没事了,过来看看你们,谁知道办公室和家里都上了锁,我就在这里等了一会儿。"

艾红莓赶忙把王惠让进了家里。

几个人坐下来,说了一阵子话,先是说到了任大友身体恢复得不错,想找一份工作的事情,却没想到这么一件看似简单的事情,做起来也是这么让人作难的。接着,话题又扯到了吴桐的身上,王惠便说,吴桐复员回来后,工作也没有落实,现在正在准备着复习功课考大学,这样一来,他们结婚的事情又要往后拖了。

见两个人在谈吴桐的事情,任大友感到一阵烦乱,便悄悄走出门去了。

说到了考学,艾红莓不禁打心里羡慕起吴桐来。王惠看了艾红莓一眼,突然想到了什么,便对她说:"高考政策我看了,你完全符合政策,也是可以考的。"

正这样说着,不承想,任大友慌慌张张地跑了进来。

艾红莓见他神色有些不对劲,忙起身问他,他却支支吾吾了半天,就是不肯说。

王惠觉察到了不便,借故还有别的事情,便起身离开了任大友家。

任大友这才把事情说了,艾红莓没等他把话说完,不觉脸色就变了。

紧接着,两个人急急忙忙就奔着派出所的方向去了。

两个老太太正被关在那里。

事情还是出在孩子的身上。为了能够抱养到一个孩子,那些日子里,大友娘和红莓妈都快把魂儿丢到外面了。虽然在孤儿院也已经登记过了,并且先后物色了两个较为合适的,可是,不知怎么,不久之后孩子的父母又找了过来把他们抱走了,而剩下的那些孩子却又都不符合领养手续。

两个老太太是不甘心这样等待下去的。她们不相信在这么大的一个城市里,会碰不到一个送孩子的人。于是,她们便开始在这个偌大的城市里不知疲倦地寻找起来。

日复一日就到了这天的上午,当她们迈着疲惫不堪的步子来到街心花园,刚找了个地方坐了下来,一阵婴儿的哭声就把她们吸引住了。

起初,大友娘以为是自己的错觉。可是循声望去,就看到了不远处的那排木椅上,正有一个婴儿在襁褓里扭动着,见了那啼哭扭动的婴儿,大友娘的精神为之一振,随后便战战兢兢地走了过去。那婴儿看上去十分健康,一双粉嘟嘟的小手挥动着,看到她站在那里,很快便止了哭声,一边咿咿呀呀地说着什么,一边拿一双亮晶晶的眼睛望着她。

只看了一眼,大友娘就喜欢上了这个孩子。接着,她伸手抱起那个孩子,唤道:"有人吗,这孩子是不是没人要了?"

没有听到回声,她又忙着把红莓妈招呼过来,既兴奋又紧张地望着红莓妈说道:"妹子,看来这孩子真是没人要了。"

红莓妈也欢喜得不轻,一边检查着襁褓里的孩子,一边说道:"我瞧这孩子也没毛病呀,这包裹也不像个穷人家养不起的呀?那咱们再等等。"

"这么小的孩子,要是不想扔,谁会把他放在这啊?"大友娘朝远处望了一眼,接着又喊道,"有人吗?没人俺可抱走了。"

还是听不到有人回应。

两个人对视了一眼,大友娘一下就感觉到心跳加快了,望着红莓妈说道:"大妹子,看来真没人要了,这是老天心疼咱老姐妹俩,白送给咱们的。"

红莓妈也紧张得不行,又四处看了看,便颤抖着声音说道:"也是,这都大半天了,要是不扔,大人也该回来了。"

两个人抱着孩子在花园里四处张望着,接连又唤了两声,仍是没见到这个孩子的家人,便对视了一眼,快速离开了那里。

可是,才走出十几步,迎头就遇到了孩子的母亲。

原来照看孩子的是一个刚到城里来的小保姆,小保姆带着孩子到花园里玩耍,情急中去厕所解手,没有人给她做帮手,她便把那孩子放在了近处的那排木椅上。等她从厕所出来,孩子已经不见了。

孩子的母亲把两个老太太截住了,哪里肯放过,随后便叫了人来,不由分说地把她们两个带到了近处的派出所……

任大友和艾红莓来到了派出所,向值班的一个警察说明了情况,那个警察就带着他们找到了派出所的所长。两个人立时感到十分难堪,一迭声地说着抱歉的话。

所长看了一眼任大友,问道:"你就是任大友吧,你的事我们也有耳闻,负了伤,生不了孩子,对吧?"

任大友一下感觉到自己没了面子,点了头,便把头低了下来。

艾红莓忙接了话说道:"所长同志,真对不起,有什么事你跟我说吧。"

所长便望着艾红莓说道:"想要孩子心情可以理解,这样抱人家的孩子可就是偷了,要不是你们的情况我们了解,这事情可就大了。"

"所长,真对不住,"艾红莓说,"我回去一定和两个老人好好说说。"

没想到,一旁站着的孩子母亲这下不愿意了,望一眼艾红莓,又望一眼所长问道:"所长,你可得为我们做主,这明明是偷,怎么又变成捡了?"

艾红莓见状,忙上前道:"妹子,对不起,是我娘老糊涂了,我给你赔礼了。"

"光赔礼就完事了?我们这连惊带吓的,谁补偿啊?"孩子的母亲瞥了艾红莓一眼,不高兴地说道。

任大友一下也就明白了什么,赶紧从兜里掏出一些钱来,塞进了她的手里。

之后,艾红莓和任大友两个人见到了被关押在拘留室的两个老太太,并把她们带回家去。一路上,几个人耷拉着脑袋往前走,一个个垂头丧气的样子,看上去,就像是一队打了败仗的逃兵一样……

连中午饭都没顾上吃,就到了上班的时间。

坐在办公室里,想着上午两个老太太发生的事,艾红莓不觉叹起气来。

吴桐的突然到访,让艾红莓多多少少感到了一些意外。

吴桐一边象征性地敲了敲房门,一边迈进办公室来。

吴桐说:"我去书店买复习资料,路过你这里,就进来看一看。"

艾红莓朝他笑笑,问道:"听王惠说,你要考学了?"

吴桐点点头,说道:"我复员回来后,军转办那边一直也没有消息。和我爸商量过了,工作我不想找了,我想考大学。"

艾红莓一直含着笑望着吴桐。

吴桐便又借机鼓动道:"艾红莓,你也该参加高考,上学时你学习在咱们班上是最优秀的。"

"吴桐,我可不能和你比,你是一人吃饱全家不饿,我可不行,所里这些老小有事都找我,还有大友要照顾,我走了,这一摊子交给谁?"

艾红莓说到这里,不觉又叹了一口气。

刚说到这里,任大友突然推门走了进来。

两个人不由得愣了一下。

吴桐看了任大友一眼,接着说道:"你来得正好,我正要劝艾红莓考大学呢,这可是一个难得的机会……"

任大友没等吴桐把话说完,就有些不高兴了,说道:"艾红莓现在是休养所的所长,她去考学了,工作谁干?"

吴桐望着任大友说道:"你怎么也这么认为?这工作谁都能干,可并不是所有人都能够上大学。"

"她考不考学的和你有什么关系?"任大友有些愠怒了,看了吴桐一眼,说道,"这是我们家自己的事,不用劳你跟着操心。"

吴桐不觉冷笑一声道:"任大友,你一点都没变。"

任大友最看不得他这种盛气凌人的样子,说道:"吴桐,别以为你当几年兵回来就了不起了,我当兵那会,你还不知在哪呢,这里没你说话的份,给谁讲大道理呢?!"

艾红莓感到火药味越来越浓,于是说道:"你们两个都别吵了,我不会考学的。"

吴桐愣了一下。

他不禁又有些可怜起站在他面前的这个女人来了,便说道:"艾红莓,你都被他拖累成一个家庭妇女了,你怎么连自己的前途都不去争取?"

"吴桐,你说话要负责任,谁拖累艾红莓了?要是没有我,能有艾红莓的今天吗?"任大友望着吴桐问道,"你看你们那些回城的知青,都在排队等着安排工作呢!"

吴桐听了,咬着牙根说道:"任大友,你真无耻,当初艾红莓留城是为了照顾你,现在你觉得自己对她有恩了,就剥削她一辈子?"

任大友冷冷一笑道:"她是我老婆,我就是剥削她了,和你有什么关系?你真是狗拿耗子。"

吴桐把一只拳头握得咯咯响,眼睛里要喷出火来,望着任大友说道:"任大友,如果是几年前,我一定要和你狠狠地打一架。"

眼见得事态严重起来,艾红莓一把拉起吴桐说道:"吴桐,你别吵了,我的事不用你管,快走吧!"

艾红莓不由分说就把吴桐推了出去,又一下把门关上了。

任大友一肚子的气一时消不了,望着艾红莓说道:"艾红莓,如果你还想跟我过日子,以后就再也别见那个吴桐了。"

半个月之后,艾红莓突然得到了周汉民从党校回来的消息,便把它告诉了任大友。任大友想了想,求助般地望着艾红莓,让她一定要陪他去见一见周汉民。

事不宜迟。

两个人敲门走进民政局副局长周汉民办公室时,周汉民正低头在那里看一份文件。

打了招呼,落了座,任大友倒显得有些局促起来,问道:"周局长,陈处长说你还要几个月才能回来?"

周汉民笑一笑,解释道:"是这样的,党校为了提高效率,压缩了课程,我们提前结业了。"

说到这里,周汉民突然意识到艾红莓和任大友一起来找他,一定是有什么事情的,便把面前的那份文件收起来,问道:"你们有事?"

艾红莓看一眼身边的任大友,说道:"所里的事,还有大友的事。"

周汉民点点头,说:"那就慢慢说吧!"

于是,艾红莓就把近段时间休养所的情况向他进行了汇报,说到了休养所的一些老职工都想改换一下工作岗位。这些天里她一直在想,如果休养所能办个工厂什么的就好了,那样就能以厂养所,既给组织减轻了负担,也能让休养所这潭死水活起来了。

周汉民认真地听着,脸上不时露出微笑,对艾红莓的工作给予了充分的肯定,并且表示一定要尽快地把她这个想法向局党委进行汇报。

艾红莓听了,心里头自然十分激动。

说完所里的事情,艾红莓接着就把话题转到了任大友的身上。

艾红莓说:"周副局长,还有,大友的事,以前他也找过你,他这么年轻,不能当一个闲人。"

还没等周汉民说什么,任大友已经激动地站起来了,急切地说道:"周副局长,我要求工作,干什么都行,为这事我找了几次陈处长了。"

周汉民望着任大友,笑了笑,说:"这事我也考虑过,我走之前也和其他局领导碰过头,你的身体恢复得不错,又这么年轻,应该发挥你的能力。"

任大友也跟着笑了笑,说:"局长,给我工作吧,什么工作都行,我不挑。"

周汉民见他这么一说,突然间就想起一件事来,说道:"现在局下属有个自强化工厂,前些日子,那里的厂长辞职了,不过那可是个烂摊子,别人都不愿意去,小任,你行吗?"

任大友听了,一下就来了精神,腰杆一挺,说道:"周副局长,什么摊子我都不怕,只要是块阵地,我就能守住!"

艾红莓笑了起来,望一眼任大友,鼓励道:"大友是在证明自己的价值,再困难他也不会后退的。"

周汉民满意地点点头,说道:"那我和局里其他领导商量一下,这两天就告诉你们结果。"

任大友工作的事情,顺利得几乎有点儿出奇。任大友没想到,艾红莓更没想到。事过之后的第二天,任大友就接到了局党委的消息。

任大友到自强化工厂走马上任这一天,是艾红莓亲自陪着他去的。可是,当她怀着激动的心情,和任大友一起兴冲冲地去往自强化工厂,刚一迈进工厂的大门,她的心就凉了。

说是一个工厂,其实也不过是一个较大一些的院子罢了。院子里杂乱无章,随意堆放着一些生产用的材料,看上去,俨然一个废品收购站。

任大友一边往前走,一边摇着头,不禁有些失望。

后来,两个人就走进了那排厂房里。几乎同外面的院子一样,原料桶东倒西歪地摆放着,包装箱散落了一地。那些穿着工作服的工人,此时此刻正三五成群地凑在一起喝茶聊天。不远处的办公室里,几个人在那里打扑克,他们的声音高得让人吃惊。

艾红莓看了任大友一眼,见他正皱着眉毛,不禁暗暗担心起来,于是小心地问道:"大友,你看成吗?要不咱再去找找周局长,让他给你换个地方吧!"

任大友摇了摇头,咬了一下嘴角。艾红莓犹豫了一下。任大友朝她笑笑,自信地说:"走吧,我能行。"

紧接着,艾红莓便跟着他向厂长办公室走去了。

还没迈进门去,任大友就看到整间房子里一片烟雾缭绕,这时间,副厂长钱克强正和三个工人坐在桌子上打扑克,他们的脑门上都贴上了长长短短的纸条子,看上去有些滑稽可笑。

显然,这几个人只专注于扑克牌上,并没有注意到任大友的到来。任大友在那里站了一会儿,见他们仍是没有一点反应,这才清了清嗓子,问道:"谁是这儿负责的?"

钱克强翻了一下眼皮,看了他一眼,问道:"新来的吧?先找个地儿歇着!"

随即,十分响亮地从手里打出一对牌去。

任大友望着钱克强,突然就发起火来,猛地一下把那些纸牌从桌子上抓起来摔到了地上,怒吼道:"你们太不像话了,我问你们,谁是负责的?!"

几个人被任大友的话吓了一跳,正一时不知如何是好,钱克强开口了。

钱克强横了他一眼,起身质问道:"我说你是哪冒出来的?托个关系到这混饭吃就老实找个地方歇着吧,你喊什么?要想捣乱,当心我找人把你抓起来!"

任大友看着钱克强,一下猜到了什么,说道:"看来你是负责的了。"

"你是干什么的?"钱克强不屑地问道。

任大友郑重地说道:"我是新来的厂长,任大友。"

那几个手里拿着扑克的工人,一听说来人是新来的化工厂厂长,立即站了起来,蹑手蹑脚地离开了。钱克强将信将疑地站在那里,上上下下把任大友打量了半晌,正要问什么,不料想,就在这时,周汉民走了进来。

不等钱克强说话,周汉民便开门见山地说道:"我到你们厂来宣布新厂长任命的。"

周汉民确实是来宣布任命的。

最主要的,他还是想听一听任大友的切身感受,看看他对自强厂的一些想法。现在看来,任大友是做好了充分的思想准备的。

周汉民宣布完命令之后,又和任大友一起在工厂里走了走,了解了工人们的一些真实情况。最后,任大友一直把他送到了大门外。周汉民一边走着,一边吁了口气,说道:"这里的情况你都看到了,按照部队的说法,我是把你当成主力部队派来的,这可是块难啃的骨头。"

任大友想了想,信心十足地说道:"请领导放心,我有决心在一个月内让这个厂彻底变样!"

周汉民看了任大友一眼,点点头,语重心长地说道:"这是局下属的福利厂,也算是事业编制,干不干的都领一份工资,人都养懒了,这两年积攒起来的家业也耗光了。现在是计划经济向市场经济过渡阶段,局里不可能再像以前那么扶持了,要把它慢慢推向市场。"

任大友也认真地点了点头,说道:"局长,任务我清楚了。"

送走了周汉民,任大友回到办公室,见钱克强坐在那里正等着他。刚走进门去,钱克强便望着他不解地问道:"我说大英雄,好好的,有国家养着,你不干,跑这受洋罪何苦呢?你当这是部队啊,一声令下,令行禁止?这是民政局的福利厂,以前,好多有关系有门路的子女,为了不下乡,都挂在这领份工资。现在政策变了,没人愿意在这干了,这不,以前的厂长也托关系走人了,剩下这个烂摊子。"

任大友笑一笑,说:"摊子不烂,我还不来呢!"

紧接着,任大友让钱克强把工厂的工人都集合在了一起。望着歪歪扭扭站在那里的十几个工人,任大友下意识地皱了一下眉毛:按照工厂的人员编制,还有二十几号人没有在位。

钱克强看着任大友有些疑惑的目光,告诉他说,旷工的那些工人,都是请了假的。工厂半年没有生产,三个月不发工资了,即使上班也没活干,所以,该请假的就都请假了。

任大友本是想向工人们讲几句话的,但是,现在,当他看到站在他面前的这十几个人时,突然就没有了讲话的欲望了。他只是张了张口,接着,便转过身去,头也不回地离开了。

随即,他便让钱克强把生产报表和财务账目都拿给了他。可是当他粗略看过了一遍后,不禁泄气了,愤愤地将本子摔在桌上,骂道:"这是什么破账！"

任大友感到自己的心颤抖起来。

终于到了下班时间，任大友快快不快地回到家，扑通一下就倒在了床上，一双眼睛直勾勾地望着天花板出神。饭做好了，艾红莓喊他，他却不应，整个人就像个哑巴似的。工厂里的那个样子艾红莓都已经看到了，她能猜出他在想些什么，她不想打扰他，让他一个人静静地想一想也好。

那顿晚饭，任大友没心情吃，天黑下来不久，他就睡下了。可是一旦睡在床上，他又睡不着了。脑子里一直浮现着白天里工厂的情景。

半夜，艾红莓就要睡着的时候，任大友突然就坐了起来。

艾红莓吓了一跳，也跟着坐了起来，睁着惺忪的眼睛问道："大友你到底怎么了？"

任大友问道："咱们家现在还有多少钱？"

艾红莓看了他一眼，问道："怎么了？加上这个月咱俩刚发的工资，还有以前存下的，有六百多吧。"

任大友说："明天，你把这些钱都给我。"

艾红莓吃了一惊，认真地看着他问道："你要干什么？"

"你别管。"任大友说着，扑通一声又躺下了。

艾红莓没再问什么，她知道，任大友一旦决定的事情，十头牛也拉不回。他向她要钱，自然有他的想法和打算。

任大友躺在那里，一双眼睛却还是睁开着的。望着眼前的那一片黑暗，不知道过了多久，他突然又想到了什么，说道："艾军不是还没找到工作吗？我想让他到我们那里去上班，明天，你陪我去一趟你家。"

自从艾军从乡下返城之后，一直没有找到一份工作，因为这个，父母亲天天都在为他犯愁。现在，任大友决定为艾军帮这个忙，艾红莓听了，心里头自然也是替艾军感到高兴的。

第二天吃罢了早饭，两个人一起到了红莓妈家。听说要给艾军找工作，一家人立时高兴得什么似的。可是，当打听到这家工厂连工资都发不出来时，红莓妈一下就跳起来了，可着劲儿地埋怨任大友和艾红莓，说他们简直是要把艾军往火坑里推呢！尽管艾红莓和任大友一再向她解释，困难只是暂时的，半年之内保证会变样，可是，红莓妈就是一百个不答应，说："艾军现在还没找对象呢，好不容易回城，就找这么个破单位，他以后出去还怎么见人？"艾红莓见说不通母亲，只好帮着任大友再做艾军的工作，谁承想，艾军听了，冷冷地笑了一声，一句话没说，转身走了。

最终闹了个不欢而散。

回去的路上，任大友和艾红莓两个人一边往前走，一边说着话儿。想到眼下的处境，任大友不禁自责道："以前我没工作，想帮帮你家也帮不上，这次有了机会，艾军和你家又不相信我，你说我该怎么办呢？"

艾红莓扭头看了他一眼，十分理解地说道："大友，你能为艾军考虑，我替艾军谢谢你了。"

任大友叹了口气，望着前面的道路，说道："只能等到工厂干好了再说了！"

这天上班时，任大友把艾红莓给他的那些钱带到了工厂里。

当他把那只装钱的信封递给钱克强时，钱克强一时竟没有反应过来。

任大友便向钱克强说明了原因，告诉他这些钱是发给今天来上班的工人的，这不是工资，只是给大家的一点生活补贴。

钱克强听任大友这么一说，脸上立时就有了笑意，激动得眼睛都湿了。

任大友让钱克强把那些钱给工人们发完了，紧接着又让他通知了所有在位的工人，马上到院子里开会。

把钱领到了手的工人，有些兴奋地来到了院子里。他们在等着这个新上任的领导给他们做指示。新官上任三把火，今天，他到底又会说些什么呢？

任大友把那些工人一一看过了一遍之后，这才说道："我已经跟民政局分管自强厂的周副局长打了包票，如果一个月内自强厂还没有起色，我会卷铺盖走人。"

任大友刚说到这里，队伍里就有了交头接耳的议论声。

任大友接着说道:"现在我宣布一条纪律,如果无故旷工三天,就算自动离职,咱们厂不养这种吃闲饭的人。"

讲到这里,他看了一眼钱克强,严肃地说道:"钱副厂长,今天你负责把这条精神传达到每个人,从明天开始,我说的话就按厂规执行。"

钱克强点点头,却有些为难地说道:"任厂长,我会传达到的,但是至于他们来不来上班,我说了可不算。"

"我不想重复我说过的话,"任大友挥挥手说道,"散会!"说完,任大友转身走了。留下一帮人站在那里,半天没有反应过来。

任大友就这样走马上任了。

经过一段时间的努力,工人们的积极性总算调动起来了。业务上钱克强熟悉,由他负责生产,任大友放心了许多,可是,却又出现了新的问题。车间一旦开起工来,生产所需的原材料,仅仅够得上半个月使用的。进货渠道当然也没有什么,归根到底还是一个资金问题,自强化工厂因为拖欠材料供给单位的资金的时间过长,几乎失去了信誉度。要想继续取得对方的支持,任大友必须要亲自出马——做通他们的工作。于是乎,任大友硬是拉着钱克强,一起走进每一家材料厂,赔着笑脸向他们做解释,打了包票样地保证:只要生产出产品来,一定按时结款。说到动情处,任大友的眼睛里竟然含满了泪光。对方再不相信,他就把自己的军功章从怀里掏出来,拿给他们去看。他说:"这枚军功章是拿我的命换来的,现在我以我的命来向你们保证,你们还不相信吗?"终于,供货单位的领导们被他的真诚打动了。

原料进了厂,车间里的机器终于又转动起来。第一批产品的销售款很快就打进了自强厂。这一下,任大友总算可以松一口气了。

14

大友娘是不甘心的。

自从在公园里因为抱走了那个孩子,被人送进了派出所,又被大友和艾红莓接出来之后,老太太心里、眼里还是那个孩子的影子。

既然在城市里抱养一个孩子这么难,真倒不如回农村去打听打听。心里搁下了这件事儿,老太太就像掉了魂儿似的,再也坐不住了。

老太太说:"我还得回老家一趟。"

任大友问:"娘,您怎么突然又想回去了?"

老太太说:"娘这次回去,看看有没有送孩子的人家。"

任大友叹了口气,问:"娘,非得要个孩子吗?"

老太太的眼里一下就有了泪光,望着任大友说道:"大友,娘这一天天越来越老了,你和艾红莓这日子过得不咸不淡的,娘都看出来了,八成这个艾红莓有外心了。娘说啥也得给你们弄个孩子,没个孩子,这女人拴不住。"

看来,为了要这个孩子,老太太是铁了心了。不找到这个孩子,她是不肯罢休的。

"人心隔肚皮,艾红莓那么年轻漂亮,你又是这个情况,以后你敢保证艾红莓不会变心?"老太太顾自说道,"这女人的心要是长了草,你再想锄可就来不及,还有那个吴桐,有事没事的就来勾搭艾红莓,儿呀,老话说得好,不怕没好事,就怕没好人……"

老太太再说些什么,任大友已经听不进去了。

老太太回老家那天是个星期日,任大友和艾红莓两个人把她送上了车之后,从车站往休养所走,走着走着,路经一个公园的时候,任大友的步子便慢了下来。

任大友说:"回到家里也没什么事儿,咱俩好久没逛公园了,今天去公园看看吧!"

艾红莓笑一笑,说:"那就走吧!"

两个人进了公园,慢慢往前走,半晌竟又不说一句话。

艾红莓看到任大友一副闷闷不乐的样子,心里早已猜到了什么,又默默往前走了一段,就忍不住了,侧过头来问道:"好了,这里没人,有什么话咱们就在这说吧,我看出来了,你这样子不是逛公园的。"

任大友停了下来,望一眼艾红莓,终于下定很大的决心一样地问道:

第三章 开天辟地 | 207

"要是娘给咱们抱来个孩子,你能安心带孩子吗?"

艾红莓有几分惊讶地问道:"大友,娘要到孩子了?"

任大友摇摇头说:"我说的是假设。"

艾红莓望着任大友,思忖道:"你和娘都想要个孩子,既然娘和你都觉得孩子重要,当然得带。虽然我没当过母亲,但是我可以学呀!"

"还有,那个吴桐,你以后能不能少和他来往。"

任大友居然能把孩子的事情和吴桐扯到了一起,艾红莓一下子有些哭笑不得。

"反正我跟你打招呼了,你考虑考虑吧,"任大友说,"要是娘给咱们要到了孩子,你就辞了工作,专心在家带孩子吧!"

任大友的话不愠不火的,但是,细听上去,却又是不容置疑的。

艾红莓突然感到一种悲凉从心底泛了上来……

任大友太想过平静的日子了。他越来越琢磨出娘说的那些话是多么有道理。是的,如果没有那个叫吴桐的人,也许他们的日子会平静许多,也许他们就能够像大多数的家庭一样地生活了,除了孩子之外,他们也一样能过幸福美满的日子。可是,生活偏偏就不是你所想象的样子。

也许,他真的该找吴桐谈谈。让他放弃,或者放手。

他和艾红莓不能每天活在吴桐的阴影里。

于是,这天傍晚,他让人给吴桐捎去了口信。他把吴桐约在了一家小酒馆里。

吴桐走进门来的时候,任大友已经坐在那里了。桌上的那瓶酒已经打开了,瓶里的酒也被任大友倒在了两个玻璃杯子里。

吴桐在任大友对面坐了下来,望着那两只玻璃杯问道:"什么意思?"

"没什么意思!"任大友说。

吴桐把目光从那玻璃杯上移开,审视般地看着任大友问道:"鸿门宴?"

任大友把酒杯举了起来:"来,吴桐,要是个男人,咱们先喝了。"

任大友不想再和他啰唆什么了。说完这话,便将杯里的酒喝了下去。

那样子,看上去就像是在喝一杯凉白开。

吴桐看一眼任大友,眉头也没皱一下,也将面前放着的那杯酒举起来一饮而尽了。而后,戒备地望着任大友,等着他把话说下去。

任大友说:"你不用那么看着我,今天约你来,就为一件事,我求你以后别再见艾红莓了!"

吴桐望着任大友,没有说话。

任大友说:"我知道你心里一直有艾红莓,咱们都是男人,我不用把话说那么清楚。"

吴桐笑了笑,但是他脸上的表情马上又严肃起来,望着任大友,认真地说:"我心里是有艾红莓,一直喜欢她,尊重她,所以怕她受委屈,担心她不幸福,希望她过自己的生活。"

"你的意思,这辈子就不打算放过艾红莓了?"

任大友的两眼里已经布满了血丝。

"任大友,我以前求过你,让你对她好,可你这么多年,做到了吗?"

吴桐的口气很生硬,就像一把钝器,击打在任大友的心里。

吴桐在质问他。吴桐又开始质问他了。可是,吴桐有什么资格质问他呢?

任大友忍了几忍,终于说道:"我对她怎么样,是我们家的事,和外人没关系。"

吴桐逼视着任大友,继续说道:"任大友,咱们都是当过兵的人,你这么说话,还真不是个男人。"

任大友的脸色一下变了。他不能忍受这样的侮辱。突然之间,他感到一股血涌到脑门上来了,顺手抓起桌上的那只酒瓶,砸到了吴桐的脑袋上。

瓶子碎了,吴桐的头上流出血来。血流到了脸上,虫一样爬着。吴桐没动,眼睛眨都没眨一下。

他就那一样一边流着血,一边对任大友说道:"任大友,今天我不还手,就算我为红莓挨的打,我还是那句话,我可以用我的命换她的幸福。"

说完,大步走了出去。

任大友有些蒙了,他一时弄不清楚自己为什么要到这里来。看着一桌的酒和菜,旋即,他的眼泪流了出来。

任大友一个人闷闷不乐地又喝了一些酒,就趔趔着身子回到了家里。艾红莓闻到了任大友身上刺鼻的酒味儿,下意识地问道:"大友,你喝多了?"

任大友一把推开正要去扶他的艾红莓,一双眼睛直勾勾地望着她,半天,问道:"艾红莓,你现在是不是不幸福?"

艾红莓有些吃惊地问道:"大友,大半夜的说这些干什么?"

任大友打了一个酒嗝,迷蒙着眼睛,望着她,说:"艾红莓,有人要用命换你的幸福呢!"

艾红莓心里咯噔跳了一下,恍然间便意识到了什么。可是,当她再问任大友时,他已经顺着门边出溜到地上了……

任大友和吴桐在饭馆里的那一仗,是第二天上午王惠告诉她的。

王惠说:"昨晚上任大友把吴桐打了。"

艾红莓不禁大惊失色。

王惠说:"吴桐的头上缝了好几针,现在正在家里躺着呢!"

艾红莓一下慌了。

可是还没等她再问什么,王惠已经气得不行了。

王惠说:"今天我来就是告诉你一句话,艾红莓你还能不能替自己活一回?"

王惠说:"任大友现在变得越来越小肚鸡肠,神经过敏了。"

王惠说:"艾红莓,你考学吧,上个大学换个环境,你会看到一个另外的世界,别整天守着休养所和那个任大友了……"

王惠就像个机关枪,突突突地对着艾红莓就是一阵子扫射。

艾红莓心里知道,她是在心疼吴桐了。

王惠朝她发泄了一通怒气,转头就走了。

艾红莓一时蒙在了那里。

她稍稍平静了一下自己，认真回想了一遍王惠对她说过的那些话，马上意识到自己应该去看一看吴桐的，于是便放下手里的事情，匆匆忙忙来到了吴桐的家里。

果然像王惠说的那样，吴桐受伤了。他的头上缠着绷带。

艾红莓望着吴桐，心疼了一下，接着，满含歉意地说："吴桐，我替任大友向你道歉来了。"

吴桐看了她一眼，接着就把头别到一边去了。他的心里还在憋着一股气。

艾红莓说："吴桐，你不要和任大友一般见识，他这个人……"

一句话没说完，吴桐忽地一下站起身来，望着她的眼睛，又恨又怨地说道："艾红莓，你看看你，都活成什么样了，任大友害怕有人把你从他身边夺走，所以天天防贼一样地防着你。"

艾红莓望着吴桐，没有说话。

吴桐又愤愤地说："艾红莓，这就是你嫁给任大友的下场，叫我看，你现在就是一个十足的小脚老太太。"

吴桐的话越说越难听，艾红莓实在听不下去了，忍着心里的委屈说："谢谢你吴桐，不管你说得对不对，我都应该感谢你！"

说了这话，艾红莓朝着吴桐深鞠了一躬，转身便走出了他家那间宽大的客厅。

直到迈出吴桐家的大门，艾红莓这才像得到了解放一样，发疯一般地向前奔跑起来，一边跑着，一边流淌着悲愤的泪水。

天快黑下来的时候，艾红莓回到了家里，任大友不在，屋子里连个说话的人也没有。艾红莓站也不是，坐也不是，犹豫了好大一会儿，最后终于拿定了主意到王惠那里去，和她掏心掏肺地说说话儿，也许心里会痛快一些。

怕任大友担心，锁门之前，她又在一张纸上留了话儿。

艾红莓是带着一瓶酒到王惠宿舍里来的。一进门，她便像换了一个人似的说道："今天你要陪我喝酒，晚上我就住在你这里了。"

王惠别着头看了她一眼,问道:"你怎么了?"

艾红莓说:"没怎么,我就是想喝酒。"

说完,艾红莓就像个男人一样把那只酒瓶咬开了,又抓过一只茶缸来,咕咚咚倒了大半杯酒,举起来喝了一大口。

艾红莓被那口酒呛住了。接着她便剧烈地咳了起来。

王惠一边拍打着她的后背,一边问道:"艾红莓,你到底是怎么了?"

艾红莓摇了摇脑袋,又端起那只茶缸喝了一口,喘了一口气,这才说道:"我去看吴桐了,虽然他讲的话很难听,但他说得对的,我还年轻,我应该走自己的路。"

王惠不觉笑了笑,说道:"你早就该这么做了,瞧你这些年活的,我们都跟着你累。"

接着,艾红莓自言自语般地说道:"想当初,我一门心思要嫁给任大友,争来闹去的,结婚了,日子也过上了。任大友说得对,我以前爱的是英雄,英雄是个身份,他不是一个人。"

"现在你想明白了?"王惠高兴地说道,"当初我们都劝你,可你不听。现在你清醒了,一切都还不晚。"

艾红莓说:"任大友他不信任我,让我辞职,在家带孩子,他就是想把我关在家里,拴在他的裤带上……"

说着说着,艾红莓的声音就变调了。

王惠听了,心里边跟着酸了一下,说道:"艾红莓,你太委屈了,自打你嫁给任大友,以前是他妈怪你生不出孩子,找碴儿想把你赶走,任大友以前身体不好,你跑前忙后,生怕照顾不好他,他现在身体恢复得差不多了,找了工作,上班了,又开始变得敏感、多疑,整天想看着你,想把你捆在他身上。艾红莓你说说你,这一切不是你自找的又是什么?当初你下决心嫁给任大友,你要嫁的是英雄,可任大友是人,是你的丈夫,丈夫就应该疼你,爱你,尊重你,可他现在做什么了?说句你不爱听的,到现在你还是个处女身,这就是你的生活?你就要这样的生活吗?"

艾红莓泪眼蒙眬地望着王惠,突然感到心里边填满了天大的委屈,一种莫名的悲伤立时塞满了她的咽喉。紧接着,她又下意识地端起那只茶缸,喝了一口酒,似哭还笑地望着王惠,问道:"王惠,我艾红莓活到这份上活该是不是?"

王惠有些可怜地望了她一眼,说:"艾红莓,你的生活态度有问题,你把生活和爱情搅到一起了,爱不起来,又活不下去,一盆糨糊了。"

艾红莓眼里的泪水流了出来。她总是有那么多的泪水,流也流不完的泪水。她记得她以前不是这个样子的,那个时候,她总是那么爱笑,她的笑声总是那么甜。她的生活是单纯的,无忧无虑的,充满了阳光与憧憬。可是,自从和任大友结了婚,不,自从认识了任大友,她眼里的泪水突然就多了起来,她的生活,就不再是原来的生活了。它变成了另外的一种味道,很复杂的味道,有那么一点儿辛酸,还有那么一点儿苦涩。

她一边流着泪,一边傻笑着,说:"一盆糨糊了,我的日子成糨糊了。"

王惠一针见血地说:"对,你们现在只是名义上的夫妻,只是凭着责任和义务生活在一起,没有爱!"

艾红莓感到震惊了。她呆呆地望着王惠,半晌问道:"王惠,你说什么?我和大友没有爱?"

王惠点点头,说:"当初你爱的是英雄,任大友是英雄的符号,现在任大友他就是个普通人。"

艾红莓手里握着的那只茶缸咣当一声掉到了地上。

艾红莓喃喃自语道:"没有爱了,真的没有爱了?"

"对,你爱的是英雄那个符号,英雄不是某个人。"王惠认真地望着她,说,"人生在世,只有自己活好了,别人才能瞧得起你,尊重你。艾红莓,不管任大友说什么,你一定要考学,换个环境生活,找回从前的自己……"

艾红莓感到自己的世界在旋转,不停地旋转起来。

一旦认准了一条死理,任大友就没办法改变自己了。

大友娘到乡下要孩子,没回来前的这段时间里,任大友又向艾红莓问过几次辞职的事,每一次,艾红莓都想着法儿地搪塞过去了。任大友心里是明白着的,他是无法说服她的。于是,他想到了周汉民。他想让周汉民做做她的思想工作。至于坚持让艾红莓辞职的理由,他已经准备得很充分了,自己身为自强厂厂长,工作繁忙,现实情况又确实需要得到她的照顾。也只有这样,才能从某种程度上保全一个看似完整和幸福的家庭。他这样想着,真的也就找到了周汉民。可是,周汉民并没有立即答复他。他有些困惑地看着任大友,有些不可思议地摇了摇头,他要把这件事情弄清楚了再说,要想把事情弄清楚,只有再找艾红莓谈谈。

周汉民是抽了个空闲时间找到艾红莓的。

周汉民说:"小艾,我想和你谈件事儿,最近你是不是和任大友闹矛盾了?"

周汉民的话很直接,开门见山,让艾红莓没一点心理准备。

艾红莓心里猜想着,一定是任大友找过了周汉民,把家里的事情告诉了他,才让他到这里来的。

她朝周汉民点了点头,苦笑了一声,便如实说道:"我想参加高考,他心里不高兴,嘴上又不好说什么,所以就闹了别扭。"

周汉民有些不解,又问道:"你能参加高考这是好事呀,他为什么会不高兴?"

艾红莓抬起头,望着周汉民,斟酌着字句,说:"他最近就像是中了魔一样,总是不放心我,觉得我迟早有一天会离开他。"

说到这里,艾红莓的目光便变得坚定起来,说:"局长,以前我觉得考不考学无所谓,只要把大友的生活照顾好就行,现在我想好了,我的生活里不仅有大友,以后自己还有更长的路要走呢!"

周汉民频频地点着头,接着又问了些别的什么,便对她鼓励道:"你要考学,组织上支持你,有了知识,是为了更好地工作,这和生活并不矛盾……"

一句话,把艾红莓说得心热了。一瞬间,她似乎又看到了自己的未来。她必须把自己豁出去,奋不顾身地走向未来,才能实现自己的价值,得到自己想要的东西。

这天傍晚,艾红莓满怀信心地回到家,正准备吃饭的时候,一直坐在那里一声不吭的任大友突然说话了。任大友说:"辞职的事,你考虑得怎么样了?"

艾红莓坐了下来。她想心平气静地和他谈谈,说说话儿,于是便把白天里周局长找她的事儿,一五一十对他说了。

可是,这一说不打紧,任大友一听,火了,起身说道:"当初你嫁给我,就是为了照顾我的,现在我有工作了,就不需要你工作了,你要找到你原来的位置,辞职回家照顾我。"

他的脾气变得越来越坏了,越来越让艾红莓无法理解了。他的口气是命令式的,独断而专横。

艾红莓再也无法容忍了,眼里噙着泪水,望着任大友一字一顿说道:"大友,你在自强厂工作,我在休养所工作,我的工作并没影响到你的工作呀!我知道,你不想让我工作,就是怕我离开你。你变得越来越敏感了,多疑了,脆弱了,不相信自己,更不相信别人了。任大友,你知道不知道,你这么做就是自私。"

艾红莓的话一针见血,彻底把任大友激怒了。面对艾红莓,他不禁暴跳如雷,怒吼道:"艾红莓,你说我自私敏感,那你呢?为什么非得考学?还不是那个吴桐蛊惑的,他干什么你干什么,你们那点事还以为我不知道,这都多少年了,还眉来眼去的,你怎么就不学点好呢?!"

任大友的话,就像是一块冰,让艾红莓的心一下子凉了。不争气的泪水不知不觉又从眼睛里流了出来。紧接着,他们的争吵就变得越来越凶了,一副你死我活的样子。

如果艾红莓没有记错,这应该是他们的第一次争吵。吵架是会上瘾的,她想,一旦上了瘾,那日子也就不是个日子了。

她本不想那样的,可是,她又不得不那样。一个人的忍耐是有限的,忍耐到了极限,就会爆发,就像山洪或者火山一样爆发。

艾红莓突然感到自己十分疲惫。她不想和他争吵了,她想把他们的争吵平息下来。

这样想着,她一边无力地坐在那里,一边望着任大友,耐心地说道:"大友,你就是个普通人,也没什么不好的,那么多普通人,人家不也是照常过日子。当初喜欢上你,下决心嫁给你,是因为你英雄的身份,现在我们都是普通人了,不能像人家一样过日子吗?"

任大友慢慢地把头低了下来,泪水却从眼睛里流了出来。半响,竟喃喃自语道:"艾红莓,可惜,我不是一个正常的普通人,所以,我只能成为英雄,只有英雄的身份才能让我活得和正常人一样。"

艾红莓摇了摇头,她知道,他很纠结。

"大友,你心里有病了,"艾红莓望着他,缓缓说道,"你想用英雄的光环来弥补你的缺陷,你这么想本身就是错误的。"

艾红莓没想到,她的这句话,又一次刺激了任大友,就见他猛然间抬起头来,忽地一下起身说道:"在你眼里,我任大友现在怎么做都不对,这也看不顺眼,那也不中用。既然这样,那咱们就分开吧!"

关于分手,尽管任大友已经对她讲过许多遍了,但是这一次,艾红莓还是感到有些震惊。

接着,任大友又说道:"现在摆在你面前有两条路:一是辞职,放弃考学,回家和我过日子;第二条就是咱们分手,你追求你的幸福,和我任大友没半点关系。"

艾红莓知道,任大友这是在逼她了。

她有些苦涩地朝他笑了笑,狠狠地说道:"大友,我告诉你,谁也操纵不了我的人生!"她的声音很小,但是却很坚定。

任大友终于绝望了,接着,他无力地看了一眼艾红莓,说道:"那好吧,咱们分开吧,我现在就搬到工厂住。"

事已至此,看到任大友动起真格的来了,艾红莓不禁又犹豫起来,担心地问道:"大友,这是你的决定?你不能再考虑考虑?"

任大友开始动手收拾自己的衣服,他没有再接艾红莓的话。该说的他都说过了,他不想重复了。

"那就让我们都冷静冷静吧!"艾红莓说。接着,她长长地叹了一口气。

任大友说走就走了。

就在他搬到工厂去的第二天傍晚,季红阳突然来了。

艾红莓十分惊诧地望着她,说:"你怎么说回来就回来了?"

季红阳点点头,还没说话,眼圈先红了。

艾红莓忙又问道:"到底怎么了?"

季红阳放下手里拎着的那只提包,抱住她就哭出声来,一边哭着一边说:"我受不了了,走投无路了……"

艾红莓安慰了她好大会儿,她的情绪才渐渐平静下来,接着,她便细枝末节地,把她如何准备与辛明离婚,如何把孩子留在了辛明那里,又是如何打算回到城里来找份工作的事儿说了。

艾红莓听了,不禁打心里同情起她来。

恰恰这个时候任大友到工厂里住了,大友娘回了农村,自然而然地,她就把季红阳留下来,暂且住在了家里。

一晚上,两个人睡在一张床上,免不了说到这个,又说到那个,把上学时候的事儿,翻腾了一遍又一遍。说人这辈子其实很短暂的,恨呀爱呀,争来夺去的,到底有什么意义呢?说人呀,什么时候都要想开了,得到的要懂得珍惜,得不到的要学会放手。可是,人到底还是个怪物,一些事情到了眼前,就再也由不得自己了……

说着说着,天也就不知不觉亮了。

上午时候,艾红莓去单位上班了,季红阳没有事情做,便先和几个老同学打了个招呼。吴桐见她回了城里,心情有些激动,立时就联系了几个老同学,约好了中午时分到李红卫的饭馆里小聚。对于吴桐的热情,季红阳有些感动,不好推辞什么,便一口应下了。

就到了中午时候,几个人见了季红阳,一时间不由得想起了在赵家峪时的情景,一幕幕往事仿佛在眼前发生着一样,想着想着,一个个禁不住百感交集。

吴桐给几个人倒上啤酒,举杯说道:"今天咱们几个算是聚齐了,也算是件喜事,我提议,为了我们今天又一次相聚,干杯!"

吴桐说完这话,便把一杯酒喝了下去,剩下的几个人,也都纷纷举起了手里的杯子,将那杯里的酒喝了。王惠突然就站了起来,有些激动地宣布道:"今天当着同学们的面,我向大家通报一个特大消息。"

几个人都知道,王惠的心里是藏不住事儿的,便等着她把话说下去。

王惠却卖了个关子,望一眼吴桐说道:"吴桐答应我,如果他考上大学,就立马和我结婚。"

几个人听了,立时也就兴奋起来,将两个人推来搡去的,热闹了好大一会儿。

吴桐坦诚地承认道:"这话我是说过,不过,王惠只说了前半句,如果考不上的话,那就只能且听下回分解了。"

季红阳打趣地拍了拍王惠的肩膀,说道:"你可听到了吧,这事儿你得多长个心眼儿。男人都一样,都是能骗就骗的。"

胡卫国听了,就把这话接了过来,半开玩笑半认真地说:"季红阳,别把话说这么难听,我来问你,你是怎么从农村回来的?当初结婚生孩子,辛明骗你了吗?"

季红阳突然就语塞了。艾红莓发现她的情绪一下低落下来,忙将她的肩膀搂住了,打岔道:"有什么骗不骗的,只能说一个愿打一个愿挨,现在季红阳的困难最大,大家能帮的都帮帮她吧!"

李红卫会察言观色,听了艾红莓的话,忙站起来,打个圆场说道:"季红阳回来也就回来了,找不到工作就学我,当个体户,像我,开了这家小饭馆,也没什么不好。"

季红阳听了,一下就来了兴趣,问道:"干个体容易吗?"

李红卫说:"就是辛苦点,你看我,现在也没累死啊!"

几个人跟着便笑了起来。

艾军拉了拉李红卫的衣襟,问道:"红卫姐,你这要不要打工的?我可以来帮你。"

李红卫望着艾军,笑了笑,半真半假地说道:"我可用不起你,你现在没工作是你在挑呢!"

胡卫国却当起真来,伸手拍了拍艾军的肩膀说道:"兄弟,如不嫌弃,到我们保卫科当个看门的吧!"

王惠见几个人闹闹嚷嚷地把话题扯远了,忙说道:"快别说了,都是些没影的事儿,大家快帮季红阳出出主意吧!"

没想到,王惠话音刚落,吴桐就接口说道:"叫我说,既然季红阳回城了,那就抓紧和辛明把婚离了,然后找份工作。"

"吴桐,你会不会说话?"王惠见吴桐又在说些不中听的,立时生起气来。

季红阳沉默下来,但是,她的脸上却有着难以理喻的平静。

少顷,季红阳看了一眼王惠,平平淡淡地说道:"吴桐说得对,农村我是不会回去了,辛明又出不来,这婚,迟早得离。"

艾红莓怔怔地望着她,突然问道:"季红阳,你这么做,想过辛明吗?"

季红阳笑了笑,接着,破釜沉舟般地说道:"现在谁我也顾不上了,我要想这个,想那个,我都活不成了。艾红莓,我不是你。"

说完这话,季红阳独自端起面前的那杯酒,仰头喝了下去。

把杯子放在那里,季红阳朝几个人看了一遍,又说道:"你们都别再季红阳、季红阳地叫我了,这名字我自己听着都别扭,以后,你们还是管我叫季红吧!"

几个人一起注视着季红阳,好大一会儿才终于意识到了什么,接着便一起拍着手笑了起来。他们知道,从此,那个名叫季红的人,又回到他们的生活里来了……

作为山水市最后一名返城知青,季红的到来,不能不说是具有一种特殊的历史意义的。到知青办报到那天,季红的心里一直忐忑不安着。一个干部模样的年轻人接待了她,并把她打量了半天,接着又向她问明了许多情况,季红都一五一十地答了,那个年轻人这才在一张介绍信上写了字,又把那张介绍信递给她,让她带上它去民政局办理相关工作分配事宜。

季红手里握着那张介绍信,心里边既有着无法言说的兴奋,又有着莫名的不安。

她不知道接下来的生活会是一个什么样子,但是,新的生活已经在向她招手了。甚至,她感觉到自己还没有准备好,它就在向她招手了。想到就要开始的熟悉而又陌生的新生活,季红不觉有一种不可名状的惶恐。

后来,她突然就想到了周汉民。

现在,那个叫周汉民的人已经是民政局的局长了。想到他,她立时感觉到心里一亮。也许,他会为自己帮这个忙:安排一个好工作。她知道,像他这样大的一个领导,一言九鼎,随便说一句话,没有人不买他的账。

季红就是带着那张介绍信,直接找到周汉民的。

周汉民接过季红递上来的那张介绍信,简单地扫了一眼,便认真地打量起她来。

终于,周汉民点了点头,说:"我想起来了,你是艾红莓的同学,我对你有印象。"

季红努力地朝他笑了笑,谦逊地说道:"艾红莓经常提起你,说你对她很关心,很照顾。"

周汉民也笑了笑,接着,他没有征求季红的意见,便接通了任大友的电话,朝电话里说道:"任厂长吗?分配一个人给你,是返城知青。"

季红愣了一下,怔怔地望着周汉民。

电话那端的任大友不知说了一句什么,周汉民便又笑了起来,说道:"对,猜对了,既然你们认识,那我就让她直接找你报到了。"

"局长,让我去自强化工厂?"一直等周汉民把电话放下来,季红才问道。

此时,她的手心里捏着一把汗,一颗心突突突跳得很厉害。

季红嗫嚅着问道:"周局长,您能不能再考虑一下?"

周汉民看了她一眼,思忖道:"因为你是返城知青,有政策,否则的话,只能到街道登记排队了。"

季红一听这话,忙又换上了一副笑脸,连声说道:"我去,我去,谢谢局长了!"

接下来,季红真的就又带了那张介绍信来到了自强化工厂,走进了厂长办公室。

季红有些尴尬地望着任大友,说:"你说这事有多巧,周局长一下子就把我安排到你这里了。"

任大友看都没看一眼,就把季红递过来的那张介绍信放在了桌上,而后,抬起头来,面无表情地打量了她好半晌。

季红感到一颗心跳得十分慌乱,小心地问道:"任厂长,你不满意?"

任大友冷冷地笑了笑,压低声音,说:"如果不是看在辛明面子上,我立马把你从这里赶出去。"

季红有些无奈地朝任大友笑了笑。

任大友叹了口气,说:"这个世界真是太小了。"

"任厂长,当年的事是我对不起你。"季红深感内疚地低下头来,说道,"以后你就把我当成普通员工,想怎么用就怎么用。"

"你以为我会给你搞特殊吗?"任大友公事公办地拿起那张介绍信,说道,"跟我来吧!"

季红一下反应过来,她朝任大友笑了笑,便跟着他到车间去了。

后来发生的那件事情,是在一周之后。那个时候,季红已经和一个叫朱彬的人认识了,而且两个人大有一见钟情的意思。看上去,朱彬这个人长得还算年轻,戴着一副高度近视眼镜,斯文得近乎有些木讷。从第一印象上看,季红是喜欢这个人的,最起码是不讨厌的。据进一步了解和实地考察得出的结论,季红也很快确定了朱彬身为山水大学教授助理的身份,于是,两个人的关系,很快又得到了进一步的发展,很有一种心有灵犀的意味。

说起来,两个人的这种缘分,完全起始于一次偶然。自从季红被安排进了任大友的化工厂之后,她天天上下班都要挤公交。这天下午下班途中,不知因为前面的道路上出现了啥事儿,汽车司机一个急刹车,让站在车里的季红猛然间扑到了一个男人的怀里。季红站直了身子后,有些抱歉地朝那个男人笑了笑,又说了声对不起,那个人男人倒是很客气,也朝她笑了笑。这一笑,就使得两个人顿然间擦出了火花。季红继而又注意到了那个男人胸前别着的那枚山水大学的红校徽,便一下来了兴趣,和他多说了几句话儿。才知道他是刚毕业两年的一名助教,也是经常坐这趟公交车的。因为有好感,自然,季红向他索要了电话。那个男人很爽快地就告诉了她,又向她自报了姓名。

再后来的几天里,每到下班之后,两个人也都不再急着坐公交回家了,而是一起约在了公园里见面。两人一边在余晖里悠闲地散着步,一边向对方聊些自己的见闻,述说着属于自己的故事。

朱彬大学时所学的专业是设计与销售,对于这一点,季红是不甚了解的,但她又很感兴趣,于是,朱彬便耐心地拿出一本书来,为她由浅入深地讲解着。

朱彬说:"一个产品的包装,等于人的外衣,第一感觉很重要,现在消费者的心理你要抓住,没有第一感觉,剩下的就没法进行了。"

季红似懂非懂地望着朱彬,点点头说:"朱老师,我懂了,就像人谈恋爱,首先有眼缘,才会有第二步。"

朱彬便笑了起来。

季红第二天就挽着朱彬的胳膊,把他带到化工厂来了,她是特意让他来看包装的。她把他领到了生产车间,站在那一堆刚刚生产出来的化妆品前面说:"你来看看我们的包装咋样?"

朱彬顺手拿过一只包装好的化妆品,刚看了一眼,就摇起头来。

朱彬说:"太落伍了,包装要换。"

季红问:"朱老师,你说怎么换?"

朱彬又朝那只化妆品看了一眼,想了想,说道:"到时我帮你设计吧!"

季红一下就高兴起来了。

说也凑巧,那几天里,任大友和钱克强一直在为产品销售的事情犯愁。好不容易把生产搞上去了,可是生产出来的产品却积压起来。如果单单从质量上讲,现在生产出来的化妆品,使用了新的配方,比过去生产的要好上一大截,可是,为什么一下却没了销路了呢?

两个人为此冥思苦想了大半天,正准备商量着下一步的工作思路时,抬头却见季红大摇大摆地从门外走了进来。

季红边走边说道:"厂长,我请缨来了!"

此时的季红,完全像换了个人似的,戴着蛤蟆镜,穿着喇叭裤,手里边还提着一个录音机。任大友看到她打扮成这副样子,立时不高兴了,说道:"上班穿这身,像什么话!"

季红并没在意,向他做出一个妩媚的姿势,说道:"厂长,你不懂了,我这是包装自己。包装懂吗?"

"别说没用的,你要请什么缨?"任大友拉着一张脸问道。

季红一本正经地说道:"厂长,我要承包咱们厂化妆品的销售业务。"

"销售?"

"对呀,"季红点点头说,"我觉得销售适合我,但你们得听我的一些建议。"

钱克强问道:"什么建议?"

季红说:"把咱们系列产品的包装换掉,我找人设计,然后在咱们市的晚报上,连续做上一个星期的产品宣传。"

季红说这话时,全然一副胜券在握的样子。

任大友和钱克强两个人不觉对视了一眼。

季红继续说道:"你们要是同意我的想法,就任命我为销售部的经理,如果销售业绩上不去,我甘愿受罚。"

钱克强注视着季红,犹豫了一下,说道:"季红,要不这样,我们商量一下。"

季红看看钱克强,又看看任大友,说道:"现在不都是讲争分夺秒吗,要快呀,我可等着呢。"说完,提着那个录音机,又大摇大摆地走了。

望着季红的背影,任大友对钱克强说道:"季红这个人我了解,好大喜功,这山望着那山高,我信不过她。"

钱克强看着任大友分析道:"厂长,现在实行生产承包制后,产量的确上来了,那几个销售人员,还是以前跑商场的路子,的确不适应了。现在化妆品名堂很多,咱们的产品包装的确是太过时了。"

"改革我赞成,我是不相信季红。"任大友坚持道。

钱克强想了想,说道:"要不让她试一试吧,成功了对咱们有利,不成功咱们把权力再收回来。"

"死马当作活马医。"任大友望着钱克强,终于下定了决心一般地点点头,说道,"那就赌一把,老钱,咱们可是说好了,实在不行的话,马上就把权力收回来。"

钱克强笑了笑,说道:"听你的。"

这天傍晚下班后,季红把这个消息十分及时地告诉给了朱彬,朱彬听了,也是一脸的兴奋,旋即便拿出一张晚报,一边指点着报上的一个广告,一边说道:"一个产品的销售,要从广告开始,让消费者了解这款产品,从无意识到有意识要有一个过程,消费者才去接受。"

季红的目光却一直在朱彬的脸上,听他这么说,季红不禁钦佩道:"朱老师,你嘴里都是新名词,那我就从广告开始。"

朱彬说道:"山水市的晚报影响力很大,要做就从晚报做起。"

季红点点头,说道:"好,我马上就做。"

很快,报社联系好了,报纸也印出来了。

季红手里举着那张印有"自强化工厂伊丽莎白隆重上市"的晚报,就像打了一针强心剂一样,禁不住无比豪迈地说道:"我要让我们的伊丽莎白铺满山水市的每一条大街小巷。"

那份广告果然奏效了。几乎在一夜之间,大街商店的门口处便山呼海啸一般地热闹起来了。门口的喇叭里,叮叮哐哐地正播放着当今时代最为流行的音乐,商店的服务员们把摊位摆在了那里,一边招揽着顾客,一边扯着嗓子吆喝着:"快来看、快来看哪!伊丽莎白秘方一号隆重上市,保湿美白,焕发青春,英国宫廷秘方……快来买,快来看,英国宫廷秘方。"

街上路过的人听了,纷纷停了下来。眨眼工夫,摊位前排起了长长的队伍。

事情出奇地顺利。

订货单位应接不暇,自强厂销售部一时间忙得不亦乐乎。

化工厂的形势一片喜人,不只是季红乐得合不上嘴,就连任大友和钱克强也跟着感到这件事情已经大大超出了自己的想象。他们简单推算了一下,照这样下去,不出一个月,自强厂比过去一年的销量都要高,而且,他们很快就可以把成本捞回来。

可是,一个月后,自强厂还是出事了。

15

事情出在那张《山水市日报》上。

在这张报纸的显要位置上,一篇题为《自强厂到底要干什么》的文章,立时引起了市委领导的重视。

紧接着,民政局的陈杰处长就找上门来了。

陈杰把那张惹了是非的《山水市日报》,一下拍在了任大友的办公桌上,望着任大友气愤地说道:"你自己看看吧,这是怎么回事,嗯?同志,你可是个共产党员,党派你到这来,是要你带领这个厂走出困境,为四化添砖加瓦!可你看看你现在搞的这叫什么?这不是资本主义,是什么?"

任大友红头涨脸地和钱克强一起站在那里,脑子里立时就乱了。

想了想,又想了想,任大友终于还是开口辩解道:"陈处长,这怎么就是资本主义了呢?资本主义是给个人干,可我们是在为国家排忧解难啊!国家没有钱,工人们自觉自愿地凑钱开发新产品。现在新产品畅销,自强厂一个月的产值顶得上过去一年的。怎么没有给四化添砖加瓦?还不只这些,您要不要去看看我们的仓库?过去的老产品还在那里堆着呢,都快过期了。如果我们不像现在这样干,那不光是不能添砖加瓦的问题,还要给国家带来更大的损失啊!"

"你不要强词夺理,"陈杰说,"现在市领导还有局领导都很关注你们自强厂的做法,不仅领导,群众也在议论,说改革开放,改出资本主义来了,放出自由化了。"

任大友说:"改革是摸着石头过河,我们自强厂也是在摸石头蹚着往前走。"

"你这是诡辩!"陈杰一巴掌拍在桌子上,声色俱厉地说,"你跟我说说,你摸到哪块石头了?你根据哪块石头找到的方向?哪块石头上说你可以干资本主义?"

"可是陈处长,我们这么做并没有什么不好啊!局里没有钱,我们自筹。老产品不行了,我们开发新的。是,这么做工人们是得到了一些好处,可是国家得到的还是大头啊!现在,咱们的产品供不应求,可要是还按照过去的样子干,工人们没干劲,就是干了,东西也卖不出去,甚至工资都开不出来,受到损失的还是国家啊!"

任大友把事实和道理掰碎了揉匀了讲给陈杰听,可是,陈杰自有陈杰的主张,还是那么一副盛气凌人的样子。

"我没工夫给你把《资本论》讲一遍。"陈杰抖着一根手指头,点着任大友,说道,"我只告诉你,你们厂的问题很严重,已经引起市委领导的重视,局领导让我下来了解情况,你们马上要停下来,再不停下来,说不准你们就会上《人民日报》。至于你,我建议先反省反省,好好学习中央文件精神再说。"说完,拂袖而去。

钱克强半天没说一句话,此刻,他望着陈杰气冲冲地走出了办公室,一时还没有反应过来,仍像一截木桩一样地站在那里。

任大友却头痛似的一下抱住了脑袋。

陈杰带着报纸来工厂的消息不胫而走。一时间,车间里的工人们七嘴八舌地议论起来。这件事儿传到了季红的耳朵里,季红听了,心里头自是不快,由于它直接关系到了她以及工人们的根本利益,一时间感到愤愤不平,便一迭声儿地骂着什么,跟着又莫名其妙地朝着几个工人发起脾气来。

傍晚下班回到家,艾红莓见季红鼻子不是鼻子脸不是脸的,便问她缘由,她就把这个消息告诉了艾红莓,艾红莓当即大吃一惊,脸色一下子就变得煞白了。

她的第一反应就是,应该抓紧去看看任大友,和他说说话儿。自从上次离开家,他已经有很多天没有回来了,她不知道他在工厂生活得怎么样,当别人都下班回家之后,他一个人留在那里,是不是会感到孤单。这样想来想去,她忽然就觉得很对不起他,后悔当时那么轻易地就让他搬到工厂去住了。当时,两个人都在气头上,如果她和他说上一句半句的软话,或许就不会是现在这种冷战的样子了。何况,现在他和他的工厂又遇到了这样一个棘手的难题。他是一厂之长,是主要责任人,工厂出现的一切问题都是与他有关的,都是让他脱不掉干系的。他又是一个爱钻牛角的人,现在,他遇到了难题,会不会想不开,或者会不会从此一蹶不振撂挑子呢?

她要去和他说说话儿,重要的,她想去开导开导他。

艾红莓很快就来到了自强厂。她为任大友带来了自己亲手做的饭菜。

走进任大友的办公室,任大友正使劲地揉自己的脑袋。艾红莓把那只饭盒放在桌上,小心地问道:"大友,你的头又怎么了?"

任大友抬起头看了她一眼,说道:"老毛病了,没事。"

他朝她摆了摆手,让她坐在那里,于是,艾红莓也就坐在了那里。

任大友接着又揉起脑袋来。

艾红莓看了他好大会儿,想了想,说:"厂里的情况我都听季红说了,你在为国家谋利益,让工人挣更多的钱,你这么做没有错。"

任大友赌气般地说道:"我不会停下来的,有什么事我担着,大不了这个厂长我不干了。"

艾红莓叹了一口气。接着,她的目光在这间空空荡荡的办公室里扫了一遍,最终又落到任大友的身上,问道:"大友,你就想这么一直在办公室住下去?"

任大友无奈地朝她笑笑,说:"你看,我这不是很好吗?回去了也影响你复习,咱们现在各干各的,至于适不适合在一起,等你考上大学再说吧!"

任大友还是忘不掉那件事情,艾红莓想,这些日子里,他一定是把那件事情翻来覆去地想了不知多少遍了。那件事情或许会让他寝食不安,会因此而影响他的工作,让他的精神受到不必要的折磨。想到这一点,艾红莓便为他感到心疼了。

她终于还是说道:"大友,辞职和考学的事,我是没听你的,但这并不证明我要离开你。"

任大友不想在这种场合因为婚姻问题与她再一次投入到不休的争执中去,突然起身说道:"这些事咱先不说了,你该回去了,你不是还要上课吗,别耽误了,我能照顾好我自己,你放心吧!"显然,任大友在给她下逐客令了。

艾红莓不知所措地望着任大友,一时间坐也不是,走也不是。

本来,她还是想和他再说点儿什么的,可是,见他那么一副心烦意乱的样子,再说什么,他都是听不进去的,于是,也便作罢,把想要说的话又咽进了肚子里……

艾红莓赶到学校补习班时,已经有些晚了。整整一堂课,不知道为什么,她总是在走神。自然,她的脑子里想得最多的还是任大友,还是那些难以理清的夫妻感情和家庭琐事。

自从和吴桐一起报名参加了这个高考补习班之后,一段时间以来,她几乎在工作之余,把所有的精力都用在了学习上。她想努力忘记生活给她带来的各种烦恼,并试图在学习中得到乐趣。生活在一瞬间,似乎一下又回到了旧日的时光里,似乎又倒流到了单纯而又快乐并充满了人生向往的学生时代。

可是,今天,她的心乱了。脑子也跟着乱了。

她的注意力已经没有办法再集中起来,已经心不在焉地从这间教室转移到了另一个地方,转移到了另一个人身上去了。

艾红莓和吴桐两个人从教室里走出来时,天突然间就黑了下来。抬头看去,大团大团的乌云开始在天空里翻卷起来。眼见得风雨欲来,艾红莓猛地想起了什么,失声惊叫一声,便快步向前跑去。

吴桐紧赶几步追上了她,问道:"怎么了?"

艾红莓说道:"我刚买的蜂窝煤还放在外面呢!"

吴桐听了,不假思索催促道:"快走吧,我去帮你。"

可是,虽然艾红莓谢绝了他,他还是坚持跟着她来到了家里。

有了吴桐帮忙,艾红莓自然省了很多的力气,不大会儿工夫,他们便把那堆刚买的蜂窝煤搬挪到了合适的地方,末了,又用雨布盖好了,这才把一颗心放了下来。

此时,吴桐已是大汗淋漓了。望着满身煤污、汗水淋淋的吴桐,艾红莓忙把他让进了屋里,给他打了水,让他洗了手脸,又叫他把上衣脱下来,顺手拿了件任大友的衣服为他披在身上。

可是,恰恰两个人不经意间的这个动作,却让特意赶回来搬挪蜂窝煤的任大友看在了眼里。

任大友一时惊在了窗外。接着,他就看见艾红莓端着吴桐的那件脏衣服到水房里去了。

说来也巧,这时,一阵匆忙的脚步声从门外传了进来。任大友下意识地避在一旁,回头看清了来人竟是王惠。

后来发生的事情,自是在预料之中了。趁王惠推门走进屋去的工夫,任大友转身便走出了自家的院门。

走进屋来的王惠,一眼就看到了吴桐。他正在穿着的那件上衣,还没有系好扣子。

吴桐抬眼看到王惠,不觉吃了一惊,下意识地问道:"你怎么来了?"

王惠的表情已经变得难看起来了,说道:"在学校门口接你,没见到你人影,我一猜你就来这了。"

吴桐忙解释道:"我来帮艾红莓弄蜂窝煤,任大友不在家,她一个女人哪干得了这个!"

王惠把头别到了一旁,半晌,说:"你这么弄下去,我是任大友也不会回来。"

"你怎么也这么说?"吴桐不解地问道。

"吴桐,你别装糊涂了,"王惠再也忍不住了,眼里噙着悲愤的泪水,望着吴桐,低声怒斥道,"和人家有夫之妇搞在一起,把人家搞得都分居了,太无耻了,你有脸我还没脸呢!"

吴桐有些震惊地望着王惠,歇斯底里地大吼道:"胡说八道,你住口!滚,滚出去!"说着,一把将王惠推到了门外。

王惠受到了极大的委屈,她一边流着泪水,一边跑出了休养所。正在往前走着,不料,却又迎头遇到了季红,季红骑着一辆自行车,刚刚约会回来,看到慌慌张张的王惠,连喊了她几声,想把她喊住了,但是王惠却像没有听见一样,疯了似的继续向前跑去。望着跑远的王惠,季红不禁感到有些疑惑……

季红推车走进家门时,吴桐刚刚离开这里。

雨说下就下起来了。满世界的雨声,突然之间让这个漫长的夜晚变得寂寥而又慌乱起来。

艾红莓和季红坐在那里,两个人听着外面的雨声,沉默了好大会儿,这时,季红突然问道:"红莓,你告诉我,你是不是和吴桐那个了?"

季红的表情有些暧昧。

艾红莓一下就明白了,责怪道:"季红你瞎说什么,我和大友这样,吴桐和王惠在恋爱,我怎么可能?"

季红听了,不自觉叹了口气,望着她说道:"红莓,咱们是好朋友,走近你才知道,你的确挺苦挺难的,咱们都是女人,我能理解,其实你和吴桐有点什么,也很正常。"

艾红莓摇着头,惶恐不安地说道:"根本不可能的事,季红你可不要胡说。"

"红莓,真的,我真希望,哪怕不是吴桐,别的什么男人,只要对你好,要不然你太亏了,红莓你都三十了,还不知道男欢女爱。"

季红还在说着。她说得越来越离谱了。

艾红莓听不下去了,厉声打断了她,慢慢地,她的眼里溢满了复杂的泪水。

事情并没有就此结束。

对于王惠来讲,那是一个不眠的夜晚。整整一个晚上,她的眼前一直晃动着吴桐的影子,她看到那个影子在自己的眼前晃着晃着,就和艾红莓重合在了一起。她为自己感到了委屈,她那么爱着他,恨不得把一颗心剖给他,而他却视自己的感情于不顾,把本属于她的这份爱转嫁到了另一个人的身上。他这样做,很对不起她,让她实在不能再容忍下去了。她想,她需要给他们一个信号,一个提醒或者一个警示,让他们收敛一些,把一颗心放在应该放置的位置。就这样,她想一阵,又哭一阵,哭到了最后,突然就有了主意。

天终于亮了。到了上班的时候,王惠匆匆忙忙来到了单位,她谎说家里有急事要处理,便向柳护士长请了假。紧接着,从医院里出来,她就跑到任大友的工厂去了。

她要先找他谈谈。

男人是要有承担的,作为一个男人,他首先应该把自己的老婆管好了,然后才能管好别人的事情。一个好男人,不仅仅是把一颗心扑在工作上,重要的是他还能够把一个家照料得好好的,不出问题。出了问题,那就不好了,就失败了。

是的,她都想好了,要把这一切都说给他听,敲打给他看。

王惠的到来,让任大友有些意外。

王惠前脚刚跨进门里,接着就张口质问道:"任大友,我问你,你为什么不回家?"

任大友看到她的眼睛红红的,一张脸从来没有这样严肃过。

他的心里一下子便猜到了什么，但是，他还是把身子坐正了，说道："你问这个干什么？"

王惠气愤地说："你这么做是放虎归山。"

任大友没有说话。果不其然，他想，她就要切入到问题的实质了。

接着，王惠气咻咻地说："我要是你，就不会让艾红莓去考学！"

任大友皱了下眉头，把头侧过来，问道："王惠，当初是你们鼓动艾红莓考学的，现在反对的也是你。你到底要怎么样？"

王惠差一点儿急出眼泪，使劲跺了一脚，说道：再考学就把人都考跑了！

王惠的话，并没有让任大友感到震惊，反之，他的表情看上去却异常平静。他就用那种表情望着王惠，问道："你是怕艾红莓和吴桐走到一起才说这话的吧？"

王惠没说话，却低下头来抹开了眼泪。

任大友含义不明地笑了笑，接着便起身讥讽道："王惠，看你也挺聪明的，没想到你也有今天，当初你劝艾红莓跟我离婚，又鼓动她去考学，现在出事了吧。你这是自己挖坑自己跳，把自己的男人往别的女人怀里送，现在后悔了吧，晚了！"

王惠愣愣地听任大友这样说她，一时间气得七窍生烟，便狠狠地剜他一眼，转身就往外走，可是走到门口，她又把身子立住了，回过头来，咬牙切齿地说道："任大友，你连自己的老婆都管不住，我瞧不起你！"

哐的一声，门被摔上了。任大友感到自己的心哆嗦了一下，紧接着，他无比痛苦地把头低了下去。

走出了任大友办公室的王惠，已经被任大友的一番话，教训得无地自容了。

是的，任大友说得没错，想一想自己以前对艾红莓做过的那些事情，也真的是在自己挖坑自己跳了。一步一步地走到了今天，苦果终于结出来了。她为自己感到懊悔。

但是，这件事哪里能说了就了了呢？王惠是不情愿听之任之的，她再也不能容忍艾红莓和吴桐的关系就这样不明不白地自由发展下去。不行,她必须要找到艾红莓,和她谈一谈,好好谈一谈,让她悬崖勒马,就此罢手。

这样想着,王惠脚步匆匆地又来到了休养所,一步闯进了艾红莓的办公室。

王惠的脸色冷得像一块冰,从那张脸上散发出来的,是一股艾红莓从没见过的咄咄逼人的寒气。

王惠说:"艾红莓,你到底能不能放弃考学?"

艾红莓百思不解地望着她,问道:"王惠,怎么了?"

王惠尽量控制着自己的情绪,说:"任大友都不回家了,难道考个学比家庭还重要吗?"

艾红莓冷静地看着她,想了想,说道:"王惠,实话对你讲,以前在我的世界里,只有任大友一个人,他就是我生活的全部。到了补习班我才知道,许多参加高考的人,孩子都有了,他们也在复习考学,他们为的就是改变自己。你说,我现在无牵无挂的,条件又这么好,为什么不考学呢?"

王惠点点头,目光犀利地望着艾红莓,片刻,说道:"艾红莓,行,你考学我不拦着,那我求你离吴桐远点。"

艾红莓怔住了。

半晌,她终于反应过来,不解地问道:"我和吴桐是什么关系,你还不清楚?任大友想不通我可以理解,你怎么也这么想?"

"艾红莓,你可别吃着碗里又看着锅里。你对吴桐怎样我不清楚,吴桐对你怎么样我太了解了。今天,我只是提醒你,我现在是吴桐的女朋友,你是任大友的老婆。"

王惠一脸激愤地说到这里,眼睛被泪水濡湿了。

艾红莓用吃惊的目光望着她。

这个生性率直的女孩子,这个自己一直把她当成最亲密的知己的人,从什么时候起变得这样陌生,这样不被她所理解了呢?

王惠没有再说更多的话。

她觉得自己的话已经说得很明白,很彻底了。

说完,不听艾红莓再向她解释什么,她便转身跑出去了。

艾红莓怔怔地望着王惠消失在门口,刹那间,愤懑和委屈一下子就把她的心攥紧了。紧接着,她一下子变得恼怒起来,眼里忍着悲愤的泪水,将一只笔记本狠狠地摔在桌上……

王惠就像一只无头的苍蝇一样。似乎在一刹那,生活就把她捉弄得有些晕头转向了。她已经找不到爱情的方向。几乎是鬼使神差一样地,从艾红莓办公室里跑出来之后,王惠又气喘吁吁地跑到了吴桐的家里。

吴桐不在家。可吴桐的父亲在。

吴桐的父亲见王惠一脸不高兴的样子,便问了她原因,问她是不是和吴桐吵嘴了,闹意见了。王惠本是不想把这些不愉快的事情告诉老爷子的,可是,听着听着,她就觉得心里的那些委屈就像潮水一样泛滥起来,汹涌起来了,刹那之间,她的情感堤坝就稀里哗啦坍塌了。于是,她便把吴桐和艾红莓的那些事情不由自主地说了出来。说出来之后,她长长地吁了一口气,感到自己一下轻松了许多,但是,紧接着,她又为自己刚才的那一番话后悔了。她看到坐在她对面的那个老人,此时已经气得四肢发抖,连一句话都说不出来了。

王惠一直没有等到吴桐,于是,便一个人郁郁不快地回到了医院……

吴桐来到医院找到王惠的时候,王惠正在护士办公室交接工作。一眼看到了脸色铁青的吴桐,王惠的心不觉颤抖了一下。紧接着,还没等她开口说话,吴桐已经挟持一般地把她拉出了医护室,一直将她拉到了院子里的那座不大的花园里。

王惠一下预感到了什么,一颗心扑扑通通跳得厉害。

吴桐气势汹汹地站在那里,恶狠狠地望着她,一字一句咬碎了说道:"你给我听着,以后不准你再到我们家胡说八道!我早就跟你说过,我和艾红莓没有关系。要是你吃饱了撑的再去我们家挑事,别怪我对你不客气!"

王惠突然就明白了,不由得顶撞道:"吴桐,这话是我说的,你们做都做了,我不说别人就不说了吗?"

"我到底和艾红莓怎么了,值得你背后这么讲我和艾红莓?我一个男人倒没什么,要是艾红莓听到,她会怎么想?"吴桐连连问道。

"你住嘴!到现在还想着艾红莓,那我跟你算什么?"王惠愤愤问道。

"以后你说我什么都可以,不要连累上艾红莓。"吴桐说。

"你学会担当了?就因为她救过你一次?这么多年,我一直默默地喜欢你,对你好,心里只有你吴桐一个人,甚至可以为你去死。这些都抵不上艾红莓救你那一次,你对我除了发火就是发火。你连一个女人的心都不懂,只想活在自己的梦里……"

王惠几乎要咆哮起来。

她突然间爆发的愤怒,大大出乎吴桐的意料。这让他一下愣在那里,在顷刻之间,认真反思了一下自己。随后,他无比歉疚地低下了脑袋,低声说道:"我以前对你态度不好,我承认,对不起。"

"一句道歉就完了吗?"王惠泪水盈盈地说,"这么多年了,你真正看过我一眼吗,替我想过吗?吴桐,你想的只是你自己,吴桐,你走吧,我不想再看到你。"

王惠的话有些决绝。她这样说着,一时间禁不住泪如雨下。

这天晚上,吴桐回到家里时已经很晚了,父亲一直在等着他。

走进客厅,吴桐看到父亲正坐在沙发上,小声招呼道:"爸,你怎么还没睡?"

父亲没有吱声。

吴桐正要向自己的房间走去,父亲却一下又把他喊住了。吴桐回过身来,望着父亲,想了想,坐了下来。吴桐看了他半晌,父亲终于说话了。

父亲说:"以前部队很忙,总觉得你是个男孩子,野一点,无法无天一些也没什么,看来是我错了。"说到这里,父亲有些自责地把头垂了下去。

看到父亲的那头白发,吴桐的心里突然难过起来,小心地问道:"爸,你怎么了?"

缓了缓,父亲继续说道:"爸以前一直以你为骄傲,因为你太像我了,总觉得你有一天会干出一番大事业,不会给爸爸丢脸……"

吴桐猛然发现,父亲的眼角里有两点浑浊的泪光闪烁起来,不禁也动了感情,眼睛红红地说道:"爸,从上学到下乡,我是做了许多让你操心的事,现在我长大了,不会让你再操心了。"

"你和王惠的事,爸不应该插手。没有包办你们婚姻的意思,我只是觉得,小惠不容易,一门心思地对你好,我和你王叔叔低头不见抬头见的,你和小惠的关系处理不好,我们老人会伤心的。"

父亲的话说得很慢,就像是走了一天的路,疲惫到了极点一样。

想了想,吴桐便又说道:"爸,我知道王惠对我好,我们处得跟哥们一样。从幼儿园到现在,我们是最知根知底的朋友。"

"你们那么了解,这些还不够吗?"父亲抬起头来,说,"可是,下乡前你就为那个艾红莓打架,军都没有参成,这么多年了,为什么就放不下一个艾红莓?"

这么一问,吴桐便把头低下来了。

"吴桐,我替你死去的妈妈感到难过。"父亲嗫嚅着嘴唇,喃喃说道,顷刻间不由得老泪纵横。

在吴桐的记忆里,父亲这是第一次面对面地和他说这么多话,第一次和他作这么深入的交流。他心里知道,父亲是爱他的,一直对他这样爱着。

坐在那里,吴桐的眼眶一次又一次湿润起来,望着渐渐苍老的父亲,他突然就有了一个决定。

第二天上午,吴桐又一次来到了医护人员的办公室。凑巧,王惠正一个人在那里工作。站在门口,他朝她望了半晌,心里想着该如何把自己的想法告诉她,突然间,王惠似有察觉地转过头来。一眼看见吴桐,王惠的表情马上沉了下来,接着,她就把头别向了一旁,继续忙自己的事情。

吴桐走了过去,扳了一下王惠的肩膀,认真地说:"王惠,我有件大事要告诉你。"

王惠剜了他一眼,不高兴地说道:"你能有什么正经事,不就是又来骗我吗？你走吧，不走我可要喊人了。"

王惠的表情是严肃的。

"我真有大事。"吴桐说。

王惠怀疑地看着他，突然大叫起来："来——"

一句话没喊出来，吴桐便把她的嘴捂住了。王惠扭动着身子挣扎起来，吴桐见状，索性紧紧地把她抱在了怀里，紧接着又腾出一只脚将屋门关上了。

吴桐气喘吁吁地说："王惠你让我把话说完，说完了，你想怎么样都行，好吗？"

王惠停止了挣扎，吴桐旋即把手松开了。王惠将信将疑地望着他。

吴桐注视着王惠的眼睛，说道："王惠，我错了，我对不起你！过去你对我一忍再忍，我却没完没了地伤害你。你说得对，我是混蛋，我有眼无珠，对不起！现在，我做好决定了，我要和你订婚。"

吴桐一口气说了这么多的话，让王惠一时有些不知所措。王惠不认识似的望着吴桐，此时此刻，她的眼睛里慢慢蓄满了泪水。

"王惠，你说句话，如果你实在不愿意理我，那打我一顿，狠狠地打，我欠你的！"吴桐说着，把一颗脑袋凑了过去。

王惠犹豫了一下，紧接着，她就抱着那颗脑袋放声大哭起来。

转天，吴桐和王惠两个人特邀了素日里的几个好朋友，在红卫饭店的一个包间里，举办了订婚仪式。为了表示隆重，李红卫特意在墙上挂了一面横幅，上写着：吴桐先生王惠女士订婚大喜。

艾红莓是最后一个到来的。为了表达自己的心情，她为吴桐和王惠两个人带来了一大束鲜花。王惠接过那束鲜花，脸上也跟着笑成了一朵花。

自然，那一天，每个人都向吴桐和王惠敬了酒。

几个人闹闹嚷嚷地，一边喝着酒，一边说着话儿，直到天色很晚了，方才各自散去。

那一天，吴桐的话很少，他只顾着一杯接着一杯地喝酒，坐在身边的王惠劝也劝不住。喝到最后，吴桐已是酩酊大醉了。

这世界正日新月异地发生着翻天覆地的变化。

说着说着，眼前的形势就突然间变了个样儿，就像是一条水深浪大的河流，正浩浩荡荡地向前流去，可是，流着流着，突然间，那条河就拐了个弯儿，本是惊心动魄的河面上，一下就变得舒缓起来了。它向前推进的节奏与步伐，倏忽间就有了一些浪漫的意味，让人不由得一片舒畅。

周汉民带着陈杰是携着一股春风来到自强厂的。自然，他们要给自强厂的领导们开个会。

会议开始前，周汉民望着任大友，不无歉意地说道："小任，我代表民政局向你赔礼道歉，市委万书记说了，你们的做法值得表扬推广，万书记说，过几天还要在你们自强厂召开一次经验交流会呢！"

任大友一时有些云里雾里，弄不懂周汉民的话到底是什么意思。

周汉民一边笑着，一边又说道："大友，你们自强厂做得很好，这样一来，会带动一批企业，生产承包制这种做法很好。经市政府批准，局党委研究决定，把自强厂改为自强有限公司，当然，这个公司还是属于民政局下属企业，为适应以后的变革做准备……"

任大友认真地听着周汉民的话，一下就变得激动起来，不由得想起了自强厂发展中的曲折与坎坷，眼睛旋即便潮湿了。

周汉民挥了一下手，接着说道："大友，你们抓紧落实各部门的承包制，一旦完成，马上挂牌成立自强有限公司。"

任大友一边点着头，一边带头鼓起掌来，嘴里说道："好，我这就着手准备。"

会议的内容不多，很快也就开完了。开完会，周汉民并没有急着回去，便和任大友一起来到了厂长办公室。

两个人坐下来后，周汉民这才说道："小任，工作的事说完了，说说你们家里的事吧！"

任大友不觉一怔，有些惊讶地问道："局长，你都知道了？"

顿了顿，周汉民接着问道："这两天正是高考的日子，为什么不去看看艾红莓？居然还闹起了分居，这样不好吧！"

任大友低下头来，沉默了一会儿，终于说道："局长，我和艾红莓已经商量好了，等高考结束，我们就离婚。"

周汉民不禁吃了一惊。

任大友说："局长，我和艾红莓是您一直看着成长的，我身体这样，是我配不上她。以前怀疑她，不信任她，怕她离开我，这一段时间我冷静想过了，是我的问题，越怕她离开我，就越想把她抓紧，结果让她痛苦难受。她不是当初的小女孩了，她长大了，而我，失去了英雄的光环，反而不适应了。我对不起她，所以，我不能再拖累他了。"

任大友的话是出于真心的，周汉民相信，任大友和艾红莓对于他们的婚姻，一定是经过了认真考虑的，清官难断家务事，他不想，也不能过多地参与。

想了想，周汉民叹了一口气，望着任大友说道："如果这件事是你们双方冷静考虑过的结果，组织是不会干预的。我是你们生活、成长的见证人，艾红莓当年很勇敢，冲破那么大的阻力嫁给你。生活中组织代替不了你们两个人的感受，既然你们这么决定，我代表组织尊重你们。别忘了，艾红莓这么多年为你付出了很多。"

任大友点点头，眼圈一下就红了。

下班以后，任大友坐在办公室里，愣了很大一会儿神，心里想着，艾红莓的高考很快就要结束了，他们之间的这段感情，也该画上一个句号了。想着想着，心里不禁一阵又一阵难受起来。但是，他不想反悔。长痛不如短痛，该结束的，必然是要结束的。时间拉长了，对谁都是一种折磨。他一边这样想着，一边也就铺好了纸张，准备着把斟酌好的字句写在上面。可是，就在这时，他听到了一阵敲门声。

门开了，任大友不觉愣住了。他看到辛明正提着很大的一卷行李站在门口。

辛明有些无奈地笑笑，说："老排长，听说你住在工厂，我来看看你。"

任大友忙把他让进屋,下意识地看了一眼那卷行李,不禁有些纳闷。

辛明有些不好意思地朝任大友笑笑,说:"排长,我要去南方打工了。"

"你要去打工?"

辛明点点头。

"那季红和孩子呢?"任大友不禁问道。

辛明不觉叹了口气,说道:"我已经见过她了,她把小亮留下了。"

任大友若有所思地望着他,却没有说话。

好大一会儿,辛明才又说道:"季红就是因为我无能才要和我离婚的,农村我待不下去了,我必须闯出一条路来,让所有人看看,我辛明不是个窝囊废!"

辛明显得很激动,说到这里,眼圈竟不由自主地潮湿了。

任大友是理解他的。他早就预料到了辛明与季红的结合,必然会成为一个错误,一个无法挽回的错误。他也曾因为这件事情,亲自跑到山沟里去找过辛明,提醒过辛明,可是,辛明并没听任大友的话,现在,说什么都晚了,一切都晚了。

任大友是不会责怪他的,他只是一时之间不知道该如何安慰这个曾经与自己同生共死的兄弟。任大友为辛明感到难过。那种难过是发自内心的。

好半天,任大友才使劲摇了摇头,望着辛明说道:"当年你和我一起冲锋陷阵,连眼睛都没眨过,你辛明怎么会是窝囊废呢!"

他还想说什么,眼圈儿却红起来了。两个人一下就沉默了。

片刻,辛明抹了一把眼角的泪水,突然打量起任大友的这间办公室来,问道:"老排长,你和嫂子吵架了?"

任大友有些伤感地叹了一口气,望着他,半晌,喃喃说道:"辛明,我和艾红莓的婚姻走到头了。"

辛明心里一惊,正要张口问什么,任大友已经起身从一旁拿过一瓶酒来,紧接着,他顺手抓过一只杯子,咕咕咚咚地倒满了,递给辛明,有些悲壮地说道:"辛明,你要闯世界去了,我不拦你,就算老排长给你送行吧!"

辛明起身接过那只杯子,望一眼任大友,二话不说,一口便将它喝了下去。

任大友在辛明的肩上重重地拍了一下,又说道:"辛明,不管以后走到哪里,都别忘了,咱们曾经是当过兵的人,不怕死,更不怕输。"

辛明使劲点了一下头,眼里的泪水已经决堤一样地涌了出来……

当天晚上,任大友还是回到了家里。他把那份离婚协议书递给了艾红莓,之后,十分平静地说道:"要是没什么意见,你就在上面签个字,过几天咱们就把婚离了吧!"

艾红莓接过离婚协议,看都没看一眼,就把它放到了桌上。

事后想来,就连艾红莓自己都感到吃惊,她在接过任大友递给自己的那份离婚协议时,竟然表现得那样冷静,甚至于她还有着一种即将获得解脱的胜利感。她就是在这种心情的支配下,认真地想了想,接着,望着任大友,心平气和地说道:"大友,离婚了,我只有一个请求,我从这里搬出去,回我自己家住。房子借给季红一段时间,她一个人带着孩子,也挺不容易的。"

任大友摇了摇头,却说道:"这是民政局为了咱们结婚分给咱们的,不是我一个人的,等离完婚,我住办公室,这房子你们该怎么住就怎么住。"

艾红莓朝他笑笑,突然又想起什么,问道:"咱们的事,和娘说了吗?"

任大友又摇了摇头,说:"我娘那个人的脾气你是知道的,我想,还是等咱们办完了手续,再对她说吧!"

艾红莓点了点头。

两个人一下又没有话说了,心里边却像是打翻了五味瓶一样……

日子过得飞快。说着说着,也就到了高考发榜的日子。

发榜那天,考场的大门口围了很多人。显然,他们是来看发榜的。不管怎么说,这一天对他们来讲,都是非同寻常的一天,很多人的命运,也就是在这一天里转了一个弯儿,从一片山重水复中,一下转到了柳暗花明里。仔细看了,他们每张脸上的表情,又都是不一样的,复杂的、激动的、紧张的、兴奋的、失落的、哭着的、笑着的，让人觉得，这个世界一下就小了，只剩下巴掌大的这么一个地方，这人间的一切，都浓缩到了这里，让你一览无余地尽收眼底，左左右右地看个一清二楚。

吴桐和王惠两个人自然也在这里。

最先从那张大红榜上看到吴桐名字的是王惠。那个名字刚刚扑进她的眼帘，她就失声叫喊起来了。她的叫喊声有些一惊一乍的味道，引得周围许多人把目光一下集中在了她的身上。意识到这些之后，王惠下意识地掩了一下嘴巴，但仍然无法克制自己激动的心情，她一边浑身颤抖着，紧紧抱住吴桐的一只胳膊，一边腾出一只手来，朝那张大红榜指去，气喘吁吁地说道："吴桐，那儿，你在那儿，看到了吗？"

吴桐朝她指着的方向望过去，可是，他第一眼看到的却是艾红莓的名字。紧接着，他下意识地吁了一口气，说道："你看，艾红莓也考上了。"

果然，从那张大红榜上，王惠看到了艾红莓的名字。她一边激动地拍着手，一边拉着吴桐的胳膊，一直把他拉出拥挤的人群，才气喘吁吁地说道："走，回去庆贺一下！"

吴桐心里想着艾红莓，想着这时间她也该到这个地方来看一看的，一边跟着王惠往外走，一边左顾右盼着。当他在拥挤的人群外头，终于发现了神情紧张，正踮着双脚远远地朝那张大红榜举目观望的艾红莓之后，他毫不犹豫地走了过去，满脸激动地说道："艾红莓，祝贺你！"

艾红莓愣了一下，但她很快便从吴桐的表情上了解了一切，接着，便不管不顾地挤进人群里去了……

那天上午，艾红莓是带着无比喜悦的心情回到家的。一进门，她就看到了任大友。任大友正打开衣橱，在那里挑选衣服。见艾红莓走进来，他有些尴尬地朝她笑了笑，忙又解释道："哦，是这样的，下午工厂要召开公司挂牌大会，我来挑身衣服。"

艾红莓听了，不禁高兴地走上前去，不假思索地说道："那你就穿咱们结婚时的那套西装吧，这么大的日子，一定要穿得正式一些才好。"

说着，她就帮他把那身西装找了出来。接着，她又帮他把那身西装套在身上,上上下下地打量了好一会儿,这才满意地点点头,望着任大友说道:"大友,我考上了。"

任大友怔了一下。

艾红莓又朝他点点头,说:"榜发出来了,我去看了,我考上了。"

任大友从艾红莓的那张青春依旧的脸上没有看到喜悦的表情。艾红莓的话,他已经听得很清楚了,那句话,的确让他感到有些震惊。虽然在此之前,他曾不止一次地对她的考学进行过揣测,然而,当这种揣测一旦成为现实,他却一时不敢也不能接受了。此时此刻,他感到一颗心被狠狠地撞击了一下,使他猛然间感到了一种疼痛。但是,为了不至于在她面前表现得那样脆弱,他很快就调整好了自己的心态,慢慢转过身来,不无掩饰地朝她笑了笑,想了想,说道:"艾红莓,祝贺你,能上大学是改变人生的大事。"

艾红莓站在那里,一直朝他微笑着。不知怎么了,这一刻,她是那么渴望任大友能给她一个拥抱,一个热情的拥抱,更甚至于一个热切的亲吻。她想,如果任大友在这一刻能做到这些,所有的芥蒂和隔阂就都不复存在了,世界在一瞬间又会回复到原来的样子了。可是,没有,直到他转身离开也没有,这让她不免有些失落。

任大友穿着那身换好的西装,就要走出家门时,不知怎么,艾红莓一时心血来潮,一下又把他唤住了。接着,她又认认真真地朝他看了一眼,似乎想把他一笔一画刻在心里一样,由衷说道:"大友,你今天真精神。"

想了想,艾红莓又说道:"大友,你的付出终于有了回报,我真想跟着你一起去看看。"

任大友点点头,也认真地看了她一眼,便答应道:"过了今天,工厂变成真正的公司,我一定请你去参观。"这样说着,任大友转过身去。可是,就在这一刹那间,突然而至的一阵剧烈的头痛,使他下意识地将脑袋捂住了。

"大友,你怎么了?"艾红莓一下子慌了。

任大友一边捂着脑袋一边说道:"没事,老毛病了,一会儿到单位吃粒药就好了。"

艾红莓一直目送他走了好远,心里头仍是七上八下的,冥冥之中,她似乎有一种预感,那种预感,让她感到紧张和不安。

走过前面的那个路口,就能看到工厂的大门了。任大友想着,到了工厂,先要抓紧把药吃了,工厂里有那么多的事要做,他必须要让自己挺住了,身体是件大事情,身体垮了,就什么事都做不成了。想到这里,任大友不由得加快了步子。

可是,事故就是在这个时候发生了。

就要跨过那个公路口时,不料想,任大友的头疼再次发作起来,这样剧烈的头疼,他似乎还是第一次经历,就像是有一颗生了锈的钉子使着劲儿地往头里嵌进去一样。随着那阵难挨难熬的疼痛,他看到眼前的整个世界飞速旋转起来。紧接着,一阵刺耳的喇叭声和刹车声便传了过来……

16

当艾红莓得到任大友发生车祸的消息时,整个身子一下就瘫软下去了。

任大友是在一些过路群众的帮助下,被抬到医院去的。那个时候,他的大半个身子已经被鲜血染红了。尽管医生对他及时进行了抢救,并且为了让他苏醒过来,想尽了一切办法,采取了一切措施,但是,在度过了漫长的一天一夜后,任大友仍处在昏迷不醒的状态。

季红来了,她一直陪着艾红莓。

钱克强和工厂里的几名工人代表也来了,看上去,他们一个个表情凝重,一时间不知所措。

不知道到底经过了多长时间,王惠扶着艾红莓,来到了医生办公室。

周汉民和几个医生正等在那里。

王惠示意艾红莓坐下来,她便坐下来了,目光里却多了一份木然与呆滞。

一个医生翻开病历本，向她看了一眼，便向她交代道："任大友伤得很重，他颅内大量出血，现在不好判断是车祸造成的，还是他之前的旧伤复发。我们已经给他做过手术了，他现在仍在危险期，能不能脱离危险期还很难说。"

那个医生的话，艾红莓听清楚了。

猛然之间，她便意识到了什么。但是，现在，她不需要过程，她需要的只是一个结果，一个明确的结果。

于是，她抬头问道："请告诉我，最好的结果是什么？"

那个医生想了想，说道："最好的结果是，即便命保住了，也可能会成为植物人。"

艾红莓感到自己的末日突然间来临了。

离开了医生办公室，在王惠的提醒下，艾红莓让人给任大友的母亲发去了电报。

她实在无法想象，当大友娘接到关于自己儿子的消息时，会是怎样的悲痛，但是，现在，任大友发生了这样不幸的事情，艾红莓又不能不告诉她。

大友娘是在第二天一早来到医院的。艾红莓没有想到，她那么快就来到了山水市。一见艾红莓的面，她就已经泪眼婆娑地控制不住自己的情绪。在医生的特许下，艾红莓把她带进了ICU（重症监护室）病房。一眼望见躺在病床上的任大友，看到被一块大玻璃隔在里面，又被插上了许多管子的儿子，老太太不禁失声喊道："大友，俺的儿呀！"她一边拍打着那块大玻璃，一边止不住老泪纵横。

看到老太太那样悲痛，站在一旁的艾红莓忍不住又一阵阵心酸起来。

一路上奔波劳累，艾红莓担心老太太的身体吃不消，加上这种精神上的打击，会让她一时无法承受。如果大友娘再有个好歹，就不知该如何应对了。将医院里的事情安顿好之后，艾红莓不得不把老太太带回了家中……

当天晚上，为了避免再次发生矛盾，季红只得带着小亮搬到了近处的一个小宾馆里。

简单吃过了晚饭,大友娘和艾红莓沉默了一阵子,准备着回到房间去休息,这时候,大友娘突然望了艾红莓一眼,说道:"明天一早,你去求求医生,让他们用最好的药,钱不够,娘带来了。"

大友娘一边这样说着,一边打开一只包袱,从里面拿出一团零钱来。

大友娘的心情,艾红莓是理解的。艾红莓看到了那一团零钱,不觉又难过起来。她知道,那是老太太平日里省吃俭用一点点地攒下来的。

"娘,这不是钱的事。"艾红莓想了想,颓然说道,"医生说了,咱们只能期待奇迹了。"

大友娘抬起头来,望着艾红莓,眼里的泪水又溢出来了。

"那俺大友再也起不来了?"大友娘眼巴巴地望着艾红莓,问道。

艾红莓不知是该点头还是该摇头。两个人又沉默下来。

又过了好一阵子,大友娘突然想起什么似的抬起头来,望着艾红莓埋怨道:"那你说说,干吗让季红那个小妖精来咱们家?一定是那个小妖精把大友克成这样的,当初她就骗了大友,她就是大友的克星。"

艾红莓想了想,忙又解释道:"娘,当初季红来咱家,是大友同意的,她从农村回来,又离了婚,没地方住,我们才收留了她。"

提到季红,老太太恨得牙根痛,咬着牙齿,愤愤地骂道:"她该离婚,她那个小妖精的样子,没有男人会要她。"

艾红莓听了,不得不又安慰道:"季红一个人带个孩子也不容易,她都想着要把孩子送人了。你想想,如果她不被逼到绝路,她能有这个想法吗?"

一听到孩子,老太太立时来了精神,问道:"你说她要把孩子送人?"

艾红莓应道:"她是这样说过。"

"真的?"老太太又追问了一句,艾红莓看到,她的眼睛里掠过一道意想不到的兴奋。

艾红莓点点头。

"那你明天把季红找来,俺要当面问问她。"大友娘说。

艾红莓突然就明白了什么,她不禁为刚才失口说出的话感到了后悔。接着,她有些为难地望着大友娘说道:"娘,大友现在都这样了,季红就是想把孩子送人,咱也不能要了。"

可是,大友娘自有她的道理。她看了艾红莓一眼,说道:"咱就是要趁着大友还在床上躺着,把这个孩子收留了。他不能没有后,不能没有孩子,即便他真的不在了,有了这个孩子,也算是给咱任家留下一个念想。再说了,你身边没个孩子,谁给你养老?所以,娘想着趁大友还在,一定要让他齐齐全全的,不要有什么遗憾。"

艾红莓怔怔地望着她。

大友娘说:"就这么定了,你明天一早,就把季红给我叫来,俺要当面问她。"

尽管对于收养孩子,艾红莓的心里一直感到十分矛盾,可是,现在任大友生死难料,大友娘对这件事情又是如此坚决,如果不依了她,把她一下气出个好歹来,对任大友也是没办法交代的。想到这里,艾红莓只好先把这事儿应了下来。

说着说着就到了第二天早晨,艾红莓把季红和小亮接了回来。

自从季红抱着小亮走进门来的那一刻,大友娘的眼神就一直没有从小亮的身上挪开。不知怎么,第一眼见了他,她就喜欢上了这个孩子。看上去,这孩子虎头虎脑的,睁着两只葡萄样的黑眼睛,十分的机灵可爱。看着小亮,她忍不住想要抱一抱他,可是把胳膊张开了,那孩子望她一眼,竟十分惧怕地躲闪开了。大友娘见状,忙对艾红莓说道:"艾红莓,你抱孩子出去玩一会儿,俺想和季红说说话儿。"

艾红莓便把孩子从季红的手里接过来,走出屋去。

大友娘看一眼季红,略思片刻,说道:"以前的事咱们都不提了,我问你,你真想把孩子送人?"

只那么一句话,季红的眼睛就潮湿了。

季红把头低了下来,说道:"艾红莓在路上已经跟我说了,送给你们,我放心。"

第三章　开天辟地　｜　247

大友娘说:"说话要算数,可不能开玩笑,更不能像以前一样骗人。"

老太太的表情看上去很认真,也很严厉,这让季红的心里觉得很不舒服,想着眼下自己的处境,季红眼里的泪水流了下来。她就那样一边流着泪,一边默默地点了点头,一种从未有过的愧疚,把她的心攥得死死的,攥得她很痛。

"那好,这个孩子俺们要了,"大友娘一副公事公办的样子,说,"你有啥条件和要求?"

季红听了,突然抹了一把眼泪,声明道:"我不是卖孩子的,我没要求,孩子送给艾红莓是我心甘情愿的。"

孩子毕竟是季红身上掉下的一块肉,是她亲生亲养了这么大的,大友娘觉得,这样说要孩子,就把那孩子要到了自己跟前,于情于理都说不过去的。想了想,还是从一只花布包袱里抓出一把钱来,不由分说地塞进了季红的衣兜里,说道:"这是俺的一点心意,拿着吧!"

季红感到自己在拿自己的孩子做一笔交易。就像受到了极大的侮辱一样,她一边把那些零钱从衣兜里掏出来,扔在大友娘的怀里,一边呜咽着跑出门去。紧跟着,身后传来了大友娘的声音:"从现在开始,你的孩子就姓任了。"

大友娘的声音,季红听到了。此时此刻,她感到正有一把刀子狠狠地戳在了她的心窝子里。

正午时分,大友娘和艾红莓带着小亮来到了医院。

在ICU病房里,大友娘又一次见到了玻璃墙那面的儿子。这一回,她一言不发,静静地向任大友注视了好久,之后,便把小亮叫到了跟前,指着玻璃墙那面的任大友,轻轻说道:"来,小亮,给你爹跪下。"

小亮不明就里地看了一眼大友娘,又看了一眼艾红莓,他看到两个人的脸上都挂着认真的表情,便不明所以地跪了下来。

大友娘满意地抚摸着小亮的脑袋,向他点点头,又轻轻说道:"来,给你爹磕头。"

小亮依然照着大友娘说的做了。

大友娘突然就放声哭了起来,她一把鼻涕一把泪地哭着,一边朝玻璃墙那面的任大友唤道:"大友,你有后了,小亮就是你的儿,你睁开眼看看吧!"

任大友一动不动地躺在那里,就像一尊倒下的雕塑。

老太太相信,这一刻,她的儿子任大友,一定听到了她的声音,并把她的话记在心里了。

可是,当天晚上任大友就不行了。他的颅内再次大出血。虽然医院组织了最好的医生,全力对任大友进行了抢救,但是,最终因病情严重,无力回天,任大友永远地离开了这个世界。

在那份死亡通知书上签字时,艾红莓握笔的那只手不由自主地颤抖起来。与此同时,她感到一颗心也跟着颤抖得厉害,就像是瑟瑟寒风里的一片叶子一样。努力了好几次,她总算把自己的名字写了下来。

任大友的追悼会举办得十分隆重。民政局的部分领导和休养所、自强厂的人都参加了。

艾红莓就像一个木头人一样,一直垂头站在那里,整整一个上午的时间,她既不说一句话,也不流一滴泪,她的耳边回荡着人们对英雄任大友的追思与哀悼,眼前却反反复复浮现出第一次见到他时的那个样子。那个时候,她还是一名即将毕业的学生,而他则刚刚从战场上回来。出于对英雄的崇拜,她让他签字,他就签了,这么多年过去了,那个名字至今还保留在那个红皮子的笔记本上。她说:"我叫艾红莓,苦艾的艾……"可是,转眼间,那个为她签名的人就没了,永远地没了,就再也见不到他了,听不到他的呼吸了……

一切结束之后,艾红莓搀着大友娘疲惫不堪地回到了家里。两个人失魂落魄一般木然地相望了大半天,各自回到了卧室里。

天黑了下来,艾红莓倚在床头,两只眼睛望着屋角的一个地方,还在默默发着呆。这样不知不觉过去了很大一会儿,突然间,她就想起那份离婚协议书来,便起身从桌子的抽屉里将它取了出来。她看到,那上面,任大友已经赫然写上了自己的名字。她朝那个名字注视了很久,接着便发疯一般地将协议书撕碎了。

就在这时,大友娘推门走了进来。

大友娘在床边坐了下来,望了艾红莓一眼,又把她的手拉过来,这才说道:"大友走了,艾红莓,以前你和大友怎样,娘心里清楚。你们商量离不离婚的,眼下都不重要了,大友反正都不在了。俺问你一句话,以后你是怎么打算的?"

听上去,大友娘已经变得十分平静了。是啊,生活原本就是这个样子,走的走了,留下来的还要继续下去。

艾红莓努力把自己的情绪平复下来,看了大友娘一眼,说道:"虽说大友走了,但我还是任家媳妇。娘还在,这个家还在,我还会像以前一样。"

大友娘仔仔细细看着艾红莓,问道:"你真是这么想的?"

艾红莓点点头,说道:"大友走了,可你还是我婆婆,我不能丢下你,还有小亮。"

大友娘拍了拍艾红莓的手,说道:"娘告诉你一句话,男人走了,天塌不下来。当年大友爹死的时候,连一个骨灰盒都没拿回来,政府只送来一张阵亡通知书。俺就哭了一回,后来俺明白了,男人死了,俺还有孩子,孩子还需要俺,俺就不哭了,哭管什么用呢?!"

艾红莓感激地望着大友娘。

"俺希望你像俺当年一样。"大友娘说着说着,把艾红莓的手攥得更紧了……

夜深了,艾红莓心里想着任大友,再也无法入睡,便开始起身整理起他的遗物来。

任大友的那本日记本,是艾红莓从卧室的一只抽屉里发现的。看着它端端正正摆放在那里,艾红莓一时觉得有些好奇,便顺手取了,又将它打开了。

她看到在这本日记的第一页上,任大友写着这样一段话:第一个登台找我签名字的女孩,叫艾红莓,她说是苦艾的艾,红莓花开的红莓,真有意思,我记住她了。在她的眼神里,我依稀看到了母亲年轻时的样子。你好,艾红莓。

接着,艾红莓又信手翻开了中间一页。任大友这样写道:我做不了男人,我真希望这一碗又一碗的汤药,能把我的病治好。我开始变得烦躁,看什么都不顺眼,我不明白为什么要变成这样,变得小肚鸡肠,看什么都不顺眼,以前那个任大友去哪里了?我是个男人,我这是在做什么?

当这些文字跳进艾红莓眼帘里来的时候,她的眼睛不由得潮湿了。

好大一会儿,艾红莓才让自己稍稍平静下来。当她将那本日记翻到最后一页上时,她的整个身子不由得颤抖起来。任大友写道:我终于下定决心和艾红莓离婚了,我不能再连累她了,这些年她嫁给我,受了太多委屈,我什么也没有给她,我对不起艾红莓,如果有来生,我会当牛做马报答她。下了离婚的决定,我解脱了,红莓还年轻,她应该有自己美满幸福的生活。我所寄托的是我的工厂,我要把我全部身心用在工厂的改革上,以后工厂就是我的家,是我的事业也是我的爱人,我要用生命和鲜血去捍卫它……

艾红莓止不住泪如雨下,紧紧地把那本日记抱在了怀中。

此时此刻,无法言说的哀痛、愧疚与自责,就像大海的潮水一样,一瞬之间将她淹没了。

就是在这一刻,艾红莓的心里打定了一个主意。

就像往常一样,这天早晨,当艾红莓走进休养所办公室时,她的心里已经平静了许多。坐在办公桌前的那把椅子上,徐徐环顾了一下四周,慢慢地,她的心里竟然涌上了一阵淡淡的酸楚。一种未曾有过的留恋,突然之间就使她变得脆弱起来。

一个人有些孤单地坐了好大一会儿,她终于开始动手整理起办公桌上的东西来。

这时,艾军来了。艾军是来看她的。

艾军喊了一声姐,站在门口,望着她,问道:"姐,你准备上大学的东西了?"

艾红莓摇了摇头。

艾军从她的表情里预感到了什么,走上前来,又问道:"怎么了姐?"

艾红莓说道:"我想好了,不上大学了。"

艾军听了,不由得一惊,不解道:"姐,你说什么糊涂话?我姐夫死了,就剩你一个人了,你应该无牵无挂地去上学呀!大学毕业之后,你就可以进大机关工作了,就可以离开这个小小的休养所了……"

艾红莓又朝他摇了摇头,说道:"艾军,姐已经决定要去自强有限公司了。"

艾军看到她的表情十分坚定,便更加诧异了。

在艾红莓的眼里,她一直把艾军当成一个孩子,一个没有长大的孩子。她知道,对于一个孩子来讲,有些道理是讲不通的。有些事情,他也是弄不懂。她不想过多地向他解释什么,便望着他说道:"姐既然已经决定了,就不想更改了。"

艾军知道自己是无法说服她的,虽然在心里为她着急,也只能为她的选择深感遗憾。

"这可是一辈子的事儿,姐,你可要想好了。"艾军不无担心地说道。

艾红莓朝他笑了笑,认真地点点头,说:"姐真的想好了。"

送走了艾军,艾红莓看了一下时间,便不再犹豫,起身离开了办公室,径直朝民政局的方向走去。她要尽快地找周汉民谈一谈,把心里的想法一五一十地告诉他。长期以来,无论在工作上还是生活上,他一直是理解她、支持她的,任大友活着的时候是这样,任大友不在了,他应该也是这样。更何况,她将要去做的事情,都是与任大友有关的。

当艾红莓迈着坚定的步子,走进周汉民办公室时,看上去,她的精神状态已经显得十分饱满了。

艾红莓望着周汉民,开门见山地说道:"周局长,我昨天想了一夜,大学我不去了。"

周汉民听了,自然也是吃了一惊。

"为什么?"他下意识地问道。

接着,艾红莓便把心里的真实想法和盘托了出来。艾红莓说:"大友虽然不在了,可是他的事业还在,昨天我看了他的工作日记,他那么热爱自强有限公司,把它当成了阵地,当成了比生命还重要的事业。现在,大友不在了,我不能让他的事业半途而废,所以,我要求去自强公司,替大友完成他的事业……"

艾红莓一口气说了那么多。

周汉民有些惊愕地望着她,一会儿点点头,一会儿又摇摇头。这让他突然觉得,几天不见,坐在他眼前的这个女人,一下就变了,一下就变得沉稳且坚强起来了。无意之间,他不能不感叹起生活来,生活在不知不觉间,就把一个人从难以预料的变故里强拉硬推到了另一片天地里,它甚至还没有让你从难以自拔的事实里解脱出来,你就已经被脱胎换骨地蜕变成了另一个样子。

周汉民半天没有说话。他就那样望着她,静静地望着她,听着她把心里的话儿都说出来。女人们,都是喜欢倾诉的。可是,他看出来了,艾红莓不是为倾诉而来的。

她的眼里有渴望。

直到艾红莓把要说的话说完了,好大一会儿,周汉民才又点了点头。他知道,现在,对她说什么都是多余的、次要的,重要的是,直到这一刻,他才真正了解了她,第一次这样了解了她。而对于这样的了解,他不无坦诚地表达了自己的态度。

"你有这样的想法很难得,我会召开局党委会,研究你的申请。"周汉民望着她的眼睛说,"不管结果如何,请你要相信我,我周汉民永远站在你的身后。"

周汉民在说这话的时候,声音有点抖,实在不像一个民政局的高层领导。但是,也许正是这抖动着的声音,深深感染了艾红莓,使得她不无激动地站起身,并且毫不犹豫地握紧了那双温暖的大手。几乎在刹那间,她的眼睛便潮湿起来了。

第三章 开天辟地 | 253

艾红莓是带着一种兴奋的心情回到休养所的。这时间,吴桐已经等在她的办公室门口了。

她知道他会来的。

尽管她知道他为何而来,但是,她还是明知故问道:"你怎么有时间到这来了?"

她把他让进了办公室。

吴桐站在那里,望着她,认真地问道:"听艾军说你不想上大学了,要去任大友生前管理的那个公司?"

艾红莓笑了笑,半天说道:"吴桐,咱们是好朋友,既然你问到了,我实话告诉你,我是这么决定的。"

吴桐点着头,许久没有说话。艾红莓的话,把他的心一下就弄乱了。

"也许你会说我傻,骂我疯,"艾红莓继续说道,"可是,这个决心我已经下了。"

"能告诉我为什么吗?"吴桐问道。

艾红莓又朝他笑了笑,不假思索地说道:"为了任大友!"

"可他已经不在了呀!"显然,吴桐已经激动了,他的一张脸因为激动而红涨得厉害。

艾红莓看了一眼吴桐,想了想,说道:"大友是不在了,可他的遗愿还在,他的精神还在,他生前最大的愿望就是把这个公司搞好,在他心里,这个公司成了他的全部,他把公司看得比命还重要。"

艾红莓努力让自己说得平缓一些,真诚一些,她想让这些话打动他。她不奢望他去支持她,她需要他的理解。

但是,她看到吴桐的嘴角露出了一缕嘲讽的笑。

"这一切和你有关系吗?"吴桐问道。

艾红莓看到他的表情是痛苦的,这让她突然联想到正在一只热锅里饱受煎熬而竭力寻找出路的蚂蚁。是的,他是在帮着她寻找出路。她也知道,他现在所做的一切,都是为了她好。但是,他并不真正理解她,就像有的时候,她不能完全理解自己一样。

顿了顿,艾红莓还是摇了摇头。

她说:"任大友活着的时候,我对他的了解,最多也不过一半,可是他死了,说没就没了,而在我收拾他的遗物的时候,通过他写下的那些日记,我突然才对他有了进一步的了解,找到了他的另一半。任大友是个男人,是个真男人,他不但战胜了伤病,而且还要和心理疾病进行抗争,经过一番挣扎,最后他终于走了出来,主动提出要和我离婚,为的就是想给我一条生路,可当时我并不能理解他的真实想法。他是个男人,当初嫁给他,我没有看错,更不会后悔。如今他不在了,可他热爱的事业还没有完成,作为他的妻子,我想,我应该替他去完成,甚至完成得更好,也只有这样,才能让他安息、瞑目……"

艾红莓说得很平静。她相信这番话不是在她心血来潮时才说出来的。她是经过了冷静的反思,甚至是经过了一番残酷的灵魂拷问后才说出来的。

吴桐苦笑了一声。

这个让他心疼着、深爱着的女人,仍然活在任大友的世界里。她正一步一步地走向深渊,已经变得不可救药了。

"看来我说什么都没有用了。"吴桐无可奈何地叹了口气,他实在想不通,艾红莓怎么变成了现在这个样子。她现在的样子,让他感到绝望。

艾红莓淡然一笑,接着说道:"吴桐,你是我的朋友,就应该理解我。"

吴桐感到自己的眼睛里,正有一道潮水漫上来。

他努力让自己笑了笑,说:"那我就尊重你的决定,祝福你!"

他好想拥抱她一下,但是,犹豫片刻,他还是向她伸过手去……

这话说过几天之后,吴桐就到学校报到去了。几乎同时,艾红莓正式接到了民政局的通知,通知她这天上午去自强公司开会。

艾红莓的心里非常明白,民政局让她去自强公司开会,从某种意义上讲,已经说明了她与自强公司建立了某种不可割舍的关系。换句话说,她已经转身成了自强公司的人了。她的命运已经在这一天起,与自强公司紧紧地捆绑在了一起。尽管艾红莓在几天之前已经对这种角色的转换做好了充分的思想准备,然而,当她终于接到这个通知时,心里头不免又产生了一种不可名状的紧张与不安。

会议是在自强公司的会议室里进行的。会议室不大,但足以容纳公司中层以上的领导干部。艾红莓来到之后才知道,这个会议是特意为她召开的,是一次任命的会议。而宣读任命书的,则是民政局局长周汉民。

周汉民说:"经过局党委研究决定,报市政府批准,现在任命艾红莓同志为自强公司总经理,全面负责自强公司的业务和生产管理……"

宣读完任命书,周汉民又讲了一些什么,副总经理钱克强便率先鼓起掌来。

钱克强的心里是有怨言的。但是,这样一种场合下,哪怕是一个傻子,也不会把自己的不满情绪表现出来。望着周汉民,又望着坐在周汉民身边的新上任的自强公司总经理艾红莓,他的心里是不平的。但是,他只能忍,把一切怨言咽进肚子里。

那些鼓掌的人里,季红是最激动的一个。她在鼓着掌的时候,一双眼睛始终是望着艾红莓的,在艾红莓的身上,她似乎看到了自己的希望。

"太好了!"她说,她那一张青春焕发的脸上,因为激动而变得潮红着,不自觉中,她把自己的巴掌都拍红了。

周汉民示意艾红莓向大家讲几句话,她没有推辞,便起身向大家鞠了一躬,说道:"自强公司是大友和大家一起努力创建起来的,大友没看到这一天。我今天来到自强公司是代表大友来的,虽然大友不在了,可这个自强公司还在,大家还在。我不会辜负组织和大家的信任,一定会带领大家把自强公司越做越好……"

钱克强又一次带头鼓起掌来。

生活在继续,而对于艾红莓来说,这种生活眨眼之间已经变成了另外的一个样子,一个与之前在休养所的生活截然不同的样子。仿佛突然之间,那种散漫无聊却又让你无力摆脱的生活场景消失了,随之而来的,却是一番无休无止紧张忙碌的气氛。从接到任命的那一天起,艾红莓自觉与不自觉地,就变成了一只上紧了发条的时钟。她只有一刻不停地向前走,才能真切感受到自身的价值。这种价值,让她感到兴奋与满足。她知道,她再也停不下来了。

大友娘带着小亮回乡下去了。艾红莓刚刚接手任大友的那一大摊子工作,又没有在工厂的领导经验,老太太能够想象得到,这样一来,艾红莓会付出比别人更多的劳累与辛苦。到工厂的时间不长,艾红莓就瘦下来了,大友娘把这一切都看在了眼里,又知道艾红莓的要强,心里想着再也不能这样拖累着她,便和她商量着,要带着小亮在乡下生活一段日子,借此也可以与小亮增进一些祖孙间的感情。艾红莓自然理解大友娘的心思,她没有说更多的话,却把那份感动藏在了心里。

可是,艾红莓没有预料到,正当她做好了一切准备,立志要在公司大干一番事业的时候,一件让她感到十分棘手的事情发生了。

事情恰恰出在季红的身上。

这天下午快要下班的时候,季红走进了艾红莓的办公室。接着,她把一摞销售报表交给了艾红莓。

艾红莓看了一眼销售报表,一边笑着,一边十分满意地说道:"季红,大友没有用错你,看来你做销售很合适。"

季红向她眨眨眼睛,有些神秘地耳语道:"我的事考虑得怎么样了?"

艾红莓不禁有些疑惑,问道:"你的什么事?"

"做主管销售的副总啊!"季红说。

艾红莓愣了一下,问道:"季红,我答应过你吗?"

"我这不是在提醒你吗,凭咱们的同学关系,况且,小亮都成你的儿子了,这点小事还不是你一句话的事儿。"季红不无激动地继续说道,"我做副总的事儿已经跟大家说了,大家也都拥护呢!"

说完这话,季红又从口袋里掏出一张纸来,认真地看着艾红莓说道:"你看,这是生产车间和销售部的联合签名,他们都同意让我当这个副总呢!"

艾红莓把那张纸看了一眼,把它递给季红,有些不高兴地说道:"季红,看来你的工作没少做呀!"

"这可是群众的声音,"季红一脸郑重地说道,"反正我当副总的事儿大家都知道了,行不行,你看着办吧!"

说完,季红便有些傲慢地转身走出了办公室。

艾红莓越想越觉得这件事情季红做得太有些过分,一股火气忽地一下就冒了上来,啪的一声便将手里的那支笔拍在了桌上。

事情就这样变得复杂了,几乎一夜之间,整个自强公司里的人都知道了季红要当副总的事了。

第二天一上班,几个部门经理一起走进了钱克强的办公室。几个人说着说着,就说到了艾红莓和季红。

徐经理愤愤不平地说道:"钱总,你可是咱们公司的老人了,她艾红莓算什么呀?任大友不在了,她说当总经理就来了,还不是仗着周局长罩着她。"

王经理附和道:"可不是,任大友来时,我们就没说什么,当然,任大友带着咱们也算干出了成绩,可这成绩跟艾红莓有屁关系呀?一个寡妇一来就摘挑子,牛打江山马坐殿,凭什么呀?"

李经理说:"她就是仗着自己是女人,让周局长关照。"

几个人的话,直听得钱克强一阵心烦,便说道:"行了,越说越出格了,议论工作可以,人家的私生活,咱们不要议论,这样不好。"

几个人沉默了一会儿,徐经理却又接着说道:"钱总,那个季红这几天经常往艾红莓那跑,听她自己说,她马上要当副总了,还让销售部的人签名保举她。钱总,她才来几天呢,凭什么和你平起平坐?"

钱克强有所警觉地抬起头来,问道:"这事我怎么没听说?这么大的事,艾总会和我商量啊!"

王经理说:"人家和你商量什么,现在是总经理负责制,人家用谁不用谁,那也是一句话的事。钱总,你小心,别让人家一下子给撸了,把季红提拔起来。"

钱克强琢磨着两个人的话,越琢磨心里越不是滋味,脸色突然就变得难看了。

王经理分析道:"我看有这个可能,季红是艾红莓同学,听说她把自己的孩子都送给艾红莓了。人家的关系都到这份上了,咱们这些人,辛辛苦苦地干了这么多年,给人家当垫背的了,人家一来就一步登天了。"

钱克强想把这个事情弄清楚,便向几个人交代道:"这几天,你们几个把耳朵竖起来,听到什么马上向我报告。"

徐经理诚恳地说道:"钱总,我们都认你,也替你打抱不平,你得给公司的老人讨个公道,要不然,这公司歪风邪气占了上风,可就没指望了。"

几个人随声附和道:"是啊,不能让歪风邪气占了上风。"

钱克强心动了。他想了想,又想了想,终于说道:"这事儿我心里有数,大不了咱们集体辞职,我倒要看看周局长怎么断这个案子。"

几个人一齐说道:"我们都听钱总的。"

于是就到了这天下午,钱克强突然走进了总经理办公室,把三份辞职报告一起递给了艾红莓。

艾红莓朝那几份辞职报告看了一眼,不禁惊讶地抬头问道:"辞职?怎么三个人一起辞职?"

钱克强摇摇头,冷笑一声,说道:"这我就不清楚了,他们按着程序把辞职报告交给了我,我这不就转交给你了?"

艾红莓看着钱克强,思忖片刻,不解地问道:"老钱,是不是我有什么地方做得不好,大家有意见了?"

钱克强说道:"你是总经理,是局党委派下来的,做什么都应该是对的。"

艾红莓从钱克强的话里,敏感地意识到这件辞职的事情背后一定另有原因,便问道:"那你怎么看?"

钱克强故弄玄虚地想了想,便说道:"徐经理是负责生产的,王经理是负责采购的,李经理是负责产品研发的,他们都是公司运转的顶梁柱,他们一直在一线工作,要是他们走了,这个公司我看也得黄摊了……"

艾红莓看着那几份辞职报告,不禁感到有些茫然。

事情就这样接二连三地发生了。

第二天上班时,一大群工人连车间还没进,就聚在公司的院子里,一起打探起几个经理辞职的事情来了。

就听一个工人说道:"几个经理辞职不干了,这业务谁还干呢?"

一个工人接口说道:"看来这公司要黄摊了。"

又一个工人担心地问道:"公司黄摊了,我们怎么办呢?"

正这样七嘴八舌地说着,就见季红匆匆忙忙从大门外走了过来,当她看到一些工人正围在一起纷纷议论什么时,不禁有些纳罕地问道:"怎么了?你们怎么不去上班?"

一个工人便说道:"还上什么班?几个经理都要辞职了,咱们公司快要黄了。"

季红突然感到事情十分奇怪,没再多问什么,很快便把这件事情对艾红莓说了。

艾红莓听了,不觉心里一紧,突然意识到了问题的严重性,急忙走出了办公室。眼前的场景,让艾红莓立时感到有些无措了。

见艾红莓走过来,一群工人忙围了上去。就见一个工人开口问道:"艾总,听说公司几个经理要辞职,我们还干不干?"

另一个工人这时也挤过来说道:"他们可是公司老人,业务能力没人能比,我们可不想外行领导内行。"

一个工人突然望着艾红莓,顾虑重重地说道:"艾总,公司刚有起色,工人们正想大干一场,现在人心都散了,我们还怎么干?"

一时间,聚在院子里的工人们七嘴八舌嚷成了一锅粥。艾红莓看看这个,又看看那个,挥挥手说道:"大家静一下,听我说。首先,我向大家承诺,公司黄不了,咱们的公司是股份制,我们每个人都有股份,公司业绩好不好,都涉及我们切身利益。我向上级领导和大家都打了包票,一定带领大家干出一番成绩……"

还没等艾红莓把话说完,一个年纪大点的老工人上前说道:"业务经理都不干了,还拿什么干出成绩?生产这事,可不是喊口号。"

艾红莓听了,急出一头汗水,再三保证道:"我艾红莓没喊口号,我会用实际行动带领大家把自强公司做强做大。"

一个刚进公司不久的工人趁机问道:"行动是什么?人都留不住,怎么做?"

季红一直站在艾红莓的身后,听着听着,她就有些听不下去了,忽地一下站出来说道:"我听明白了,不就是几个业务部门经理要辞职吗,有什么了不起?想走就走,现在什么都缺,就是不缺人。"

一石激起千层浪,这句话刚出口,人群里便又掀起了一阵滔天波澜。

一个工人不满地望着季红,不屑地问道:"你季红才来几天,也敢说这话,你算老几?!"

季红哪里肯咽下这口气,挺身说道:"我算老几?他们爱走就走,没人干我季红干,告诉你们,我和艾总打小就是同学关系,有人想拆艾总的台,我季红补上!"

这时,另一个工人鼻子里哼了一声,接话说道:"你有什么本事来领导我们?一张棉被想盖住天——你好大的脸呢!"

人群哄笑起来。

季红还要说什么,被艾红莓喝住了。

季红望着艾红莓,愤愤地说道:"艾红莓,你都被人家欺负成这样了,还在说软话,对付这些人,你要强硬起来,谁爱走就走,三条腿的蛤蟆不好找,两条腿的人到处都是。"

艾红莓一下被激怒了,她狠狠地瞪了季红一眼,低声呵斥道:"季红,你马上给我走!"

可是,季红仍然不识时务,站在那里,俨然一副主人的架势,望着艾红莓继续说道:"艾红莓,我把话可说清楚了,那些辞职的人是在晾你的台,你不给他们点颜色,这个公司迟早要散了。"

艾红莓已经怒不可遏了,她几乎有些歇斯底里地大声喊道:"季红,你给我滚回去!我是公司负责人,这儿没你说话的份!"

季红望着艾红莓,就像受了很大的委屈一样,刹那间,眼睛里含满了愤懑的泪水,接着,她便转身走出了人群。

艾红莓稍稍喘息了一下,接着,继续动员道:"大家先回去工作,几位经理辞职的事,我会找他们谈,是人才就得留下,我艾红莓向你们保证。"

工人们看到了刚才的那一幕,体谅艾红莓的难处,一时不好再说些什么。少顷,那个年龄较大的老工人便向大家招呼道:"既然艾总把话说到这份上了,大家忙去吧!"

一群人犹豫了一下,谁也没说什么,便向车间走去了。

事情总算平息下来了。

回到办公室,艾红莓拿着那几份辞职报告,又看了一遍,仍是觉得蹊跷,便让人把那几个经理叫到了钱克强的办公室。她要和他们好好谈谈。

那几个经理见了艾红莓,却一下子显得尴尬起来了。

艾红莓朝他们看了一眼,努力让自己的口气平缓下来,一边微笑着,一边说道:"大家是不是对我艾红莓有什么意见?大家都说出来。你们辞职,总得说出点理由吧!"

起初,几个人都低着头坐在那里,一个个就像突然间变成了哑巴一样。

钱克强瞅瞅这个瞅瞅那个,打着哈哈说道:"说吧,艾总来了,有什么事大家当面和艾总说,省得我在中间传话了。"

几个人把头低在那里,仍是一言不发。

艾红莓便说道:"不说我也知道,大家不相信我,因为我一没资历,二没有对企业的管理经验,所以你们觉得看不到希望,想离开这里。"

几个人一齐拿目光望着她。

艾红莓想了想,接着又问道:"我为什么来自强公司,也许大家并不了解,自强公司转制是大友生前的愿望,大友来时可以说是白手起家,当时工人发不出工资,是大友把自己的转业费和我们家的生活积蓄拿出来,让大家渡过了难关,这些大家都还记得吧?"

一听这话,几个人一时面面相觑着。徐经理起身说道:"任厂长在时,对工厂那是没说的。"

艾红莓点点头，又继续说道："大友对自强厂感情很深，但他没看到自强公司的壮大发展。我主动要求来自强公司工作，是替大友完成他没完成的心愿。业务上的事，我是不懂，但有大家，我会向大家学习，尽快熟悉业务，和大家一起把自强公司做强做大。你们的档案我看过，自从有了自强厂你们就在这工作，对自强公司，论感情你们比我深。有许多夫妻两人都在这工作，自强公司的兴衰关乎你们全家的生活质量，如果自强公司搞不好，我就是大家的罪人。大家觉得我没这个能力当这个总经理，我可以辞职，选出一个让大家放心的总经理。"

说到这里，艾红莓停了下来，目光却从这张脸上，掠到另一张脸上。

几个人沉默了好一会儿，钱克强终于应声说道："艾总已经把话讲到这个份上了，大家就都说说吧！"

徐经理觑了一眼钱克强，犹豫了一下，便小心地望着艾红莓说道："既然这样，那我们就实话实说了。"

艾红莓点点头，说："徐经理，你只管说。"

徐经理便说道："季红当副总经理，我们不服。"

艾红莓心里不觉一惊，问道："谁说她要当副总经理了？"

徐经理直来直去地说道："大家都这么传，你们是同学，你又抱养了她家的孩子。"

艾红莓笑了笑，接着便郑重地说道："我们是同学不假，她孩子送给我也不假，可这些和副总经理有什么关系？"

王经理把话接过来说道："季红都亲口说了，是你答应她的，这事全公司的人都知道。"

艾红莓便又开诚布公地说道："季红这人我了解，爱说大话。大家要担心这个，我可以保证，绝对没有的事。"

几个人听了，这才如释重负地吁了一口气。

办公室里的气氛一下子就变得轻松了许多。

这时，徐经理起身注视着艾红莓，说道："既然这样，那我们收回辞职

第三章　开天辟地 | 263

报告。"

几个人接下来又说了些工厂里的事情,系在心里的疙瘩便也一个一个解开了,艾红莓终于也呼出一口气来。

可是,艾红莓前脚回到了办公室,季红后脚就又找上门来了。这一回,她是大张旗鼓地带着销售部的五六个人结队而来的。

艾红莓见了那阵势,不知道发生了什么,还没等她发问,季红却说话了。

季红迫切地望着艾红莓,说道:"艾总,这是我们销售部的人,他们都支持我做主管销售的副总。"

季红说:"艾总,我是你的同学,现在几个部门合伙欺负你,这事我不能不管,你当众骂我、批评我,我都认,那是为了给你树立威信。"

季红说:"艾总,你听听群众的呼声吧!"

说着,季红朝那几个站在一旁的工人示意了一下,一个人便站了出来,望一眼季红,又望一眼艾红莓,就像背诵一篇课文一样地说道:"我们支持季红当副总,她一定能领导我们管好销售业务……"

艾红莓一时有些哭笑不得,忙摆摆手说道:"你们几个先回去吧,我要单独和季红谈谈。"

几个人听了,你看看我,我看看你,犹犹豫豫地,最终还是转身去了。

季红望着艾红莓,已经有些迫不及待了,突然凑上前来说道:"你马上提我当副总吧,你也看出来了,你身边没人不行,那个钱克强是两面三刀,在要你呢!"

"季红,你为什么非得要当这个副总,自强公司装不下你了吗?"艾红莓看了她半晌,突然冷冷地问道。

季红还想表示什么,艾红莓挥手制止了她,说道:"季红,把你的想法收回去吧,如果你安心销售工作,请你马上回到岗位上去,你觉得这里装不下你,你辞职好了!"

季红惊疑地望着艾红莓,她没想到艾红莓会对自己说出这番话来。

季红说:"怎么,你是不相信我?"

艾红莓摇摇头,淡淡地笑了笑,说道:"不是我不相信你,是公司全体员工不相信你。"

季红一下就接受不了了,眼里的泪水滚了出来。她一边伤心地望着艾红莓,一边赌气一般地说道:"没想到你这么绝情,好,我以后不会再求你艾红莓一件事,你这么做,总有一天会后悔的!"

艾红莓看了她一眼,问道:"看来你要辞职了?"

季红咬着牙齿,愤然说道:"我辞职,我在这里一天也不想干了。"

季红不想再说下去了,一怒之下,便气冲冲地走出了艾红莓的办公室。

她没再回头。

艾红莓怔怔地望着季红消失在门口,下意识地摇了摇头。突然之间,她感到了一种失落,同时,也感到了一种释然。

艾红莓没想到,大友娘那么快就从乡下回来了。

小亮一直如影随形地跟在大友娘的身边。祖孙两个那么快就有了这样深的感情,这是让艾红莓感到高兴的。可是,令艾红莓感到费解的是,老太太居然还带来了另外一个人。

那是一个看上去三十几岁的农村男人。艾红莓第一眼见到他的时候,那个男人上上下下一副村干部打扮,身上穿着一套皱巴巴的西服,脚上却套着一双解放鞋,头上还戴了一顶军帽,全然一副不伦不类的样子。

见了艾红莓,那个男人的脸上先是露出讨好般的笑来,接着,他喊了一声嫂子,脸便红了起来。

大友娘向艾红莓介绍了那个男人,艾红莓这才知道,他叫大林,是任大友的堂弟,在村子里当会计。

晚上,大友娘和艾红莓靠在床上说话儿,说着说着,就把话头儿扯到了大林的身上。

大友娘说:"大林小时候家里穷,一直没说个对象,现在大林当了村会计,说亲的人都快把门槛踢破了。"

大友娘又说:"大林读过书,心气高,十里八村的姑娘,他根本看不上。"

艾红莓听着听着,不觉笑了出来,说道:"我看出来了,大林在乡下是个能人。"

大友娘顿了顿,便看着艾红莓说道:"这次娘带大林来,想让你看看。"

"让我看看?"艾红莓有些纳罕,问道,"看什么?是想在城里找工作,还是找媳妇?"

大友娘笑了起来,说:"艾红莓,你说中了,俺寻思,大友不是不在了吗?你和大友一直没个孩子,你还年轻,娘不是老封建,支持你再找个人。俺寻思来琢磨去,觉得大林这孩子不错,虽说他不是啥英雄,没法和大友比,但也好歹是个村干部,要不你和大林谈谈?这也是肥水不流外人田,以后你们生了孩子,还姓任,也没让别人占便宜。"

大友娘一下就把话说得那么明白了,让艾红莓感到无比惊诧。

大友娘看出艾红莓的脸色突然变得难看了,忙问道:"咋了,娘这想法不好?"

艾红莓苦笑一声,使劲摇着头,说道:"娘,这怎么可能呢!"

"怎么不可能?"老太太望着艾红莓认真地说,"大友不在了,你要从大友的感情里走出来,以后就把大林当成大友。艾红莓呀,这女人身边没个男人可不行。怎么,你是没看上大林?"

艾红莓有些哭笑不得。

老太太叹了口气,继续说道:"他现在的身份是和你差了点,可感情这事也保不齐,要不你和大林再处处?这孩子是俺从小看着长大的,心眼好,小时候有个饼子都分一半给大友吃。哎,你了解了解,大林身上的优点还有好多。"

艾红莓突然就感到厌烦起来,说道:"娘,咱不说了,睡觉吧!"

第二天季红就得到了大友娘回来的消息。有些日子没有见到小亮了,她想要见见他。小亮是自己的亲生骨肉,即便是他送了人,那种母间的血缘关系,却是任何人都无法替代的。

但凡有一条路行得通,她是决不会走这条路的。在小亮离开之后的那些日子里,季红曾经不止一次地这样想,也曾不止一次地痛恨着自己。她为自己对于小亮的匆忙决定深深忏悔,面对这一严酷的现实,她几乎咬碎了自己的牙齿,发誓一定要混出个样儿来,把大把大把的票子挣到手。迟早有一天,她还会把小亮要回来,要到自己的身边来,从此之后,再也不会分开一天。

因为此前与大友娘的矛盾,季红心里自然知道,她是不可能直接找上门去见自己的儿子的。即使她要那样去做,那个老太太也一定会把她拒之门外的。

她只能躲在一旁,在别人不注意的情况下,偷偷去看一眼自己的儿子。

季红躲在一个不被人注意的角落里,看到儿子小亮时,小亮正和大友娘一起在院子里玩耍。有些日子不见,看上去,小亮长高了,也长胖了,他和大友娘那么亲近,这让季红感到放心了许多。

就在季红看得入迷的时候,一个陌生的男人走了过来。

那个陌生男人走到跟前,突然问道:"你是谁?"

季红吓了一跳,转过头来望着他,不觉有些尴尬,见站在她跟前的这个人有些眼生,反问道:"你是谁?"

那个陌生男人见季红这样问他,朝她又看了一眼,嘻嘻地笑着,说:"俺叫任大林,是任大友的堂弟。"

季红听他这么一说,不觉皱了下眉头,便又试探着问道:"你这是来串亲的?"

大林一笑,挠了挠头皮说道:"也可能不走了,俺婶要把艾红莓介绍给俺,艾红莓你知道吧?是大友媳妇,俺嫂子。"

季红疑疑惑惑地看着大林,突然间意识到了什么,转过身去就匆匆离开了。

接着,季红便把这件事情告诉了艾军。

这个时候的艾军已经有了属于自己的一份工作。不久前,在艾红莓的动员和支持下,他在服装市场接手经营了一个服装摊生意,虽然说摊位不大,可是免不了也要起早贪黑地做事情,挣下的却是一份辛苦钱。不过,和以前那些待业在家的日子相比,无论从精神还是物质上,他都感到充实了许多。

艾军听季红一五一十地把话说完,立时就火了。可是,当着季红的面,他并没有发作起来,思忖片刻,这才说道:"姐,你在这儿盯会摊儿,我回趟家……"

还没等季红说什么,艾军已经急三火四地跑得没影了。

艾军并没有回家,而是直奔到了艾红莓家里。一脚踏进门去,艾军正看到大友娘一边逗着小亮玩儿,一边和一个陌生的男人说着话儿,心里想着季红说的那些话都是有根有据的,一下就气愤起来,恶狠狠地盯着大友娘问道:"老太太,你是要把任大友的堂弟介绍给我姐吗?"

艾军问完这话,瞟了一眼站在一旁的任大林。

"你们也不撒泡尿照照自己,"艾军不无轻蔑地说道:"就这样的堂弟,还想配我姐,想什么呢?!"

大友娘终于接口说道:"话可不能这么说,艾红莓是俺儿媳妇,她的家俺当定了。"

"别一口一个儿媳妇好不好?"艾军剜了大友娘一眼说,"那是以前,现在你和我姐一毛钱关系也没有,知道不?"

大友娘想了想说:"那也是艾红莓自己的事,艾红莓愿不愿意的,跟你也没关系。"

艾军说:"当初我姐是吃了迷魂药,嫁给了任大友,现在你们又挖坑哄她往里跳,合着伙地欺负我姐,门都没有!"

一旁的任大林见他们吵得那么凶,想把这件事情平息下来,马上表白道:"你们别吵了,俺这次来是和艾红莓相亲的,还没说到结婚呢!"

艾军狠狠地看了他一眼,说:"走,咱出去说。"

不容任大林说话,艾军拽起他就出了大门,猛地一把揪住了大林的衣领,眼珠子瞪圆了吼道:"如果你们想欺负我姐,看我不剁了你,不想找死的话,赶紧给我滚,哪里来的滚哪里去!"

大林听了这话,一张脸吓得煞白,说:"俺没欺负你姐,这次俺婶带俺来就是和你姐见个面,能行更好,不行拉倒,也没说别的呀!"

艾军鼻子里哼了一声,指着他的脑袋说道:"告诉你,你给我明天就回乡下,要是在这添乱,以后没你好果子吃!"说完,搡开大林,气冲冲地走了。

晚上,一直等艾红莓回到家,大友娘这才把艾军来过的事情告诉了她。艾红莓听了,一时感到十分难堪,一个劲儿地向老太太赔不是。

大友娘再不知该说些什么,坐在那里一个劲儿地哀叹着。

任大林毕竟还是聪明一些,见这情景,突然起身给艾红莓鞠了一躬,说道:"嫂子,是俺不好,俺不该来,俺想好了,明早俺就走。"

艾红莓看了他一眼,劝道:"大林,现在农活不忙,你陪俺娘再住些日子吧!"

"不了,俺来一趟也就死心了,"任大林朝艾红莓摆摆手说,"俺这次回去,说个农村媳妇,门当户对的,日子一定能过好。"

大友娘看一眼任大林,又看一眼艾红莓,忽然也拿定了主意,说:"也好,大林,婶明天跟你一起走。"

艾红莓扭过头来望着大友娘,小心地问道:"娘,你真生气了?"

老太太禁不住老泪纵横,她认认真真地把艾红莓端详了半天,缓缓说道:"小亮在这也待不习惯,俺带他回乡下,你在城里忙吧!"

一句话说完,两个人竟抱在一起哭了起来。

大友娘走后的第二天,自强公司举行了一次招聘大会。为了公司的长久发展,他们决定从社会招聘一大批男女技工。

这天上午,自强公司的院子里十分热闹。很多年轻人从报纸上得到这个消息后,特意赶到了这里,并把自己精心准备好的应聘材料递交上来。

艾红莓万万没有想到胡卫国会出现在应聘现场。

胡卫国来到自强公司的时候,应聘会刚刚结束,艾红莓也刚刚回到了自己的办公室里。可是就在这时,胡卫国敲了一下虚掩着的房门,走了进来。

艾红莓看到眼前站着的竟是胡卫国,不觉怔住了。

胡卫国把一个大信封轻轻放到了艾红莓的那张办公桌上,说:"我的简历,请艾总过目。"

艾红莓眨了眨眼睛,想了想,便从那只信封里抽出几张纸来,扫了一眼,问道:"胡卫国,你什么意思?"

胡卫国说:"我来竞聘上岗。"

"你?"

胡卫国说:"季红的事我听说了,走了张屠户,咱不吃带毛猪。"

艾红莓一边微笑着,一边摇着头说道:"胡卫国,你现在有工作,又是事业单位,现在正以工代干,说不定什么时候就转干了,我们这小公司,你怎么会有兴趣?"说着,艾红莓拉过胡卫国,两个人坐在了沙发上。

胡卫国看了艾红莓一眼,说道:"先别问我为什么来你这个公司,季红不是辞职了吗,你们公司缺一个销售经理,我介绍一下我的情况,看适合不适合你们这个销售经理。"

艾红莓点点头。

胡卫国便说道:"我的战友,当然也是吴桐的战友,叫张守军,在市外贸局工作,另一个战友王长荣,在商业局工作,还有一个战友叫张连玉,在百货商店采购部工作,我说的这些战友,只是一小部分,就凭我这些资源,做你们公司销售经理合适不合适?请艾总考虑。"

说到这里,胡卫国顿了一下,又补充道:"对了,如果不相信我的话,你可以去找吴桐去核实。我说过,这些战友也是吴桐的战友。"

艾红莓不知该问什么了。

胡卫国起身说道:"艾总,你刚才问我,为什么辞去现在的工作到你这里来?我现在可以告诉你,我不喜欢现在的工作,我对竞聘你们这个销售部的经理很感兴趣。"

艾红莓仍然没有说话。

胡卫国看着她,自信地笑了笑,说道:"我想,我要说的话已经说完了,不打扰了,告辞!"

可是,走到门口,胡卫国又一下停了下来,回头说道:"艾总,你不用考虑我们的同学关系,我竞争上岗。"

说完这话,胡卫国就从门口消失了。

艾红莓琢磨着胡卫国刚才说过的那番话,不自觉地从沙发里站起来,接着又拿起胡卫国的那份简历认真地看了一遍。

但是,不管艾红莓怎么看、怎么想,她又怎么能够想得到,胡卫国所做的这一切,都是在吴桐的暗中操作下进行的。对于艾红莓,吴桐是放心不下的。紧要关头,他很想帮帮她,助她一臂之力。可是,自己身在学校无法脱身,他只有把这一切都拜托给自己的生死兄弟胡卫国了。

艾红莓正看着那一份简历,钱克强走了进来。

艾红莓便把那份简历递给了他。

钱克强接过来,只看了一眼,便问道:"艾总,这不是你经常说起的那个同学吗?"

"你往下看。"

钱克强一边继续翻看着,一边兴奋地说道:"下过乡,当过兵,哎哟,还有这么多关系,外贸局的、商业局的、商场采购部的,这都是咱们需要的关系呀,要是情况属实,那可真是求之不得呀!"

艾红莓微笑着点点头,说道:"这些人我都查过了,的确是胡卫国的战友。"

"他是你同学,你们知根知底,这哪是来竞聘的?分明是雪中送炭来了。"钱克强就像终于发现了一个人才似的,望着艾红莓,激动地说道,"艾总,你快拍板吧!"

17

说话间,已是四年之后了。

那个时候,吴桐已经大学毕业了。

在艾军经营着的那个服装摊的基础上,季红主动与他联手,开起了一家服装公司,规模扩大了一些,也换了块新牌子:季红服装销售贸易公司。生意说不上好,也说不上坏,牌子却很响亮。到这时为止,季红早就和那个山水大学的助教朱彬断了来往:一个是大学老师,一个是个体户;一个需要知识改变命运,一个需要挣大钱过人上人的日子。按季红的话说,他们是有缘没分,她不能指望和他的文化知识过一辈子。在这个问题上,季红认识得很透彻也很现实,态度十分坚决,这让大学助教朱彬有些措手不及。他们的关系就这样走到了尽头。但是,紧接着,命运又让她在一次偶然的机会中认识了一个叫乔守山的老板。这老板出手大方,与季红有业务来往。季红感觉到这人实诚,不像别的生意人那样斤斤计较,人也长得标致,渐渐地对他就有了好感。两次失败的爱情,让季红懂得了珍惜,由此,在对乔守山的感情上,也更加地忠诚与专注,死心塌地地和他绑在了一起。但是,随着两个人的关系日益加深,季红渐渐地便有些忘乎所以了。

就在季红与乔守山爱得要死要活的那些日子里,艾红莓所在的自强公司却遇到了一个大麻烦。根据半年来报表上的回款显示,只是一家名为宏利公司的经销单位,就占去了自强公司百分之八十的销售额,可是,至今他们的回款还不到百分之十。尽管公司方面已经向他们的负责人张经理不止一次进行了催款,可是这个张经理总是以种种理由敷衍着、拖欠着。

说起来,宏利公司的负责人张经理,还是胡卫国的一个老战友。由于有了这层关系,在此之前,他的结款总能在第一时间打进自强公司的账上,然而,不知怎么了,这半年却发生了意外。不但如此,现在居然连这个张经理的影子都难以见到了。

一个关键的问题是,自强公司的销售款回不来,公司的资金眼看就要面临断链的处境,如果再这样继续下去,公司停产也是迫在眉睫的事情。

一连串的变故就这样发生了。由于自强公司资金紧缺,几家供应原材料的单位已经相继下达了最后通牒:如果继续这样拖欠不还,他们就要付诸法律了。

无形之中,自强公司被带进了三角债的魔圈里。

自强公司的现状,让艾红莓几乎要崩溃了。尽管艾红莓为了此事绞尽了脑汁,翻来覆去与副总经理钱克强商量对策,但是,除了继续向宏利公司追债外,他们实在也想不出更好的办法。

这天晚上,身为自强公司销售部经理的胡卫国,和副总经理钱克强一起,总算约到了宏利公司的张经理,约见的地点是山水市一家相对高档的大酒店。

在酒店的一个包间里,三个人边喝边聊,喝到最后,一个个都变得面红耳赤,说起话来舌头都大了。这才扯到了正题。

钱克强一边亲昵地拍着张经理的肩膀,一边眯瞪着一双眼睛,可怜巴巴地说道:"张经理,我们自强公司可就等米下锅了,看在你和胡卫国是战友的情面上,先给我们结一部分,再不结我们公司就要破产了。"

张经理打了个酒嗝,看了钱克强一眼,说:"老钱,胡卫国,以前我们是商业局下属企业,背靠着商业局这棵大树,现在商业局慢慢把我们剥离了。没有靠山了,好多商家也不买我们的面子了,他们不给我们结款,我们也没招啊!"

钱克强听了,就又赔着笑脸说道:"张经理,你说得对,咱们都不容易,咱们换个地方再娱乐娱乐……"

张经理心里自然明白接下来要去的地方,瞟了胡卫国一眼,扯着舌头说道:"今天喝多了,不胜酒力呀,让战友笑话了。"

胡卫国没好气地问了他一句:"你还知道我是你战友?"

钱克强一旁听了,忙朝胡卫国使了个眼色,说道:"咱们请张总换个地方,换个地方醒醒酒。"

说着,把早就准备好的一个纸包塞到了张经理随身带着的一只手包里。张经理见了,假意地客套了几句,脸上的表情却明显地不一样了。他一边朝钱克强笑着,一边拍了拍他的肩膀说:"钱总,你这人够意思,明天上班,我一定想办法,一定想办法……"

随后,两个人又带着张经理来到了一家歌厅,陪他唱了好大一会儿歌儿,到了半夜,这才各自散去。

胡卫国从歌厅里出来,一个人郁郁不快地走在回家的路上,心里边禁不住把那个昔日的战友张守军——今日宏利公司的张经理痛骂了一顿。

心里的怒气还没有消下去,走着走着,半路上却又遇到了吴桐。看到吴桐也带了一些酒意,胡卫国便问了缘由,这才知道,原来吴桐是和几个要好的大学同学聚会去了,刚刚从红卫餐厅里散了。

吴桐看到胡卫国一副心事重重的样子,便也问他,胡卫国突然就叹了口气,说:"吴桐,咱们瞎了眼了!"

吴桐心里一惊,怔在那里。

胡卫国愤愤地说:"我们公司要被张守军那小子害死了。"

吴桐立刻预感到了什么,一把拉过胡卫国,问他到底怎么回事?胡卫国这才一五一十把张守军的事情说了。

吴桐听了,竟是半天没有说话。

麻烦事儿就这样一件接着一件地来了。

第二天一上班,自强公司就不太平了。钱克强刚把昨天晚上请张经理消费的事情向艾红莓汇报完,一个工作人员就一头闯了进来,慌慌张张地说道:"两位老总,要账的都把咱们门口堵上了,你们快去看看吧!"

艾红莓和钱克强两个人不由得愣了一下,接着便走出门去,看到院子里,有十几个要账的男人正聚在那里大呼小叫着。

钱克强见状,急急慌慌走上前去,抬头看到眼前的几个人都是平日里十分熟悉的,先是赔了一张笑脸,热情招呼道:"各位,各位,听我说,你们都是自强公司的老主顾,自强公司能有今天,多亏你们的帮助……"

话没说完,那些人已经不耐烦了,一个年龄大些的看了钱克强一眼,就站出来,单刀直入地说:"老钱,既然这样,欠我们的原料钱也该给了。"

另一个听了,附和道:"我们厂长可说了,这次要不到钱我们就要停货了。"

钱克强一时显得十分难堪,看看这个又瞅瞅那个,末了,又赔上了笑脸说道:"朋友们、兄弟们,你们都是我的上帝,我得罪谁也不会得罪你们呀!"

钱克强一边这样说,一边在心里想对策。可是,这时间,哪里又能想出什么万全之策?

一个年轻点儿的已经耐不住性子了,上前一步喊道:"老钱你别废话,说吧,什么时候给钱?"

另一个也凑上来,很是气愤地问道:"你们艾总呢?我们要见你们艾总,你说话我们不信。"

这会儿,艾红莓早站在那群人身后了,见这阵势钱克强已经有些招架不住了,便一边喊着,一边挤了过来,说道:"我在这里!"

那些人纷纷又把目光集中到了她的身上,忽地一下就把她围起来了。

也恰恰就在这时候,吴桐默默地走进了工厂的院子,不动声色地站在了那群人的后面。

被围在人群里的艾红莓,朝那些要账的人一一看了过去,满含歉意地说道:"各位业务单位的朋友,你们听我说,我们自强公司不是草台班子,欠各业务单位的钱我们承认,自强公司不是还不起你们的钱,只因为销售公司欠我们的钱……"

她想向他们耐心解释一下,取得他们的理解。可是,话没说完,一个年龄大些的人把她的话打断了,说道:"这话不等于白说吗?说来说去,还是没钱。"

不料想,这句话却把身边的一个年轻人激怒了,还没待艾红莓反应过来,那个年轻人就一把抓住了她,鲁莽地喊道:"姓艾的,欠债还钱天经地义,我们厂都发不下工资了,你要不还钱,就去我们厂见我们厂长,把话说清楚。"话音未落,拉扯着艾红莓就要往外走。人群立时乱成了一团。

尽管钱克强拼尽了力气在竭力劝阻着,可艾红莓还是被几个人一边推搡着,一边往外走,那种混乱局面实在难以控制。

就在这时,吴桐奋力挤到了艾红莓的身边,一边推挡着众人,一边护住艾红莓,大声吼道:"够了!"一群人立时惊在了那里。

吴桐接着问道:"有你们这么要账的吗?对一个女人你们这样,你们这帮大老爷们好意思吗?"

人群里的一个对眼子见吴桐有些眼生,感到有些莫名其妙,上前喝问道:"你算哪根葱?她不给钱,你给我们,我们立马就走。"

另一个挥着胳膊喊道:"就是,你算老几?我们是合理合法来要账的,关你屁事!"

话说到这里,一群人呼啦啦又拥了上来。

吴桐见状,灵机一动,一边保护着艾红莓,一边大声喊道:"我是公安局的,今天来找艾红莓有公事,你们不能这样胡闹!"

说完,一把抓过艾红莓的胳膊,匆匆朝她使了个眼色,厉声喝道:"走!跟我走……"

艾红莓一下就明白了什么,跟着吴桐逃也似的走出了公司的大门,想着刚才发生的那一幕,仍然感到心有余悸。

她感激地朝吴桐望了一眼,接着又长长地叹息了一声,忧心忡忡地说道:"这样总不是个办法,躲得了初一,躲不过十五,可这怎么办才好呢?"

见艾红莓这样,吴桐感到心里酸酸的,极不是个滋味。他不知道该如何为她分担这一份重负。

说话间已是事情发生后的第二天上午了。胡卫国正坐在销售部翻弄着桌上的一堆名片,抬头看见吴桐满头汗水地闯了进来。

吴桐说:"我是为张守军的事来的,他的情况我打听到了。"

胡卫国把那堆名片收起来,忙让他坐了,让他慢慢说。

吴桐继续说道:"这半年来,张守军把老婆孩子都弄到国外去了,他们公司不仅欠你们款,所有和他们有业务往来的公司,他都拖欠着钱款不结。"

胡卫国皱了下眉头,警觉地问道:"你是说他要跑?"

吴桐点点头:"这也正是我所担心的。"

这消息,让胡卫国惊出了一身冷汗,不由得自言自语道:"他要是把钱卷走,我们公司可真的要倒闭了。"

"你有那个张守军的联系方式吗?"吴桐忙又问道。

胡卫国欲哭不能,说道:"有也没用,他现在谁的电话也不接,我去了他办公室好几趟,人早就躲出去了。"说到这里,胡卫国忍不住又狠狠地骂了句,"这个王八蛋,可不是咱们当兵那会儿的张守军了,他现在已经六亲不认了!"

吴桐想了想,便说道:"你还是先把电话给我再说吧!"

胡卫国看了他一眼,便从那堆名片里找出了一张。吴桐朝那张名片看了一眼,便把它塞进衣兜里了。

从胡卫国的办公室里走出来,吴桐接着便径直来到了宏利公司。

他想试一下自己的运气。

来到经理办公室门口,他看到那道门正四敞大开着,有五六个年龄不等的人歪七扭八地坐在那里。

几个人见吴桐走进来,只是动了动身子,就又把目光从他的身上移开了。一个人问道:"你也是来要账的?"

吴桐没有回答他的话,问道:"张经理呢?"

另一个接口说道:"我们在这儿等他三天了,现在连个人影还没见到呢!"

身旁的一个人上上下下打量了吴桐一遍,说道:"看你这样,肯定是第一次来,什么都没带,没做好打持久战的准备?"

吴桐不想和他们多说什么,淡淡地笑笑,便又走了出来。接着,他来到了宏利公司的办公室。

门虚掩着,吴桐伸手推开了,还没开口,坐在桌子后面的一个戴眼镜的中年人说话了:"我们张经理不在,要找张经理,去他办公室里等。"

吴桐朝那人看了一眼,笑了笑,问道:"要账的见不到张经理,还账的也见不到吗?"

中年人听了,立时睁大了眼睛,有些疑惑地问道:"你是还账的?"

吴桐不动声色地盯着那个中年男人,没有说话。

中年人很快就领会到了什么,忙起身说道:"对不起,要账的太多了,我们张总没法在公司办公了,你要真是还账的,我可以安排,如果是要账的,那就对不起了。"

吴桐轻蔑地哼了一声,说道:"那你就约一下张经理吧!"

中年人一下明白了,忙又赔着笑问道:"请问你是哪家百货公司的?"

吴桐多了个心眼,张口说道:"和平广场百货。"

"你是和平百货的?好,好,我这就给你安排。"中年人说着,给吴桐倒了一杯茶,紧接着就和张守军取得了联系。

按照约定好的时间,这天傍晚时分,张守军来到一家饭店的门前时,吴桐早就等在这里了。吴桐上前一步,迎上去问道:"你还认识我吧?"

张守军吃了一惊,看到眼前站着的竟是吴桐,眨巴了一下眼睛,不解地问道:"吴桐,你在这等人?"

吴桐笑笑,猛地一把抓了张守军的胳膊说:"我等的就是你,走吧,咱们找个地方聊聊。"

张守军心里好生疑惑,又问了句:"说还账的那个人是你?"

吴桐一边将他推搡着往前走,一边说道:"别忘了咱们可是战友,好久不见,你不想和我聊聊?"

说着,吴桐就将他带到了近处的一家餐厅里。

两个人坐了下来,张守军主动点了几样菜,又要了一瓶酒,讪讪地笑着,问道:"说好了,今天我请你,你小子直接说你想见我不就完了,干吗还说是还账的?"说着,两个人就一杯一杯地喝起酒来。

喝过了几杯之后,张守军突然抬起眼来,试探着问道:"你找我不是专门为了喝酒吧,是有业务?"

吴桐笑笑,说:"有业务,你能帮我?"

张守军听了,看一眼吴桐,很豪迈地说道:"你看你,又把话说远了,咱们是战友,谁跟谁呀!"

"胡卫国也是咱们战友吧?"吴桐问道。

"胡卫国?"张守军突然就意识到了什么,盯着吴桐问道,"你是为胡卫国找我的?"

吴桐点点头,说道:"确切地说,是为自强有限公司。"

张守军抓了抓脑袋,有些头痛地说:"吴桐,你怎么和他们扯到一块去了?"

吴桐忙又把酒倒上,拍拍张守军的肩膀说道:"来,来,不急,咱先喝酒。"

两个人又喝了一阵子酒,吴桐这才放下杯子,望着张守军正色道:"张守军,从见面你一口一个战友地叫,要是没忘了战友这份情,看在我面子上,就把自强公司的账还了吧!"

张守军听了,有些尴尬地打着哈哈,吞吞吐吐地说道:"原来你是替自强公司来要账的呀,咱先不说账的事,咱们难得一见,吃好喝好,今天我买单。"

喝着喝着,张守军就有些喝多了。吴桐扶着他走出饭店时,他的一张嘴和两条腿都已经不听使唤了。

吴桐借机说道:"张守军,来,我送你回家。"

听说回家,张守军立时激灵了一下,说道:"不,我不回家,告诉你,我都好久不回家了,要账的早就把我家包围了,我住宾馆,咱们回宾馆。"

张守军顺嘴说了一家宾馆的名字,吴桐便扶着他一起来到了那家宾馆里。把门打开后,张守军一屁股坐在了沙发上。

吴桐打量了一眼张守军住着的这个房间,不由得问道:"张守军,你要在这住到什么时候?"

张守军迷迷怔怔地睁着一双眼睛望着他,挥了挥手,呜呜噜噜地说道:"吴桐,你不知道,等到签证一到手,我可就开拔了。"

"开拔?去哪呀?"吴桐警觉地问道。

张守军摇摇脑袋,说道:"开拔,就是再也不回头了。"

"这么说,你是要跑喽?"吴桐接着问道。

"咱们是战友,当兵那会儿咱们关系不错,我才告诉你,你千万别和别人说。"

"那自强公司的欠款呢?"吴桐又问道。

"自强公司是民政局的企业,公司黄了,和你,和胡卫国一点关系也没有,那是国家的钱,管他呢!"张守军说道。

吴桐瞪了他一眼,狠狠地说道:"张守军,你这么做可不太地道了!"

"在这件事情上,我是有点对不住胡卫国,走前我一定会补偿他的损失。"张守军有些愧疚地说道。

"看样子你是不想还自强公司的欠款了?"

"吴桐,你说对了,还他们款,我还怎么走,去国外喝西北风去呀……"

张守军说着说着就打起了呼噜。

吴桐望着张守军,一时间感到又气又恨,突然间心生一计,不由分说地将他捆了起来。一边捆着,一边愤愤地说道:"张守军,你这么做太不仗义了,我绝不会让你逍遥法外的!"

一夜就这样过去。就到了第二天早晨。

吴桐从外边买回了早餐,这才给张守军松了绑。张守军一边揉着自己的两只手腕,一边埋怨道:"吴桐,你干吗这样?我哪点对不住你了?"

吴桐坐在一旁,一边望着他在那里狼吞虎咽,一边冷冷地说道:"你不是对不住我,是对不住那些欠款公司。"

张守军看了他一眼,问道:"你就这么和我耗下去?"

吴桐笑笑,探过头去,问道:"那我现在要报警怎么样?"

张守军一下就停止了咀嚼,盯着吴桐说道:"吴桐,你要报警,我就出不了国了,可我的钱已经转走了,要蹲监狱我认了。"

吴桐转念一想,又问道:"那咱们做笔生意怎么样?我不报警,你想办法还钱。"

张守军不说话了。

吴桐突然就从王惠的视野里消失了。看不到吴桐的影子,又没有一点儿他的消息,王惠急得就像一只热锅上的蚂蚁。后来,王惠想到了艾红莓,心里猜想到吴桐的突然消失一定与她有关,于是,这天一大早,就找到了自强公司。

一脚踏进艾红莓办公室,脚跟还没站稳,王惠便急三火四地问道:"吴桐到底来过你这里没有?今天说好去登记的,可现在连个人影都找不到了。"

王惠说着说着,就开始抹眼泪。

艾红莓感觉到事情有些蹊跷,便说道:"前天他是来过的,可是没说几句话就走了。"

王惠回味着艾红莓的话,不由得又是好一通埋怨:"艾红莓,你干吗什么事都要把吴桐扯上?弄得他心不在焉的。这可好,现在连人都找不到了!"

艾红莓怔怔地望着王惠,一时间哑口无言。

紧接着,王惠又找到了季红,向她打问吴桐的消息,可是季红也说不出个所以然来。

从季红那里走出来,王惠就变成了一只无头的苍蝇,接连又打听了几个要好的朋友,但是一个个的竟都说不出个线索。

后来,她再次来到了吴桐的家里,一边看着吴桐父亲在客厅里来来回回踱步子,一边坐在那里不停地抹眼泪。

王惠心里着急,猜测不到吴桐到底遇到了什么意外,抬头问道:"爸,要不咱们去公安局报案吧?"

老爷子回头看了她一眼,不由得叹了口气,安慰道:"小惠呀,别急,咱们再等等,再等等……"

天近中午的时候,艾红莓终于得到了一个消息:"张经理失踪了。"

消息是钱克强带来的。他听宏利公司办公室的人说,昨天一个姓李的先生去找过张经理,他们约好了见面的时间和地点,但是从那以后,张经理就再没回来。

这个消息,让艾红莓心里一惊,经过反复推测,她最终确定那个李先生不是别人,一定是吴桐。这也正是一个女人所独有的直觉。艾红莓若有所思地拿起电话,但是,犹豫片刻,又把它放下了。艾红莓的推测没错。

就在艾红莓正在为他牵挂担忧时,吴桐已经把张守军挟持到市郊的一片小树林里了。宾馆那个地方毕竟不安全,万一张守军公司里的人知道了,吴桐可就说不清了。后来,他突然就想到了这片小树林。这地方杂草丛生,由于地处偏僻,素日里少有人迹,正因为这样,它也便更隐蔽也更安全,更不易被人发现。

"长这么大,你还没吃过这种苦吧?"在一块大石头旁,吴桐停了下来,朝四处看了看,又望了张守军一眼,笑笑说,"你看这地方多安全,想睡觉你就地当床、天当被,要多舒服就多舒服,现在你好好想一想吧,是还欠款,还是让我把你送到公安局去?"

为了让张守军开口还债,吴桐已经费尽了口舌。可是,张守军仍在和他周旋着,消耗着。

见吴桐这样问自己,张守军瞪了他一眼,说道:"吴桐,你知道你是在绑架吗?这可是要负法律责任的。"

吴桐又笑了起来。

"这个责任我负,你欠钱不还,还想潜逃,你该负什么责任,这点你比我更清楚。"吴桐认真地说道,"再这样拖下去,如果那些债主把你告上法庭,来个诉讼保权,你别说出国,可能你连山水市都出不去了。"

张守军不由得颤抖了一下。

吴桐继续说道:"你把公司的资金据为己有,企图转移到国外,因为我的出现,让你的计划落空了。如果你有胆量,咱们现在就去公安局去说清楚。然后查你们公司的资金流向。你们公司的会计小王,不是你的小蜜嘛,这会儿说不定她都报警了。"

张守军听了这话,脸色立时就变得煞白了,下意识地问道:"你怎么什么都知道?"

吴桐鼻子里哼了一声,狠狠地盯了他一眼,说道:"你可别忘了你们公司还有咱们另外一个战友,不是所有战友都是你这种败类。"

"你是说徐大虎?"

吴桐点点头,说道:"对,你的一切,都是他告诉我的。"

张守军不说话了。

吴桐笑了笑,不慌不忙便从口袋里摸出一卷胶带来。他拿着那卷胶带,朝张守军晃了晃,说道:"为了你,我可是煞费了苦心,你看,我都给你准备好了。对不起了张经理,我得委屈你一下了!"

还没等张守军完全反应过来,吴桐已经动作麻利地将张守军缠裹在身边的那棵老槐树上了。

这一招果然灵验,不大一会儿工夫,张守军就有些坚持不住了。他一边无奈地挣扎着,一边不无痛苦地喊叫道:"吴桐,算你狠,咱们成交了。"

吴桐扭头问道:"怎么个成交法?"

"你放我回去,自强公司的钱我还,可是,我有个条件。"张守军说。

"什么条件?"

"你不能报案。"

张守军可怜巴巴地望着吴桐。

吴桐点了点头,想了想,便又说道:"你别和我耍花招,你要真心想还钱,马上打电话,安排你们财务的人把账打过去,否则,你知道我吴桐是什么样的人。"

张守军终于垂头丧气地把一颗脑袋低下了。

不久,艾红莓就接到了那个电话。电话是吴桐打过来的。艾红莓一听到吴桐的声音,不知怎么,鼻子立时就酸了。

吴桐说:"艾红莓你听我说,半小时后你马上安排人去银行查账,是宏利公司的欠款。张经理已经告诉了他们公司,将欠款打进了你们账户里。"吴桐的声音很急迫。

艾红莓忍了好几下才把泪水忍住了,慌忙问道:"吴桐,你现在在哪里?"

可是,她还没等到回话,电话已经挂断了。

"我叫吴桐,我是来自首的……"

这是吴桐走进公安局值班室,面对一名警察时说的第一句话。

吴桐说:"宏利公司张经理失踪的事,是我干的。"

看上去,吴桐的表情十分镇定,就像是在说一件与己无关的事情。

吴桐说:"现在,请允许我先给家里打一个电话。"

可是,吴桐万万没有想到,这一个电话,却把父亲送进了医院里。一气之下,父亲急性脑血栓发作了。

此时,公安局审讯室里,吴桐正在接受审讯。

一名警察问道:"姓名?"

吴桐答道:"吴桐。"

警察问:"年龄?"

吴桐答:"三十。"

警察又问:"职业?"

吴桐顿了一顿,答道:"学生。"

那警察听了,抬起头来,认真看了一眼吴桐。

吴桐补充道:"刚大学毕业,现在待业。"

那警察铁青着一张脸,想了想,又问道:"既然是大学生,那就是有知识的人,怎么干这种事?你知道犯了什么法了吗?"

吴桐望着那警察,下意识地起身说道:"我是在讨回公道和正义,你们快点把那个姓张的抓起来,他要转移公司钱款,潜逃出国。"

那警察及时制止了他,望着他,严厉地说道:"张守军的事我们会调查的,你现在触犯了刑法,你限制人身自由,涉嫌绑架罪,你要如实交代你的问题。"

吴桐申辩道:"我是绑架了那个姓张的,可我事出有因……"

但是,不管怎么说,吴桐还是被公安局拘留了。

当艾红莓得到吴桐被公安局拘留的消息后,她感到脑袋立时就大了。慌乱之中,她喊来了胡卫国,并让他陪着她一起来到了公安局值班室。那一刻,她是那么想见到吴桐,哪怕只是一眼,只要看到他好好的,她也就放心了。可是,由于吴桐正在接受调查,尽管她说明了情况,再三请求,也没有得到许可,最终,她不得不悻悻地离开了值班室。可是,刚走到门口,却一眼看到了季红。

季红刚去医院看望了吴桐的父亲,受王惠的委托,特意赶到了公安局打听吴桐的消息,抬头看到艾红莓和胡卫国两个人从公安局走出来,忙迎上前去,急切地问道:"见到吴桐了吗?"

艾红莓摇了摇头。

季红看了艾红莓一眼,言语里立时便多了几分埋怨:"艾红莓,你说你,自己公司有困难,为什么要拉上吴桐?吴桐上学时就追求过你,一直对你有好感,可现在人家吴桐马上就要结婚了,你不考虑别人,连王惠你都不考虑了?"

艾红莓听了,心里觉得很不是滋味,侧头问道:"季红,你也这么认为?"

季红把头别到了一旁,有些不屑地回道:"什么认为不认为的,吴桐的父亲为这件事都气得住院了。你想过没有,做人不能太自私,也要考虑考虑别人的感受。"

"我说过了,吴桐去要账和我没关系,不是我指使他去的,他被关起来了,你以为我好受?我们公司都被黄牌警告了,没了信誉,公司就得黄了。"

说着说着,艾红莓的眼圈就红了。

季红剜了她一眼,泄愤般地说道:"当初你嫁给任大友,留城了,当上了干部,我们下乡受苦受累,连个希望都没有。活该你现在承受这一切,这叫风水轮流转。"

见季红这样说,胡卫国在一旁实在听不下去了,接口说道:"季红,别这么和艾红莓说话,吴桐出了这事儿,谁心里好过?"

季红看看艾红莓,又看看胡卫国,十分不满地哼了一声,说道:"你们都是穿一条裤子的。"

艾红莓已经说不出话来了。后来,艾红莓一个人来到了近处的街心公园里,她想好好地清静一下。

这是一个十分晴朗的好天气,艾红莓看到,此时,有很多人正在公园里尽兴地游玩着。艾红莓有些麻木地走了公园的小径上。走着走着,艾红莓突然感到十分疲惫,便在路边的一棵大树下面停了下来。

一个老年人,正站在不远的另一棵大树下咿咿呀呀地吊嗓子。她朝那个老年人看了一眼,嗓子里突然也跟着痒了起来。

终于,艾红莓再也忍不住了。她先是试探性地朝那棵大树喊叫了一声,这一声喊叫,似乎顷刻之间就让她得到了某种快感。紧接着,她几乎爆发一般地大叫了两声。那叫声,听上去有些歇斯底里的味道,引得近前的许多人都朝她好奇地看了过来。

喊完那几嗓子,艾红莓感觉到心里面一下子畅快多了,但是,不知道为什么,她忽然间又感觉到鼻子一阵发酸,当她意识到这一点时,已经泪流满面了。

18

不久后,法院对吴桐的判决便有了一个结果。因涉嫌绑架罪,但念其有自首情节并检举揭发张守军私吞公款、阻止其携款潜逃等立功表现,吴桐被判处有期徒刑三年零六个月。

判决结果一宣布,艾红莓不禁大吃了一惊。她万万没有想到,吴桐的事情会严重到这种程度。

经过再三考虑,她决定要去找一次法院。她要说服他们,把一切责任都揽在自己身上。她豁出去了。她想直接去找法院院长。

但是,法院院长并不是谁想见就能见的,于是,她想到了周汉民,想请他帮这个忙。自然,当面对周汉民的询问时,她不得不巧妙地隐瞒了自己真实的想法。周汉民倒是痛快,马上答应为她帮忙搭桥,就这样,艾红莓终于得到了一次面见法院院长的机会。

当艾红莓站在法院院长办公室里时,她的心情是很不平静的。

她说:"我是自强公司的艾红莓,我是为吴桐的事情来的。"

院长放下手里的一份材料,认真地看了她一眼,示意她继续说下去。

艾红莓便又说道:"院长,打扰你了,我不懂法律,我今天找您只有几句话要说。"

院长朝她点了点头,默许了她。

艾红莓接着说道:"吴桐是为了帮我们公司追欠款犯的法,他本人和我们公司没有任何关系。他刚大学毕业,工作还没有分配,就被判了刑,这等于毁了他一辈子,就凭这些,我想请求您给他一次机会。当然,要坐牢可以,我是自强公司的法人代表,所有法律后果由我来承担,要判就判我,判多久我都认了。"说完这些,艾红莓下意识地吁了一口气。

院长静静地看着艾红莓,一直等她把话说完,这才说道:"法院对所有的案子都是经过程序合议表决的,如果不服判决可以申诉。"顿了顿,院长又说道,"吴桐的案子,我已经听说了,你的心情是可以理解的,不过,一个人犯了法,任何人都是不能替他顶罪的。"

艾红莓听了,快要急出泪来了。

院长的话,已经说得很明白了,但是,艾红莓还是抱着最后一线希望问道:"院长,难道就没有更好的办法了?"

"法律就是法律,法律面前,任何人一律平等,"院长起身说道,"艾同志,你请回吧,很抱歉,作为院长,我实在帮不了你。"

艾红莓的想法就这样落空了……

吴桐出事之后,自强公司于无形中受到了影响。公司被工商局黄牌警告,好多家合作单位撤销了合作,原料进不来,产品销不出,一时之间,自强公司陷入到了一种少有的困境中。而如果想让公司重新正常运转,首要的一点就是要工商局把黄牌撤销了。为了这件事情,艾红莓特意找了周汉民,让他帮着出出主意,想想办法,周汉民本人也答应帮着找找工商局的人说说情,可是,几天过去了,却连一点消息也没有。公司一下陷入这样的困境里,很多人就产生了各种各样的想法,消沉颓丧的负面情绪一时间就像挥之不去的雾霾一样,在公司内部弥漫着。眼前的现状,让艾红莓不禁为公司的前景担忧起来。为了让大家重新振作起来,接着她便召开了一次公司中层以上的领导会议,会上,她反复鼓励他们,公司的难处不过是暂时的,这一切很快就会过去的。

她不无激愤地说道:"吴桐是为咱们公司才被判刑的,这个情,不管我们领不领,这都是事实。大学生就业办公室我也问过了,像他这样的应届毕业生,不会参加分配了。现在,我们也帮不上吴桐什么,但有一点我想好了,吴桐如果出狱找不到工作,咱们自强公司的大门要永远向他敞开,如果他愿意,我会把这个位子让给他。"

钱克强和身边的几个人听了,一下子张大了嘴巴。

艾红莓一字一顿地说道:"如果有人反对,我现在可以宣布辞职。"

她的表情很严肃,她的话也很坚决,不容动摇。

说完这话,她把自己都吓了一跳。在对一件事情的决策上,她还从来没有这样独断过。

钱克强见艾红莓决心这样大,忙起身说道:"艾总,要让我让,我和几位经理说好了,吴桐是为了咱们自强公司坐的牢,等出狱那天,我们哥几个敲锣打鼓迎接他。"

艾红莓的眼睛刹那间模糊了。

会议结束后,艾红莓突然想到了还住在医院的吴桐的父亲。她想去看一看他,也许,她还能够给他一丝安慰。想到吴桐的父亲,艾红莓感觉到自己的心里是满怀歉疚的,吴桐毕竟是因为自己公司的事情走上了犯罪的道路,归根结底,无论从哪一方面讲,这也是与自己有关的,她是无论如何也脱不掉干系的。

艾红莓手里拎着东西,来到了医院,正要朝住院楼里走,转眼却看到王惠从住院楼里走出来。显然,王惠也发现了艾红莓,但是,她的目光很快又转到别的地方去了,她不想见到艾红莓。可是,艾红莓却一边喊着王惠的名字,一边匆匆向她走过来了。

王惠停了下来,扭头看着艾红莓。她的脸,冷得就像一块冰。她说:"艾红莓,你还有脸来见我?"

艾红莓立时感到十分难堪,低头说道:"我是来给你和吴桐父亲赔不是来了。"

"赔不是,这是个不是?"王惠狠狠地剜了她一眼,又把头别向了一边。

艾红莓望着王惠,急于表达自己的心情,于是便又说道:"我艾红莓现在说什么你都不会听,我们公司已经做了决定,吴桐出来,我们公司的岗位,随便让他挑。"

王惠听了,却像受到了极大的侮辱一般,气急败坏地望着她说道:"都这会儿了,你还想着把吴桐捆在你身边给你当奴隶?"说完,王惠愤愤地走开了。

艾红莓不知该如何向王惠解释这一切。她愣愣地站在那里,好半晌,才终于反应过来,接着,她便来到了病房里。

经过几天的治疗,吴桐父亲的病情总算稳定下来了,身体也慢慢恢复。

艾红莓站在床头,望着躺在病床上的吴桐父亲,禁不住鼻子酸了一下,眼睛里立时含满了泪水。她向吴桐的父亲表达了自己的歉意。

吴桐的父亲望一眼艾红莓,一时想不起该从哪里说起,好大一会儿,才长长地叹一口气,说道:"现在说什么都没用了,你和吴桐打小就是同学,你救过吴桐,吴桐喜欢过你,这我知道……"

艾红莓眼里的泪水滚了出来。

顿了顿,吴桐的父亲望着艾红莓,恳切地说道:"吴桐到了这步田地,王惠仍然不离不弃,让我很感动。现在伯伯求你一件事,你去做做王惠的工作吧,之前因为这件事情,我也劝过她几次,你也好好劝劝她,让她放下吴桐吧。王惠是个好孩子,别再耽误她了……"

这是一个开明的父亲,此时此刻,即使是躺在病床上,他的心里也明镜似的。

艾红莓的眼睛不知不觉间又一次潮湿了,听了吴桐父亲的话,她使劲地点了点头,抹了一下眼睛,说:"伯父,我明白了,我知道该怎么做了。"

就到了这天的晚上。

想来想去,艾红莓最终还是决定再找一趟王惠,要好好和她聊聊。

显然,对于艾红莓的到来,王惠是很不欢迎的,但是既然艾红莓已经找上门来,该说的话当着面说出来,也许更好一些。

沉默了半晌,艾红莓终于说道:"王惠,这话也许不该我说,可吴伯伯求过我,我也答应了他。咱们是同学,你打小就喜欢吴桐,从下乡到当兵,又到上大学,一晃就是十几年,让你现在放手,你肯定会很痛苦……"

"这么多年了,还不是你害的?"王惠逼视着艾红莓说道。

艾红莓低下头来。

"艾红莓,你是不是到现在心里还有吴桐?"王惠接着说道,"如果有,那你现在就去监狱去看他,向他表白,就说你在等他,不论以后好坏,都要嫁给他,你敢说这话吗?"

艾红莓抬起头来,急切地表白道:"吴桐是为自强公司坐了牢,当然,这一切都是为了我,如果吴桐需要我,我可以替吴桐粉身碎骨,再救他一次。"

王惠没想到走到了今天,艾红莓对吴桐仍是这般痴情,仍是紧紧抓住不放,立时便暴怒了,她几乎歇斯底里地朝艾红莓怒吼道:"艾红莓,我以后和吴桐怎么样和你没关系!我和吴桐分不分手用不着你来说,以后你爱对吴桐怎样就怎样,你去救他,去为他粉身碎骨,你去呀!"

艾红莓没想到王惠会发这样大的脾气,一股无名火腾地一下也在心里点着了,还没待王惠把话说完,她忽地一下便站了起来,冷冷地逼视着王惠,咬着牙齿说道:"王惠,在吴桐的事情上,我是对不起你,可你没必要和我这么说话。要说欠,我欠吴桐的,并不欠你的!"说完这话,艾红莓转身便走。

王惠一下就蒙了。紧接着,她便号啕大哭起来。

又到了探视的日子。就像以往的几次探视一样,这天上午,艾红莓带着胡卫国来到了监狱会见室,等着吴桐的出现。

半晌之后,会见室一旁的小门打开了,吴桐被一左一右两个狱警带了进来。艾红莓紧张地看着他一步一步走过来。

但是,吴桐的目光却不可思议地避开了艾红莓,朝一旁的胡卫国说道:"你怎么又来了?我这儿很好,什么都不缺。"显然,吴桐不高兴了。

艾红莓嘴唇颤抖起来,接着,她喃喃唤了一声:"吴桐……"

吴桐并没有去看她,把头别向一旁,淡淡地说道:"公司挺忙的,以后就不要来看我了,我真的挺好。"

艾红莓听了,眼里的泪水刹那间夺眶而出:"吴桐,我对不起你,我现在能为你做点什么,你告诉我好吗?"

可是,一句话没说完,吴桐突然朝一旁的狱警喊道:"报告管教,会见完毕。"

艾红莓的心里咯噔了一下,她明显地意识到了吴桐情绪的变化,但是她不明白,为什么吴桐突然就成了现在的这个样子。

两个狱警走了过来,他们看了一眼艾红莓,接着就把吴桐带走了。

就要走过那道小门时,吴桐突然又站住了身子,头也不回地说道:"艾红莓,请你忘记我,我和你没有任何关系。"

吴桐的话,艾红莓听清楚了,一字一句都听清楚了。

她突然就明白了,一切都明白了。望着吴桐的背影,她的眼泪又一次汹涌出来。

回去的一路上,艾红莓就像受到了极大的精神刺激一样,一直不停地问走在一旁的胡卫国:"吴桐干吗要这么对我呢?"

胡卫国看着她,想了想,说道:"吴桐是个男人,是个汉子,要换成我,我也会这么做的。"

艾红莓怔怔地望着胡卫国,一边流着泪水,一边又问道:"他怕连累我是不是?他想当好汉,一人做事一人当,可他这么做伤害了我,你知道吗?"

胡卫国见她这样,鼻子不禁也发酸了,便安慰道:"艾总,你别伤心,吴桐这么做自有他的用心。"

艾红莓摇了摇头,又摇了摇头,喃喃说道:"什么用心?我不明白……"

说话间,到这年秋天,小亮就到了上学的年龄。大友娘从乡下给艾红莓寄来了一封信,信上说,为了不耽误孩子,她要带着他回城里来上学,并且让艾红莓抓紧给小亮联系好学校。

这是一件大事,艾红莓实在不敢耽搁,便在这天早上,骑车赶到了就近的一所小学。

这时间,艾红莓看到学校教务处门口正排了几个人,显然,他们都是为孩子入学的事情而来的。一直耐心地等着那几个人一一登记完了,艾红莓这才走上前去。

那个负责登记的老师见她两手空空的,有些疑惑地看了她一眼,问道:"户口本呢?"

一句话就把她问蒙了。她说:"什么户口本?"

老师说:"你不是给孩子登记上学吗?拿户口本登记呀,看是不是符合进我们学校的条件。"

艾红莓这才醒悟过来,喏喏地说道:"老师,孩子没有户口。"

"没有户口你来干什么?"那个老师又看了她一眼,说,"教育局可有规定,城里没有户籍的学生我们不招。"

艾红莓一听这话,心里就着急了,忙不迭地向那个老师解释,说:"这孩子是我们领养的,一直住在乡下,我们刚把他领养了,他的养父就去世了。这孩子也是可怜,到了上学的年龄,总该有个学上啊!"

可是,不管她怎么说,那个老师就是咬定了一条:没有户口的孩子,就是不能入学。说我们是在照章办事呢,是有原则呢,如果都像你这样,学校岂不乱套了!

艾红莓见她态度那么坚决,想了想,便说:"那好吧,我找你们校长。"

接着,她就找到了这个学校的校长。

校长是一个中年妇女,看上去很精神、很干练的样子。

艾红莓没想到,还没等她开口,那位校长已经认出了她。校长一边望着她,一边不无惊讶地问道:"这不是艾红莓吗?当年我听过你做的报告,你怎么到我们学校来了?"

艾红莓心里认为终于找对了人,便又将孩子入学的事情向校长说了一遍。

但是,就像刚才那位负责登记的老师说过的一样,那位校长听她一口气说完,也不无遗憾地说道:"教育局有规定,我们得按规定走。再说了,我也没权力招一个没户口的孩子,就是我招了,也是没有学籍的,以后麻烦的事可就太多了。"

艾红莓一时不知如何是好了。

那位校长见她一副为难的样子,想了想,便说道:"这样吧,你和教育局的人说说,让他们批一个指标过来,我们有了批文,孩子的学籍就解决了。"

"可是教育局我也没熟人呀?"艾红莓说。

"再找找人吧,"那位校长看了她一眼,接着说道:"听说民政局局长和你关系挺好的,如果他出面和教育局说,我觉得一定能行的。"

艾红莓不觉犹豫了一下,谢过了那位校长,便走出门来。

从学校里走出来,艾红莓的心里还在想着那位校长说过的话,看来,关于她和周汉民的关系,社会上已经有一些传言了,这不禁让她觉得有些难堪。周汉民对她工作和生活上的关心,是发自内心的,是出于组织上的考虑的,她心里自然也明白,他为自己所做的一切,与任大友是有着必然的联系的。特别是在任大友去世之后,他仍然一如既往地关心着她,照顾着她,这是一般的领导所无法做到的。仅仅从这一点上讲,她也应该感谢他,一辈子忘不了他。在此之前,她也曾不止一次地想,她绝不会辜负了他对自己的培养,绝不能给他的脸上抹黑,她要以出色的工作成绩报答

第三章 开天辟地 | 293

他,而在个人生活上,也绝不能再给他增添任何麻烦。

可是,眼下她竟然又遇到了这样一件麻烦事儿,一件关于孩子上学,自己却又难以解决的大事情。她除了找他帮这个帮,又能去找谁呢?

为了孩子,就算是最后一次吧! 她想。

她一边与自己做着激烈的思想斗争,一边宽慰着自己,最终打定了主意,还是要试着去找他一回,让他再帮自己一把。

艾红莓是鼓起了很大的勇气才走进周汉民的办公室的。

艾红莓说:"真不好意思周局长,又给你添麻烦来了。"

周汉民仍然那么热情地迎接了她。他起身给她倒了一杯水,又给她端到跟前,一边和蔼地微笑着,一边问她遇到了什么解决不了的问题。艾红莓便将孩子入学的事情一五一十地向他说了。

周汉民思忖片刻,望着她说道:"这孩子是你和大友领养的,大友是英雄,社会不会忘了英雄的,民政局应该协调这件事情。小艾,你别急,我这就让陈处长去协调。"

艾红莓听了,立时感到心里的一块石头落地了。

"周局长,太谢谢你了!"她望着周汉民,万分感激地说道,感觉到心里边正有一道暖流涌动着。

周汉民见艾红莓这样,忙又亲切地说道:"小艾,跟我可别说这话,我还是那句话,我是你坚强的后盾。"

艾红莓朝他笑笑,说:"那我就不说什么了,有空我请你吃个饭吧!"

周汉民也朝她笑笑,说:"要是吃饭也是我来请,怎么能让你破费? 自家人,都不要客气。"

艾红莓心里头感动着,却再也说不出什么了。

这时,周汉民突然想起什么似的,又望了她一眼,说道:"小艾,下个月我就要退休了,以后对你可能也帮不上什么了。"

艾红莓听了,心里边立时就有了一种复杂的滋味,她一边热切地望着他,一边眼睛湿润着说道:"不论到什么时候,你在我心里都是我的恩人。"

那一刻,不知怎么了,周汉民感觉到自己的眼睛也湿润了。他就拿那双湿润的眼睛望着艾红莓,片刻,深有感慨地说道:"我不希望你把我当成恩人,只把我当成朋友就好了。"

艾红莓深情地望着他,使劲地点了点头。

经过这样的一番周折,小亮入学的事情总算办妥了。艾红莓立刻又寄了信去,让大友娘带着小亮来到了城里。

这天下了班,艾红莓刚刚迈进休养所的大门,就见季红抹着眼睛从里面走了出来。看到她那个样子,艾红莓立时便明白了什么,迎上去说道:"季红,到家坐坐吧!"

季红抬头看她一眼,不免有些尴尬,说道:"我刚才远远看了小亮一眼,他都长那么高了。"

一句话没说完,季红又开始抹起了眼泪。

艾红莓看着她,试探地问道:"你是不是后悔了?"

季红摇摇头,慌乱地说道:"不,你还不知道吧?我在和乔守山谈恋爱,我只说结过婚,没说过孩子的事;况且,咱们当初说好了,谁也不能反悔……"

艾红莓认真地看了她一眼,郑重地提醒道:"季红,要不要孩子这事儿先不说,你谈恋爱可不能骗人家,应该实话实说。"

季红便又说道:"乔守山这人不错,像我这样的,碰到一个合适的不容易,等以后结了婚,我会把真实情况慢慢跟他说的,他会理解的。"

艾红莓想了想,问道:"你说的那个乔守山真的对你好?"

季红阳嗯了一声,说:"起码他现在做生意能帮上我。"

从季红的言谈里,艾红莓能够感觉得到,她对那个叫乔守山的人,是心悦诚服的。甚至于一提到他,她的眉眼里就有了忍不住的兴奋与激动。

艾红莓为她感到高兴,但是,季红的性格她是了解的,作为多年的好朋友,她想,有些话她还是有必要给季红提个醒儿。

于是,艾红莓便说道:"有些话是好说不好听的,常言道'生意场上无父子'，在这一点上，你得要多长个心眼儿。在很多事情的处理上，都要做得稳妥一些才好，特别是对于婚姻这件大事，你可要长好眼了，认准人了。"

季红听了，朝她笑笑，说道："我知道，你就放心吧！"正要扭身离开，季红突然又想起什么，便又转过身来，望着艾红莓问道，"只是说我了，那我问你，你个人的事情是怎么考虑的？"

我？艾红莓没想到季红反过来这样问她，竟没有一点思想准备，便搪塞道，"我先不考虑，以后再说！"

季红却认真起来，说道："你也该为自己操操心了，再不考虑就老了！"

艾红莓笑了笑。

接着，季红突然就想到了周汉民，眼睛一亮，靠前一步问道："哎，你给我说句实话，你觉得那个周汉民到底怎样？我看你们俩倒是挺合适的……"

季红还要说什么，却被艾红莓打断了："季红，别人议论可以，你可别跟着瞎呛呛，这样对人家周局长名声不好。"

季红从艾红莓的表情上似乎觉察出了什么，笑了笑，问道："说句痛快话，你到底有没有意思吧？要是你真有这个意思，这层窗户纸我帮你捅破。"

季红越说越离谱了，这让艾红莓感到十分难堪，于是道："季红，不要再胡说了，你快走吧！"

季红却又说道："艾红莓，你该找个人了，你找了，对大家都好。好了，我不说了，走了。"

艾红莓琢磨着季红的话，看着她摇摇摆摆地走远了，不觉摇了摇头，长长地叹出一口气来。

说起来好生让人纳闷，第二天刚一上班，王惠竟又找到艾红莓办公室来了。就像一挺续满了子弹的机关枪一样，一脚迈进门来，王惠就向艾红莓开火了。

王惠说:"艾红莓,我只问你一句话,我不等吴桐了,你能嫁给他吗?"

艾红莓看了她一眼,疑惑地问道:王惠,你怎么说这话?

王惠说:"我已经等吴桐十多年了,从下乡那会儿,一直到现在,如果换成你,你能做到吗?"

艾红莓认真地看了王惠一眼,说道:"王惠,我知道你爱吴桐,这个世界上,没有人比你更爱吴桐。"

王惠一笑,说道:"也许他喜欢你是错误的,我爱他也是种错误,可我不到黄河不死心。如果这三年半,让他能够醒悟,知道我的好,我等他也算值了。"

说完,王惠就像一个影子一样走了。艾红莓有些莫名其妙地摇了摇头,不知怎么,却又突然同情起她来。这些年,在吴桐的身上,王惠花费了太多的心思,付出了太多的精力,现在,她已经无力承载这样的精神重荷了……

就在这天的傍晚时分,季红把周汉民约了出来。

在周汉民家近处的一间茶馆里,季红和周汉民两个人见了面,寒暄了半天,季红却一下不知该从什么地方把这件事儿引出来了。

周汉民不得不问道:"你找我到底什么要紧事?"

季红想了好大会儿,终于把心一横,望着周汉民说道:"艾红莓是你周局长一直看着成长起来的,你一直是她的领导,我也听艾红莓经常提起你。任大友去世后,你也一直在帮助她,听说小亮上学的事,也是你亲自帮助协调的,可以说没有你就没有今天的艾红莓。"

周汉民听季红像背课文一样地对他说起这些来,不觉笑了笑,问道:"季红,你到底想要对我说什么?"

周汉民的一句话,让季红的胆子立时大了起来,于是她便认真地望着他,郑重其事地说道:"艾红莓这人不错,从她当初下那么大决心嫁给任大友你就能看出来,她现在还单身一人,听艾红莓说,你也离婚十来年了,我觉得你们俩合适,所以……"

周汉民一下就明白了。他望了季红阳半晌,问道:"是艾红莓让你来的?"

季红点点头,说道:"就算是吧,艾红莓这人的心思我懂,以前一直把你当成领导、恩人,可现在情况变了,也就是说,你们是有感情基础的。"

周汉民端起茶来,若有所思道:"季红,既然是艾红莓让你来的,你让我考虑考虑吧!"

季红听了,马上意识到了什么,立时应道:"好,你好好想想,艾红莓可等着回话呢!"

季红一边笑着,一边又急煎煎地说道:"行了行了,这事儿就这么定了,我还有些事情去办,就不和你多聊了。"

周汉民望着季红匆匆忙忙离去的背影,若有所思地笑了起来。

谁也没有想到,就在小亮上学前的头天晚上,红莓妈会因为小亮的事情找上门来。

大友娘见她红头涨脸地一副气呼呼的样子,站在一旁小心地和她打了个招呼,红莓妈沉住一张脸,竟然眼皮都没抬一下。

大友娘弄不明白到底是谁惹恼了她,便一边招呼着小亮,准备回屋睡觉去。就要抬脚离开时,却被红莓妈喊住了:"你别走,今天我来就是找你的。"

"找我?"大友娘怔了一下,说,"那就说吧!"

红莓妈找了把椅子坐下来,摆出一副主人的样子问道:"大友都不在好几年了,你看看艾红莓这过的什么日子,上有老下有小的,这老和小,哪一个又和她有关系?"

艾红莓站在一旁听不下去了,喊了声妈,想制止她,红莓妈却挥了挥胳膊,气冲冲地嚷道:"没你的事,站一边去,我今天来就是要理论理论的。"

说着,红莓妈把头又扭过去,拍着巴掌问道:"大友娘,你说说,艾红莓要是你闺女,你该怎么想?"

大友娘眨巴着眼睛想了半天,这才说道:"俺这次来,是送小亮上学的,俺知道大友不在了,这个家和俺没关系了。可是艾红莓一天不嫁,就还是俺一天儿媳妇,俺就有权待在这里。当初小亮来俺家,是给大友和艾红莓找了个儿子,有了儿子就会给他们养老送终,这有什么错?"

红莓妈说:"错是没错,现在大友不在了,艾红莓还年轻,她要有自己的生活,你不能霸占着艾红莓以后的生活,你没这个权力。"

大友娘说:"你说得好,艾红莓是你闺女,俺想占也占不着,等小亮上学习惯了,过两天俺就走。"

红莓妈说:"你选择走是聪明的,可你走了,扔下个孩子算怎么回事?孩子不是艾红莓生的,是你自作主张要来的,他和艾红莓没关系。"

一旁的小亮被两个人的吵闹声弄糊涂了,一会儿看看这个,一会儿看看那个,泪水噙在眼里,一副要哭的样子。

到了这个年龄,小亮已经懂得些事儿了,艾红莓担心两个人你一言我一语的会影响到他,便弯腰将他抱起来,送到了大友娘的房间里。

红莓妈继续说道:"我告诉你,艾红莓现在不是你儿媳妇了,你这么霸占她就不行,孩子是你要的,你可以带孩子回乡下,如果赖着不走,以后艾红莓没好日子过,你也别想过太平日子。"红莓妈说完,摔上门走了。

大友娘木呆呆地在那里坐了好半天,眼里的泪水慢慢爬了出来。

就到了第二天小亮上学的时候,艾红莓牵着小亮的手准备出门时,大友娘竟是难舍难分的,把小亮的一张小脸儿捧起来,亲了又亲,霎时禁不住老泪纵横。艾红莓看在眼里,鼻子跟着也酸了一下,嘴上却笑道:"娘,别这样,小亮放了学就回来了!"

可是,大友娘并没有等到小亮从学校回来。

艾红莓把小亮送到了学校,又从学校回到了家里,就这短短一阵子的工夫,大友娘突然不见了。房子里空荡荡的。显然,她住过的那间房子,已被刻意收拾过了。再看,大友娘随身带来的那只提包也不见了。艾红莓忽然间就明白了什么,大友娘一定去车站了。想到这里,艾红莓便向车站跑去。车站上,人潮涌动,艾红莓在人群中茫然地寻找着,但是,要想找到大友娘,已像大海捞针一样了……

当天晚上,刚刚吃罢晚饭,红莓妈又来了。

见大友娘已经回到乡下去了,却把小亮留了下来,红莓妈更加气愤了。不管艾红莓再说什么,她就是拿定了一个主意,这个孩子不能养,一定要送出去。"大友娘走了,就送回季红那里,季红是他的亲娘,她不管自己的孩子谁管?再说了,季红也不是当年的季红阳了,今非昔比,她现在吃香的喝辣的,听说还和一个大老板好上了,要人有人,要钱有钱。当初她季红有困难,是你艾红莓帮着她带了几年孩子的,现在条件好了,也该把孩子领走了。"

艾红莓与她争论了半天,最终还是拗不过她,只好听之任之。

果然,第二天上午,红莓妈便找到了季红那里。

红莓妈找到季红的时候,季红正和乔守山偎在一起算一本账。见红莓妈推门进来,季红不由得吃了一惊,还没等她打招呼,红莓妈一眼看到了她身边的乔守山,问道:"这就是传说中的乔老板吧?"

季红见她这势头不对,忙把她拉到一旁,悄悄问道:"阿姨您找我什么事儿?"

红莓妈望着季红,正色道:"季红,你从小就要强,要强的人都要面子,再要面子,自己亲生的孩子,总不能不管吧?"

季红犹豫了一下,不知她因何说起这件事来,担心被乔守山听到了不好,便倍加小心地说道:"阿姨,等过了这阵儿,我和乔守山的关系稳定下来了,咱们再商量这事行吗?"

红莓妈听了,说:"你和艾红莓是同学,也算是好朋友,你的日子过好了,也该替艾红莓想想了。这事你抓紧想想,你带孩子不方便,你爸你妈不能帮帮你吗?"

见红莓妈说这话,季红的伤心事一下被勾了出来,眼泪也跟着掉下来了。

季红十分难过地说道:"阿姨,我和我家的关系你是知道的,自从我下乡之后,就没有再踏过我家的门。"

红莓妈看到季红伤心的样子,一颗心一下就软了,埋怨道:"没见过你爸你妈这样的,你不去找,我去。"

接着,红莓妈真的去了季红家。

可是,红莓妈不说则罢,一提到季红的那个孩子,季红妈的气就不打一处来,张口骂道:"你别跟我提季红那个兔崽子,她结婚我们一家人不知道,她生孩子我们更不知道,她早就和我们家决裂了。这次房子动迁,她帮把手都不肯,我倒要看看她怎么死在外面!"

季红妈耷拉着一张脸,有些绝情地说道:"红莓妈你别再说啥了,我也实话告诉你,季红的任何事,和我们都没关系。"

红莓妈碰了一鼻子灰,回到艾红莓家里,忍不住对着艾红莓又是好一通埋怨,埋怨完了自己的女儿,心里的怒气还是没有发泄出来,就又把季红和大友娘痛骂了一回。末了,眼泪汪汪地望着艾红莓,不无担心地说道:"都是她们作下的孽,把小亮扔下不管了,这以后的日子你可怎么过?要想朝前走一步都难,这不是活活地要把你害死吗?"

说着说着,红莓妈十分无奈地哭了起来。

周汉民从局长的位置上退了下来,他的时间相对就多了起来。有事没事的时候,他也可以到公司视察一圈儿,到艾红莓的办公室坐一坐了。

胡卫国把这一切都看在了眼里,心里想着,该找艾红莓谈一谈了。

这天快要下班的时候,胡卫国敲开虚掩着的房门,走进了艾红莓的办公室。

胡卫国说:"我想和你谈谈。"

艾红莓怔了一下,抬起头来,很快就反应到了什么,便把他让到沙发上。

胡卫国想了想,说:"艾总,咱们在工作中,你是领导。私下里,我可一直把你当同学看,有句话,我不知当说不当说。"

艾红莓望着他,笑了笑,说:"今天说话怎么吞吞吐吐的?"

胡卫国斟酌了一番,问道:"你是在和那个周局长谈恋爱?"

艾红莓没有说话。

胡卫国一下就明白了,说:"我觉得你和周局长不合适。"

"为什么要说这些?"艾红莓问道。

顿了顿,胡卫国说:"吴桐虽然不见你,但他心里有你。你知道当初我为什么到自强公司来竞聘吗?是吴桐让我来的,季红走了,他怕你身边没人帮你。"

艾红莓注视着胡卫国。

胡卫国叹了口气,接着又说道:"这次他被判刑,也是为自强公司,你去见他,他不见你,那是为了怕连累你。以他现在的身份,他觉得配不上你。"

艾红莓眼睛渐渐潮湿了。

"吴桐把你看得比他的命还重要。"说着说着,胡卫国的眼圈也红了。

艾红莓叹了一口气,缓缓说道:"这么多年,吴桐对我怎样,我心里比谁都清楚,我不是一个木头人。起初我的生活里有大友,现在大友不在了,你也知道王惠等了吴桐十几年,如果没有真爱,谁也做不到,我艾红莓不能那么自私。"

"吴桐爱的不是王惠,是你,他让我劝王惠,让王惠放弃他。"胡卫国说。

艾红莓吃了一惊,拼命地摇着头说道:"胡卫国,咱们都是同学,是朋友,我不能再伤害王惠了。爱一个人的这种痛,我艾红莓知道。在这一点上,我做得不如王惠。"

胡卫国淡淡地笑了笑,说道:"即便退一步来讲,你和那个周局长也不合适。"

艾红莓把目光从胡卫国的身上移开,望着窗外,她想对他说点儿什么,可是想了想,还是把要说的话咽了回去。

周汉民和艾红莓两个人接触的机会,还是一天天地多了起来。

这一天是星期日,天气很好,周汉民在电话里便问到了艾红莓愿不愿意和他一起到市郊外去爬山,艾红莓想一想,也没有更重要的事情可做,忽然就来了兴趣,十分爽快地答应了他。

那座山并不高,两个人边走边说,走走停停,来来去去,却用去了大半天的时间。爬完了山,走下山来,周汉民余兴未尽,又建议到山下的一家农家餐馆里吃饭,这时间,天色已将傍晚时分了。

回家的路上,两个人肩并着肩地骑在车上往前走,周汉民侧头望着艾红莓,说道:"我退二线了,在市政府的顾问委员会,比以前轻松多了,以后没事的时候我就多约约你,陪你好好散散心,现在社会变化太快,咱们不接触社会可不行。"

艾红莓听了,感觉到有一股春风在心头荡漾着。

回家的路上,正好经过周汉民家所在的小区。来到小区门口时,周汉民下了车子,艾红莓跟着也下了车子。

周汉民抬抬头,望着不远处的地方,十分客气地邀请道:"到家坐会儿吧,咱们认识这么长时间,你还从来没有登过门呢!"

艾红莓下意识地看了一眼手表,便答应道:"好吧,那我就参观参观吧!"

于是,周汉民便带着她,来到了自己的家里。

进得门来,艾红莓认真打量了一番,注意到这是一套三室两厅的房子,看上去,屋内的摆设十分简朴,由此显得十分宽敞明亮。但也正因为这样,显得空空荡荡的。

周汉民让了座,便又走进了厨房,忙着给她沏茶去了。

艾红莓坐在那里,突然留意到了面前茶几上放着的一张女孩的照片,便顺手拿起来打量一下,这时,周汉民端着茶壶走过来,见她正端详着那张照片,便解释道:"是我女儿的照片,叫周雨濛,平时和她妈在一起,十天半月的也不回来一次。"

艾红莓笑了笑。

周汉民坐在那里,接着又说道:"我和她妈十几年前离了婚,她就跟她妈在一起了。这么些年,被她妈惯坏了。不懂礼貌,什么话都敢说,跟她妈年轻时一样。"

艾红莓便又笑了笑,应和道:"孩子嘛,可以理解。"

两个人一边喝着茶,一边又聊了些家常话,不知不觉,天色便暗下来了。又说了一阵子话,艾红莓就要告辞了,周汉民执意要去送她,艾红莓没有拒绝,于是,周汉民一直把艾红莓送到休养所,这才一个人回到了自己的家里。

一夜无话,没想到第二天傍晚,两个人又遇到了一起。

当时,艾红莓正和一些家长站在学校的门口等着小亮放学,扭头却看见周汉民从不远处走了过来。

艾红莓看到了他,不由得一阵惊喜,忙迎上去问道:"老周,你怎么到这儿来了?"

周汉民望着艾红莓笑了笑,顺口说道:"没事,出来转转,正好路过这里,想你这时候一定接孩子,就过来看一眼。"

艾红莓也朝他笑了笑,正要说什么,看到一群孩子已经从校园门口拥出来了。小亮远远地见了艾红莓,一边奔跑过来,一边嘴里唤着娘,高兴得什么似的。

艾红莓拉过小亮的手,指给小亮道:"小亮,这是周爷爷。"

小亮正要去喊他,周汉民却一边抚摸着小亮的脑袋,一边笑着制止道:"别叫爷爷了,都给我叫老了,叫伯伯吧!"

小亮便亲亲热热地喊了声伯伯好,周汉民一边应着,一边又将小亮的另一只手牵了过来。

就这样,两个人一边一个牵着小亮的手往前走,走着走着,艾红莓突然看见从身旁走过的一对夫妻,正一边一个拉着孩子的手,像他们一样在前面走着,马上意识到了什么,看了一眼身边的小亮和周汉民,便把小亮的那只手放开了。

周汉民这时间也发现了前面走着的那一对夫妻,他们牵着自己孩子小手时的快乐样子,很是让人羡慕。

触景生情,周汉民不由得扭过头来说道:"小艾,你真该成个家了,一家三口在一起,生活才会快乐起来。"

艾红莓勉强地冲周汉民一笑,接着,轻轻地摇了摇头,继续向前走去。

季红见到辛明时,是在这天的晚上。那个时候,她和乔守山刚刚在一家饭店里应酬了一家客户,回到了乔守山入住的宾馆里。

季红挎着乔守山的胳膊,刚迈进大厅,不禁大吃了一惊。

她看到了辛明。

辛明正在前台办理入住手续。此时的辛明虽然已经是一副商人的打扮,完全失去了以前那种落魄的样子,但是,不管他打扮成什么样子,也不管他在什么场合,季红相信自己一眼就能认出他来。

辛明把一张填好的单子递给了前台的服务员,就听那个服务员问道:"请问先生,你想入住多久?"

辛明不假思索道:"暂时一个月吧!"

季红心跳加速了。几乎没有片刻的逗留,她便松开乔守山的那只胳膊,快步走到电梯前,按亮了上楼的按钮。

显然,辛明看到了季红的背影,但是他并没有认出她来。当他办理完入住手续,从服务员的手里接过住房卡,拉着拉杆箱向电梯走过来时,季红已经和乔守山一起上楼了。

走进房间来的季红,仍然余悸未消。紧张什么,她说不清。但是,就是没有来由地紧张。

随后,她走进了洗手间。从墙上的那面镜子里,她看到了自己脸上的诧异与慌乱。

就在这时,乔守山一身酒气地推门走了进来,一边从身后紧紧地抱住了她,一边问道:"亲爱的,你怎么不高兴了?"

季红洗了一把脸,头也没抬地说道:"没什么,今天有点累了。"

乔守山笑笑,说道:"那好,我放热水,今天咱们泡个澡。"

说着,乔守山便打开了热水龙头,一时间,热腾腾的雾气在洗手间里弥漫开来……

直到第二天上班时,季红还是心神恍惚着,全然一副神不守舍的样子。

这时,艾军拿着一张单子走进了她的经理室,问道:"姐,这批货的账一直没有结,货已经到了一个多星期了。"

"哪批货?"季红下意识地问道。

艾军说:"就是乔总让咱们发给河南驻马店的那批货,裤子三百件,衣服四百件,姐,这可不是笔小数目。"

季红接过单子看了一眼,便把单子收了,说道:"艾军,你不用管了,我让乔守山去催一催。"

艾军这时又请示道:"姐,乔总又让给湖北发一笔货,也是个大件,衣服和鞋加起来,五万多,发吗?"

"这批货有什么问题吗?"季红问道。

艾军说道:"我已和福建那边联系了,供货时间没问题,我就担心,湖北这家公司才付了百分之五的定金,咱们是第一次和人家做生意,万一……"

艾军没有把话说完,季红就打断了他,说道:"既然是乔守山联系的,应该错不了,发吧,货款我来准备。"

季红坐在那里,心里边七上八下的,一直在想着辛明,想着他在这个时候出现在宾馆里,会不会有其他预料不到的事情发生,越想越觉得这件事情有些蹊跷,想到最后,突然又觉得或许是与小亮有关的,于是便向艾军交代了几句,从服装公司里走出来,急急匆匆地找到了艾红莓。

季红说:"我在宾馆见到他的时候,看他那样子,可能是发了。"

艾红莓望着季红笑了起来,问道:"他发不发的和你有什么关系?难道你后悔和他离婚了?"

季红说:"不是,我是担心小亮。"

"小亮怎么了?"艾红莓警觉地问道。

季红猜测道:"辛明可能要见孩子。"

艾红莓听了,不觉又笑了笑,说:"见就见呗,他可是孩子的亲爹,即使你不说,我早晚也会告诉小亮的。"

艾红莓倒是大度,季红却心事重重地说道:"艾红莓,你要有个心理准备才好。"

说完,季红正要转身离开,却又想起了艾红莓和周汉民的事情,便又向她多问了一句。不知怎么,艾红莓突然感到一阵心酸,便把目光望向别处,说道:"季红,你说我现在这个样子,还能嫁出去吗?"

19

在见到季红之前,辛明的心情是复杂的。

毫无疑问,他是来要孩子的。小亮是他的亲生儿子,是他在这个世界上的唯一的亲人。他知道,这几年来,为了挣下大把的钞票,让更多的人瞧得起他,也让季红彻底改变对他的看法,从此之后不再小视他,他拼了命地做生意,寒来暑往,走南闯北,付出了常人难以想象的艰辛。而他做这一切,都是因为小亮。他觉得小亮是他唯一对不起的人。今天,他终于成功了,他要把小亮带走,带在自己的身边,给小亮最好的生活。他不能没有小亮,小亮是他的精神动力,也是他有价值地活在这个世界上的理由。可是,季红会答应吗?她会那么轻易地就把小亮拱手送给他吗?但是,不管怎样,他已经打定了主意,哪怕付出再大的代价,他也要把小亮从季红的手里要过来,即便是抢,也要抢过来。小亮跟着这样一个女人,他是不放心的。

一切安顿好之后,辛明很快就打听到了季红的住处,几乎是迫不及待地走进了季红服装公司。

一脚迈进门来,辛明就看见了艾军,他正在那里忙着清点成捆成包的服装。见有人走进来,艾军下意识地抬起头,看了他一眼,见这人戴着大墨镜,夹着公文包,腰里还别着一只传呼机,不觉笑了笑,正要和他打招呼,他已经摘了墨镜,问道:"艾军,你不认识我了?"

艾军认真地朝他又看了一眼,终于认出了他,便热情地和他握了手,说道:"原来是辛……辛……"

辛明从公文包里摸出一张名片递了过去,艾军将那名片接了,看了一眼,这才惊呼道:"辛明,辛总经理! 好久不见了!"

辛明问道:"季红呢?"

艾军一下便明白了,说道:"在经理室呢!"

说着,艾军便高高兴兴地带着辛明推开了季红经理室的房门。

显然,辛明和艾军说话时,季红已经在里面的这间房子里听到了。抬眼看到艾军带着辛明走了进来,季红不觉怔在了那里。

她没想到,辛明那么快就找过来了。

季红坐在那里,并没有和他打招呼,此时此刻,她看上去就像一尊质地坚硬的木雕一样。艾军见了,立刻意识到了什么,连忙识趣地退了出去。

"你来干什么?"季红没有去看辛明,冷冷地问道。

辛明缓缓地打量了一下房间,问道:"怎么,不欢迎我?"

辛明一边这样说着,一边坐在了沙发上,又问道:"这几年过得怎么样?"

"你不都看到了吗?"季红瞟了他一眼,淡淡地笑了笑,不由得问道,"看来你做得不错吧?"

辛明点点头,有些志得意满地望着季红说道:"当时我是发过誓的,不混出点名堂来,我是不会回来见你们的。"

季红鼻子里哼了一声,说道:"那就恭喜你了!"

"小亮呢? 他现在好吗?"辛明突然问道。

季红没有回答。不知怎么,她感到一颗心慌乱地跳动起来了。

她知道他会问她小亮的事情,但是,她如何能开口告诉他这一切呢?

见季红一直没有回答,辛明似乎预感到了什么,从沙发里欠起身来,继续问道:"小亮现在到底怎么样了?"

季红感到一颗心疼了一下,一双眼睛立时潮湿了。她就拿那双湿了的眼睛看着辛明,好大一会儿,才愤愤地问道:"辛明,当初你为什么不把小亮带走?"

辛明愧疚地低下了脑袋,说道:"我知道你会说这话的。"

接着,他便从公文包里拿出一张支票来,啪地拍到了面前的茶几上,慷慨地说道:"这是十万元的支票,你收好,算是我给你的补偿,你如果同意,我现在就把小亮带走。"

季红的眼泪唰地就流了下来,她一边流着眼泪,一边望着辛明,问道:"你以为十万块钱就能买个孩子吗?"

"我明白,这么多年你一个人带着孩子很不容易,你说吧,要多少?"辛明急切地问道。

季红猛地把头别向一边,坦率地说道:"小亮被我送人了。"

辛明怔怔地望着她,他想从她的表情上看出什么破绽来。片刻,他突然就笑了出来,一边笑着一边问道:"季红,你开什么玩笑?送人,你送给谁了?"

季红已经抽泣起来了。她一边抹着眼泪,一边有些为难地说道:"你的战友,任大友。"

季红的口气是认真的,她的表情也是认真的,辛明能够看得出来。但是,他还是有些不敢相信,不觉瞪大了一双眼睛,再次问道:"任大友?你说的是真的?"

季红点点头,接着便抽抽搭搭地埋怨道:"你把孩子丢给我,自己却拍拍屁股走人了,我一个人回到城里带着个孩子,你知道有多难?多不容易……"

辛明感到一股血立时就冲到了脑门上,忽地一下站起来,一边逼视着她,一边大声喝问道:"季红,这样的事你也做得出来?!"

季红不知如何向他解释这一切,泪水无休无止地流淌着。

辛明失神一般地望着季红,自言自语道:"送给任大友了?这么说,小亮现在是在艾红莓的家里?"

辛明一时不知如何是好,在那里团团乱转着。

"我不管你把孩子送给谁,任大友已经不在了,我现在让你把孩子给我要回来!"辛明咬牙切齿地说道,"需要多少抚养费,我辛明给!"

季红回过头来,望着他,冷冷地问道:"你以为孩子是件东西呢,说要

第三章 开天辟地 | 309

就要,说给就给?"

辛明愤怒了,一双手禁不住抖动起来。他就那样一边指着季红,一边大喊道:"我什么都不管,孩子是我的,要是不把孩子还给我,我立马到法院起诉你季红!"

说完,辛明猛地一把拉开房门,一把推开了站在门口的艾军,气急败坏地走了……

傍晚下班回到家,正巧艾红莓也回来了,艾军便把辛明去见季红的事情说了出来。

红莓妈觉得这倒是个机会,心里头自然乐得这样,便忙不迭地劝导艾红莓,让她正巧借这个机会,赶紧把孩子还给人家。不管怎么说,孩子的亲爹找来了,要把孩子带走,这是名正言顺的事情,你总不能赖着不给的。就连平时一向不发表意见的红莓爸,听了红莓妈的话,也觉得是这个道理,劝说她还是还给人家的好。

可是,艾红莓就是转不过这个弯儿。她就认准了一个理,小亮这孩子现在已经是任家的人了,虽说任大友已经不在了,可是任大友的母亲还在。既然他已经姓任了,是走是留,自然应该由任家的人说了算。在这件事情上,至少要征求一下大友娘的意见。但是,现在大友娘回到了乡下,一切事情都得拖一拖再说。

红莓妈一时气得牙根疼,不由朝她狠狠地骂道:"你现在已经不是任家媳妇了,你就是个寡妇,难道你还不明白?"

艾红莓的脑子一下就乱了。她实在无力与母亲争辩了,借故还有些事情要做,便走了出去。

回家的一路上,艾红莓一直在想着辛明和小亮的事情,她不知道接下来会发生什么,但她心里有一种预感,那种预感让她感到有些心酸。

快要走到休养所门口时,艾红莓抬头看到一个人正在那里徘徊着。原来是季红。

艾红莓的心里咯噔了一声,意识到季红一定有什么重要的事情,便加快了步子走过去。

季红迎了上来,急切地说道:"我等你好半天了。"

艾红莓却连忙问道:"季红,你答应把孩子还给辛明了?"

季红摇了摇头,十分为难地说道:"艾红莓,当初我对天发过誓,绝不会反悔要回孩子,可谁知道辛明来了这么一手。"

艾红莓说:"季红,什么都不用说,你想想,小亮是我娘一手带大的,就是我同意,大友娘也不会同意,小亮就是大友娘的命根子。"

季红说:"艾红莓,这个我明白,我今天找你来就是商量这件事的。"

艾红莓说:"季红,没什么好商量的,就是我同意还孩子,大友娘也不会同意的。"

季红说:"他说不给孩子就去法院告我们。"

艾红莓说:"那就让他告去吧!"

艾红莓的口气那么坚决,这让她自己都感到意外。

第二天上午,像往常一样,艾红莓骑着自行车,把小亮送到了学校。可是,就在她推着自行车转身往回走时,不料辛明走了过来。

尽管早有心理准备,但是,在面对辛明的一刹那,艾红莓还是怔住了。

辛明向她招了招手,上前一步问道:"我是该叫你嫂子呢,还是艾红莓?"

艾红莓上上下下地把辛明打量了一番,又朝远处看了看,没有说话。

"我是辛明,你应该认识我的,我想和你谈谈。"辛明说。

他想和她谈什么,她心里是明白的。可是,她不想和他谈。要谈,她只能和季红谈,孩子是季红给她的,只有季红有这个权利。

艾红莓又看了他一眼,便有些不高兴地说道:"我没时间。"说着,推起自行车就走。

可是,辛明竟一下抓住了她的车把,说道:"艾红莓,把孩子还给我吧!"

艾红莓没有说话。

辛明接着说道:"我知道这些年你为小亮付出了很多,你开个价吧!"

他好大的口气。他已经不是当年的辛明了。

但是,辛明没有意识到,就是这句话,极大地伤害了艾红莓的自尊心。艾红莓冷冷地看了他一眼,接着不屑地呵斥道:"辛明,你是大友的战友,你现在怎么变得满身铜臭气了?你以为你成了暴发户,就什么都可以用金钱买来吗?"

辛明笑了笑,他的脸上充满了自信,说道:"艾红莓,你说对了,这世上的很多东西都是金钱所不能买来的,正因为辛小亮是我辛明的儿子,所以,谁也夺不走。"他的口气就像艾红莓一样坚决。

顿了顿,艾红莓侧头望着他,问道:"你真想要孩子?"

辛明认真地点了点头。

"那你当初干什么去了?把孩子扔给季红,你转身就走,当初你想过孩子吗?"艾红莓愤愤地质问道。

辛明突然就难过起来。片刻,他调整了一下自己的情绪,缓缓说道:"我哪怕有天大的错,也改变不了我是孩子父亲的事实。如果任排长还在,收养了我的儿子,我再难受,也不会把孩子要回来。艾红莓,你的情况我了解过了,你现在还单身一人,干吗非得把小亮带在身边?这对你有什么好处?你喜欢孩子,你还年轻,你还可以自己生啊!"

艾红莓不想听他说下去了。站在她身边的这个男人,让她感到十分恶心。她甚至连看都不想再看他一眼,说道:"我没时间和你说这些,我还要去上班,但我和你说最后一遍,孩子是大友娘从季红手里要过来的,和你没任何关系。"说完,艾红莓一把夺过自行车,便朝远处骑去了。

辛明站在那里望着远去的艾红莓,禁不住怅然若失,长长地叹了一口气。早知如此,何必当初?

辛明有些茫然地回到宾馆时,已经是正午时候了。但是事情就是那么巧合,就在他等待电梯准备上楼的当口,竟然又一次遇到了季红。

电梯的门打开了,季红正和乔守山两人相扶相携着从电梯间里走出来。季红不禁愣了一下,辛明也愣了一下。与此同时,就像触电一般地,季红即刻反应过来,放开乔守山的胳膊,头也不回地向大厅外走去。

辛明看了一眼乔守山,追了上来。

"辛明,你要干什么?"季红压低声音问道。

"你和那个男人住在这里?"辛明有些疑惑地望着季红问道。

季红低头说道:"我住哪和你没有关系。我跟你说过了,你想要孩子可以去法院告我。如果孩子被判给你,我二话不说,就把孩子还给你;如果孩子被判给我,请你以后不要再跟我提孩子的事。"

这时候,乔守山已经走过来了。

辛明鼻子里哼了一声,转身回到了宾馆大厅。在与辛明擦身而过时,乔守山满腹狐疑地望了他一眼,紧跟着快步撵上了季红,问道:"那个男的是谁呀?"

季红淡淡地说道:"啊,是个熟人,以前插队时的一个老乡,现在成了暴发户了。"

"你们说孩子,什么孩子?"显然,乔守山已经从他们的谈话里敏感地捕捉到了什么。

季红有些不自然地朝乔守山笑了笑,不无慌乱地掩饰道:"他以前在农村时有个孩子,想孩子了,这次回来看孩子。"

乔守山将信将疑地松了一口气。

紧接着,季红便又亲亲热热地把乔守山的胳膊挽住了⋯⋯

回到宾馆的房间后,辛明越想越觉得心里不是滋味,在房间里如一只热锅上的蚂蚁一样徘徊了好半晌,突然之间,脑子里闪过了一个念头。

那个念头十分大胆,一旦从脑子里闪出来,把他自己都吓了一跳。

时间一分一秒地过去。辛明终于熬到了半下午的时候,估摸着学校放学的时间就要到了,便把心一横,收拾了自己随身带着的行李,又在大厅的前台结了账,紧接着匆匆忙忙向学校走去⋯⋯

在一个不被人注意的角落里,辛明终于等到了学校放学的铃声响了起来。看到已经有一些小学生像一群快乐的小鸟一样从教室里奔了出来,他赶忙来到大门口,搜寻的目光在每一个走出来的小学生的脸上滑过去。

在紧张的等待中,小亮终于出现了。

辛明赶忙迎了上去,一手拉住小亮的胳膊,急促地说道:"小亮,我接你回家来了。"

小亮看了他一眼,摇了摇头,下意识地退后一步说道:"我不认识你。"

辛明想了想,便朝他笑笑,说道:"可是我认识你,你娘叫艾红莓对吧?我是你娘的同事,你娘今天加班有事,是她让我来接你的。"

小亮摸了摸脑袋,开始犹豫起来。

"小亮,咱们快走吧!"辛明朝一旁看看,不由分说,拉过小亮的一只胳膊,就快步离开了学校的大门。

辛明和小亮前脚刚刚离开,艾红莓就骑着自行车赶来了。可是,直到学校马上就要关闭大门了,她仍然没有见到小亮的影子。接着,她又问了在校的几个老师,老师们却都说不出个所以然来。这一下,艾红莓彻底慌了。

很快,艾红莓便预感到某种不祥,接着,她骑着那辆自行车,几乎疯了一般地来到了季红的服装公司,一头闯进了季红的经理室,上气不接下气地喊道:"小亮不见了!"

马上就要下班了,季红正在一面镜子前为自己补妆,抬头看见艾红莓,不禁吓了一跳,下意识地问道:"小亮怎么了?"

"小亮不见了,"艾红莓气喘吁吁说道,"一定是辛明搞的鬼,早晨他找过我。"

季红思忖片刻,突然说道:"你别急,如果小亮在他手里,我知道他在哪。"说到这里,没等艾红莓再问什么,季红已经拉起她朝外面奔去。

两个人来到了辛明住过的那家宾馆,可是,问过了前台的服务员,又查过了退房记录,这才知道,辛明早就离开了这里。

季红蒙了。

艾红莓急得差一点哭出来……

想来想去,艾红莓终于还是给大友娘发去了一封电报。在那封电报里,艾红莓只说家里有些事需要她来城里处理一下,并没有告诉她小亮的事情。

大友娘接到那封电报,琢磨来琢磨去,最终也没有琢磨明白,想着艾红莓一定是遇到了什么紧要的事情,才给她发了这封电报,便匆匆忙忙买好了火车票,慌慌张张地赶来了。下了火车,一眼见了艾红莓,老太太心里着急,就问了原因,这才知道小亮丢了,当时就蒙了。

大友娘好一会儿才回过神来,泪水不知不觉就流出来了。她一边流着泪,一边催促着艾红莓抓紧找人把小亮找回来,找不到小亮,她也没有心思活下去了。

艾红莓好说歹说,安顿好了大友娘,接着便又叫上季红,继续到近处的各个宾馆和饭店寻找起小亮来。但是,整整寻找了一个下午,仍是没有见到辛明和小亮的影子。

当艾红莓筋疲力尽地回到家时,天色已经暗下来了。

刚迈进门来,大友娘便急煎煎地问道:"孩子没找到?"

艾红莓面无表情地摇了摇头。

大友娘明白了。紧接着,她便像一摊泥样地倒在了地上。

那些天里,胡卫国的心里也在替艾红莓着急着。

自从小亮丢失之后,抓紧处理完单位里的事情,他便会从公司跑出来,在偌大的城市里寻找辛明和小亮的踪影。对于胡卫国来说,这样一种没有目标性的排查与寻找,无异于大海捞针,希望渺茫,但是,除此之外,他想不出更好的办法。在默默寻找的过程中,他曾不止一次地推测过,辛明不会那么快就带着小亮离开这个城市的,现在他一定藏在某个地方,某个自己还没有到达的地方。胡卫国似乎有一种预感,预感到自己很快就要与辛明不期而遇了。他甚至设想过,一旦遇到辛明,他一定会好好地教训辛明一顿的。他已经有很多年没有打架了,他的手现在已经痒得很厉害了。

可是,一家宾馆又一家宾馆地查过了,还是没有辛明和小亮的消息。

他并没有放弃。他想,意外往往是在让人感到最失望的时候出现的。只要继续寻找下去,希望总会有的。

这天傍晚,正是华灯初上的时候,胡卫国在寻找了整整一个下午之后,感觉到有些疲惫了,于是便不由自主地坐在马路边上。下意识地,他闭了一会儿眼睛,而当他抬起头来时,恰恰就看到了不远处那家并不起眼的小宾馆。他朝它盯了一眼,又盯了一眼,心里犹豫了好大一会儿,最终还是决定去那里看一眼,接着便起身迈着沉重的步子朝那个地方走了过去。

"请问有一个叫辛明的人在你们这住吗?"来到前台,胡卫国问道。

服务员看了他一眼,便翻开了面前的一个登记本,少顷,从那个登记本上抬起头来,问道:"三层313房间,是不是带个小孩?"

一刹那,胡卫国激动得差不多浑身颤抖起来。还没等服务员把话说完,他已经转过身去,急不可待地跑到楼上去了。

此时此刻,辛明正拿着一本故事书,给小亮讲唐老鸭和米老鼠的故事。尽管为了小亮,辛明连哄带骗地使尽了浑身解数,但是,小亮并不吃他这一套。几天来,小亮一直哭着闹着要回家,要找娘。这才短短几年工夫,这孩子就不认他了,想不起他来了,这不禁让他感到十分伤心,越是这样伤心,他越是感觉到自己真的对不起这个孩子。而这个时候,如果带着小亮离开这个城市,显然是不合适的,孩子的哭闹声必然会引起一些人的误解,他们一定会注意到他,继而引来更大的麻烦。他要尽自己最大努力,在最短的时间里与这个孩子重新建立起父子亲情,这种亲情一旦建立,他想把小亮带到哪里就带到哪里,到那个时候,谁也阻挡不了他的脚步了。

就在这个时候,敲门声传了进来。辛明愣了一下,以为是宾馆的服务员,便小心翼翼地把房门打开了。

"胡卫国?"辛明不觉愣在了那里。

他曾经想过,突然的某一天里,艾红莓或许会找上门来,季红也许会找上门来,甚至于派出所的人也可能会找上门来,可是他没有想到,今天找上门来的竟然是胡卫国,是当年曾与季红和吴桐一起下乡到赵家峪的那个知青。

胡卫国朝他笑一笑,便走了进来,一眼看到了坐在床上的小亮,于是便放心了许多,回头向辛明说道:"我找你有事。"

"有什么话请讲吧!"辛明望着他说道。

胡卫国鼻子里哼了一声,说道:"别当着孩子的面,不方便。"

辛明犹豫了一下,想了想,接着他便向小亮叮嘱道:"小亮,你等爸爸一会,我一会就回来了,晚上我带你去吃饺子。"

说完,辛明便关上房门,和胡卫国一起下了楼,向宾馆外面走去。

一直走到一个僻静点的地方,辛明停了下来,冷冷地问道:"胡卫国,如果我没猜错,你是想打架?"

胡卫国侧身望着辛明,低声说道:"你把小亮还给艾红莓!"

辛明笑了笑,脸上带着不屑,不无讥讽地说道:"胡卫国,你怎么这么说话?你要搞清楚,我是辛小亮的爸爸,他姓辛。"

"你还知道你姓什么呀?我问你,当初你干什么去了?"胡卫国轻蔑地说道。

辛明想了想,直视着胡卫国说道:"艾红莓是替我带大了小亮,我可以补偿她,这是我和艾红莓的事,你跟着掺和什么?"

胡卫国忍不下去了,猛地一把抓过辛明的衣领,呵斥道:"你以为你今天有了几个臭钱就可以为所欲为了?告诉你,艾红莓的事就是我胡卫国的事。"

辛明并不示弱,一边挣着身子,一边争辩道:"孩子是我的,我要孩子是应当的,我有钱怎么不好?总比你穷光蛋强!"

话音未落,胡卫国已经一拳打了过去。

打完了,胡卫国仍是愤愤不平地说道:"辛明,现在你有了几个臭钱就人五人六了,就想把孩子从艾红莓的身边夺回去了,当年你是穷光蛋时怎么不来要孩子?告诉你,只要我胡卫国在,门儿都没有。"

辛明一边擦着嘴角的血迹,一边与胡卫国争辩着。

第三章 开天辟地 | 317

可是,胡卫国已经没有心情再听他说下去了。胡卫国有些不耐烦地看了他一眼,接着便隐没在夜色里了。

辛明远远地望着胡卫国的背影,突然想起了还在宾馆的儿子。可是,当他匆忙跑回住处时,小亮已经不见了。

他立时就惊慌了。

就在辛明和胡卫国两个人离开宾馆后,小亮趁机逃出了宾馆。此时,夜色已经弥漫了整个城市,在经过一个红绿灯路口时,小亮突然就迷失了方向。望着不停闪烁的红绿灯,他不禁有些害怕地哭了起来,这时,幸好遇到一个路过的中年妇女。那个中年妇女看到了惊慌失措一脸泪水的小亮,便来到了他的身边,接着她弯下腰来,向他问了一些细节,小亮犹豫了一下,便向她一五一十地说了。紧接着,那个中年妇女就一边安慰着他,一边又牵了他的手,将他亲自送到了休养所。

大友娘和艾红莓一眼见了小亮,立时拥在一起,哭成了一团。

20

辛明是不甘心的。他先是找到了季红,接着又让季红找到了艾红莓。三个人终于坐在了一起。

辛明说:"我们还是好好谈谈吧,这么僵持着总不是办法。小亮都不认我了,作为父亲,我很难过。"说着说着,辛明的眼圈就红了。

季红望着他,恨恨地问道:"辛明,你知道你这么做,伤了多少人的心吗?"

辛明把头低了下来,顾自说道:"关于小亮的事,我咨询过律师,当初艾红莓收养小亮,并没有办理任何领养手续,只能说是寄养。现在孩子寄养完成了,法定监护人随时可以领走孩子,如果因为这件事咱们上法院,法院也会这么认定的。"

辛明的话说得很平静,很理智,季红和艾红莓两个人听了,却都怔在了那里。

"我知道,你们这些年为了抚养小亮,付出了很多,我说过,我会报答你们的。"辛明看了一眼艾红莓,又看了一眼季红,继续说道,"但小亮是我的儿子,如果我就这么把小亮送出去,你们替我想过吗?我下半辈子会受到怎样的煎熬?"

艾红莓坐在一旁,一直沉默着,心里头却翻江倒海一般了。半晌,她才望着辛明问道:"看来你真想把孩子要回去了?"

辛明点点头,眼巴巴地望着她。艾红莓看到,坐在她面前的这个男人,眼睛里有一种东西正在闪烁着。她知道,他是真的动了感情了。

想了想,又想了想,艾红莓突然抬起头来,说道:"好吧,这孩子我不争了。"

季红和辛明两个人听了,不觉对望了一眼,他们一时不敢相信自己的耳朵。

艾红莓接着又笑了笑,十分平静地说道:"这孩子本来就是你们的,我带了这几年的孩子,就算是帮季红忙吧!"说完这话,她似乎感觉到了某种释然的轻松。

辛明一下激动得不知说什么好了……

回到家时,大友娘正不错眼珠地看着小亮在那里写作业。艾红莓不由得也坐了下来,把小亮打量了半晌之后,想了想,觉得应该好好和大友娘聊一聊,便把大友娘叫到了房间里。

艾红莓说:"娘,我给你说件事儿。"

艾红莓说:"我想把孩子还给人家辛明。"

可是,艾红莓没想到,刚说完这句话,她自己的心里就受不了了,鼻子酸了一下,满眼的泪花就涌了出来。

"艾红莓,你说啥?"大友娘张大了嘴巴,不解地望着她。

艾红莓抹了一把泪水,望着大友娘,缓缓地解释道:"娘,我已经下决心找个男人嫁了,你年龄也大了,在乡下带孩子又不合适,毕竟孩子不是咱们亲生的。你不还孩子,人家辛明要和你打官司,最后孩子还得判给人家。"听上去,她的声音有些疲惫,就像是负重走了很远的路程一样。

"打官司?"大友娘一听就火了,高声嚷道,"就是判刑俺也不同意。

艾红莓,你去和辛明说,孩子咱们指定不会还回去的……"

艾红莓一直等到大友娘慢慢将自己的心情平静下来,这才又像一个苦口婆心的老师一样,把这个中的道理掰碎了揉匀了讲给了她。

大友娘并不是一个不懂世故的人,听艾红莓一五一十地把话说完,慢慢地,一颗心也便软了下来。

说到最后,艾红莓已经有些泣不成声了。

艾红莓说:"大友走了,扔下我一个人,工作这么忙,还要带着小亮,现在我要找人结婚了,我是带着小亮嫁过去,还是把小亮丢给你?娘,你替我想过吗?现在大友不在了,咱们还要这个孩子干什么?"

她在那里哭着,大友娘眼里的泪水也扑簌簌地淌了出来。艾红莓的哭声是抑制不住的,含着一股透彻心扉的悲伤。

大友娘一时无语了。她心里自然知道,有些事情虽然很残酷,但是她必须要学会面对和接受。

那个夜晚,对于大友娘和艾红莓来讲,是无比短暂的,短暂得就像是一眨眼的工夫,它就过去了似的。

天说亮也就亮了。

刚刚吃罢了早饭,季红就来了。她是来接小亮的。

进得门来,还没待大友娘反应过来,季红便扑通一声跪了下来,二话没说,接连向大友娘磕了三个响头。

大友娘心里明白季红为什么要这样,她马上意识到了小亮就要离开自己了,忍不住一阵难过,赶忙把头别向了一旁。

紧接着,小亮便跟着季红一起走了……

小亮走了,屋子里一下子变得冷清起来了,大友娘突然就有了一种空落落的感觉。她知道,小亮一走,她也该回老家了。

还能再回来吗?还能再回到这个城里来看看小亮和艾红莓吗?她说不清楚,她的心里已经乱成了一团。

临行前,艾红莓陪着她来到了烈士陵园里。在任大友的墓前,老太太一时间百感交集,泪水不停地从眼睛里涌了出来。

仿佛时光一下子倒流到了很早以前,就像那个时候她经常抚摸着任大友的脑袋一样,老太太一边抚摸着面前任大友的那座墓碑,一边念叨道:"大友,娘看你来了,你躺在这清静了,可俺们活着的人还得活下去呀!"

说到这里,大友娘突然悲从中来,使劲拍打着那块墓碑,埋怨道:"大友哇,你和艾红莓结了婚,却没有尽到一个丈夫的责任,这么多年,人家艾红莓没说一个不字,照顾你,伺候你,怕你冷,怕你热。你一拖就拖累了艾红莓好几年,大友,咱们任家欠艾红莓的,你是上辈子修来的福气才娶了艾红莓这么好的姑娘……大友,咱们从今天起,不能再拖人家艾红莓的后腿了。艾红莓跟着你苦了这么多年,累了这么多年,咱要还给人家艾红莓幸福,以后不管艾红莓咋样,大友,咱们都要替艾红莓高兴。大友,你不能疼艾红莓了,你在天有灵就保护她,祝福她吧!"

艾红莓再也无法控制自己内心的悲伤,无法抑制的哭声猛然间便冲出了喉咙,与此同时,她一把将大友娘紧紧抱住了。

大友娘长长地哀叹了一声,接着,又有气无力地说道:"大友啊,娘就要回乡下去了,以后就不能常来看你了,想娘了,就给娘托个梦,咱娘俩在梦里相会吧……"

就像一条河的流淌一样,生活似乎从来就不曾平静过,小亮的事情刚刚结束,无法预料的事情又一件一件地开始了。人是无法阻挡生活的,就像谁也无法阻挡河的流淌一样。

先是季红遇到了麻烦,接着便是王惠出了事故。

季红的麻烦是由那个叫乔守山的人造成的。近一个月的时间里,乔守山联系发出的几批货物,一分钱也没有回过来。季红心急如焚,为了这件事,接连向乔守山发起了脾气。

"这些欠账加起来都有三十几万了,你当我季红是大款呢?这些钱是我季红起早贪黑,顶风冒雨一分一分攒起来的,这可是我季红全部的家底。"季红望着乔守山,鼻子不是鼻子脸不是脸地责怪道。

被逼得没有办法了,乔守山不得不再次拿起桌上的电话,可是一个电话拨出去,电话里传来了的还是嘟嘟不止的忙音。他看了一眼季红,季红正坐在那里,一口一口地喘粗气。接着,他又把一个电话拨了出去,可是,传来的还是嘟嘟不止的忙音;再一个电话拨出去之后,他的脸色立时就变得一片煞白了。

乔守山不由得紧张地自问道:"怪了,这到底怎么回事?"

季红气急败坏地催促道:"乔守山,你这些朋友到底能不能靠得住?不行我就报警了。"

乔守山一下也不耐烦起来,吼道:"你喊什么,我这不是在联系吗?大不了我亲自去一趟。"

"那你去吧,只要你把钱给我要回来,我季红敲锣打鼓在这里欢迎你。"季红愤愤地说道。

乔守山突然不高兴了,抬手指着季红,鄙视地说道:"季红,你能不能改改你的毛病?像你这么急性子,能干成什么大事。"

"姓乔的,不用你教我,"季红又哭又喊地反驳道,"你不急,你干成什么了?帮我联系了几批货,我当时以为你路子挺广,朋友挺多,可惜都是一群骗子,让我季红辛辛苦苦的血汗钱打了水漂,到现在,我还欠人家福建进货方十几万块钱没给人家呢,再拖下去,人家非得起诉我不可!"

乔守山看不得她这个样子,便有些厌恶地起身说道:"你别吵了,也别闹了,我这就给你要钱去。大不了,我乔守山赔你。"

说着,乔守山拉开了走开的架势。

季红一把拉住了他,问道:"你赔我?你拿什么赔我,用你的人还是你的命?我当初以为你乔守山人五人六的是个大老板,敢情你就是个空手套白狼的货。"

乔守山一把甩开季红,挥手就是一个耳光,嘴里骂道:"你说谁呢?!"

季红没料到他会挥手打她,不觉愣了一下,但是紧接着她就被激怒了,猛地端起桌上的一杯茶,哗的一声泼在了乔守山的脸上,嘴里骂道:"姓乔的,你个王八蛋,我今天跟你拼了!"

艾军听到屋里的声音不对劲,突然闯了进来,看看这个,望望那个,一时不知发生了什么。当他看到季红一边怒骂着,一边向乔守山扑过去时,终于明白了什么,一把捉住乔守山的衣领,挥手就是一拳,乔守山一下把脸捂住了。

艾军紧紧抓住乔守山说道:"刚才那一拳是替季红姐打的,要走可以,那么多欠账怎么办?你说清楚。"

乔守山有些无奈地望着季红说道:"季红,我连走都不行,我怎么去给你追欠款?"

季红望着乔守山,好大一会儿,才有气无力地朝艾军挥了挥手,说道:"放开他,我一分钟都不想看见他了。"

就这样,乔守山灰溜溜地走了……

王惠的事故来得有些突然。事实上,那些日子她一直在发着低烧,可是,她并没有太多地在意。终于有一天,正在分拣药品时,她感到自己头晕了一下,紧接着便倒在了地上。

护士站的几个护士忙把她送到了急救室做了检查,检查的结果让所有人都惊呆了。

王惠从柳护士长凝重的脸色上似乎看出了什么,把那张化验单从她的手里要过来,说:"来,让我看看!"

可是,看着看着,几颗硕大的泪珠就从她的眼里缓缓地爬了出来。

白血病?

柳护士长点点头,望着王惠说道:"医学上的事,你也懂,瞒也瞒不住,那你说吧,家里人是我们通知,还是你自己告诉他们?"

王惠想了想,又想了想,大脑里已经是一片空白了。好半晌,才喃喃说道:"还是我自己说吧!"

柳护士长抓住了王惠的手,叮嘱道:"王惠,你也是个老护士了,病情你都懂,注意事项你更了解,我就不多说什么了。"

王惠点点头,她想努力让自己的泪水停下来,可是,最终她还是失败了。就是在那一刻,王惠第一个想到了吴桐。

也就在这些日子里，王惠从吴桐父亲那里得到了吴桐将提前获释的消息。消息是监狱里的管教以通知的方式寄来的，那份通知，简要地叙述了吴桐自觉协助管教人员成功地阻止了一名犯人越狱的整个过程。

说起来，那个过程十分简单。

当时，吴桐所在的那个监舍里，住着五六个犯人，那个被称为老三的人，因为心狠手毒，自然而然地被推举为他们的首领。

平日里，吴桐少言寡语，是不屑于与他们为伍的。也正是因为这样，他们也就没有把他放在眼里。

后来的一些日子里，老三一直都在预谋着越狱的事情，恰巧那个时候，犯人们每天都被集中在一处采石场参加劳动。这是一次千载难逢的好机会，老三的心里由此也就拿定了主意。头天晚上，他就和同监舍的几个人悄悄商量好了，并且对他们进行了周密的安排，为第二天实施越狱计划做好了充分的准备。

第二天上午，就像往常一样，在管教人员和武警战士的监督巡视下，犯人们正在采石场上抬运石头。可是抬着抬着，不知因为什么，同监舍里的两个犯人便大声争吵起来，吵着吵着，紧接着，他们就扭打在了一起。不远处的那些犯人听到争吵声，纷纷扔下了手里的活儿，一窝蜂似的围了上来，一时间，整个采石场里齐呼乱叫着，乱成了一锅粥。

突然发生的骚乱，立即引起了管教人员的注意。为了弄清缘由，让这场莫名的骚乱平息下来，他们连忙跑了过来，就连不远处的几个做警戒的武警战士也快步赶了过来。

就在这个节骨眼上，老三悄悄溜出了人群，拼了命地朝着不远处的一条山沟跑去。

一个武警战士突然发现了苗头不对，当他看到了正在向前奔跑的老三时，立时转移了目标，一边向他鸣枪示警，一边大声呼喊着追了上去。与此同时，几个管教人员和武警战士听到了传来的枪声，正要跟着追上去，不料，却被几个犯人左冲右突地挡住了去路。

一旁的吴桐早就注意到了这一点，他几乎没有来得及考虑，便扔下了手里的工具,飞也似的向老三追奔而去。

示警的枪声接连响起,但老三没有回头。而就在他亡命徒般地向前逃窜时,吴桐紧紧追上了他,并且一个饿虎扑食,将他死死抱住了。

老三倒在了地上,但是,当他侧身看清了死死抱住他的那个人正是同监舍里的吴桐时,顿时恼羞成怒,摸到了身边的一块石头,举手便向吴桐的头上砸去。

吴桐躲过了那块石头,而当他再次扑上去时,老三接着又举起了一块石头向他狠狠地砸了过来,那块石头,不偏不倚正砸他的头上,吴桐顿时血流如注。

就在这时,两个武警战士终于赶到了现场,眼见着自己已经无法逃脱,老三手里举着的那块石头,终于无力地落在了地上。

吴桐却一下晕了过去。很快,他就被送进了医院抢救,好在伤势并不是很重,经过几天的治疗之后,吴桐不久就伤愈出院了。

综合吴桐在狱中的良好表现,特别是在这次阻止犯人越狱的行动中,不顾个人安危立下的功劳,吴桐受到了监狱方面的关注,经报请上级有关部门研究批准,特此为吴桐减刑一年半。

这样,吴桐很快就要从监狱回家了。

得到吴桐很快就要回来的消息,王惠又一次哭了。直到现在,她才终于知道,自己竟是一个那么爱哭的人。哭,是脆弱的一种表现,她想坚强,但是,她总坚强不起来,稍稍有那么一点儿东西触动了自己的情感,她就会大哭一场。

只有她自己知道,她是怎样盼着吴桐从监狱里回家的。而今,吴桐终于要回来了,可是,她又将如何面对他呢?

她的心里矛盾极了。

是胡卫国和艾军两个人把吴桐接回来的。这都是艾红莓的安排。

一路无话,胡卫国和艾军两个人一直把吴桐送到了家里。

进得门来的时候,吴桐一眼看到了坐在客厅的沙发上正戴着老花镜看报的父亲。听到脚步声,父亲把老花镜摘下来,一直看着吴桐向自己走过来。看上去,对于吴桐的归来,他并没有感到有什么意外。

吴桐轻轻地喊了一声:"爸……"

父亲指了指一旁的沙发,说道:"坐下吧!"

吴桐便顺从地坐了下来。

顿了顿,父亲望着他,不由自主地叹了口气,埋怨道:"你把你爸的脸都丢尽了,你自己看看,你都做了些什么?"父亲的话,有一种恨铁不成钢的味道。

吴桐把头低了下来,没有说话。

好大一会儿,父亲又问道:"说说看,回来了,你是怎么打算的?"

吴桐小心地说道:"我还没想好。"

父亲听了,不由得又生起气来,说道:"你都三十几岁的人了,半辈子都快过去了,瞧瞧你混的!"

吴桐不想一进家门就惹老爷子生气,便说道:"爸,咱们说点别的好吗?"

父亲点了点头,想了想,便说道:"那就说说王惠吧,你到底是怎么想的?你也不要怨恨我,在你没来之前,我劝说过,要她离开你,因为你不配……"

"爸,我是不配,你即使不说,我也会劝她离开我的。"吴桐说。

父亲又叹了一口气,怔怔地望着他,半晌,无奈地摇了摇头,又把老花镜戴上了。

这天晚上,在艾红莓的建议下,钱克强和胡卫国两个人特意为吴桐接风。一桌很丰盛的酒菜上齐了,钱克强举起倒满了酒的杯子,起身向吴桐说道:"今天我和胡卫国奉艾总之命,给你接风。艾总说,一定让我敬你一杯酒,这杯酒就算艾总敬你的。"

钱克强说完,一口把它喝了下去。

吴桐没有说话。

钱克强又说道:"艾总说,在我们自强公司最艰难的时候,你帮助了我们,我们自强公司全体人员不会忘记你……"

吴桐笑了笑,又想了想,问道:"这顿饭要是真的请我,她怎么不来?"

钱克强和胡卫国两个人不觉对视了一眼。

胡卫国便有些含糊地向吴桐笑笑,说道:"她不方便来,吴桐,来,这杯酒算我胡卫国敬你的。"

吴桐把杯子端起来,两个人碰了杯,便各自一饮而尽。

钱克强暗暗朝胡卫国示意了一下,胡卫国心里便明白了,接着说道:"吴桐,你以后是怎么打算的?我们艾总说了,你对自强公司的恩情她不会忘的,她知道你找工作会很难,如果不嫌弃,可以到我们公司来。"

吴桐抬起头来,看了钱克强和胡卫国一眼,又把空着的杯子倒满了酒,想了想,终于说道:老钱,"胡卫国,谢谢你们了!"

这杯酒喝下去,竟然没滋没味的。

三个人又喝了几杯,这场接风宴也就结束了。吴桐和胡卫国两个人与钱克强分手后,一边往家走,一边说着话儿。

胡卫国的心里一直挂念着吴桐将来的着落,便又问道:"吴桐,你还没说呢,到底你是怎么想的?"

吴桐站了下来,望着胡卫国,却问道:"先别说我,我来问你,艾红莓真的要和那个周局长结婚?"

胡卫国摇了摇头,说道:"结不结婚,我不好说,反正艾红莓和那个姓周的,最近走得挺近乎的。"

吴桐听了,不禁埋怨道:"在监狱的时候,我是怎么托付你的?!"

胡卫国怔了一下,还没说什么,就看到吴桐已经快步向前走去了。

天已经黑下来好大会儿了。吴桐知道,如果这个时候去找艾红莓,一定会引起她的反感,让她感到不愉快,但是,一想到周汉民,他的心里就堵得慌。

他最终还是决计要问问她。他希望她能给他一个明白话,如果得不到这个明白话,他不知道自己将如何度过这个夜晚……

吴桐把那扇房门敲了好大一会儿,艾红莓才把它打开。随即,吴桐便一头闯了进去。

似乎早就预料到吴桐会来找她似的,艾红莓并没有感觉到有什么意外。看上去,她的表情也并没有久别重逢的那一份激动。

她很平静,也很镇定。她已经很有一些领导的样子了。

两个人默默相望了好大一会儿,艾红莓这才想起什么似的问道:"我让钱克强和胡卫国把话捎给你了,不知你是怎么想的?"

吴桐没有回答她的话,他一边目不转睛地注视着她,一边认真地反问道:"我问你,为什么要和那个姓周的好?"

艾红莓不知如何回答他的话。

吴桐再也无法控制自己了,突然就扳过她的身子吼道:"你说话呀!"

艾红莓一动不动地望着他,她想要对他解释什么,又好像在期待着什么,那一刻,她的心里很矛盾。

吴桐的那双手仍没有放开。他那么耐心地等待着她的回答。

过了一会儿,又过了一会儿,艾红莓就像终于想明白一件事儿一样,说道:"吴桐,你该去看看王惠,听季红说,王惠生病住院了。"

艾红莓的话十分平静,但是,吴桐听了,却像一只泄了气的皮球一样,立时就蔫了下来……

第二天上午,吴桐果然就来到了医院。柳护士长把这个消息告诉给了住在外科病房的王惠。

王惠的神情一下变得紧张起来,一时之间,她竟然有些手足无措了。

柳护士长便问道:"王惠,你要不要见他?现在,他正在住院部楼下等着呢!"

王惠想了想,又想了想,终于抬起头来,说道:"护士长,麻烦你告诉他,让他十分钟之后,在院内等我。"

柳护士长看了一眼王惠,正要走出门去,却又转过身来,叮嘱道:"王惠,你是护士,你知道,像你这种病,抵抗力差,最好还是少见人。"

王惠点点头,说道:"我知道,谢谢你了!"

看着柳护士长走出门去,王惠匆忙翻身下床,从床头柜里取出一面小镜子,上上下下地照了好半晌,接着又认认真真地将自己打扮了一番,这才走出楼去。

吴桐果然等在楼下。显然,他已经等得有点儿不耐烦了。王惠看见,吴桐双手插在裤兜里,正在那里不安地徘徊着。

她走了过去。

吴桐看见了她,他站在了那里,用目光迎接着她。

王惠有些不自然地说道:"我听胡卫国说了,你出来了。"

说完这话,不知怎么,她突然感觉到鼻子发酸,使劲忍了忍,终于艰难地把眼里的泪水忍了回去。

吴桐打量着王惠。

王惠一笑,又说道:"回来就好,今天你不来看我,我也会找你的。"

"听说你住院了,身体怎么了?"吴桐问道。

王惠禁不住有点儿慌乱,但是紧接着,她便稳住了自己,望着吴桐,似乎有点儿自嘲地说道:"感冒,有点炎症,小病。"

吴桐望着王惠,沉默了好大一会儿。他一时不知该对她再说点儿什么,或者问她一点儿什么也好,可是,他想不起来。然而,越是想不起来,他越是使劲地想着。

突然间他就有些怜悯起她来了。他觉得她很可怜,为了他,她那么执着地等着,等了他那么久。他实在不想让她的等待就这样落空。他觉得他很对不起她,于是,他把头低了下来,轻轻说道:"王惠,咱们结婚吧,我答应过你。"

可是,当他把头抬起来的时候,他看到了王惠脸上的复杂的表情。接着,王惠有些凄楚地一笑,说道:"吴桐,我想好了,不嫁给你了。"

吴桐不禁大吃了一惊。

"吴桐,从下乡时我就开始等你,到你参军,又上大学,现在我不想再等了。"

吴桐看到,王惠在说这话时,她的表情是认真的。

"为什么?"吴桐不解地问道。

"不为什么,就是不想再等了。"王惠淡淡地回答道。

"我答应过你,"吴桐突然急切地说道,"我们马上就可以结婚。"

王惠笑了笑,那种笑看上去很平静,很自然,但是却带着难以察觉的隐痛。说着,王惠便从衣兜里掏出一枚戒指来。她把它轻轻放在手心里,认真地看了一眼,然后递给了吴桐,说道:"这是你送我的订婚戒指,我还给你。"

王惠的举动,让吴桐感到气愤了。猛一抬手,他便把那枚戒指打掉了,大声问道:"这到底是为什么?"

王惠没有说话。

吴桐望着王惠,眼睛不由得潮湿起来,一字一句说道:"我明白了,你们都躲着我,我知道,我不配!"

说完这话,吴桐狠狠地拍了一下自己的脑袋,无比伤痛地转过身去。

王惠蹲下身来,找到那枚被吴桐打落的戒指,紧紧地攥在手里,望着吴桐越来越远的背影,她将那枚戒指放到胸前,不禁压抑地哭泣起来……

即便绞尽脑汁,吴桐也想不明白,女孩们的心思为何这样善变。如果婚姻是爱情的坟墓,那么,我是否有过真正属于自己的爱情?吴桐想,爱情不过是人生的一杯苦酒罢了,你越去品味它,它越会带给你苦痛。

吴桐决计不再想它,或者说,他实在不想再继续品尝这杯苦酒以及由这杯苦酒为他所带来的心灵伤痛了。他想忘记,想麻痹自己,最好的方式,莫过于选择一项让自己更为专注的事情去做。这也许是最好的精神解脱方式。

我要活出个样子来,让所有人重新认识我。吴桐想。

他是找不到工作的,山水市那么大的一个地方,是没有他工作的位置的。但是,即使是找到了,那又如何?他不屑于在人指手画脚之下做那些不情愿去做的事情。

他想做自己喜欢做的事情,活出一个真正的自己。

经过反复的思考和论证,他决定自己开一个公司。这个想法很大胆,很让人不可思议。但是,很多伟大的事业,都是在不可思议之中完成的。

很快,在临街的一家店面上,吴桐堂打出了顺达电子公司的招牌,而这个电子公司所需用的一切启动资金,自然是他在那些兄弟中间四处筹借过来的。

居然那么顺利地就把一个公司开起来了。

开业那天,吴桐通知了他认识的所有同学和战友前来捧场。那一刻,当他站在自家公司门前,手里举着一挂噼噼啪啪炸响的鞭炮时,他的心情是激动着的。

那一天,胡卫国和艾军来了,季红和艾红莓来了,王惠也来了。但是,王惠只是躲在远远的地方朝公司门口的吴桐看了一眼,连个照面都没打就走了。

远远地望着吴桐,她的心里感到无比难过。

就是在那一天,王惠从吴桐的顺达公司回到医院不久,艾红莓就来看她来了。

那天的太阳很好,两个人坐在院内的一张靠椅上,沉默了好大一会儿,艾红莓终于说道:"王惠,听说你病了,本想去病房看看你,护士不让进门,只能麻烦你出来了。"

"我们医院有规定,"王惠淡淡地笑了笑,说道,"况且,我就是发烧感冒这点小病,何必让你亲自跑一趟。"

艾红莓认真地看着王惠,少顷说道:"王惠,以前咱们是最好的朋友,可以说无话不谈,我今天来就是认真地告诉你,我要结婚了。"

王惠没有说话。艾红莓和周汉民的事情,她早就知道了。

艾红莓想了想,接着又说道:"这么多年,老周是最了解我的,在我困难的时候,没少帮我。他离婚这么多年也挺不容易的。"

"如果把吴桐和周局长放在一起,你会选择谁?"

艾红莓没想到,王惠会突然问出这样的话来。

"王惠,你干吗要这么去比?"艾红莓吃惊地问道。

王惠目光望着远处,说道:"吴桐这么多年从没放下过你,他喜欢你也是真心的。作为女人我羡慕你,也嫉妒你,但是我今天要告诉你的是,我已经放弃他了,真的放弃了。"

说到这里,王惠的眼圈一下红了。

艾红莓敏感地察觉到了什么,站起身来,认真地看着王惠说道:"王惠,你等了吴桐这么多年,一直坚定不移,这也不是一般人能做到的。吴桐已经开始创业了,凭他的才能和努力,以后一定会干出一番事业的,王惠,他需要你这时出现在他身边……"

"别说这些了,我真的放弃了。"王惠眼里的泪水流了下来。

"王惠,你等吴桐等了十几年,干吗这样?"艾红莓继续追问道。

"我说的不是气话,真的,也许你现在不理解,但是终有一天你会理解的。"

艾红莓望着王惠,能够感受到她内心的纠结。不知怎么,那一刻,她觉得有一道无法言说的悲凉从内心深处划了过去。

从医院出来后,艾红莓竟然鬼使神差一般地来到了顺达公司。

艾红莓有些疲惫地说:"吴桐,我找过王惠了,看样子,她有很多心事。"

吴桐看了她一眼,说道:"艾红莓,你不用自责,这和你没有关系。说实话,我就是和她结婚也不会幸福的,当初和她订婚,也是为了你。"

艾红莓不解地望着吴桐。

顿了顿,吴桐又说道:"如果我不和她订婚,许多矛头都会集中在你身上,你将承受更大的压力,也许你再也不会见我了,我怕你在我面前消失。"

艾红莓望着吴桐,一双眼睛不自觉地有些潮湿了。

"我知道,你一直不肯接纳我,从你嫁给任大友那天开始,我发誓这辈子再也不会结婚了。只要能看到你,就是我最幸福、最开心的事,即便我并不能天天见到你,但只要听到你的名字,我心里就很高兴。我为你做的任何事情,都是我心甘情愿的,我控制不住自己,就是在监狱里,我不想见你和王惠的原因是,不想让你们为我难受。"

艾红莓的眼泪已经落下来了。

"我也知道周汉民对你一直很关心,但我要告诉你,关心不等于爱情。你和周汉民的关系,不要再这么无谓地走下去了,他给不了你爱情。嫁给任大友就是一个错误,你不要再犯第二次错误了……"

"吴桐,先别说我,王惠真的很不容易。"艾红莓泪眼婆娑地望着吴桐说道。

吴桐的眼圈红了。他望着艾红莓,使劲摇了摇头,无限痛苦地说道:"王惠已经不见我了,我知道她恨我,因为我伤害了她。我吴桐现在没权力向任何一个女人表白自己,因为我什么都没有,我不配!"

"吴桐,今天找你,我只想对你说一句话,王惠是个好女人,你要珍惜她。"

艾红莓说到这里,就起身走出了公司的大门。

隔着玻璃门,望着艾红莓渐渐远去的背影,吴桐无奈地摇了摇头。他感到自己的脑子又乱了。

21

这天傍晚,艾红莓主动把周汉民约到了他家近处的那个茶馆里。按照约定的时间,周汉民来到时,艾红莓已经等在那里了。

周汉民一边脱着外套,一边看着艾红莓问道:"你这么着急约我来,是不是有什么大事?"

艾红莓一直看着他把那件外套挂在一侧的衣帽架上,又看着他坐在了自己对面的那个位置上,这才问道:"老周,我想问你,你对以后的生活有没有什么打算?"

这个问题有些突兀,周汉民一点思想准备都没有,便一边支吾着,一边望着艾红莓说道:"小艾,怎么问起这个来了?"

艾红莓笑笑,说:"我随便问问的。"但是说完这话,她又转动着面前的那只空杯子补充道,"老周,你该好好地为自己考虑考虑了。"

周汉民心里知道她指的是什么,犹豫了一下,也便说道:"不是不想找,可我这岁数,找个合适的不容易了。"

艾红莓认真地望着周汉民,突然又问道:"老周,如果有人不在乎你的年龄,愿意嫁给你呢?"

周汉民不觉怔了一下,他想,她的话,他已经十分明白了,然而,一旦明白了她话里的意思,他突然就感到有些慌乱。但是,为了不至于在艾红莓面前失态,紧接着,他就迫使着自己,让心情慢慢平复下来。壶里的茶这时间已经泡好了,他把它端起来,一一倒进了面前的两只杯子里,之后,他抬起头来,思忖道:"小艾,我对你一直很欣赏,我知道一个女人生活会有多么难,所以,我要想尽一切办法去帮你,但我明白,那不是爱情,那是友谊,是信任……"

说完这话,周汉民笑了笑,这让艾红莓有一种无措的感觉。

艾红莓静静地等着他把话说下去。

"自从我从局长的位子上退下来,我有了时间。这段时间和你接触了一些,我更加感到,你太缺少男人的关怀和疼爱了,小艾,这么多年下来,你的生活真的太不容易了……"

周汉民不禁感叹起来,眼圈跟着也红了。可是,艾红莓早已经按捺不住了,挥手打断了他的话,追问道:"老周,你还没回答我的问题。"

周汉民似乎在推敲着将要说出的每一句话,少顷,终于小心地说道:"小艾,我明白你的意思了,以前这事我从来没敢想过,我只想默默地关怀你,疼爱你,这就是我自己的幸福和心愿了。你嫁给任大友,已经是牺牲奉献了,一个女人该得到的都没得到,我是担心,你会重蹈覆辙,毕竟我的年纪大了。"

艾红莓摇了摇头,认真地说道:"老周,年龄大小不是问题,我想过了,如果你同意,我愿意嫁给你。"

艾红莓的话很干脆,就像是早就考虑成熟了一样。

周汉民有些感动,同时,他又感到有些吃惊。

沉默了好大一会儿,他才又望着艾红莓,试探地问道:"能告诉我这是为什么吗?"

"没有为什么,"艾红莓笑笑说,"我只是觉得我生活中需要你。"

她的神情是那么自然,那么生动,冷静的外表下却又深含着某种难以掩饰的激情与向往。

毫无疑问,艾红莓的情绪直接感染了周汉民。此时此刻,他感到正有一股暖流在身体里鼓荡起来,不觉间,他竟然有些激动地向她伸出手去,他想握一握她的手。可是,刚刚把那只手抬起来,他又犹豫着将它收了回来。

艾红莓却执着地把自己的那只手伸过去了。

周汉民的眼睛立时就潮湿了。他一边象征性地和她握了握手,一边注视着她的眼睛,说道:"小艾,允许我考虑一下好吗?"

艾红莓朝他微笑了一下,无比郑重地点了点头……

周汉民把艾红莓约到自己家里去,已经是一周之后的事了。

显然,那个时候,他已经考虑成熟了。

这一周的时间,说长不长,说短也委实不短,为了等待这一天的到来,艾红莓做过各种各样的推测。这一周的时间,他到底考虑出了一个什么样的结果,她是无论如何都想不到的。世上的很多事情,计划没有变化快。在这件事情上,也不会例外。可是,令艾红莓万万没有想到的是,周汉民会以那样一种浪漫的方式迎接了她。

显然,周汉民的家已经重新布置过了,一切看上去,都是那么井井有条。最惹人注目的要数那一束鲜红的玫瑰花了,现在它就安放在客厅中间的茶几上,看上去,那样火烈,那般温馨。

艾红莓有些惊奇地打量着眼前的一切。这时,周汉民已经绕到了她的面前,突然单膝跪了下来,而后,双手捧着一枚蓝宝石戒指,仰头望着艾红莓说道:"小艾,我周汉民今天要向你求婚了,请你答应我。"

艾红莓感到一那颗心快速地跳动起来,她望着周汉民,有些慌乱地说道:"老周,你这是干什么? 快起来!"

周汉民继续说道:"你第一次结婚我见证了,一个女人该拥有和得到的,你什么都没有,这次我周汉民给你补上。虽说我年龄大了,不会浪漫了,但是我可以学习。"

周汉民捧着戒指的那双手仍然举在那里。

艾红莓的眼睛一下就潮湿起来,她努力平复着自己激动的心情,把一只微微颤抖着的手伸了过去……

周汉民终于站了起来。

艾红莓沉浸在幸福之中,她第一次这么近距离地望着周汉民,感受着他的呼吸,有些急促地说道:"老周,浪不浪漫对我来说已经不重要了,嫁给你,我就是想踏踏实实地和你一起过日子。"

周汉民点了点头,满怀喜悦地注视着她,说道:"小艾,你肯嫁给我,是我周汉民上辈子修来的福气,为了你,我要好好地活着,把身体保养得健健康康的,多陪你几年。"说着,周汉民一把将她搂在了怀里。

刹那间,艾红莓眼里的泪水悄然滑落下来……

生活,对于那些勇敢地追求幸福的人,似乎从来就没有一帆风顺过。原本看上去已是柳暗花明的事情,往往又会逆转到山重水复中,节外生枝地生发出许多的事端来。

如果按照两个人的计划和安排,不久之后,他们就能够进入婚姻的殿堂,幸福地过上正常人的日子了。可是,谁料想,几天之后,周雨濛突然找到了周汉民。

周雨濛走进门来,上上下下地打量了一番焕然一新的房子,一屁股坐在沙发上,脸色一下变得难看起来,说:"爸,我想和你谈谈。"

周汉民知道她要谈什么,便把自己打算结婚的事情告诉了她。

周雨濛说:"你结婚可以,但不能是别人。"她的口气听上去很独断,很霸道。

"为什么?"周汉民下意识地问道。

周雨濛说:"你应该知道,我妈一直都在等着和你复婚,这十多年里,虽然我妈和你离婚了,可她从来就没有放下过你。每逢过年过节,她都想着给你留个位子,摆上一只碗……"说到这里,周雨濛的眼里突然就闪出泪花来。

周汉民的心动了一下,怔怔地望着自己的女儿,却不知该如何向她解释这一切。

周雨濛说:"以前我小,管不了你们的事,现在我大了,你们的事我必须要管。爸,你就听我一句话,和我妈复婚吧!"

周汉民沉默了半晌,终于说道:"当初我和你妈离婚,是她自己作的。她脑子有病,我和任何女同事说话,她都疑神疑鬼的,三天两头去机关闹,弄得我都没有办法正常工作了,机关的好多人都在看我的笑话。你想想,你妈这样一个人,我还怎么和她生活在一起?现在,爸老了,想过几天轻省的日子了。如果你希望你爸安度晚年,从此以后,你妈的事就不要再提了。"

周汉民是不情愿提起原来那些事情的。那些过去了的事情,只要一想起来,会让他感到心痛。他的心已经受伤了,他实在不想让这颗心再次受伤了。他需要在自己生命中接下来的时间里,让它慢慢愈合,需要新的生活抚平它,给它最后的慰藉。

周雨濛的泪水流了下来。

看起来,周汉民在婚姻这件事情上已经铁了心了。

她记得以前父亲对她说话的时候,从来不是这样的,他的态度从没有这样强硬过。在她的心里,他是一个慈父,一个通情达理的父亲,一个无论她说什么,他都会言听计从的父亲。可是现在,他居然变得越来越让她感到陌生了,这不免让她有些伤心起来。

但是,她不甘心。

她需要感化他,让他回心转意。

她就那样一边想着,一边望着他,有些痛苦地说道:"爸,事到如今,我不得不对你讲了,我妈得了癌症……"

说到这里,她看到父亲一下张大嘴巴怔在了那里。

她说:"这件事情她自己不知道,我到现在还一直瞒着她。她想和你复婚,和你在一起,这是她最后的愿望了……"

周汉民犹豫了一下。他感到心里很乱。

周雨濛接着说道:"爸,我求你了,你不看我妈的面子,看在我的分上,跟我妈复婚吧!"

周汉民不自觉地叹了一口气,片刻,他抬起头来,望着她,缓缓说道:"你妈有病就要抓紧去医院治疗,需要我帮忙的,我一定帮,但这和婚姻是两回事,等你以后结婚了,你就明白了。"

周雨濛注视着他,有些无奈地摇着头,不禁失望地说道:"爸,我真没想到你会变得这么无情,我说了这么半天,难道你一点都没有感触吗?"

不说则罢,她这么一说,周汉民的心里就更加有了主意,于是起身说道:"复婚是不可能的,回去跟你妈说吧,让她抓紧去医院治疗!"

他的态度很坚定,有些决绝的意味。

周雨濛猛然意识到,再这样继续谈下去也是无果,便气急败坏地说道:"那好吧,我去找艾红莓。"

果然,周雨濛说到做到,从周汉民家走出来之后,就直奔自强公司去了。门都不敲一下,她便把艾红莓的办公室撞开了。艾红莓吃了一惊,从办公桌上抬起头来,一眼就看到了气势汹汹的周雨濛。

艾红莓克制住心里的不快,静静望着她,没有说话。

周雨濛冷着一张脸,说道:"我自我介绍一下,我是周汉民的女儿。"

艾红莓问道:"你有什么事?"

"我求你放过我爸爸。"周雨濛说。

"放过你爸爸?我怎么你爸爸了?"艾红莓说,"你爸爸是个独立的人,他有权力选择自己的生活。"

周雨濛看了艾红莓一眼,说道:"你还年轻,又这么漂亮,大小也是个总经理,按条件来说也不差呀。我爸也退居二线了,说是市里的顾问,只不过是个闲差,没职没权,又一身老年病,你干吗非得抓住他不放?"

艾红莓直了一下身子,郑重地说道:"这是我们之间的事,你作为周汉民的女儿,一个晚辈,不应该说三道四。"

"正因为我是他女儿,这事我才要管。你知道吗?我妈就要和我爸复婚了,我们本来就是一家人,你这个外人最好不要插手我们家的私生活。"

周雨濛神情傲慢地望着艾红莓,她的气势是那么凌厉,带着不容欺侮的锋芒。

艾红莓突然觉得有些好笑,看都没看她一眼,便哼了一声,回道:"你爸复不复婚,你应该去问你爸,你找我,是找错人了。"

艾红莓的态度同样这般强硬,全然没有把周雨濛放在眼里,这是她万万没有想到的。

周雨濛愣怔了片刻,立时感到了一种委屈。接着,她冷冷地望着艾红莓,咬着牙齿地说道:"看来你是死心塌地要和我爸结婚了,好,既然这样,咱们走着瞧!"说完这话,周雨濛转身走了。

艾红莓越想越觉得周雨濛的这番话很让她感到恼火,啪地便把手里握着的那支笔拍在了桌上。她是不会屈从的。她想,她的命运里,从来就没有屈从这两个字。对于自己的婚姻,也是同样。

艾红莓快快不快地回到家,心里觉得堵得慌,便把要和周汉民结婚的事情说了出来。但是话没说完,红莓妈就火了。不管艾红莓如何向她解释,她死活就是不同意。

红莓妈一边拍着桌子一边气冲冲地嚷道:"艾红莓你怎么就不睁开眼睛好好瞅瞅,难道天底下的好男人都死绝了吗?前边一个残的,后边一个老的,你想想,你真的要和那个周汉民结了婚,这辈子还有一天好日子过吗?"

既然走到了今天,艾红莓也便不再担心和害怕什么了,把心一横,咕哝道:"这是我自己的事,你们谁也管不着!"

红莓妈气得浑身哆嗦着,已经说不出一句话来了。

艾红莓生了一肚子气,饭都没顾得上吃,就又从父母家里走了出来。这时间,她感觉到心里头已经烦乱得一塌糊涂了。

她想找个人把窝在肚子里的那股怨气撒出来。想来想去,她只有去找季红。

季红打开房门,见艾红莓站在那里,脸色很不好看,不由得问道:"艾红莓,这大晚上的,谁又招你了?"

艾红莓叹了口气走进去,不耐烦地说道:"季红,你说我结个婚,怎么遇到这么多烦心事?"

季红听了,多多少少就明白了一些,说道:"艾红莓,你现在每走一步,都是剑走偏锋。任大友的事不用说了,咱们就说周汉民,在别人眼里,他那么大岁数了,都退休了,你才三十岁出头,你找他,有几个人能理解你?更别说支持你了。"

艾红莓沉默了好大会儿,终于说道:"我和老周是有基础的,认识这么多年了,也算了解了,况且,他没少帮过我,和他在一起,我感到踏实,不累。"

"就为了这个?"

艾红莓点了点头。

"那我问你,吴桐在你心里到底是什么位置?"

艾红莓又想了想,突然抬头说道:"季红,人不能只为自己活,你想想王惠,等了吴桐十几年,要不是因为爱,她可能会这样吗?"

季红琢磨着艾红莓的话,慢慢地点了点头,接着便长长地叹了一口气,说道:"咱们仨可是最好的朋友,你说,小说和电视剧里的事怎么都让咱们给摊上了?"

艾红莓也跟着叹息了一声。

片刻,季红又问道:"那你是真的喜欢那个老周?"

艾红莓点点头,思忖道:"季红,老周是个好人。"

季红听了,心里头一下就受不了了,她望着艾红莓的眼睛,真诚地说道:"好人和爱情是两码事。艾红莓,你这么做,让我心疼。"

艾红莓有些感动。接着,她便朝季红笑了笑,说:"我下决心了!"

季红很快就遇到了一个大麻烦。

乔守山外出讨债走了很多天了,至今没有一点消息。再用传呼机联系他时,他已经停机了。

恰恰就在这时,她收到了一张法院的传票,福建的一家服装厂把她告上了法庭。

季红蒙了。手里捏着那张传票,她一时不知如何是好了。

欠债还钱,天经地义。钱追不回来,她拿什么还人家?

想到这一切都是那个乔守山造成的,季红恨得牙根发痒,什么恶毒的话都骂出来了。她恨不得立马见了他,一刀把他宰了。

艾军把这一切都看在了眼里,心里头替她着急,便一个劲儿地催着她快些想办法。可是,事到如今,她实在想不出更好的办法了。

冷静下来之后,季红突然又想起了什么,连忙托付艾军,让他快些把公司积存着的那些衣服,都拿到市场上按批发价处理了,把那些钱给大家分一分。大家好聚好散,然后各回各家,至于剩下来的那些事情,就由她一个人承担好了。

她心里清楚,人家的钱还不上,她就该去坐牢了。她这样一边想着,一边开始收拾起自己的东西来。

天黑下来的时候,艾军才打外边走回来。

他看了季红一眼,便把卖衣服的五千元钱放在季红面前的桌子上了。

季红朝他看了一眼,还没问他,他先说话了。

艾军说:"他们谁都不要,一致决定拿回来给你救救急……"

季红感到自己的鼻子酸了一下。

季红和艾军推让了好半天,最终还是把那些钱收下了,眼圈红红地说:"好吧,这钱我先收下,就算我季红欠你们的……"

艾军知道自己没有能力帮助季红,突然之间便想起吴桐来。现在,也许只有他能帮得上季红了。

艾军心里这样想着,赶忙就找到了顺达电子公司,把季红遇到了麻烦,一五一十地对吴桐讲了。

吴桐不觉也吃了一惊,下意识地问道:"季红到底欠了人家多少钱?"

艾军粗略算了一下,说道:"从福建那个服装厂共进了三批货,有十几万,广东有一家,大概有个十来万,一共三十来万吧。"

吴桐没想到会是这么大一笔数目,一时间也没了主意,一边打着转转,一边说道:"你看看,我这屋里值钱的就是这两台电脑,这套游戏软件刚刚开发,还不知道能不能变回钱来呢!"

艾军愣愣地看着吴桐,不禁有些失望地说道:"看来季红姐只能坐牢了。"

就在这时,吴桐突然眼前一亮,望着艾军说道:"你干吗不去找一找辛明,他不是老板吗?他应该能救季红。"

"辛明?"艾军犹豫了一下,问道,"那个姓辛的,能管季红吗?"

吴桐想了想,说道:"这样吧,你出面约他,到时候我会过去的。"

按照吴桐说的办法,艾军果真把辛明约到了一家茶馆里。可是,当辛明听说了季红的事情,一张脸马上就冷下来了。

辛明一边擦拭着那只大墨镜,一边望着艾军问道:"到底是你借钱还是季红借钱,要是她,她干吗不来找我?"

艾军不得不赔着笑脸说道:"辛老板,只要你能给季红姐救急,钱算谁借的都行。"

"我要是算在你头上,你能还得起吗?"辛明财大气粗地问道。

艾军又朝他笑了笑,说道:"只要能救季红姐,你把我卖了,你看我能值几个钱?"

辛明鼻子里哼了一声,说道:"就是把你卖了也还不上。"

正说到这里,吴桐推门走了进来,说道:"他还不上我还。"

辛明见到吴桐,不觉有些紧张,忙欠了欠身子说道:"这是季红的事,和你没关系。"

吴桐笑了笑,追问道:"季红给你当过老婆吧?"

辛明没有说话。

吴桐接着说道:"她不但给你当过老婆,还为你生过孩子,现在季红遇到困难了,你就这么对待她?英雄就这么薄情寡义吗?即便不是英雄,那我问你,你还是个男人吗?"

"当年离婚时,我那么求她,她还是一脚把我踢开了。"辛明有些怀恨地咕哝道。

吴桐又朝他笑了笑,继续说道:"你一个男人的心眼就那么小吗?连一个跟你生活过的女人都装不下吗?眼下季红遇到了困难,弄不好她就会蹲监狱,蹲监狱的滋味我知道,你难道就这么无动于衷?"

辛明有些无奈地望着吴桐,问道:"那你们想让我怎么样?"

吴桐注视着辛明,少顷说道:"就是三十来万,如果你能拿得出来,这钱算在我和艾军头上,如果说没有,我们立马走人,不再找你。"

辛明想了想,好大一会儿才抬起头来,说道:"这还是我和季红的事,你们让季红来找我吧!"

几个人就这样散了。

吴桐和艾军是知道季红脾气的,为了做通她的工作,晚上,吴桐和艾军叫上胡卫国一起约上了季红来到了李红卫的餐厅。几个人坐下来之后,艾军憋不住心里的话,带头就把和吴桐一起见到辛明的事说了出来。季红一听这话,腾地一下就冒火了,说:"我就是坐牢也不去求他。"

坐在一旁的胡卫国见她这样,忙劝道:"季红你这么做就有骨气了?我觉得,在小亮这件事情上,辛明做得还是很男人的,虽然他对你有看法,但是他不会难为你的。"

吴桐也说道:"季红,你吃亏就吃亏在太要面子上了,这件事情你真还要好好想想,重要的是如何才能渡过眼前这道难关。"

季红没有说话,可是,眼里的泪水却流下来了。此时此刻,她的内心很挣扎,很纠结。她十分理解几个朋友的好意,但是,一想到辛明,她的心里就受不了。她对他的感情很复杂,她不知该如何面对他。

胡卫国接着又鼓动道:"季红你去吧,如果辛明不管的话,我就找他去算账,看他到底还是不是个男人!"

就在那天晚上,王惠偷偷从医院的病房里跑了出来,来到了艾红莓的家里。

敲开屋门,王惠这才把口罩摘了下来。

艾红莓望着她,不禁吃了一惊。

王惠的表情看上去很严肃。

还没等艾红莓问什么,王惠就一把将艾红莓抓住了,认真地望着她,说道:"今天我来,有话要对你说。"

王惠问道:"听说你就要和周汉民结婚了,红莓,你能对我说句实话吗?为什么要嫁给周汉民?"

艾红莓真是搞不明白,这些天里,为什么会有那么多人这样问她。现在,就连王惠也这样问她了。

王惠说:"我希望你和我说实话。"

艾红莓思忖了片刻,抬起头来,努力掩饰着划过心际的那一道忧伤,而后,把目光缓缓收回来,说道:"王惠,你接纳吴桐吧,别不见他。"

艾红莓的声音是颤抖着的。

王惠突然为艾红莓感到了心疼。

直到这时,她才豁然明白了一个事实。

接着,王惠望着艾红莓,郑重地说道:"这就是我今天来的目的,艾红莓我告诉你,在咱们三个人的关系中,我选择退出。我说的不是气话,是真心的,只希望你要慎重考虑一下和周汉民结婚的事。"

艾红莓不解地摇摇头,说道:"王惠,你可等了吴桐十几年。"

"红莓,人是会变的。既然你喜欢吴桐,你就大胆去爱吧,我祝福你们!"

说到这里,王惠朝艾红莓笑了笑。

可是,艾红莓又摇了摇头,片刻说道:"我已经决定要嫁给周汉民了。"

王惠不得不又耐心地说道:"红莓,咱们是好朋友,好姐妹,我觉得你还是和吴桐合适,吴桐是个优秀的男人,况且,吴桐又一直真心地爱你。"

"王惠,你不要再说了,我已经决定了。"艾红莓固执地说道。

王惠注视着艾红莓,突然说道:"该说的,我可都说了。"

说着,王惠戴上口罩,拉开门走了……

在几个好朋友的劝说下,经过一夜的思考,季红终于也就想明白了。尽管不情愿,但是出于无奈,第二天一早,她还是找到了辛明的住处,把一张事先打好的欠条放在客厅的茶几上,辛明接着也从抽屉里取出一张早就准备好的支票,也放在茶几上。

季红拿过支票看了一眼,就把它放到随身的包里了。

辛明笑了笑,说道:"我是看在小亮的面子上才借给你的。"

季红狠狠地瞪了他一眼,说道:"你放心,我会还你的,连本带利。我要是没本事还你,那我就把自己卖了。"

辛明笑了笑,问道:"你来就和我说这些?"

季红认真看了他一眼,说道:"辛明,你还算是个男人。看来我当初嫁给你,还不算瞎眼。"说完,坐都没坐一下,转身走了出去。

周汉民和艾红莓到婚姻登记处登记那天,天气异常晴朗。好天气催发了好心情,两个人一路上有说有笑,幸福得就像是一对热恋中的年轻人似的。

可是,天有不测风云。就在两个人在窗口前,准备办理结婚手续时,周雨濛突然冲进了登记处的大厅,一把捉住了周汉民的胳膊,气喘吁吁地说道:"爸,你快跟我走!"

周汉民扭头看到周雨濛,突然就生气了,低声吼道:"不像话,怎么闹到这里来了!"

周雨濛说:"我妈要跳楼了。"

周汉民不觉皱了下眉头,下意识地问道:"你妈要跳楼?"

周雨濛急促地说道:"她要见你,说是见不到你就跳楼自杀。"

"她真是疯了!"周汉民几乎喊了起来。

艾红莓站在一旁,不知所措地看着周汉民。

周汉民正要跟着周雨濛往门外走,突然又想起艾红莓,忙回转身来安顿道:"小艾,你等我一下,我去去就来。"

说着,他就被周雨濛一手拽着跑出了登记处的大厅。

艾红莓望着周汉民远去的背影,有些失落地摇了摇头,接着,她便找了个空闲的位置坐了下来。

此时,肖英家的楼下已经聚了很多人,一辆亮着警灯的警车停在了不远的地方。有几个警察正在一栋居民楼下拽着一床被子,随时准备接应楼上的那位纵身者。气氛一时显得十分紧张。

一名警察为了稳住肖英的情绪,手里举着扩音喇叭,正在朝楼上喊话:"同志,你要冷静,不要做傻事……"

借此机会,有几个人已经进入楼房,直奔肖英住宅去了。

周汉民和周雨濛及时赶到了现场。一看到眼前的这个阵势,周汉民立时就感到有些难堪了,抬起头来时,他看到肖英披头散发地倚在自家阳台的栏杆上,正朝楼下打望着。他不愿看到她那一副形容,不禁有些厌恶地别过头去。

这时,周雨濛一边拼命地朝楼上挥着手,一边着急地喊道:"妈,我爸来了,在这呢,你看见了吗?"接着,她把周汉民的一只胳膊也举了起来。

周汉民竟是一脸的无奈。

就在这时,肖英似乎已经精疲力竭了,猛地从阳台上昂头跌落到里面去了。在众人的一片惊呼声中,一个警察一脚踹开阳台的门,把肖英抱了进去。

一场闹剧就这样结束了。

周汉民松了一口气,扭头就要离去,却又被周雨濛抱住了胳膊,央求道:"爸,你上楼看一眼我妈吧!"

周汉民不由得气鼓鼓地说道:"她是个疯子,我才不去看她!"

周雨濛哭了起来。她一边哭着,一边可怜巴巴地望着周汉民,难过地说道:"爸,你心怎么这么狠,我妈要是出事,你会后悔的,不看我妈,你也得为我想想啊!"

周汉民的心软了下来。他下意识地闭了一下眼睛,泪水却从眼角处深深的鱼尾纹里缓缓爬了下来……

周汉民急急匆匆回到登记处时,已是下班时间了,此时,登记大厅里空空荡荡的。一脚迈进门去,周汉民没有看到艾红莓的影子,却迎头撞上了红莓妈。

"这不是周局长嘛,这是要结婚呢,还是要离婚呢?"红莓妈一边靠上前来,一边阴阳怪气地问道。

周汉民心里咯噔了一下,望一眼红莓妈,却一时不知如何称呼,便有些尴尬地朝她笑了笑。

红莓妈接着说道:"我在这可等你好久了。"

"等我?"

"我有几句话,可要当着你的面说道说道。"红莓妈沉下一张脸说道。

"那你说。"

红莓妈问道:"听说你要和我闺女艾红莓结婚?"

周汉民突然意识到什么,忙赔了一张笑脸,有些尴尬地说道:"对不起,这么大个事儿,本应该去登门说的,这几天忙,没顾上,我和艾红莓本来商量好了,过几天就去看望你们。"

红莓妈却剜了他一眼,撇着一张嘴埋怨道:"孩子不懂事,也就算了,你说说你,都多大岁数了?比艾红莓爸还要大一岁,找一个跟自己闺女岁数差不多的人结婚,你觉得好意思吗?要说我们家艾红莓看不清个道儿,还有情可原,可你是黄土埋到脖颈的人了,咋还不明白个事理呀?你说你能陪我们家艾红莓几年?等把你伺候死了,她可不又成了寡妇?周汉民,叫你一声局长,你可是当过领导有过见识的人,咱们人活着,可不能太自私,别光想着自己,也要为别人想想。"

周汉民听了红莓妈的话,一张脸上立刻就挂不住了,红一阵白一阵的,却又连一句话都说不出来了。

末了,红莓妈狠狠地又瞪了他一眼,说道:"我是不会让艾红莓嫁给你的,就是我拼出这条老命,也不会让你们登记结婚的,明天我还到这守着,我要看看你们怎么结这个婚!"

周汉民一切都明白了。

当周汉民拖着疲惫不堪的步子回到家时,天已经一点一点地黑下来了。

22

季红打定了主意。她要去南方闯一闯。

南方不是一个谁想去就能去的地方,可是,她要去。

她说:"天无绝人之路,我已经没有退路了。"季红就这样走了。

那天,几个好朋友把季红送到了车站,又看着那列载着季红的火车从这个城市里出发,一直奔向陌生而又遥远的地方,突然觉得心里边空落落的。

季红走了,她所经营的服装公司跟着也垮了。回家的路上,几个人一边走着,一边说着话儿,一旁的胡卫国不由得问道:"艾军,季红走了,你下一步怎么办?"

艾军支支吾吾的,到底也没说出个什么来。

吴桐便把话接了过来,拍了拍艾军的肩膀说道:"兄弟,如果不嫌弃的话,你就到我这里来吧!"艾军听了,心里已经激动得无法用语言表达了。

艾红莓的心里却忐忑起来了。一路上,她一直紧锁着眉头,一副心事重重的样子。与艾军一起快要走到家门口的时候,她突然就改变了主意,把艾军支回了家,一个人便朝远处走去。

正是暮色降临的时候,暮色慢慢淹没了这座城市,也把她慢慢淹没了。

艾红莓来到了周汉民家。从昨天到现在,她一直没有得到周汉民的消息。昨天,自从周雨濛把他从婚姻登记处拽走之后,她的心就一直悬在那里。她在担心他。周汉民刚走,母亲就来了,在登记大厅里大呼小叫着,非要劝她回去不可。自然是母亲劝不住她,她也劝不住母亲,于是两个人只有用沉默的方式对峙着。她不走,母亲就不走,两个人就那样较着劲儿。后来就到了快要下班的时间,艾红莓估摸着周汉民没能回来,一定是遇到了脱不开身的家庭麻烦,便一个人从大厅里走了出去……

周汉民半天才把门打开。看上去,他显得很疲惫。屋子里也有些凌乱。

周汉民看了她一眼,不觉叹了口气,说道:"小艾,你坐吧!"

艾红莓没有坐。

周汉民便自己坐了下来,沉默了好一会儿,才吞吞吐吐望着艾红莓说道:"小艾,我想,想来想去,我还是觉得我们不合适……"

艾红莓望着坐在沙发上的周汉民,半晌没有说话。

周汉民接着补充道:"小艾,请你不要误会,我这一切都是为你好!"

艾红莓感到有一只冰锥扎到了心口,接着,她几乎有些愤愤地问道:"周汉民,你退缩了?!"

周汉民有些愧疚地低下了那颗苍白的脑袋。

"从昨天到现在我一直都在等着你的电话,希望你能给我一个肯定的说法,告诉我去结婚登记处的日子,可是,我等来等去,就等来个这?!"

艾红莓泪眼模糊地望着周汉民。她等着他给她一个说法,一个合情合理的说法。

周汉民想了想,便向她解释道:"小艾,我是过来人,年纪比你大了二十多岁,有些事情,我不能不为你考虑。"

艾红莓苦笑了一声,说道:"你说过,你会站在我身后,为我遮风挡雨,做我的坚强后盾,这些话,难道你都忘了吗?"

周汉民把一颗脑袋又垂了下来,说道:"小艾,你妈说得对,我不能只考虑我自己,咱们都得在现实生活里活着。我不能那么做,那么做,我就真的对不起你了。"

艾红莓惊愣了一下,问道:"我妈找你了?"

周汉民点点头。

顿了顿,艾红莓便有些决绝地望着周汉民,坚定地说道:"老周,我们家的事你可以不管,户口本在我自己手里,我自己的事我能做主。今天我来,就是想约你明天再去登记处,看看我们还会有什么麻烦,明天还不成,就后天,总有一天我们会登记成功的。"

周汉民抬起头来，眼睛里充满了泪光，艾红莓这样执着地要和他在一起，不能不让他为之动容。可是，昨天晚上他整整一夜没合一下眼，他已经把这个问题想清楚了，想透彻了，为了她，他必须放手。她还年轻，有更远的路要走，不像他，已经老了，一切都无所谓了。

　　就这样，他注视着她，终于还是摇了摇头，说道："小艾，我不能，我六十岁的人了，况且，我也明白，你心里并没有放下吴桐，是因为吴桐和王惠的关系，你左右为难，最后选择了我。谢谢你小艾，你这么相信我。如果我们结婚了，我的良心会让我不安的。"

　　艾红莓静静地望着他。

　　她突然觉得，他是那么可怜。

　　屋子里沉默下来。

　　半晌，艾红莓终于又说道："老周，我想好了，要是嫁给你，什么都不会去想的，我会踏踏实实和你过日子的。"

　　她望着周汉民，在抱最后一线希望。

　　"小艾，过日子谁都会，有爱情的日子并不是每对夫妻都有。"周汉民叹了口气，继续说道，"你和任大友的婚姻结束了，你已经为了理想奉献了，我希望你能找到真正的爱情。"

　　艾红莓怔怔地望着他，感到自己的心一下乱了。

　　周汉民认真地望着艾红莓，接着又说道："小艾，忘掉这一段吧，开始你的未来。你还年轻，你应该拥有属于自己的幸福。"

　　艾红莓的泪水终于决堤一般地流了下来，那是一种痛惜的泪水。她就那样一边流着泪水，一边哽咽道："老周，你别说了，没想到我一腔热情，却换来这种结果……"

　　艾红莓说着说着，就说不下去了。她没想到，在现实面前，周汉民表现得那般懦弱。艾红莓终于失望了。心中的那个城堡还没有搭建好，它就轰然倒塌了。

　　王惠的那封信是邮差送到公司来的。

吴桐把那封信拿在手上,看着信封上那熟悉的字迹,心里边猜想了好大一会儿,这才把它打开了。

  吴桐,当你读到这封信的时候,我已经离开这座城市了,不要找我,你也找不到我。现在我可以告诉你了,我得了白血病,目前无法医治的病。这场病让我想明白了一个道理:无论我多么爱你,那都不叫爱情,爱情是相互的。我离开这座城市,是告别过去,也是换一种心情,别为我担心。你一直喜欢艾红莓,这么多年没有变过,一直在守望这份感情,吴桐,我祝福你,你会得到自己的幸福的。我爱过你,真心实意地喜欢过你,现在我明白了,有种爱叫放手,爱你是希望你好,而不是看着你痛苦。吴桐,咱们是发小,是朋友,是哥们,真心祝福你幸福快乐,也希望你偶尔会想起那个叫王惠的傻丫头……

这封突然间降临的信,就像一记闷棍,猛然间把吴桐打蒙了。那一刻,他感到自己的脑子一下就变得一片空白了。

片刻,当他反应过来之后,忍不住飞速地将那封信又看了一遍。信上的字句确凿无疑。

白血病?难道这是真的?王惠说她已经离开了这座城市,为什么?她为什么要离开这座城市?

一连串的问号刹那间在吴桐的脑子里闪了过去。那些问号,立时让他变得慌乱起来。

就像一只热锅上的蚂蚁一样,吴桐在那间狭小的办公室里焦灼不安地踱起了步子。末了,他终于悟到了一个事实——王惠走了。突然间,他像失去了理智一样,拽上艾军就往门外跑去。

吴桐一边向前跑着,一边急迫地喊道:"艾军,快,王惠走了,快把她追回来,一定要把她追回来。"

后来,他和艾军一起气喘吁吁地跑到了车站。

可是,当他走进茫茫人海里时,他才知道,要想找到王惠,无异于大海捞针。

　　在那封信上,王惠并没有告诉他去向,他又怎么能够找得到她呢?
　　就像一只泄了气的皮球一样,吴桐彻底蔫了……
　　那天晚上,艾军回到家,把这件事情告诉了艾红莓。艾红莓先是一惊,但是,很快她便冷静下来了。现实是残酷的,但是,很多时候,我们除了学会接受,又能怎样呢?
　　为了弄清王惠离家出走的原委,第二天上午,艾红莓亲自跑到了分区医院,悄悄向柳护士长打听了王惠的情况。可是,遗憾的是,关于王惠离家出走的原因,以及她到底去了哪个地方,柳护士长也说不明白。她只是说,在王惠离开之前,曾找过她一次,说是在病房里的时间太长了,想换一个环境散散心。从这一点上猜测,这次王惠的出走,一定与她的病情有关。接着,艾红莓又向柳护士长打听了治疗白血病的办法,而从她那里得到的答复是,除非为王惠进行骨髓移植。
　　艾红莓的心里便明白了。
　　想来想去,艾红莓还是找到了吴桐,把从柳护士长那里得到的关于王惠的消息告诉了他。
　　艾红莓望着吴桐说道:"我想发动一下咱们同学,寻找能够和王惠配型的人。"
　　吴桐听了,不由得深深地点点头,有些激动地说道:"咱们想到一块去了,我和胡卫国正在联系我们的战友,发动大家去医院配型。"
　　艾红莓有些释然地笑了笑,说道:"那咱们一起努力吧!"吴桐也朝她笑了笑,那笑里,却掺杂着些许的无奈。
　　在艾红莓和吴桐的号召与影响下,为王惠捐献骨髓配型的事情,很快在山水市传开了,大家一传十,十传百,一时间,在分区医院里,参加骨髓配型的人们排起了长长的队伍……
　　也就在吴桐捐献骨髓的那天下午,一个陌生人找到了他。
　　那个陌生人走进顺达电子公司,见到了吴桐,便十分客气地取出一张名片递了上去。

来人姓林,是南方一家专事开发游戏软件的公司的经理。

吴桐和他友好地握了手,让了座,又让艾军端过一杯水来。当问起他来这里的目的时,那人便开门见山地把此行的意图向吴桐说了。原来,吴桐组织开发的一款游戏软件,被他们公司看中了,经过研究,他们公司的老板决定要收购这款游戏。

林经理带来的这个消息,让吴桐感到有些意外,心里却自然又是十分欣喜,不觉与站在一旁的艾军对视了一眼。

紧接着,林经理又从随身携带的文件包里取出了一份合同和一张支票。

那一刻,吴桐感到自己的心跳骤然加快了。

显然,这一切实在出乎他的预料。如果说眼前的这一幕,并不是一场梦幻的话,那么顺达公司即将到手的第一桶金就已经摆在他的面前了。

吴桐在竭力掩饰着自己内心的激动。他朝那份合同看了一眼,又看了一眼。

这时,一旁的艾军突然插话,有些不情愿地说道:"林经理,这二十八万是不是少了点?为了这款软件,我们可是辛辛苦苦干了大半年呢!"

林经理似乎早就预想到了这一点,他朝艾军笑了笑,又把目光落在吴桐的身上,说道:"二十八万只是收购你们这款游戏软件的费用,游戏投放市场之后,还有你们百分之二十的股份。"

吴桐没有说话,接着,他又不慌不忙地翻看了一下合同,这才望着林经理,轻轻说了一句:"成交。"

林经理的眉头立刻舒展开来。

事情异乎寻常地顺利。

签完了合同,余兴未尽,林经理想了想,便又望着吴桐,试探性地问道:"吴总,请问除了这款产品,你们还开发了什么新项目?"

吴桐思忖片刻,便又把公司近期正在研发的一些新产品的情况,一一向他进行了介绍。

林经理饶有兴趣地听吴桐说完,不禁又一次激动起来,他一边紧紧地握着吴桐的手,一边说道:"如果你同意,那就请给我准备一份相关资料,我可以带回去给我们老板看一看,我真心希望我们能有更深度的合作。"

送走了林经理,艾军激动得几乎要跳起来了。他一边敬佩地望着吴桐,一边迫不及待地问道:"哥,你成功了!一下就是二十八万,这笔钱你打算怎么花?"

吴桐笑了笑,接着他便若有所思地叹了一口气,说道:"如果给王惠配型成功,这些钱应该够她手术费了。"

艾军点点头,久久地望着吴桐,目光里竟又多了一分钦佩。

自强公司正面临着一场生死抉择。

那些日子里,自强公司由于一直沿用老旧设备,生产出来的化工产品,在市场上一度产生了滞销现象。面对基层反馈上来的实际情况,一时之间,艾红莓心急如焚,但又苦于想不出更好的办法。虽然召集公司中层以上的部门领导开了几次会议,可是,公司存在的现实问题,都没有能够从根本上得到彻底的解决。

继续沿用老旧设备,新产品就无法得到应有的开发;而若想更换新设备,最主要的障碍还是资金问题。资金方面短缺,即便说下大天来,也还是一场空谈。

艾红莓不是没有想过从银行贷款,但是,公司没有新项目,是没有贷款的理由的。

照此下去,摆在公司面前的只有一条死路。若想绝处逢生,只有寻找新的生机,研制开发新项目。而现实的问题是,自强公司是由一个小厂转制过来的,公司的大多工人,包括中层以上领导都是小学文化水平,虽然这两年引进了一些技校学生,可是,这些技校毕业生,只能组织生产、跑跑市场,要想依靠他们开发新项目,实在就是勉为其难了。

最先想到吴桐的是胡卫国。

"咱们项目的事情可不可以找吴桐咨询一下?"胡卫国说,"吴桐能搞软件开发,说不定能帮上咱们。"

艾红莓思忖片刻,问道:"你和他说过吗?"

胡卫国摇摇头,说道:"如果你觉得这事靠谱,还是你出面好。"

艾红莓琢磨来琢磨去,便也只好死马当作活马医,让胡卫国帮着,把吴桐约在了一家茶馆里。为了公司的发展和前程,她想和他好好谈一谈。

不知怎么,两个人一旦坐了下来,却显得十分拘谨,一时不知从何说起了。

就那么沉默了好一会儿,艾红莓终于才问道:"吴桐,骨髓配型的结果出来了吗?"

吴桐摇摇头,说道:"我听柳护士长说,还需要一段时间。"

艾红莓望着吴桐,又没话说了。

吴桐想了想,说道:"胡卫国把你们公司的情况对我说了。"

艾红莓便把话接了过来,说道:"我们公司是生产化妆品的,这你知道,设备老化、人员老化,没有新技术,更不用谈新设备。我们生产的那几样老款化妆品已经不适应市场需要了,如果我们不更新变革,公司就要倒闭了。"

吴桐从艾红莓的话里,能够感觉到她的担忧,抬头问道:"我能帮你们什么?"

艾红莓望着吴桐说道:"上大学时,你是学机械设计的,你看能不能在设备更新上帮我们一把?有了设备,我们就能研发新产品了。"

"设备肯定要更新,关于美容产品我想过,以前想找机会提醒你来着,现在要想推出自己的品牌,就得与众不同。我们和国外一些传统大品牌无法比,也追不上人家,如果你们的化妆品能和医学结合起来,这个概念一定能起到作用。"

吴桐的神态很自信。他一直这样自信。

这让艾红莓感到高兴。"医学?"艾红莓下意识问道。

"对,利用医学的配方,融入化妆品中来,目前国内还没有一家化妆品公司来做这事。"

艾红莓一下顿悟,不觉朝吴桐笑了笑,真诚地说道:"谢谢你!"

"你们要是合作,最好和分区医院。部队医院信誉高,他们的医学研发能力在本地区也是首屈一指的。"吴桐继续说道。

艾红莓点点头,却说道:"可惜,王惠不在那儿了。"

艾红莓的话,让吴桐一下子难过地低下头来,片刻说道:"我已经把全国各地的战友都调动起来了,都在帮忙寻找……"

两个人在茶馆里就这样说着话儿,外边等着的胡卫国突然想起了离这家茶馆不远处的红卫餐厅,一时间心血来潮,起身对一旁的艾军说道:"艾军,让他们先聊着,走,咱们去找李红卫说说话儿。"

胡卫国说完,起身走出了茶馆,艾军一边颠颠地跟上来,一边半开玩笑半认真地问道:"胡卫国,你是不是和李红卫好上了,这阵子怎么有事没事总往她那跑?"

胡卫国瞪了艾军一眼,没说什么,一巴掌拍在了他的肩膀上。

就这样,两个人正往前走着,抬眼发现在前边不远处,有一个熟悉的背影。他们注意到那个人的时候,那人正站在一家饭店门前的公用电话亭里打电话。

艾军朝那人看了一眼,开始时并没有太多的在意。可是正当他和胡卫国就要经过电话亭时,猛然间想起了什么,便放慢了步子。

下意识中,那人回过头来。没错,那人正是乔守山。

"真是冤家路窄,怎么碰上乔守山了?"艾军自言自语道。

胡卫国愣了一下,问道:"就是骗季红的那个乔守山?"

艾军低声说道:"对,就是他。"说完,艾军向胡卫国使了个眼色,便向乔守山奔了过去。

就在这时,乔守山也同时发现了向他跑过来的艾军,一片惊慌之下,他再也顾不得许多,放下电话,便拼着命地向前跑去了。

很快艾军追上了乔守山,一把抓住了他的衣领。赶上前来的胡卫国,不由分说,照准了乔守山的脑袋,一拳打了过去。

乔守山倒了下来。可是,乔守山并没有就此避免一通暴雨般的拳脚。

乔守山一边流着鼻血,一边抱住脑袋大呼救命。然而,艾军和胡卫国又怎么能够放得过他。直到两个人把乔守山打得有些筋疲力尽了,两个人呼呼地喘了半天的气,这才把他拖送到了不远处的公安局里。

两天后,季红接到艾军的电话,很快从南方回到了山水市。可是,从公安局了解到的情况,让她不禁大失所望。由于乔守山在当时的服装交易中也属于受骗者,如此看来,追回欠款的可能性已经微乎其微。至于司法机关如何处理乔守山,也只能另当别论了。不过,事到如今,乔守山终于得到了应有的下场,这也总算让季红感到心安了。

处理完乔守山的事情之后,季红很快也要返回到南方去了。临行前,她想去看一看小亮。好久没有见到儿子了,她不知道小亮现在变成了一个什么样子。在南方的那些日子里,她没有一天不想起他来。只要一想到他,她就会感到深深的内疚。她知道,作为母亲,她是不合格的。

显然,这时候的辛明已经不再是过去那个落难的辛明了。眼下,作为一家公司的老总,经过几年的打拼之后,他已经拥有了令这个城市里的许多人羡慕的雄厚资产。

当季红走进那一栋陌生而极尽奢华的楼舍时,她的心里塞满了复杂的滋味。

此时正是黄昏,小亮已经从学校里回来了,而辛明还没有从公司回来。

一眼见了小亮,季红发现他又长高了许多,也长胖了许多。这种发现,让她感到高兴,同时也让她感到愧疚。

出乎意料的,对于季红的到来,小亮表现得有些麻木。从他的表情上,她就能看得出来,他是不欢迎她的,这不禁让她有些伤心。

他和她已经没有话说了。

季红坐在小亮跟前不远的地方,看着他只顾着操弄着一个游戏机,在那里十分专注地打游戏,半晌,问道:"小亮,你为什么不写作业?"

小亮头也不抬,说道:"在学校早就写完了。"

"那你回来也应该先预习一下明天的内容呀!"季红说。

小亮不屑地看了她一眼,又把注意力转到了游戏机上,理直气壮地说道："我爸让我玩的。"

季红想了想，便朝小亮靠过去，说道："小亮，来，你把作业本拿出来，让妈妈看看。"

季红没有想到，小亮听了这话，竟然警觉地放下电子游戏机，一把将扔在一旁的书包抱在怀里，十分厌恶地喊道："你没有权力看我的作业，我爸都不看。"

季红望着小亮，不禁失望地摇了摇头。

突然之间，小亮一边仇视地望着她，一边大声喊道："你走，我没有妈妈！"

霎时间，季红的眼圈红了。她感到一颗心在抖，抖得那么厉害，抖得那么疼。

就这样不知过去了多长时间，辛明终于从外面回来了。走进客厅，他猛然间看到了坐在沙发上的季红，不觉愣了一下，问道："你怎么来了？"

季红擦拭了一下脸上的泪痕，不禁有些生气地问道："辛明，你是怎么教育孩子的？"

季红的话里，带着明显的不满。

"小亮不是挺好吗？要吃有吃，要喝有喝的，我哪点也没亏待过他呀！"辛明冷冷地看了她一眼，不明就里地问道，"季红，你想吵架吗？"

季红努力压抑着胸中的怒火，十分严肃地望着辛明说道："辛明，我不想和你吵架，你要这么教育孩子，小亮非毁在你手里不可。这次我回来，本打算马上就走的，现在我改变主意了，我要走，也要把小亮带走，我不能眼睁睁看着你把孩子给毁了。"

"笑话，孩子归我抚养，当初是我从别人手里把小亮要回来的，你没有这个权利。"

辛明有些厌恶地望了季红一眼，正要接着说什么，不料，小亮突然把自己的房门拉开了。此刻，他正站在门口，冷漠地看着两个人。

两个人立时停了争吵。

辛明扭头望着小亮，喝道："小亮，没你的事，回屋去！"

只听得砰的一声,小亮转身又把房门关上了。

见此情景,季红实在忍不住了,望着辛明,起身说道:"你这样下去,早晚得把孩子给毁了!"

说完,季红便头也不回地走出了屋门……

第二天,季红来到了自强公司,她想和艾红莓见上一面,说说话儿,也算做一次告别。

从艾军那里,她已经知道了艾红莓和周汉民的事情。一走进艾红莓的办公室,季红便开门见山地问道:"那个周汉民到底怎么回事?说是要结婚,怎么又不结了?"

艾红莓笑了笑,便淡然说道:"都过去了,这么多年来,他关心过我,帮助过我,我们是想结婚,我就是想把自己嫁出去,让自己的心安了。"

季红又问道:"你是想让自己安心,还是想让吴桐安心?"

季红的话一针见血,艾红莓不觉把头低了下来。

季红跟着叹了一口气,心里知道艾红莓的婚姻大事也算得上是一团乱麻了,便不再去理会它。借此,又转了话题问道:"听说王惠生病,又出走了?"

艾红莓点点头,又摇摇头,少顷,说道:"没想到,事情会这样。我们都去配型了,希望能把王惠的病治好。"

没等艾红莓把话说完,季红便又说道:"我今天来的另一个目的,就是想让你陪我去一下医院,我也想去为王惠配型,多一个人就多份希望。"

艾红莓见季红这样说,爽快地答应道:"既然你有这个心,那我现在就陪你去吧!"

两个人说走就走,一边说着话儿,一边来到了分区医院。

见到柳护士长的时候,她正在办公室里翻看一堆化验单,艾红莓便把季红想要为王惠配型的事情说给了她。

柳护士长听了,抬头朝两个人笑了笑,便把一张化验单递过来说道:"都不用麻烦你们了,你们来得正好,我正想通知吴桐到医院来一趟呢!"

艾红莓不由得一阵惊喜,问道:"你是说吴桐的配型合适?"

"真是巧了,这么多人,只有吴桐的配型和王惠是吻合的。"柳护士长也笑道,"如果复查结果没问题,王惠的病就有救了。"

季红心里着急,问道:"可是我们没有王惠的消息呀!"

柳护士长一笑,说道:"王惠在南方一家部队医院住着,我已经联系上她了,放心吧!"

艾红莓和季红两个人听了,一时激动得像孩子似的。

紧接着,两个人又兴冲冲地从医院来到了顺达公司,把去医院为王惠配型的事情告诉了吴桐。当吴桐得知只有自己与王惠吻合时,竟然激动得半天无语,尽管他一直掩饰着自己的情绪,但是他的眼角还是湿润了。

林经理再次来到顺达公司,是在一周之后。当他风尘仆仆走进门来时,吴桐不觉感到有些疑惑。

这一次,他为吴桐带来了一个重大的消息。

"我怕电话里说不清楚,所以我只好亲自跑一趟了。"林经理满脸激动地望着吴桐说道。

吴桐有些紧张地望着他,不知到底发生了什么意外的事情。

林经理便笑着说道:"上次你交给我的一款游戏产品方案,被美国一家软件公司看中了,美国公司主动要求合作,这事当然重大,我特意跑过来,就是和你研究这件事的。"

吴桐得到这个消息,自然很是高兴,一边连声道谢,一边把他带到了近处的一家酒店里。

点完两杯咖啡,两个人在大堂里坐了下来。

吴桐望着林经理,小心地问道:"林经理,你对你所说的美国这家软件公司了解多少呢?"

林经理便说道:"美国旧金山这家公司是专门做软件开发的,他们看了你的方案,觉得可以开发,他们的合作条件是让你去美国这家公司,完成这款产品的设计。设计完成后,亚太地区的生产销售由我们来负责,美洲和欧洲市场由美国这家公司负责,怎么样,感不感兴趣?"

吴桐不觉皱了下眉毛。他在思考着。

林经理见他有些举棋不定，接着又鼓动道："吴桐，别犹豫了，这是天大的好事。我们国内软件设计事业刚刚起步，别说被美国大公司看中，就是我们在亚洲也是落后的。咱们要是能和这样的美国大公司合作，咱们公司在亚洲就有了竞争力，这样的机会打着灯笼都难找。"

略思片刻，吴桐抬起头来，笑了笑，说道："好，我答应。"

林经理激动地一拍大腿，说道："这就对了，文件的传真件我已经带来了，还有这家公司的邀请函。"

说完，他把一份英文传真件和邀请函从公文包里取了出来。

吴桐接过来翻看着。

林经理接着又叮嘱道："吴桐，你这一次去美国，可要做好长期在美国生活和工作的准备啊！"

吴桐不敢设想独自一人在那个遥远而又陌生的国度里，会是什么样的一种生存状态，但是，他相信自己，到这一刻为止，他已经做出了充分的思想准备。

吴桐认真地点了点头，望着林经理，禁不住有些感激地说道："我吴桐一直梦想着开一家中国最大的软件公司，这次去美国，也正是一个学习的好机会，我会好好地把握它的。"

林经理笑了笑，爽快地说道："咱们都想到一起去了，当然，我们公司和你们顺达公司的合作条件，按几几开合适，由你说了算。只要我们能够接受的，一切都好说。"

"这样的合作，不是三言两语能说得清楚的，"吴桐望着林经理，慎重地说道，"回头我做一个详细的方案，在出国前会传真给你们的。"

林经理的心里自是十分高兴，便又伸过手来，和吴桐的手紧紧地握在了一起。

最先知道王惠回来的是李红卫。李红卫把王惠回来的事告诉了胡卫国。胡卫国想着大家已经很久没在一起聚一下了，正好趁这个机会好好聊一聊,于是便把往日里的几个好朋友一一联络了一遍,约好了晚上下班后在李红卫的餐厅见面。

很快就到了约定的时间。几个人陆续来到了,聚在一起说说笑笑的,却唯独不见吴桐的影子。

坐在一旁的李红卫说道:"刚才我打电话催过他了,他说加会班,马上就来。"

菜上来了,胡卫国又把酒一一倒上,说道:"今天是庆祝王惠归来,也预祝王惠手术成功,大家一定要尽兴啊!"

说到这里,季红突然间想起什么,侧头望着一旁的王惠,有些神秘地问道:"王惠,你知道这次是谁给你捐献的骨髓吗?"

话音未落,艾红莓悄悄在桌子下面碰了季红一下。

季红立时也便会意了。

"谁呀?"王惠问道。

季红哦哦了两声,便有些含糊地回道:"我们也不知道,医院没告诉你?"

王惠摇了摇头,接着,她便淡淡地一笑,朝几个人望了一遍,说道:"我这次出门,真还以为再也见不到大家了。"

艾军听了,竟起身说道:"王惠姐,你当初就不该走,你走时,吴桐哥都快急疯了。"

王惠听了,不禁有些伤感,眼睛里竟又闪出了感动的泪光。

就这样又说了一阵子话儿,吴桐终于推门走了进来。

"对不起,让大家久等了。"吴桐说。

几乎在一瞬之间,他的目光与王惠碰撞在了一起。紧接着,两个人的手又握在了一起。

吴桐努力让自己笑了笑,尽量让自己变得轻松自然一些,便轻轻拍了下王惠的肩膀,说道:"我们都还以为再也见不到你了。"说着,吴桐坐了下来。

季红看了大家一眼,说道:"今天晚上的聚会主题只有一个——庆祝王惠归来,并预祝王惠手术成功,说好了,大家谁也不许提不愉快的事。"

王惠听了,便第一个站了起来,眼睛里含着泪光说道:"我就要手术了,今天酒我就不喝了,没想到还能见到大家。谢谢大家了!"说完,端起面前的茶杯,与大家碰了一下。

吴桐把酒杯端起来,想了想,竟又放下来,也把茶杯端了,说道:"一会儿我还要加个班,酒也不喝了。"

几个人便热热闹闹地一起端了杯子……

那天晚上,他们边喝酒,边说话,直到很晚了才各自散了。

对于吴桐来讲,时间在突然之间就显得那样宝贵,那样紧迫起来。在此之前,他还从来没有感觉到他还有那么多的事情要做,还从来没有认识到自己居然还有这样的社会价值。按照邀请函上的计划和安排,去往美国的时间越来越近了。他不得不紧紧抓住每一分每一秒的时间,在跨出国门之前的这段相对短暂的时间里,完成自己计划中的事情。

几天之后,王惠终于被推进了手术室。

尽管王惠这些天来一直在心里想着那个捐献者,并且躺在手术台上的那一刻,也没有忘记问捐献者的名字,可是,不管她怎么去想,怎么去问,谁也没有向她透露过实情。当然,她也知道,这是医院的规矩。

王惠的手术进行得十分顺利。

待一切结束了,柳护士长这才把手术室中间隔着的那道布帘子拉开了。

王惠下意识地扭过头去,一刹那,当她看到躺在对面床上的吴桐时,不由得从嘴角露出一缕笑意,低声喃喃唤道:"吴桐,是你……"

无法控制的泪水,悄然之间从王惠的眼角滑落下来……

吴桐再来看望王惠时,已是半月之后了。看上去,王惠的气色已经明显地好起来了。

吴桐手捧着一束鲜花走进来,又把那束花放到床头柜上,这才望着王惠,坐了下来。

王惠斜倚在床上,两眼注视着吴桐,半晌,嘴唇嗫嚅着说道:"你给我捐献了骨髓,听说这次手术费用都是你出的……"

吴桐一笑,说道:"真是没想到,让我和你配型成功了。只要你病好了,别提钱的事。"

王惠也笑了笑,问道:"还记得我上次走时留给你的那封信吗?"

吴桐点点头。

王惠望着吴桐,想了想,又说道:"虽然我又回来了,但那封信里我说的都是真的,咱们是发小,是最好的朋友。"说着,王惠就把吴桐的手抓住了。

王惠说:"叫我小惠吧,就像幼儿园时一样,你叫我小惠,我叫你小桐。"

吴桐认真地点点头,突然说道:"小惠,我就要去美国了。"

王惠有些惊诧地望着他。

"我的一个游戏项目被美国一家公司看中了,这次就是去完成设计任务的。"吴桐解释道。

王惠缓缓把手抽了回来,眼睛里却有泪光闪动着。几乎是在一刹之间,她感到自己的心里塞满了无法言说的留恋与不舍。

透过蒙眬的泪光,她就那样久久地望着他,喃喃说道:"小桐,你终于成功了!"

经过一段时间加班加点的忙碌,关于自强公司设备更新的设计方案,在经过吴桐的几次修改之后,也终于有了一个令人满意的结果。

这天上午,吴桐来到了自强公司,把一张软盘终于放到了艾红莓面前,不无轻松地说道:"我的任务完成了,这是自强公司设备更新设计图纸,都在这张盘里了。"

吴桐如释重负地吁了一口气。

艾红莓把那张软盘握在手里,显得十分激动,她一边热切地望着吴桐,一边说道:"我和分区医院的领导已经谈好了,不久后我们将联合推出医学系列化妆品,现在市场上还没有这种产品,我们一定会占得先机。有了这图纸,等设备更新了,立马就可以投入生产了。"

吴桐望着艾红莓,微笑着点了点头。

艾红莓突然想到什么,忙又问道:"你看,劳务费我该给你多少合适?"

吴桐笑了一下,把自己的目光从艾红莓的脸上移开了,又一步一步踱到了窗前。窗外的景色,让他猛然之间意识到,又一个春天来到了。

想了想,吴桐说道:"设计这些,我没考虑过劳务,如果设备更新成功了,你能想起我吴桐,我也就心满意足了。"

艾红莓默默地点了点头。她知道,有些感动,她只能记在心里。

接着,吴桐又回过头来。他把这两天就要起程出国的事情告诉了她。

艾红莓感到一颗心抖动了一下,她没想到,时间会过得这样快,说走他就要走了,就要离开这个城市,离开她,远涉重洋到一个陌生的地方去了。尽管她相信,不久之后,他还会回来,回到这个城市里来,但是,她还是感觉到心里边有一种东西,如同潮水一样没有来由地涌动起来。这不免让她有些慌乱。

艾红莓不知该说些什么,很多话,一旦说出口,就都变得没有意义了。

也许,当作一种感谢,她该送他一件礼物。

可是,送他什么好呢?

也就是在那天晚上,出了一件意想不到的事。

很快就要去美国了,临行前,吴桐把胡卫国喊到了自己的顺达公司,向他委托了许多事情,其中之一就是嘱咐他不要跳槽,尽自己的最大努力,帮着艾红莓把自强公司做强做大。

作为好兄弟,胡卫国一一答应了他。

说到最后,吴桐把一封信递给了胡卫国,郑重托付道:"我走后,请你把这封信亲自交给艾红莓。"

胡卫国接过那封信,使劲点了点头,突然就动了感情,想着这一别不知何时才能再聚在一起,心里便有些不是滋味。末了,他望着吴桐,说道:"吴桐,你等下,我去买瓶酒,今晚咱哥俩好好聊聊。"

这一刻,他才突然意识到,他对吴桐竟还有很多的话要说,关于事业,关于爱情,关于过去和现在以及将来。

说完,胡卫国转身走出门去。

可是,就在这时,一个蒙面人推门走了进来。

眨眼之间,一把雪亮的刀子架在了吴桐的脖子上。吴桐下意识地扭过头来,看到那人已经摘了面罩,原来是曾经在同一个监舍里的越狱犯老三。

吴桐不觉吃了一惊,问道:"老三,你要干什么?"

"干什么,你还不知道?你减刑出来了,害得我加了好几年刑,今天我终于跑出来了,第一个想到的就是你,这口气我一定要出。"老三说着,一只胳膊紧紧地勒住了吴桐的脖子。

吴桐突然意识到,老三这是来报复他来了。

他有些艰难地笑了笑,说道:"老三,你是罪有应得!"说完,一个用力,举头抵向了老三的下巴。

老三一个趔趄,放开了吴桐,继而便举起手里的那把刀子向他刺了过来。

两个人正这样搏斗的时候,胡卫国突然推开房门走进来,眼见到眼前的一幕,立时大叫道:"住手!"

听到这声断喝,老三猛一回头,吴桐趁势搬起一把椅子向老三砸了过去,老三眼疾手快躲闪过了,紧接着,回头再次向吴桐刺来。胡卫国见势不妙,大叫一声奔过去,挡在了吴桐的面前,那把刀子恰恰刺进了他的胸膛,与此同时,胡卫国举起手里拎着的那瓶酒,用力向老三的头上砸去。

满头是血的老三,摇晃了一下身子,接着又拔刀向吴桐刺去,吴桐顺手抄起一把凳子奋力抵挡着。

这时,疯狂的老三已经把吴桐逼到了墙角。他一把抓过椅子,另一只手正要挥刀砍向吴桐时,不料,艾红莓突然出现在门口。

她是来给吴桐送口琴的。

整整一个下午,为了给他选一件合适的礼物,她几乎跑遍了山水市所有的大型商店,可是,选来选去,终于也没有发现一件让自己满意的。后来,她突然就看到了一只口琴,一只和原来她送给他的那件生日礼物一模一样的口琴。望着那只口琴,她感到眼前一亮,旋即便两眼潮湿了……

抬头看到了眼前的阵势,艾红莓不禁大吃一惊,待她很快反应过来之后,就势便把手里的背包抡了过去。那只背包狠狠地砸在了老三的手上,老三不觉愣了一下。就在这一眨眼的工夫,艾红莓大叫一声扑了上去,一把将他的后腰抱住了,吴桐随即举起一把凳子向老三的头上砸了过去。

老三见势不妙,奋力挣脱了艾红莓,扔下手里的那把刀子,拔腿向着门外逃了出去。

艾红莓一边大声呼喊着,一边又紧紧地追了上去……

满身是血的胡卫国,很快被吴桐送进了医院。

生命的最后一刻,胡卫国艰难地睁开眼睛,望着守候在身边的吴桐和艾红莓,突然便预感到了什么,喃喃说道:"没想到,我就这么走了。"

吴桐不高兴地说道:"兄弟,你不要瞎说,我们的生活才刚刚开始。"

胡卫国说:"也好,我要去找小兵了。"

胡卫国说:"我真舍不得你们。"

……

艾红莓心如刀绞,一边握着他的手,一边问道:"兄弟,你还有什么话,就对我说吧!"

胡卫国闭了下眼睛,想了想,又想了想,犹豫了一下,说道:"你,能替小兵亲亲我吗?"

艾红莓愣怔了一下,紧接着,她便慢慢俯下身去,无法抑制的泪水一下就把她的眼睛濡湿了。

胡卫国无限欣慰地笑了笑,看上去,他的笑容,十分无力。

胡卫国一边那样笑着,一边说道:"你们,一定要幸福!"

吴桐眼含泪水,使劲点了点头。

此刻,艾红莓已经哭得像个泪人一样了。

尽管医院竭尽全力进行了紧急抢救,但是由于伤势过重,胡卫国最终还是没有被抢救过来……

当那架承载着吴桐的飞机腾空而起,就要向着那个遥远的国度飞去时,艾红莓终于心情沉重地打开了那封已经被胡卫国的鲜血浸红的信笺:

红莓,我走了。还记得《红莓花儿开》那首歌吗?这么多年了,我一直在心里唱它,它陪伴了我日日夜夜,这份情感我吴桐永远珍藏。在以后的日子里,我还会一直唱着这首歌,让这首歌一直陪着我们变老……

读着读着,眼前的一切就被泪水模糊了。

尾　声

五年后,世界又变了模样。

王惠结婚了,嫁给了父亲一位老战友的军官儿子,随军去了外省。

艾红莓的自强公司,经过升级换代之后,与法国一家著名美妆品牌合作,成了山水市最大的一家化妆品公司。

吴桐在美国加利福尼亚经常有信寄过来,他告诉远在万里的艾红莓,自己的游戏已经得到了推广,他正在开发一款新的游戏。吴桐也许是思乡了,他总是在信中问起曾经的朋友,说起他们插队、回城、创业的往事。艾红莓读着吴桐的信,似乎自己的思绪也被拉回了过去。想起往事,她心里总是毛茸茸的,有种说不出的情愫在涌动,往事的画面便一帧又一帧地在她眼前呈现。更多的时候她会把吴桐的信带回家里,躺在床上打开床头灯,把吴桐的来信看了一遍又一遍,不自觉地会想起吴桐的模样,他的一颦一笑,仿佛他就站在眼前,跟她娓娓地诉说着自己的过往和现在的故事。

艾红莓接到吴桐的来信,总是及时地回复,把吴桐认识的每个人,都在信里说上一遍。她最关心的还是他的事业和身体,问他饮食上习不习惯,关心他的身体、心情……然后,郑重地把信寄出去。每次她都要寄航空邮件,她想这样吴桐就会尽快地收到回信。信寄出去了,艾红莓的心似乎也飞走了,在万米高空一飘一荡的。接下来她又期待吴桐的回信了。不知为什么,期待吴桐回信的时候,心里很甜蜜,很憧憬,她似乎觉得又回到了在技校的时光,那时候他们真年轻,会满脑子幻想,不切实际地期待。期待也是好的,因为那是一份希望。

有时候吴桐回信晚了几天，艾红莓心里就空空荡荡的，仿佛失去了什么，人就显得不振作。只要吴桐的信一来，她就又像换了一个人似的，有说有笑，就连工作也充满了使不完的力气。

日子在期盼中一天一天地过着，突然有一天，桌上的电话机响了起来。她像往常一样接听，这次就和往常不一样，她这次说完"你好"，报上自己的姓名后，对方却没有马上说话。沉默了几秒钟之后，电话里才传出一个人的声音。他说："我是吴桐。"

那一瞬间她差点把电话听筒掉在了地上。她语无伦次地冲着电话筒大声嚷嚷："你是吴桐，真的是你？"

这次通话，吴桐告诉她，自己马上就要回国了，这次回来就不走了。他要在国内开一家科技公司。

当她得知吴桐就要回国的时候，几乎不敢相信自己的耳朵，怀疑自己是在做梦。她找到一面镜子，望着镜子中的自己，发现自己变得和平时不一样了，脸颊绯红，眼睛里含着水汽。她用手轻拍着自己的脸颊，又接了水洗了自己的脸，才把自己的情绪稳定下来。

吴桐回国那一天，她早早地就赶到了机场，望着熙来攘往到达的旅客，她在人群中踮起脚尖儿，不时张望着。不知过了多久，她终于在出关的旅客当中看到了吴桐，她的心剧烈地跳动了几下，想着自己要快速地奔过去，可身体却怎么都不听使唤，木头似的立在那里。吴桐向她走来，她远远地就看见吴桐迷人的微笑。她激灵一下，飞快地向吴桐跑去，像一位动情的少女。

吴桐一边笑着，一边提醒着她："慢点，注意脚下。"

她觉得自己飞了起来，像一只蝴蝶，又像一只燕子，朝着她心心念念的吴桐飞了过去。